春夏秋冬代行者

夏の舞

上

しゅんかしゅうとう　だいこうしゃ

暁 佳奈
illustration スオウ

目次

夏
春

登場人物紹介

冬の代行者護衛官

寒《かん》月《げつ》凍《いて》蝶《ちょう》

狼星の従者。春の事件を経て、さくらと隔絶していた時代は終わり、新たな関係性を構築している。過保護に春主従を見守っているが、さくらへの気持ちに名前はついていない。

冬の代行者

寒《かん》椿《つばき》狼《ろう》星《せい》

「生命凍結」の能力を持つ冬の代行者。春主従と再会を果たし、その後も償いとして支援を続けている。雛菊への思慕は依然としてあるが、復帰したばかりの彼女を思い自制中。

春の代行者

花《か》葉《よう》雛《ひな》菊《ぎく》

「生命促進」の能力を持つ春の代行者。四季の代行者の天敵である賊に誘拐されたまま約十年間行方が知れなかった。平和な暮らしが戻ったはずだが、新たな問題に直面している。

春の代行者護衛官

姫《ひめ》鷹《だか》さくら

誘拐された雛菊をずっと探していた従者。一人で雛菊を二十四時間守る生活を続けていたが、冬から護衛が派遣されたおかげで暮らしに余裕が出てきた。凍蝶への恋心は封印中。

秋の代行者

祝《いわい》月《づき》撫《なでし》子《こ》

「生命腐敗」の能力を持つ秋の代行者。能力は不安定なので修行中。誘拐事件で心に傷を負ったが、竜胆のおかげで深手には至っていない。ますます竜胆に恋心を抱いている。

秋の代行者護衛官

阿《あ》左《ざ》美《み》竜《りん》胆《どう》

撫子の従者。護衛官の仕事をビジネスとして割り切っているつもりだったが、主への忠誠と愛に気づいた男。撫子を最も大切な存在として大事にしているが、彼女の気持ちには鈍感。

夏の代行者

葉《は》桜《ざくら》あやめ

瑠璃の姉であり従者、だったが春の事件で夏の代行者になってしまった。結婚と同時に護衛官引退という人生計画が頓挫し、混乱中。
婚約者との間に大きな秘密がある。

夏の代行者

葉《は》桜《ざくら》瑠《る》璃《り》

「生命使役」の能力を持つ夏の代行者。天真爛漫な性格。しかし現在は春の事件で姉も代行者になってしまったことに人知れず悩んでいる。婚約者も好きだが姉が一番。

春夏秋冬代行者

夏の舞 上

冬は厳かに囁《ささや》いた。

汝《なんじ》の名は『夏』、春に続く者。

大地に千紫《せんし》万紅《ばんこう》の美粧を施し、日華の光で世界を照らす者なりと。
続いて冬は更に自らの生命を削り秋を創った。
季節の誕生を傍《そば》で見守るのは冬の最愛の季節である春。
春と冬の繰り返しを望まず、冬に救済を願い出た大地。
一つだけだった季節は二つに増え、三つに増え、更に四つになろうとしていた。
夏と秋、二つの季節は生まれた瞬間に使命を理解し冬に誓った。
我らが祖よ、貴方《あなた》と共に我らは季節を巡らせましょうと。

冬がこの誓いを受け入れたので、季節は春夏秋冬と巡るようになったのである。

四季達はそれぞれの背を追いかけて世界を回ることで季節の巡り変わりを齎《もたら》した。
春は冬を追いかけ、それに夏と秋が続く。

後ろを振り返れば春が居るが、二つの季節だけだった時とは違う。
春と冬の蜜月はもう存在しなかった。
冬は春を愛していた。動物達が夫婦となり生きていくように、春を愛していた。
春もまた、運命の如《ごと》く冬を愛し返した。
その密《ひそ》やかな情熱に気づいていた夏と秋は、彼らの為に提案をした。
大地に住まう者に、自分達の役割を任せてはどうかと。

力を分け与え大地を一年かけて巡り歩く、その名を四季の代行者《だいこうしゃ》。
初めは牛に役目を与えたが足が遅く、冬だけの一年になった。
次に兎《うさぎ》に役目を与えたが途中で狼《おおかみ》に食われて死んだ。
鳥は見事に役目を果たしたが、次の年には役目を忘れた。
どうしたものかと頭を抱えた四季達の前に、最後に人が現れ申し出た。
自分達が四季の代行者《だいこうしゃ》となりましょう。
その代わり、どうか豊穣《ほうじょう》と安寧を大地に齎《もたら》して下さい、と。

春と夏と秋と冬は、人間の一部にその力をお与えになり、冬は永遠に春を愛す時間を得た。

かくして世に四季の代行者《だいこうしゃ》が生まれたのである。

序章
妹の姿をした神様

世界は誰かの献身で成り立っている。

夜闇の中で明かりを灯《とも》し、人々の生活を守る者。
昼下がりの中、社会の仕組みを動かす者。
それぞれが言葉を交わすことがなくとも、それぞれの行動が物事の連鎖を引き起こす。
感謝の言葉を貰《もら》えずとも、誰かの献身が誰かの光になり、また刃ともなり得る。
人々の生活はそのようにして支えられ、当然のように明日は来る。
本当は奇跡の積み重ねで迎えていることを誰も知らない。
そうして世は回っていく。

世界に奉仕するのは、何も人だけではない。
季節を巡らせる神命を担《にな》う四季の代行者《だいこうしゃ》。
朝と夜を届ける神命を担《にな》う巫《かんなぎ》の射手《しゃしゅ》。
神々の代行者《だいこうしゃ》たる者達も、生きとし生ける者の為にその身を擲《なげう》つ。
春の代行者《だいこうしゃ》が祈れば世は花々に満《み》ち溢《あふ》れ。

夏の代行者《だいこうしゃ》が歌えば生命は躍動する。
秋の代行者《だいこうしゃ》が踊ると飛花落葉《ひからくよう》し。
冬の代行者《だいこうしゃ》が命を下せば世界は白銀に包まれる。
暁《あかつき》の射手《しゃしゅ》が矢を空に穿《うが》てば朝の天蓋が光を齎《もたら》し。
黄昏《たそがれ》の射手《しゃしゅ》が晴れやかな空を夕暮れで塗りつぶす。

神より権能を賜りし現人神《あらひとがみ》達も、世界に奉仕する存在だ。
民と違うところは、彼、彼女達に選択肢がないことだ。
死ぬまで、力が尽きるまで、世界から求められる。

嵐が起きても山を歩き。
轟《とどろ》く雷鳴が鳴り響こうとも舞い踊る。
友が死のうと。家族が死のうと。恋人が死のうと。
歌い、踊れ、撃ち落とせ。

それが神の代行者《だいこうしゃ》たる存在なのだからと。

使命を持つ者は神の代行者《だいこうしゃ》だけに限らない。
傍《そば》で支える守護者達も世界の供物《くもつ》だ。

とある夏の代行者護衛官《だいこうしゃごえいかん》は、神様になった妹に魔法の言葉をかけるのが仕事だった。
その言葉を唱えれば、妹は姉の為だけに季節をくれた。
『瑠璃《るり》、夏を見せて』
同じ顔をした双子の女の子。大勢の幸せの為に自分の幸せを捨てさせられた女の子。
その子を神様として奮い立たせるのが姉の役目だった。
『瑠璃《るり》、夏を見せて』
『瑠璃《るり》がくれる夏が好きよ』
『瑠璃《るり》の夏が見たいわ』
みんなの供物《くもつ》になっている妹を守る為に、彼女はそう言わなくてはならない。
使えないと判断されたら事だから。脅すように耳打ちした大人は誰だっただろうか。
何であれ、彼女は可哀想《かわいそう》な妹に言う。
『瑠璃《るり》、夏を見せて。瑠璃《るり》の夏が好きよ』と。
妹にとっては、姉から望まれているということが唯一の救いだった。

神様になどなりたくなかった娘が、助けてくれもしない人達の為に歌って踊る。

その為には理由が必要だ。出来るならば愛が理由のほうが良い。その方が諦めがつく。

だから夏の代行者《だいこうしゃ》葉 桜《はざくら》瑠璃《るり》は言う。


『お姉ちゃん、見て』と。


奉納された歌舞が、大地に宿る信仰が、姉に季節をあげたいという思いが世界に夏を授ける。

瑞枝《みずえ》が空に自らの腕を伸ばすように、稲穂が海の波の如《ごと》く揺れるように。

一つの干渉が大きな干渉を生む。そうして奇跡というものは世に形として現れる。

薄暑に炎暑。甘雨に緑雨。残花に盛夏。

夏嵐に薫風《くんぷう》。花野に緑野。青蔦《つた》に病葉《わくらば》。

夏の代行者《だいこうしゃ》のくれる季節は他のどの季節より騒がしい天籟《てんらい》を響かせる。

すべては自分を支えてくれる姉の為に。

彼女達は本当は対等で、優劣も序列もない。でも、歪《いびつ》で、こうでないと機能出来ない。

そういう姉妹が夏を支えていることを、みな知らない。

黎明《れいめい》十一年。大和国《やまとこく》、衣世《いよ》、夏の里。

地図にも載っていない隠里にて、当世の夏の代行者《だいこうしゃ》の命の灯火が消えようとしていた。

これまで大和《やまと》の泰平の為にその身を捧《ささ》げてきた尊き存在の逝去。

少しでも別れを惜しみたいと、家族や友人が夏の里内の本殿と呼ばれる場所に集まっている。

代行者《だいこうしゃ》が老齢ということもあり、この死は既に予告されていたものだった。

逝《ゆ》く者がいれば、誕生する者も居る。

四季の代行者《だいこうしゃ》は死亡すると直ちに次代の代行者《だいこうしゃ》にふさわしい者が選ばれる。

統計的には若者が選ばれているが、若さの定義は幅があり、下は五歳くらいから、上は十代後半も珍しくない。当時十歳の少女が選ばれる可能性は十分にあった。

これから神に選ばれる娘は、自分に起こることを何も知らずに日常を過ごしている。

優しい日差しが差し込む朝。今日も勝手に姉の部屋に入り、夢の中に居る彼女を起こした。

「あやめ、あやめ、おきてっ」

「きょうおやすみのひよ……きのう夜ふかしさせたの瑠璃《るり》じゃない……」

元気な妹。眠たげな姉。姉のほうは逃げるように布団《ふとん》の奥に潜り込みまた目をつむる。残された妹はなんとか自分のことを見てほしくて、ぴょんぴょんと寝台で跳ねた。

「瑠璃《るり》……もぉ……そのおこしかたやめて……」

困り果てた言葉が返ってくる。望んでいた反応が見られて瑠璃《るり》は嬉《うれ》しそうだ。迷惑な悪戯《いたずら》っ子だが、どこか憎めないのは瞳や声音から姉への好意が溢《あふ》れ出《で》ていて、あまりにも無邪気だからだろう。飛び跳ねるのをやめると今度は姉のあやめに布団《ふとん》の上から抱きついた。

「ぎゅうっ」

「うわぁ……重い……なんでいつもこれするの……」

まるで世界を知り始めたばかりの子猫だ。落ち着きがない。

反対に、あやめは同い年の瑠璃《るり》と並べると一際《ひときわ》成熟さが目立つ娘だった。瑠璃《るり》が太陽ならあやめは月。それぞれ違う光を帯びた娘達だ。

「あたし飛び跳ねるのすきだからっ」

「じぶんのベッドでやってよぉ」

「あやめのベッドで飛び跳ねるのがすきっ」

「……」

うんざりしつつも、あやめは妹を邪険にしない。彼女が自分を大好きなのを知っている。

あやめにとって瑠璃《るり》という娘はちょっと元気すぎる双子の妹、愛すべき家族だった。

早く遊ぼうよ、髪を結んでとあやめにねだる瑠璃《るり》の駄々っ子ぶりを諫《いさ》めるように頭を撫《な》でる。

あやめに撫《な》でられるとその時だけ瑠璃《るり》は大人しくなる。

出来るだけ長く撫《な》でて欲しいのでじっとするのだ。だがすぐパッと手は離されてしまった。

瑠璃《るり》は残念そうに口を尖《とが》らせる。

「もっとなでてもいいよ」

「もうしない」

「なんで、なでてよ」

「もう起きるからだーめ」

二人の世界は平和で、たくさんの愛情が流れていて、ちっとも歪《いびつ》ではなく。

「けち、あやめ」

「けちです」

暴力に包まれてもいなかった。世界の道具とは程遠い、自由で守られた子ども時代。

この頃、葉桜《はざくら》姉妹は確かに幸せだった。そういう時期があった。

やはり、まだ誰も彼女達の身に降りかかる災難を知らない。

「なにをきようかしら」

あやめはクローゼットを開けて何着か服を取り出した。自分に服をあてがうと、姿見で確認する。後ろから瑠璃《るり》がひょっこりと顔を出した。鏡には瓜二《うりふた》つの黒髪の乙女が映っている。

瑠璃《るり》とあやめ、二人は双子だった。緑の黒髪、真珠のように輝きがある肌、いずれは楚々《そそ》とした大和《やまと》美人になることが約束された顔立ちが特徴的だ。

「あたしとおそろいにして！　あたしとおそろいにして！　あやめとおそろいがいい！」

「またぁ……？　お父さんとお母さん、見分けできなくなるわ……」

「いいじゃん。ぐるぐる回ってどっちだゲームやろうよ」

「あれ、大人をこまらせるだけよ」

「こまらせたい」

見た目はそっくりだが、中身は違う。しっかり者のあやめが自然と瑠璃《るり》の面倒を見ることが多かった。生来持つ性格故にだろう。あやめは言われた通り、瑠璃《るり》と同じワンピースを着る。

それから瑠璃《るり》をドレッサーの椅子に座らせて髪を結ってやった。

「あたしもあやめの髪むすんであげようか？」

「やだ！　瑠璃《るり》がやると爆発する！」

「頭が？」

「そう、頭が爆発する。ぼんってね」

「したーい、ばくはつしたーい」

身支度が終わると二人は朝ごはんを食べた。大人達がそわそわしている。

『託宣がそろそろ下る』と、二人にはわからない言葉をつぶやいていた。

「なにはなしてるの？」

不安を感じ取ったあやめの質問に両親は答えない。瑠璃《るり》が庭で遊びたいと言うと、少し躊躇《ためら》ったが許可をした。

『あなた、注意深く見ていないと、何が起こるか……』

『きっとあの子達は選ばれない。そう思ったほうがいい』

こそこそと小声でまた意味深なことを言っている。それは、両親からすると祈りのような言葉だった。どうか自分達の子どもが神様に選ばれませんようにと、愛情から出た願いだ。

そんな親の心子知らず、瑠璃《るり》とあやめは庭へ出た。葉桜《はざくら》邸は広々とした庭に恵まれている。

「あやめ、何がしたい？　あやめがしたいことでいいよ！」

「瑠璃《るり》がしたいものでいいわよ。瑠璃《るり》は何がしたい？」

「いいの？　じゃあキャッチボール！」

寒くなってしまえばもう外では遊べない。あやめも異論はなかった。

ボールは小さな二人が両手で持てるくらいの大きさだ。二人の間でどれだけボールを落とさずキャッチリレーが出来るか挑戦するのがその時の流行《はや》りだった。

この時の季節は初秋。とは言っても、姉妹が住む夏の里の所在地である衣世《いよ》にはまだ秋の代《だい》行者《こうしゃ》が季節顕現に来ておらず、木々は色褪《いろあ》せることなく青々としていた。爽快な風が、やわらかな陽光が、二人を優しく包んでいる。晩夏の青空の下を、ボールが行き来する。

キャッチ出来ると縁側で姉妹を見守っていた両親がうまいうまいと褒めてくれた。

二人はそう言われると嬉《うれ》しくなって、大張り切りでまた投げ合う。

さあ、どちらが先にボールを落としてしまうだろうか。

瑠璃《るり》か、あやめか。

「あやめー！　もっと高く投げて！」

瑠璃《るり》か、あやめか。

「とれるー？　ぐるんって後ろにたおれちゃわない？」

瑠璃《るり》か、あやめか。

「いーの！　もっと高く！　高く！　お父さん、お母さん、キャッチしたらほめてっ！」

あやめは言われるがままにボールを投げる。高く、もっと高く。

太陽とボールが重なって見えなくなった。


「瑠璃《るり》？」


とん、とん、とんと音を立ててボールは地面に落ちて、庭の端へ消えてしまった。

ボールをキャッチ出来なかったのは瑠璃《るり》だった。

「瑠璃《るり》……！」

その時、夏の里の本殿で夏の代行者《だいこうしゃ》が息を引き取った。

世界構造を担《にな》うシステムが速やかに代替えを要求し、選抜は瞬時に行われた。

残酷なほどに速く、そして容赦なく奉仕を求めた。

「瑠璃《るり》、どうしたの……！」

宣託は確かに下された。代替え品の名は『葉桜瑠璃《はざくらるり》』。

「痛い、痛い、痛い痛い痛いっ……！」

葉桜《はざくら》家の双子の内、妹のほうが選ばれた。

何故《なぜ》、彼女だったのかは誰にもわからない。

「やめて、呼ばないでっ!!」

瑠璃《るり》は倒れたかと思えば、悲鳴を上げて地面の上でのたうち回った。

「る、瑠璃《るり》……！　身体《からだ》が痛いの？　瑠璃《るり》っ！」

「痛いよ、痛い、あやめ、痛いよ、痛いっ……」

「ま、待って、待ってね……！　お母さん！　お父さん！」

選ばれなかったあやめは瑠璃《るり》から目が離せない。妹の身体《からだ》に明らかに異変が起きている。

お揃《そろ》いで着ていたワンピースの裾から見える素足は刃物で丹念に彫られたように赤い百合《ゆり》の花の絵が広がっていた。両親がそれを見て『神痣《かみあざ》だ』と絶望的な様子で囁《ささや》いた。

それが何かわからないあやめは怖くて仕方がない。

異変は周囲にも起きた。瑠璃《るり》の身体《からだ》を中心として小鳥達が集まって、王様が目覚めるのを待つように周りを囲み出す。遠くでどこかの家の飼い犬が吠《ほ》えている。猫が塀の上にずらりと並んだ。空で鴉《からす》が旋回している。みんなみんな、瑠璃《るり》を見ていた。

新しい『生命使役《せいめいしえき》』の王を。

――怖い。

あやめは、ただただその光景に恐怖した。両親がどうしてと泣いている。

誰が見ても、この子は夏の代行者《だいこうしゃ》に選ばれたのだとわかってしまった。

代行者《だいこうしゃ》の選出は身体《からだ》に神痣《かみあざ》と呼ばれる聖痕なるものが現れるのが第一報。

代行者《だいこうしゃ》の元に四季の声と呼ばれる名前を呼ぶ現象が発生することが第二報。

代行者《だいこうしゃ》の意志に関係なく、神から与えられた権能を行使してしまうことが第三報。

どうあっても言い逃れが出来ない仕組みとなっている。

どこにでも居る無邪気な十歳の女の子の人生は今日この日をもって終わった。

だって神様になってしまったのだから。

現人神《あらひとがみ》を輩出した葉桜《はざくら》家の日常はすぐに様変わりした。


家族の中で神託が下った娘が現れたというのは非日常の始まりだ。

瑠璃《るり》はあれよあれよと言う間に大人達に管理されるようになった。両親は瑠璃《るり》に付きっきり。

何も出来ないあやめは里内にある学舎に通う以外は大人しく屋敷《やしき》に居ることしか出来ない。


「……なんで？　なんであたしなの？　あやめは？」


そう尋ねる瑠璃《るり》に、両親は選ばれたのはあなただけなのだと何度も説明する。

四季を管理、運営する四季庁《しきちょう》の職員達が夏の代行者《だいこうしゃ》に選ばれたことをとても名誉で素晴らしいことだと瑠璃《るり》に言い聞かせた。だが瑠璃《るり》は聞く耳を持たない。

「やだやだやだ！　神様なんてならない！　本殿なんていかない！　あやめといる！」

確かに誉れある地位だが、現人神《あらひとがみ》になった時点で人生を奪われたも同然だ。

その役割に就く者達は世界構造を動かす為の部品でしかない。

四季の代行者《だいこうしゃ》とは世界への供物《くもつ》なのだから。

「やだ、やだよぉ……」

瑠璃《るり》はみんなの為に生贄《いけにえ》になった。

残酷なことだが、彼女の子ども時代もそれ以降の人生も現時点で奪われたのだ。

この役目が終わるとすれば、瑠璃《るり》が老いた時か若くして絶命した時だろう。

「瑠璃《るり》……みんなを困らせちゃだめだよ……」

「やだよぉ……ついてきて、あやめ、ついてきて……」

瑠璃《るり》が泣いてあやめにすがるが、やはりどうしてやることも出来ない。

突然授かった神通力《じんつうりき》を自由自在に使えるようになる為、瑠璃《るり》は夏の里の中にある本殿と呼ばれる里の中枢機関で修行をすることになっていた。そこには代行者《だいこうしゃ》の住居も用意されている。

瑠璃《るり》があまりにも泣くので、両親が嘆願してとりあえず通いの修行になったが、いずれ家族と引き離されるのは目に見えていた。代行者《だいこうしゃ》は管理、警備されるべきもの。この世界に於《お》いて現人神《あらひとがみ》は世界を動かすシステム。ちゃんと機能させる為には練習が必要だ。

修行の一年間は本殿で暮らしたほうが効率が良い。

「帰ってきたら遊ぼう、瑠璃《るり》……」

「やだ、やだ、やだ！　あやめも一緒なの、やだぁっ！」

毎日これの繰り返しになった。瑠璃《るり》が行きたくないと駄々をこねる。家の中に隠れたり、あやめにしがみついて泣きわめく。暴れる瑠璃《るり》を両親が抱えながら車で送迎をする。

あやめは屋敷《やしき》の窓から車の行きと帰りを見守るしかない日々が続いた。

本人があまりにも頑《かたく》なだったせいか、それとも周囲の支えが足りなかったのか。

瑠璃《るり》が夏の代行者《だいこうしゃ》として問題児であると噂《うわさ》されるようになるのにそう時間はかからなかった。

これほどまでに神様業を拒否する娘は中々居ないと悪い意味で評判になるほどだ。

幼い代行者《だいこうしゃ》を支える精神的支柱、代行者護衛官《だいこうしゃごえいかん》を配属させることが早急に求められた。

四季の代行者護衛官《だいこうしゃごえいかん》とは四季の代行者《だいこうしゃ》の精神と身体《からだ》を守る為に存在する。

代行者護衛官《だいこうしゃごえいかん》の選定はその里によって、その代行者《だいこうしゃ》によって違う。夏の里では近親者から選ぶことが多かったが、瑠璃《るり》は候補とされていた仲の良い従兄弟《いとこ》達も拒絶した。

というより、瑠璃《るり》の嘆きを受け止めきれる者が居なかった。

元々、人に操作されることを良しとしない娘だ。

感情のままに暴れている瑠璃《るり》を諫《いさ》めて導ける者など限られる。

そうなってくると、矛先が向かう人物は一人しか居なかった。


双子の姉の葉桜《はざくら》あやめだ。


恐らく両親も瑠璃《るり》をなだめられるのはあやめだけだとわかっていた。

だが、両親があやめに『護衛官《ごえいかん》になれ』と強要することはなかった。

彼らからすると大事な二人娘の内一人は神様に奪われた。

あやめが護衛官《ごえいかん》になれば、もう一人も奪われるに等しい。

せめてあやめだけでも普通の暮らしをさせてやりたいと思うのは親心だろう。

瑠璃《るり》はというと、恐らく心の底からあやめを欲《ほっ》していたが、両親から口止めされているのか、自分でもそれはいけないと思っているのか、護衛官《ごえいかん》になって欲しいとは言わなかった。

ただ、家に帰ればすぐあやめの元へ駆けていくだけだ。

「もうやだ……！　明日はいかない。絶対いかないもん……！」

自分の部屋ではなく、姉の部屋の布団《ふとん》にくるまり、みの虫のようになる。そして世界全体を拒否した。精神が不安定なのは小さな身体《からだ》に宿る神通力《じんつうりき》を使いこなせていないのも一因だ。

夏の代行者《だいこうしゃ》に宿る力、『生命使役《せいめいしえき》』の権能のせいで、動物達の鳴き声が頭の中でずっと響くと瑠璃《るり》は嘆く。これも鍛錬を積めば解決する問題だが、いかんせん瑠璃《るり》の気持ちが安定しない。

「神さまになんてなりたくない……なりたくないよっ……嫌だよぉ、あやめ……」

瑠璃《るり》にいま必要なのは、本殿での修行ではない。不安を抑えられる場所。

この人ならばと身を委ねられる、頑張る元気をもらえる心の拠《よ》り所《どころ》だった。

「瑠璃《るり》……」

あやめは幼くして聡《さと》い子どもだった。

両親が自分を護衛官《ごえいかん》にしない理由を言われずとも理解していた。

瑠璃《るり》を見ていればわかる。神様になるのも、神様のお付きになるのも大変なことだ。

きっといま妹への同情心で手を差し伸べればいつか後悔するだろう。

——でも。

瑠璃《るり》が言う『あやめは？』という台詞《せりふ》を聞く度に胸が痛む。

——じゃあ瑠璃《るり》はどうなるの。

あやめは自分が選ばれなかったことに安堵《あんど》していた。

と、同時に罪悪感も抱いていた。

もし、双子ではなかったらこんな感情は抱かなかったかもしれない。

瓜二《うりふた》つの娘。黙っていれば両親だって見分けが難しい。なのにあやめは免れた。

神様の選定に議論を挟む余地はないが、疑いはあやめの中にずっとある。

本当は自分が選ばれる可能性もあったのでは、と。

——私がやったことが決め手になっていたら？

あの時、瑠璃《るり》はボールをとれなかったのだ。

あやめが高く投げてしまった。

——あれのせいだったら？

実際は何の関係もないことだ。

けれどもあやめは瑠璃《るり》が選ばれた理由を、自分が選ばれなくて済んだ理由を、延々と考えてしまう。まるで呪いでもかけられているかのように。

朝起きるのは瑠璃《るり》のほうが早かった。

朝ごはんだって瑠璃《るり》のほうが食べるのが早かった。

両親へのおはようの挨拶はどちらが先だった？


どれも、今更考えたところで仕方ないことだ。

神様が行いではなく魂を見て選定をしているのなら意味がない。

選定理由は神様しか知らない。いくらでも『もし』を考えられる。

あやめはけして神様になりたいわけではない。だというのに妄想が止まらないのだ。

——私達、違いはあるけど、双子なのよ。

瓜二《うりふた》つという事実が、思考を深い闇に沈める。葉桜《はざくら》家に出入りするようになった四季庁《しきちょう》の夏職員達が口走る陰口を聞いてしまったのも良くなかった。

彼らはこう言った。『妹じゃなくて姉なら良かったたな』と。

大人しくて、気が強くなくて、管理する者達にとって都合がいい子どものほうが扱いやすくて楽だったのにと。彼らも『もし』を語っていた。

当然、あやめは憤《いきどお》った。

妹の良いところを何も知らないくせに、と。

――勇敢で、創造力があって、明るくて、正義感が強くて。

月のようなあやめは、太陽のような瑠璃《るり》を眩《まぶ》しく思っていた。

――瑠璃《るり》のほうが良いに決まってる。

そうだ。だからどれほど『もし』があっても、妹が夏の代行者《だいこうしゃ》なのは問題ない。

他の人が何を言おうと自分は瑠璃《るり》の素晴らしさを知っている。

彼女はふさわしい。そうだ、問題ないはず。だからこの考えはもうやめよう。

――あなたはふさわしいはず、きっとそうよね？


「あたし、神様になんてなりたくなかった」

――そのはず、だけれど。


「なりたくなかったよ……」

あやめがどんなことを頭の中で考えたとしても全てはこの言葉でリセットされる。

「そうね、そうよね……瑠璃《るり》は神様になんてなりたくなかった……」

あなたは神様にふさわしい。ふさわしいが、向いてはいない。

――代わってあげられたら良かった。

何か、神様からのサインを見逃して、瑠璃《るり》に押し付けてしまった可能性はないだろうか。

もしそうなら自分は大罪人だ、とあやめは思う。姉が妹に生贄《いけにえ》の役割を任せてしまうなんて。

あやめは意味のないことを頭の中で繰り返し思い浮かべ続ける。堂々巡りだ。

可哀想《かわいそう》な妹にしてあげられることは限られている。

同じ境遇に落とされた時、あやめなら瑠璃《るり》にどうして欲しいだろうか。

「あやめ……このままずっと……こうなのかな。もう、前みたいには戻れないの？」

瑠璃《るり》が泣きべそ顔でそう尋ねてきた。

彼女は自分が現人神《あらひとがみ》になったせいで家族の在り方が変わったことを悲しんでいるのだ。

幼い妹は変化に耐えられない。

もう瑠璃《るり》があやめの寝台でぴょんぴょんと跳ねる朝は消えてしまった。

姉妹でおやつを分け合って笑い合う午後は訪れなくなった。

あの時使っていたボールはいつの間にか捨てられた。

家の中は常に通夜《つや》のようだ。家族はほとんど笑わなくなり、疲弊している。

両親は意見の衝突が多くなり、今まで見たことがなかった夫婦喧嘩《げんか》をするようになった。

すべて、すべて、変わった。

ある日、妹が神様になった。その結果、色んなことが変わってしまったのだ。

前の家族は戻らない。もう二度と。

――嫌よ。

この悲劇的な流れを、少しでも良い方向に軌道修正出来るとしたら。

――そんなの嫌、なんとかしなきゃ。

やはり、あやめが奮い立つしかない。

神様になった妹は救いを欲《ほっ》している。苦楽を共にすることで瑠璃《るり》を諭していける存在が求められていた。荒れ狂う娘を見なくて済めば、両親も今より心が凪《なぎ》のように落ち着くだろう。

「……瑠璃《るり》、きいて」

幸いなことに、この時のあやめに悲愴感はなかった。

しなくてもいい理由は山程あるのに、する理由だけを見つめて勇気ある決断をする。

小さな葉桜《はざくら》あやめは聡明《そうめい》だが、その実ただの寂しがりやで。家族思いの娘で。

「瑠璃《るり》、私が護衛官《ごえいかん》になるよ。瑠璃《るり》を守るから」

愛されるより愛する子どもだった。

「お姉ちゃんがいるよ」

逃げたほうが良かったのに。

彼女が歩もうとしている道は困難だ。自分で地獄の門をくぐるに等しい。

過酷であろうことは既にわかっている。妹を守る為にあらゆる外敵を殺す覚悟が必要だ。

まだ十歳であっても。

あやめの言葉で、陰っていた瑠璃《るり》の瞳にほんのりと光が灯《とも》った。

「……でも……それだと、あやめが……」

真暗闇の中で摑《つか》んだ希望。輝く何かを見た。

あろうことか、夏の神様が『姉』を信仰し始めた瞬間だった。

「……あやめがつらくなるのは、やだ……」

それでも瑠璃《るり》はすぐ頷《うなず》かない。喉から手が出るほどあやめの存在が欲しいだろうに。

瑠璃《るり》はあやめが大好きなのだ。この優しくて賢い双子の女の子を苦しめたくない。

でも、欲しい。

同じ場所まであやめを堕とすことに躊躇《ためら》いと、渇望《かつぼう》と、救いが混在していた。

「瑠璃《るり》、いいの。私がそうしたいの。いっしょにがんばろう……ね？」

瑠璃《るり》はしばらく黙っていたが、やがてあやめに手を伸ばした。

涙が頬を伝っていた。みんなの為に生贄《いけにえ》にされた女の子はようやく救いを得たのだ。

必死に自分にしがみつく妹を見て、あやめはこの判断の正しさを感じた。

よかった。きっとこれで何もかもうまくいくはずだわ、と。

「……で、でも……」

ひどく善良で愚かな子どもは、そう信じていた。

黎明《れいめい》十二年、冬の里。


約一年間の修行を終え、冬の代行者《だいこうしゃ》と一月ほど共に生活をする『四季降《しきお》ろし』と呼ばれる神儀を行う為に夏の代行者《だいこうしゃ》葉桜《はざくら》瑠璃《るり》と、その護衛官《ごえいかん》葉桜《はざくら》あやめは冬の里へ向かった。

これより二年前、同じく四季降《しきお》ろし期間中だった春の代行者《だいこうしゃ》が冬の代行者《だいこうしゃ》を庇《かば》い、賊に誘拐されている。悲報は四季界隈《かいわい》を震撼《しんかん》させたが、未《いま》だに春の代行者《だいこうしゃ》の行方は知れない。

冬の里は悲しみに包まれたままだ。


「よく来た。夏の代行者《だいこうしゃ》様、護衛官《ごえいかん》殿、寛《くつろ》いで過ごされよ」


そんな状態のせいか、冬の代行者《だいこうしゃ》寒椿《かんつばき》狼星《ろうせい》は四季降《しきお》ろし中ほとんど顔を見せなかった。

彼はいまだ行方不明の春の代行者《だいこうしゃ》花葉《かようひ》雛菊《なぎく》の捜索活動中。冬の代行者《だいこうしゃ》護衛官《ごえいかん》寒月《かんげつ》凍蝶《いてちょう》も常に彼に付き添っていた。冬は春を求め戦っている最中なのだ。つまるところ、瑠璃《るり》とあやめはお呼びではなかった。本来であれば四季降《しきお》ろしとは代行者《だいこうしゃ》同士、また護衛官《ごえいかん》同士、親交を深めるものだが、狼星《ろうせい》の気持ちが常に心ここにあらずなせいかそれは叶《かな》わない。

冬の里の者達は、年の近い代行者《だいこうしゃ》である狼星《ろうせい》と瑠璃《るり》が仲を深めることを期待していたようだが、狼星《ろうせい》はまるで雛菊《ひなぎく》の代わりにしろと言わんばかりのその気遣いに反抗していた。

そもそも、そんな状況ではなかったとも言える。瑠璃《るり》とあやめを守る為に冬の里は最大警備を敷き、何をするにも里の護衛達を付き添わせた。二年前、彼らは春を守れなかった。また同じようなことが起きぬよう尽力することに神経を尖《とが》らせている。常に厳戒態勢だ。この中で冬の里の者達が望むような交流をするのは難しいものがあった。

寒椿《かんつばき》狼星《ろうせい》と花葉《かよう》雛菊《ひなぎく》は、四季降《しきお》ろしの期間中にそれはそれは仲良くしていたと瑠璃《るり》もあやめも聞かされていた。瑠璃《るり》のほうは狼星《ろうせい》と雛菊《ひなぎく》の話を聞いて思う所があったのか狼星《ろうせい》に果敢に話しかけるようになった。

しかし、この努力は不発に終わる。

とある事故が起きた。一度くらいはと、権能の訓練を共にすることになった瑠璃《るり》と狼星《ろうせい》だったが、狼星《ろうせい》の大事にしている花樹を瑠璃《るり》が誤って傷つけた。生命使役《せいめいしえき》で操った動物達が衝突して枝が折れてしまったのだ。それは放棄した前の冬の里から狼星《ろうせい》がわざわざ移植させたもの。花葉《かよう》雛菊《ひなぎく》との思い出が詰まった花梨《かりん》の木だった。狼星《ろうせい》もそれだけは許せなかったのだろう。瑠璃《るり》が謝罪しても彼の怒りは収まらず、それに瑠璃《るり》も反発し大喧嘩《げんか》になった。

かくして瑠璃《るり》と狼星《ろうせい》は不仲になる。

友達になりたかったのに、と言って泣く瑠璃《るり》を見てあやめも泣きたくなった。

黎明《れいめい》十三年、夏顕現の旅。

夏主従が顕現の旅を開始した黎明《れいめい》十二年の頃から賊との戦いはあったが、冬の代行者寒椿《だいこうしゃかんつばき》狼星《ろうせい》が『賊狩り』と呼ばれるほど自ら賊を倒し続けているせいか、賊の注目は冬に集中され、瑠璃《るり》とあやめは激しい戦闘を経験していない。瑠璃《るり》を守るあやめの立場からすると幸いだった。

いきなり殺し合いをしろと言われても、出来るはずがない。

まだまだ、四季庁《しきちょう》から派遣された職員達に守ってもらわなくてはいけなかった。

「あやめ、なんか運動神経よくなったよね……」

「瑠璃《るり》にもわかる？」

「銃とか、剣とか、上達早いって聞いたよ……すごいね……」

「うん……」

不思議と、護衛官《ごえいかん》になると決めてから運動能力が向上しているようだった。

権能と呼べるかはわからないが、こうしたことは他の季節の護衛官《ごえいかん》でも見られる兆候らしい。

身体能力が段々と常人離れしていく。現人神《あらひとがみ》を守る為の、神様からのギフトというところか。

力より平穏な生活が戻って欲しいと願う葉桜《はざくら》姉妹には複雑な贈り物だ。

「あたしのせいで、ごめんね」

瑠璃《るり》があやめの手のひらの剣だこをさする。

これくらいなんてことないよと微笑《わら》うあやめに、瑠璃《るり》は確かに救われた。

黎明《れいめい》十四年、夏顕現の旅。

あやめが初めて人を殺した。

賊からの突然の強襲。死闘と呼べる戦闘を繰り広げた末に賊の男を殺してしまった。

瑠璃《るり》が冬景色を塗り替える前だったので、真白の雪の上に飛び散った血の赤が恐ろしいほどに色鮮やかだった。四季庁《しきちょう》の職員は呆然《ぼうぜん》としているあやめになぐさめるように声をかける。

代行者護衛官《だいこうしゃごえいかん》が任期中に殺人をせず終えることはほぼ無い。代行者《だいこうしゃ》を守る役職に就いている者は少なからずこうした暴力に巻き込まれる。正当防衛であることに間違いはない。

だから罪に問われることもない、大丈夫だと言われたが、心は一向に大丈夫にならない。

瑠璃《るり》が死体に向かって『お前のせいであやめが人殺しになった！』と泣きわめいてる。

そうか、自分は人殺しになったのかと、あやめは雪の中で白い息を吐いた。

黎明《れいめい》十五年、夏の里。

瑠璃《るり》とあやめは『春の代行者《だいこうしゃ》様が消えて五年』という報道番組の特集を見た。

なんとなく春がないことが当たり前になってきている。

代行者《だいこうしゃ》は死ねば直ちに代替えが選ばれる。瑠璃《るり》がそうなったように。新たな春の代行者《だいこうしゃ》が誕生したという報もない限り、春の不在は雛菊《ひなぎく》の生存を示す。

彼女はいまこの時もどこかで生きている。だが、きっと無事ではないだろう。五年も賊に攫《さら》われていて、五体満足でいられるとは思えない。身体《からだ》が無事であっても、心はどうだろうか。

報道番組では人々が『早く春が戻ってきて欲しい』と言っている。

それは今なお戦っているであろう春なのか、それとも新しい春なのか。

「みんな、春さえ来ればそれでいいんだろうね。あたし達のことなんて考えてなさそう」

瑠璃《るり》がぽつりとそうつぶやく。もし、同じことが自分達に起きたとしたら。

二人は想像しただけでも怖くなった。

黎明《れいめい》十六年、夏の里。

十五歳になった瑠璃《るり》とあやめは多感な時期のせいか喧嘩《けんか》ばかりしている。

お互いずっと一緒に居るのが良くないのだろう。どれだけ仲の良い家族でも、一人の時間は必要だ。だが、瑠璃《るり》のあやめに対する束縛は年々強くなっていった。

瑠璃《るり》の代行者護衛官《だいこうしゃごえいかん》は、いずれ他の人物に、言ってしまえば瑠璃《るり》の伴侶となる人に引き継ぐという話を聞かされたせいもある。

慣例として、夏の代行者《だいこうしゃ》は幼少期を家族が支え、その後は別の者を据えることが多かった。

この頃既に瑠璃《るり》の見合いの話が出ていたので、それに対する反発もあったのだろう。

瑠璃《るり》の人生は他者からいいように操作されてばかりだ。

溜《た》まった鬱憤が近しい人に向けられてしまうのは、あやめなら受け止めてくれるとどこかで思っているからに違いない。家族ゆえの甘えだ。あやめは瑠璃《るり》が怒りをぶつける相手は自分であってもよいと彼女の行動に正当性を見出《みいだ》していた。

——もし私が代行者《だいこうしゃ》に選ばれていたら、同じように癇癪《かんしゃく》を起こしていたかも。

同じ顔をした双子の姉は妹より自由だ。

——見る度に複雑な気持ちを抱かせるに違いないわ。

瑠璃《るり》は自分がいるから辛《つら》いのだ。あの時の決断は誤りだったのかもしれない。

瑠璃《るり》の見合いが進んだこともあり、あやめは段々と瑠璃《るり》と離れることを考え始めた。

愚かな子どもはようやく後悔し始めた。

黎明《れいめい》十七年、夏の里。あやめは家出した。失敗に終わったが、新しい出会いがあった。

夏の恋は此処《ここ》から始まる。

第一章

夏の代行者護衛官

葉桜あやめ

黎明《れいめい》十九年、季節は夏。夏の里。

炎陽が大地を抱きしめ、緑滴《したた》る山々に青葉の香りが漂う頃。

鮮やかな色を纏《まと》う花々が生を謳歌《おうか》し、蝶《ちょう》が人の子を誘惑するように空を浮遊していた。

夏の代行者《だいこうしゃ》の季節がやってきたのだ。

数ヶ月前は真冬の装《よそお》いだった里も今はすっかり夏衣を纏《まと》っている。

瑠璃《るり》とあやめはこの年の夏顕現の旅を終え、里に戻っていた。

——久しぶりに会える。

十八歳になったあやめは自身の婚約者に会う為に外出しようとしていた。

あやめが着ている服も季節に合わせて夏めいている。

下ろしたてのワンピースに買ったばかりのパンプス、手には籠バッグだ。

いつもよりめかしこんでいる姉の姿に妹の瑠璃《るり》は何事かと絡《から》んできたが、あやめはそれらしい理由を告げて逃げた。玄関の扉を開けた瞬間、外の光で目がくらむ。

つい最近まで、冬を退け夏を贈る日々を続けていたせいか、外に出て太陽が燦々《さんさん》と輝いている景色が見慣れなかった。

まだどこかに雪があるのではと、あの寂しくて冷たい冬の残骸を探してしまう。

――今年の冬も根深かった。

この頃の冬は年々厳しさを増すばかり。冬の里で誘拐された春の代行者《だいこうしゃ》はいまだ姿を消したままだ。彼女を失った冬の代行者寒椿狼星《だいこうしゃかんつばきろうせい》の悲哀が季節にも表れている。

雛菊《ひなぎく》の喪失を埋めるように狼星《ろうせい》が季節を敷いている為、通常より二倍の冬季期間があった。

そこからいきなり夏になるので、季節の変わり目に寒暖差で苦しむ人も多くなっており、気象病が流行《はや》るほどだ。

四季の代行者《だいこうしゃ》の伝承では冬しか季節を知らなかった大地が、突然与えられた春の暖かさを知り、厳冬と暖春の繰り返しを嘆く一節がある。

いま大和《やまと》の民は身を持ってそれを知っていると言えるだろう。

――花葉《かよう》様、ご無事だと良いのだけれど。

現在、夏が春の代わりをしていると言っても過言ではないが、やはりそれでは駄目なのだ。

あやめは会ったこともない春の神様の無事と帰還を祈らずにはいられない。

そんなことを考えながら歩いていると、目当ての小道にたどり着いた。

人目を忍んで雑木林に身を隠す。誰にも見られなかったことを確信すると、婚約者が待っているはずの場所にまた歩き始めた。里を囲む木々は鬱蒼《うっそう》としていて、一度紛れ込むと人も獣も緑に良く溶け込んだ。別に悪いことをしているわけでもないのだが、あやめは自然と忍び足になる。二人の仲は公表されていないのでこうせざるを得ない。

――これも逢引《あいびき》と言えるのかしら。

考えただけで、何だか胸がくすぐったい心地になった。

木々の中に隠れた目当ての車を見つけると、あやめは小走りで駆け寄る。

婚約者の彼との久しぶりの再会、否《いや》が応《おう》でも頬は上気し心臓は高鳴る。けれども。

「えっまた言えなかったの、あやめちゃん？」

婚約者はあやめが瑠璃《るり》に二人の関係を伝えられていないことを知ると、呆《あき》れ声を出した。

車に乗り込んでからすぐ言われたその言葉に、あやめはむっとする。

――別に甘い言葉を期待していたわけではないけれど。

もう少し、言いようがあるだろうに。少々軟派な雰囲気の婚約者に抗議した。

「連理《れんり》さん……そんな簡単なことじゃないんです」

「代行者護衛官《だいこうしゃごえいかん》のお仕事するより簡単だと思うよ」

連理《れんり》はあやめの膨らんだ頬を、からかうように指でつつく。あやめの頬はまたすぐにぷくりと膨らむ。四季の代行者護衛官《だいこうしゃごえいかん》葉桜《はざくら》あやめをこのように扱える人はこの世に彼しか存在しない。

「あやめちゃん、瑠璃《るり》ちゃんに気を遣いすぎなんだよなぁ」

あやめも彼くらいにしかこれほどの気安さを許しはしなかった。

「あのですね、主に気を遣うのが護衛官《ごえいかん》のお仕事なんです。あの子は心で季節を顕現させるんだから。顕現の旅の最中にわざわざ傷つけるようなこと言えるわけないでしょっ」

「怒んないでってば。あ、言い忘れてた。今年も夏の顕現ありがとうございます」

「……」

「四季の代行者葉桜瑠璃《だいこうしゃはざくらるり》様と、代行者護衛官葉桜《だいこうしゃごえいかんはざくら》あやめ様、並びに各関係者様のおかげで大和《やまと》に夏が訪れました。夏の里、里医局《さといきよく》管理の老鶯《ろうおう》家の名代として感謝申し上げます」

連理《れんり》はあやめの前では軽薄さを装《よそお》いつつも基本的に大人で優しかった。

「……老鶯連理《ろうおうれんり》様、労《ねぎら》いの言葉、痛み入ります。貴方《あなた》に素晴らしい夏が訪れますように……」

ふくれっ面《つら》であやめが言うと、彼はなだめるように微笑《ほほえ》んで囁《ささや》いた。

「堅苦しいのはこれでおしまい……ごめんね、瑠璃《るり》ちゃんに言うの簡単じゃないのわかってるよ。顕現の旅で疲れてたのに俺と会ってくれてありがとうね」

「……」

「機嫌直してよ。なんでもします」

彼にとってあやめはどんな存在だったのだろう。

わからない。少なくともあやめにとって彼はかけがえない人だった。

その人が救済とはその時はわからないものだ。

二人の馴《な》れ初《そ》めはこの時より少し前に遡る。

十六歳の時、葉桜《はざくら》あやめは何もかも嫌になって里を飛び出したことがあった。

計画されたものではなく、衝動的な家出だ。

当時のあやめは、主であり双子の妹でもある瑠璃《るり》への接し方や、代行者護衛官《だいこうしゃごえいかん》の仕事で人生を押し潰されていること、助けられもしないのに妹の傍《そば》に居ること、挙げればキリがない様々な事柄で、生活というよりかは人生全般に悩んでいた。

同じく、双子の妹の瑠璃《るり》も渦中《かちゅう》にあった。縁談が順調に進んでいたからだ。姉とだけ過ごしていればよかった人生に、違う相手が入ろうとしていた。のちに見合いで決まった婚約者のことを気に入りはするがこの時点では違う。あやめに依存することで神様業をしていた瑠璃《るり》には、自身の婚姻に関する事柄がすべて悩みの対象だった。大好きな姉はあと数年もすれば自分から離れていってしまう。そんな不安が苛立《いらだ》ちに変わり、周囲への反抗へと変わっていた。

瑠璃《るり》の反抗がぶつけられる相手は自然とあやめに集中する。やがてあやめは心が折れた。

『もう疲れた。消えてしまいたい』と。

良くも悪くも、あやめは責任感が強すぎた。彼女は人を支えるばかりで、支えてもらうという発想がなかった。あやめが可哀想《かわいそう》な立場だったのは確かだ。しかし、だからと言って家出をしたのは軽率な行為だった。彼女自身が望まない結果になるとわかりきっていたからだ。

第一に瑠璃《るり》を泣かせてしまう。

あやめは人生に苦悩してはいるが瑠璃《るり》を嫌いなわけではない。

第二に、あやめ自身が瑠璃《るり》の姉という立場に自己肯定を見出《みいだ》している。

つまり護衛官《ごえいかん》職から逃げることは自分の首を絞める行為に等しい。

神の姉としてふさわしく在ることがあやめの存在証明であり、他者から貰《もら》える唯一の肯定。

護衛官《ごえいかん》の仕事から逃げることは自分への加害。求められる振る舞いをすることは自衛とも言えた。おまけに、役目を放棄して逃げても里の者に追跡されて連れ戻されるのはわかっている。

その後に瑠璃《るり》がどれだけ悲しむか、今まで築いた信用を失い、周囲から失望され、耐え難《がた》い叱責と侮蔑を受けることも容易に想像が出来た。あやめの家出は哀れで愚かな逃避だった。


免許をとったばかりの自動二輪車で山林を駆け抜けたあの日、あやめはどうなったのか。

愚かな子どもだった少女は、里から飛び出してすぐに自動二輪車がガス欠になり立ち往生。困って峠道で呆然《ぼうぜん》と立ち尽くしていたところ、後の婚約者となる老鶯連理《ろうおうれんり》が偶然車で通りがかり助けてくれた。彼が秘密にしてくれたので、あやめが家出をしたという事実は誰にも知られずに済んでいる。連理《れんり》はあやめの身の安全も名誉も守ってくれた。

「やっぱここは俺が行くしかないかな、お姉さんをくださいってさ」

あの日、あやめは彼に助けてもらった。

「連理《れんり》さん……」

それが二人が急接近するきっかけ。ロマンチックと言えばロマンチックかもしれない。

あやめにとっては人生の分岐点となった。自分のことを助けてくれる人が、悩みを話せる相手が出来たのだ。あやめに必要な人間というのは正にこういう存在だったのだろう。

連理《れんり》が味方になってくれたおかげで、折れそうだった心が立て直せた。

また瑠璃《るり》の姉としての機能を取り戻せた。

そうあることが必然のように、あやめと連理《れんり》は婚約へと至った。

「いえ、連理《れんり》さんに出てもらうのは最終手段で……瑠璃《るり》に何をされるかわからないので。両親には婚約を認めてもらえましたが、妹のほうが難関です。今まで連理《れんり》さんの存在を隠していたこと自体、瑠璃《るり》の逆鱗《げきりん》に触れるかと。言っても怒るのは目に見えているんですが……」

何となくあやめが連理《れんり》に対して頭が上がらないのはあの救出劇があったからかもしれない。

「俺、何かされちゃうかな？」

「はい。犬をけしかけられるくらいは……でも私が絶対お守りします」

――これ以上、私のことでがっかりされたくないわ。

彼女がこう思うのにも理由があった。

実のところ、あやめと連理《れんり》は峠での出会いが初対面ではなかった。

あやめは忘れていたが、もっと幼い時に交流とも言えない交流があったのだ。

それは幼少期の記憶の中に埋もれていくようなものだった。

ある時は親に連れて行かれた花見で両親が離れている間に偶然近くにいたので少し会話を、またある時は里の小さなお祭りで姉妹で歩いていると連理《れんり》にぶつかり迷惑をかけた。その程度のこと。子どもの頃に、里の中で何度か接する機会があった。ただそれだけ。

ただそれだけだが、あやめは忘れ、連理《れんり》は覚えていた。

立ち往生しているあやめを見つけた時に、連理《れんり》は『あの子だ』とすぐわかったそうだ。しかしあやめは『誰？』と言わんばかりに不審者扱いして失礼な態度をとってしまったという苦い記憶が救出劇の中にある。自分から初対面ではないと説明する連理《れんり》は明らかに落胆していた。

「……それ、俺死ぬよね。相手、あらゆる生物を使役する御力を持つ夏の代行者《だいこうしゃ》様だよ。死ぬって……」

「し、死なせませんよっ」

がっかりさせたのに、連理《れんり》は小さい頃の姿を知っていたというだけで、年長者としてあやめを守ろうとしてくれた。あやめは彼のそういう器の大きさに救われている。

「くく……俺の死因、シスターコンプレックスかぁ」

連理《れんり》はけらけらと笑った。困ったなぁ、とつぶやくが、本当に困っているようには見えない。

「連理《れんり》さん、笑い事じゃないです」

あやめは口を尖《とが》らせて言う。

「ごめんって。もし修羅場になったらさ、『それでもあやめさんをお嫁さんにください！』って俺、頑張るから、あやめちゃん援護してね」

「わかってますよ……それに、被害を受けるのは恐らく連理《れんり》さんだけじゃないですから」

この時のあやめは婚約発表による瑠璃《るり》への影響をけして軽んじてはいなかった。

だが、もっと深刻になったほうが良かったのは確かだろう。結局この数ヶ月後、あやめは婚約者披露の場を設けて、瑠璃《るり》に婚約者の存在を知らせる。瑠璃《るり》はショックで大泣き。拒絶反応で神通力《じんつうりき》が発動。彼女の精神に呼応して、里中の動物がパニックに陥り大暴走。

動物達をすべて沈静化するのに三日はかかる大事件が起こる。その後、瑠璃《るり》はあやめを含む里の人間と対話を拒否。怒れる妹は部屋に閉じこもり、再びこの大和《やまと》に春が訪れ、春の代行者《だいこうしゃ》、花葉雛菊《かようひなぎく》様に心の雪解けをしてもらうまで、長いストライキ生活に突入することとなる。

「そんなに酷《ひど》いことになる感じ？」

連理《れんり》はあやめより事態を甘く見ていた。

「現時点でも、あの子がどれだけ泣きわめくか容易に目に浮かびます……」

いま乗っているこの車も、瑠璃《るり》の怒りを受けて鳥達による猛烈な糞《ふん》攻撃を受け、それはそれは酷《ひど》い有様《ありさま》になり、彼は世界の終わりのような顔をする羽目になるのだが。

「くっ……あやめちゃん、大人気だね」

この時はまだ惨劇が起こることすら知らない。

「ちょっと、笑わないでください。この深刻さわかってないでしょう。私と連理《れんり》さんの結婚が原因で嵐が起こるんですよ！」

あやめはむくれた。彼はよほど面白かったのか、目に浮かんだ涙を指先で拭いながら言った。

「はあ……面白い……まあ、でもそれを乗り越えたら自由の身だよ？」

「……それは」

「俺と一緒に衣世《いよ》を出て、帝州《ていしゅう》で新居を構えて夢の都会生活。俺は四季《しき》庁《ちょう》関連の医療施設へ、あやめちゃんは……やっぱり四季《しき》庁《ちょう》かな？　多少の監視はあるだろうし、報告義務は消えないけど……しがらみは此処《ここ》に居るより少ない。俺とあやめちゃんの野望が叶《かな》うんだ」

「……」

彼は希望を持たせるように囁《ささや》いた。

「『里から出たい、自由になりたい』って願い……叶《かな》うのもう少しだよ、だから頑張ろ？」

「……はい」

「しっかし、俺から誘ったことだけど、結婚が近づいてくると何だか怖くなってきたな……瑠《る》璃《り》ちゃん、あやめちゃんが居なくなっても大丈夫かな……」

「少なくとも生命は脅《おびや》かされません。そこは両親が先手を打ってくれていました」

連理《れんり》は首を傾《かし》げる。

「瑠璃《るり》が無事に結婚出来ればですが……」

「利益があるってことか。俺達の結婚みたいに……」

「……はい」

「でも……瑠璃《るり》ちゃんさ、婚約者さんの目の前で鹿に乗って逃げてるんでしょ？　結婚出来そう……？　俺、初めて聞いた時腹抱えて笑っちゃったけど、よくよく考えると婚約者さん可哀想《かわいそう》だよね。俺って鹿で逃げられるほど嫌われてるのか……みたいな。自分があやめちゃんにそれやられたらへこむわ……二人共ちゃんと手を取り合ってやっていけるのかな……」

「さ、最近は逃げなくなりましたよ瑠璃《るり》も……あの方との距離も縮まったみたいです。私も最初は彼に懐疑的だったのですが……両親も瑠璃《るり》のことをちゃんと考えていたみたいです」

「あ、そうなの？　じゃあ、夏の代行者《だいこうしゃ》の護衛官《ごえいかん》にぴったりの人ってこと？」

あやめは頷《うなず》く。瑠璃《るり》が逃げ回るせいで上手に進行していたとは言い難《がた》いが、あやめはこの見合いに反対する気はなかった。

なぜなら瑠璃《るり》を守る策とも言える婚姻だったからだ。

「私が一番不安だったのは、私の後続になる方が瑠璃《るり》をちゃんと守ってくれるかどうかでした」

「……ああ」

あやめが何を指して言っているかは彼もわかったようだ。

「機能不全な代行者《だいこうしゃ》は『挿《す》げ替《か》え』をされる可能性がありますから」

あやめは言いながら苦い気持ちになった。

挿《す》げ替《か》えとは、言ってしまえば当世の代行者《だいこうしゃ》を殺して、新たな代行者《だいこうしゃ》を据えてしまうことだ。

新しい代行者《だいこうしゃ》が修行を終えるまで季節が途絶えるという欠点があるので、よほどのことがない限りこうしたことは起こらないが、絶対に無いとは言い切れない。歴史上、挿《す》げ替《か》えは実際に起きているからだ。挿《す》げ替《か》えが起きる理由としては、四季の代行者《だいこうしゃ》が何かしらの罪を犯して断罪の形で挿《す》げ替《か》えされるという事例がまず一つ。

あともう一つは里の中の権力争いや何かしら痴情のもつれ、怨恨《えんこん》、逆恨み、そうした民間でも起こり得る問題に巻き込まれ止《や》む無《な》く殺されるというものだ。

本来なら、季節の不在を生む挿《す》げ替《か》えは里全体で阻止すべきことだがこれを是と考える者も居る。システムに異常が出ているなら交換すべきだろうという合理的な思考だ。

四季の代行者《だいこうしゃ》は死んでもすぐ次代の代行者《だいこうしゃ》が誕生する。

替えがきく、だから挿《す》げ替《か》えなのだ。

挿《す》げ替《か》えの心配は、何も夏の里に限ったことではない。

この頃のあやめはまだ知らないが、後に春の代行者護衛官姫鷹《だいこうしゃごえいかんひめだか》さくらから、春の代行者花葉《だいこうしゃかよう》雛菊《ひなぎく》の身にも挿《す》げ替《か》えの危険が迫っていたことを聞くことになる。

四季の代行者《だいこうしゃ》は現人神《あらひとがみ》であり、祀《まつ》らるる存在であり、秘匿されし貴人だが、やはり『機能』であり『供物《くもつ》』なのだ。あやめが心を殺しながら『瑠璃《るり》、夏を見せて』と言い続けた背景もこの挿《す》げ替《か》えを防止する為だった。

機能しない四季の代行者《だいこうしゃ》など、里にも世界にも必要とされないのだから。

「その婚約者さんなら、大丈夫だと思える理由は……？」

彼からの質問に、あやめは言っていて自分で悲しくなりながらも説明する。

「私なんかよりずっと強い方なんです。里内の武芸大会では優勝を譲ることなく殿堂入り……あの人と結婚すればそれは心強いだろうという……」

「……どんな経歴なの？」

「詳しくはちょっと。でも、本当に、ああいう人が負けることがあればそれはもう瑠璃《るり》も、守っている他の護衛陣も全員死ぬ時だろうというような方です」

「あやめちゃんより強くて……最強……？　そのひとは、人間……？」

「人間兵器みたいな方ではありますね」

あやめちゃんが言うなら相当な御仁なんだね、と彼は感心したように言う。

「ほら、ご出身が君影《きみかげ》一門ですから」

「おお！　そうだった。名字が君影《きみかげ》さんだったたね」

「はい」

「……里の警備を担《にな》う君影《きみかげ》家のご令息か。そりゃあ護衛官《ごえいかん》としては期待が持てるね。地盤固めとしても悪くない選択だ。結婚できればお偉方も手が出しにくい。ご両親も中々やり手だ」

　こうした家の力関係に関わる婚姻問題は最良といえる判断の見極めが難しい。あやめは彼の言葉を聞いて、両親の采配が間違ってはいなかったことを再確認した。

「瑠璃《るり》は昔こそ夏顕現を嫌がり、周囲を困らせましたが……現状は里から敵視されるほどの問題児ではありません。でも、里の勢力図に巻き込まれてとか、そういうあの娘自身とは関係ないところで危害を加えられる可能性が絶対にないとは限らないんです。考えすぎかもしれませんが……だから私は、瑠璃《るり》に強い人と結婚して欲しいと思っています……」

　うんうんと連理《れんり》は頷《うなず》いた。

「瑠璃《るり》ちゃんの護衛官《ごえいかん》でお姉さんなんだもん。そりゃ心配になるよ。それってあの、瑠璃《るり》ちゃんにも伝わっているのかな？　ほら、俺達って見合いとか政略結婚が多いけど、それも家の為とかより自分の為って思うと納得しやすいし……自由恋愛の時代で、こんなの……本当に時代錯誤なんだけどさ……。里は異質だから、守ってくれる相手と一緒になった方が良いんだよ。特に女の子は絶対にそう。結婚しなくてもいいとは……誰も言ってくれないからさ……」

「はい、それは私からも両親からも瑠璃《るり》に伝えています。本人も段々理解しています」

「そっか……うまくいくといいね。うまくいって欲しいなぁ」

しみじみと言われて、あやめは胸が温かくなった。

「ありがとうございます」

四季の代行者《だいこうしゃ》の血族は不自由の中で生きることを決められた者達だ。

小さな枠組みの中で自分の幸せを探さなくてはいけない。

それ故に、連理《れんり》の『うまくいくといいね』という言葉が嬉《うれ》しい。本当に瑠璃《るり》の幸せを願っている祈りが込められていた。自分にとって大事な存在を彼も大切に思ってくれている。

あやめは連理《れんり》の優しさに胸が温かくなった。

だが、彼から喜びを貰《もら》っていることをあまり表情に出さないように努めた。

「ええと……本題からそれましたね。どこで会議しますか。式のこととか」

「会議じゃなく相談ね、相談。少し離れた場所だけど、良い庭園見つけたからそこで散歩でもしながら話そうよ。きっと気に入るよ。今日はあやめちゃんの気分転換も兼ねてるから」

こんな風に、優しくしてもらって絆《ほだ》されるのは良くない、とあやめは嬉《うれ》しい気持ちを堪える。

「別に、そこらへんの藪《やぶ》でも……」

「子どもの秘密話じゃないんだからさぁ」

「でも……」

あやめには彼の優しさを甘受してはいけないと思う理由があった。

——近づき過ぎてはだめ。私達の間に愛はないんだから。


葉《は》桜《ざくら》あやめと老鶯連理《ろうおうれんり》。この二人の婚姻にはからくりがあった。

連理《れんり》は夏の里名家の次男。親に何もかもお膳立てされた見合いを断りたいと悩んでいた。

あやめは夏の代行者護衛官《だいこうしゃごえいかん》。結婚することで役目を降りて、自分の人生を生きてみたかった。

二人はどちらも生まれ育った場所が窮屈で、しがらみから逃れたかった。

けれど、血族を管理する里から自由を勝ち取ることは不可能に近い。せめてもの反抗は、自分を束縛しない相手を伴侶として選ぶぐらいなものだ。

だからあやめと連理《れんり》は自由になる為に互いを利用することにしたのだ。

結婚もする。一緒の家にも住む。ただそれだけ。家族や里に義務を果たしたと証明したら互いに好きに生きようと。束縛しないと何度も確認し合って結束した。

いわゆる契約結婚だ。好きでもない契約相手に恋をされたら困るだけ。彼らは永遠に利害が一致した者同士であらねばならない。

しかし、あやめは度々彼との距離を見失いそうになっていた。

自分で自分に言い聞かせなくてはならないほどに。

——単なる共犯者なのに。

彼に恋をしてしまっていた。この恋を誰が責められるだろう。

孤独な少女は初めて家族以外で心を打ち明けられる相手と出会えた。

それは正に極寒の夜に差し出された毛布のようなものだっただろう。

責任感が強く、苦しいという言葉すらつぶやくことが困難な彼女も連理《れんり》の前でなら年相応の女の子になれた。控え目にだが甘えることが出来た。その時間が『夏の代行者《だいこうしゃ》護衛官《ごえいかん》葉桜《はざくら》あやめ』にいかに必要なものだったかは今までの軌跡で見て取れる。だから彼女が恋に落ちること自体は何ら不思議ではない。不思議ではないのだが。

——どうしてこんなことに。

本人は戸惑っていた。護衛官《ごえいかん》になって数年。あやめの生活は瑠璃《るり》が中心で、恋愛からはほど遠い世界にあった。鳥籠の中で育てられた鳥は惚《ほ》れた腫れたを知らない。恋をすることなど計画外だった。ただこの窮屈な里から逃げられる方法があればそれで良かった。結婚はその手段だった。すべて冷静で合理的な判断だと思っていたのに。

——好きになってしまった。

鳥籠の鳥は恋をした。激しい恋ではなく、静かな恋、忍ぶ恋だ。

——彼は私と結婚しないほうが良い。

やがて愛を育む内に、好きだからこそ相手に本当に幸せになって欲しいと願い始めた。

――私達、間違っている。

正しいか正しくないかと問われれば、二人の在り方は確かに間違っている。

しかし今更だ。そもそも、そそのかしたのは他でもないあやめなのだから。

『……違う自分になりたい……自由になりたい……里に居ると、苦しいんです……』

あの日、里から家出を決行した日。あやめは連理《れんり》に泣いて事情を話した。

峠で立ち往生して、助けてもらって、恥ずかしくて、悲しくて、色んな感情が決壊した。

誰にも言えなかった思いを口にしてしまった。ずっと誰かに聞いて欲しかったのだ。

この生活が辛《つら》いと。こんな人生は嫌だと。

彼はあやめの突然の告白をけして無下にはしなかった。数分前まで他人だったのに。

自分達、四季の代行者《だいこうしゃ》の末裔《まつえい》が真に自由になることは難しいと優しくあやめに諭したが、それでも何か手立てはないかと考えてくれた。そして、考えた上で応えてくれたのだ。

『俺……いま勧められてる縁談を断りたくて……同じように、自由になりたくて、それを勝ち取る為の戦いが出来る人と本当は結婚したいと思ってるんだ。つまり、その、恋愛とかじゃなく……打算になるんだけど、でもその代わり互いの生き方に干渉せず応援というか。友達というか……そういうの……あやめちゃん、どう思う……？』

あやめの心からの悲鳴を聞いて、自分と手を組まないかと誘ってくれた。

『みんなに嘘《うそ》つくことになるけど、嘘《うそ》の結婚……俺としない？』

一緒に自由になろうよ、仲間になる、支え合おう。頑張ってみないかと、言ってくれたのだ。

彼にも利があったとはいえ、発端はあやめへの同情。それは揺るぎない。


——だからこそ、この婚約はしないほうが良かった。


現在のあやめは、やはりそう思っている。

連理《れんり》のほうをちらりと見た。彼はあやめの返事を待っていた。

庭園に行こうと誘った彼の提案にあやめは乗り気になれない。

「素敵な場所なら、私とじゃなく……本当に好きな人と行ったほうがいいですよ」

彼を想《おも》うが故にそう言った。すると、連理《れんり》は明らかにがっかりした表情を見せた。

「なんでそんなこと言うの……」

責めるように言われて、あやめは胸が痛くなる。

「だって……後からそこに別の人と行きたくなったら私との記憶が邪魔じゃないですか」

——連理《れんり》さんの為なんですよ。

あやめは心の中でそう囁《ささや》く。

――私に好きになられたら、困るでしょう。

本当は何もかもぶちまけてしまいたいのを押し隠して。

――貴方《あなた》が欲しいのは役割を演じてくれる女の子なんだから。

だから、必要以上に仲良くしたくない。

あやめの論理は、あやめの中では成立しているが、連理《れんり》には通じていない。

やはり悲しげに眉を下げる。

「俺はそう思わない……」

「新鮮な気持ちで、デートに挑めないですよね。とっておいたほうが……」

「そういうこと言わないでよ。俺はあやめちゃんと行きたいのに……」

暗い声でぽつりと返される。

――どうしよう、怒らせたかしら。

あやめが困って何も言えないでいると、彼はもう一度『いいから、行こう』と言った。

有無を言わせない強さがあった。

「はい……連理《れんり》さんがそう仰《おつしや》るなら」

惚《ほ》れた弱みだ。あやめは連理《れんり》に乞われると断れない。

結局、その庭園とやらに足を運ぶことになり、連理《れんり》の車で移動した。

とは言っても、二人が共に過ごせる時間は限られている。

黄昏《たそがれ》の射手《しゃしゅ》が空の天蓋に矢を放ち夜を招くまでには、家に帰らねばならない。

連理《れんり》があやめの門限を考慮して連れて行ってくれたのは、車を走らせればそう遠くない近隣の山に存在する巨大庭園だった。数百種の花々が百花繚乱《ひゃっかりょうらん》に咲いている。

「うわぁ……すごいですね……」

夏の花が齎《もたら》す強い芳香が鼻をくすぐった。

「お花、好きだよね？」

窺《うかが》うように聞かれて、あやめは興奮した面持ちで頷《うなず》く。

「好きです……」

「よかった。絶対喜ぶと思ったからさ。喜んでくれた？」

「はい……」

あやめが喜んでいる様子を見て、連理《れんり》が至極嬉《うれ》しそうに微笑《わら》う。

連理《れんり》はあやめと通じるところがあり、献身的な愛情を持ち合わせた人だった。

あやめは自分の名が夏の季語である花から名付けられたこともあって花全般が好きだ。

記憶していないが、彼に言ったことがあったのだろう。夏顕現の旅で気疲れしているであろう婚約者をどこへ連れ出して息抜きさせようか、きっと色々考えて此処《ここ》にしてくれたのだ。

『花が好きだから喜ぶはずだ』と。

——だからあんなに行こうと言ってくれてたのね。

いつか出会うかもしれない本当の恋人ではなく、あやめではないといけない理由がちゃんとあったのだ。あやめは喜びで胸がいっぱいになりながらも切なくなってしまった。

連理《れんり》と居ると勘違いしそうになる。

もしかして多少なりともこちらを好いてくれているのではないかと。

「本当に良い庭園ですね……」

あやめは言いながら心の中ではその考えを否定する。厚意を変に勘違いするなと自分に言い聞かせる必要があった。

「あやめちゃんの家も土地持ちなんだしこういうのやったら良いのに」

あやめがこれ以上彼を好きにならないよう努力している間も彼は無邪気に話しかける。

「うちの一族は伝統を守るのに必死で、洋風庭園をやろうなんて発想はないですね」

「でっかい山持ってるのにもったいない」

「良いんですよ。何も手を加えない山があることも、大地には必要なんですから」

この山は元々は名のある一族の所有物だったそうだ。

それが今では他の人間に譲渡され、開発の手が加わり、古城風の宿泊施設が建設された。

巨大庭園は古城風宿泊施設の言わばおまけのようなものだが、口コミで人気となり誰でも見に来られる場所として一般開放されている。いわゆるデートスポットと化していた。そんな場所に連理《れんり》と来ていることが、あやめには照れ臭くてたまらない。だがすぐに正気に戻る。

――私達は共犯者であって恋人ではない。

あやめの恋はこれの繰り返しだ。

連理《れんり》がすること、見せてくれる表情に一喜一憂する。冷静な仮面をつけながらも内心は舞い上がってしまう。そして現実を見て落ち込む。

そうだ、これは始まったと同時に終わっている恋なのだと。

「……行きましょうか」

心を殺すのに慣れすぎていたあやめは、胸の内に走った痛みをすぐに無視して忘れた。


二人は庭園内を歩きながら話し合った。

時間帯がちょうど昼時だったからだろうか、人々は宿泊施設内の飲食店へと流れていき遊歩道が空いていく。二人だけの空間になり、どんどん雰囲気がデートめいてきた。

途中、連理《れんり》が蜂に追われてあやめを放って走り回るという紳士的ではない場面もあったがそれはそれで楽しめた。あやめの心臓は否応《いやおう》なしに高鳴っていく。

「あやめちゃん、せっかくだし気に入ったお花の名前はメモしようよ。ほら、ブーケの参考に」

連理《れんり》はというと、いつもと変わらないように見える。

「ブーケって……私達の式って洋風なんですか？　てっきり和風かと……」

「四季の神々が祀《まつ》られた神社で婚姻の儀はやるよ。披露宴のほう。ああいうのは参加者も洋風の格好が今は主流だから、ドレスにブーケじゃないのかな。あれ、和装が良かった？」

「それでもいいですね。連理《れんり》さんは、どちらが良いですか」

「うーん悩むね……いつもの俺は兄と比べて出来の悪いほうの息子って感じだけど、君との結婚式ではそういうのしたくない」

「……」

「ちゃんとあやめちゃんにふさわしい青年だねって思われたい……どっちが良いんだろ……」

「……」

「あやめちゃんはどっちがいい？」

「……あの、前から思っていたんですが」

「うん？」

「……連理《れんり》さん、意識して自分を貶《おとし》めていますよね……」

連理《れんり》は笑顔で応じていたが、一瞬にしてそれは消え去り、ただ虚を衝《つ》かれた顔になった。

「……」

急に被《かぶ》っていた仮面を外された。そんな様子だ。

「本当はすごく真面目な人なのに、わざと軟派な感じに見せたり、自分を下に見せることが多くて……どうしてなんだろうって思ってました。服装や髪型も、演出が入っているというか。あのご両親に口うるさく言われるの、絶対わかっているのに……そうされてますよね？」

連理《れんり》はかすれた声でつぶやいた。

「びっくりした……」

あやめはおずおずと尋ねる。

「やっぱり演技なんですか？　どうして……いえ、言いたくないなら良いんですが……」

連理《れんり》はあやめの問いかけに肯定も否定もせず、ただ聞き返した。

「……いつからそんなこと思ってたの？」

今度は平坦《へいたん》な声音だった。

「俺の振る舞い、演技が多いっていつからわかってた？」

笑わない彼は何だか慣れなくて、あやめはまずいことを言ってしまったかもしれないと内心怯《おび》えた。それでもここは誠実であるべき場面だろうと思い、正直に答える。

「結構前から思っていましたよ……でも、確信したのはそちらのご実家に伺った時です」

あやめは連理《れんり》の家に挨拶に行った時のことを思い出した。

連理《れんり》の姓を飾る老鶯《ろうおう》家は里の医療を一手に司《つかさど》る大きな一門だ。

連理《れんり》の家は本家ではなく分家の一つだが、里でもかなり重要な存在と言える。

両親、兄、姉、連理《れんり》という家族構成。この中で、どうも連理《れんり》は軽んじられる位置に居るようだった。

『護衛官様《ごえいかん》。長男に嫁いだほうが良いと思いますが、そんな馬鹿で本当に構わないのですか』

連理《れんり》の父親にそう言われた時には、あやめは頭の血管が切れそうになったものだ。

結納《ゆいのう》など諸々《もろもろ》の相談も兼ねての訪問だったが、話はまったく進まず、いかに連理《れんり》が愚かな男かくどくどと言い続けるばかりだった。

『この子は昔から何もかも中途半端《ちゅうとはんぱ》で達成出来たことがない』

『根性もないし、努力を知らない。護衛官様《ごえいかん》にはふさわしくないかと』

『長男は一度離婚していますが、再婚相手を探しているところなんです。長男のほうが良いのでは？』

子ども自慢にならぬよう敢《あ》えて自分の子どもの出来の悪さを語る親というものは世間にいる。それもまた子どもにとって良い教育ではないが、わざわざ連れてきた婚約者に悪口を吹き込むのは精神的な虐待を疑う所業だ。

しかも本人が目の前にいる。あやめは随分と不快になった。

連理《れんり》の手前、事を荒立てたくなくて表面上にこにこしていたが、正直なところ冠婚葬祭以外ではこの家族と二度と会いたくないと願ってしまったくらいだ。

連理《れんり》はというと、父親からの侮辱を当然の扱いとして受け止め、ただ静かに笑っていた。あとで恥ずかしそうに『俺なんかでごめんね』と連理《れんり》に謝られた時の胸の痛みは、一生忘れられそうにない。

そんな経緯があったので、あやめは連理《れんり》が家から抜け出したい同士であることには何の疑いも持たなくはなっていた。親の言いなりの婚姻が嫌なのもわかる。

ただ、どうして自分から甘んじてその位置に居るのかは謎だった。

話していればわかることだが連理《れんり》は地頭は悪くない。医師になれるくらいなのだからむしろ優秀な部類だろう。物事の見方もけして愚かではない。しかし家族内で地位が低く、すぐに道化のような真似《まね》をするところがある。そうあるべきかのように。

連理《れんり》はあやめから話を聞き終わると、またいつも通りのへらへらとした笑顔に戻った。

それから照れくさそうに囁《ささや》く。

「……俺はね、老鶯《ろうおう》家のちゃらんぽらんな次男を演じることが求められてるんだよ……」

不可解な言葉に、あやめは顔をしかめた。

「どういう意味ですか……？」

「まあまあ、良いんだよ。俺はそういうポジションなの。あやめちゃんの言うように役割を演じてるわけだ。俺が馬鹿みたいに笑って……愚図でいることが、あの人達にとって幸せで安心することなんだ。そういう……役割をする子どもが必要な家もあるんだよ」

「……連理《れんり》さん、それ絶対におかしいと思います……」

「気にしないで。俺はあやめちゃんがわかってくれてるだけで十分救われたから」

「そんな大袈裟《おおげさ》な……」

「いやいや、大袈裟《おおげさ》でもなんでもないよ。俺はね、いますごーく幸せ」

笑っているのに、妙に物悲しそうで、あやめはやはり胸が痛くなった。

「……」

「早く、あやめちゃんと一緒に里を出たいな」

ぼそりとつぶやく連理《れんり》を見て、あやめは『本当ですね』と返した。

二人の寂しくて幸せな時間はどんどん過ぎていく。

庭園には迷路園にも似た薔薇《ばら》の庭が存在していた。

その頃にはすっかり人も居なくなり、あやめと連理《れんり》の足音や話す声だけが周囲に響き、聞こえてくるのは鳥のさえずりと風の音、揺れる葉音だけになっていた。

二人は薔薇《ばら》のアーチで出来た迷路園をどんどん進んでいく。

式準備の話や会わない間の出来事を共有して、時に笑い合い、じゃれあって、後半はすっかり会議ではなくなっていた。

——いいのかしら。

こういうの良くないのでは、とあやめは思う。

あやめは彼が好きだから嬉《うれ》しい。けれど、彼はそうではないのだ。

「あやめちゃん、もうこれ、結婚式みたいだね」

連理《れんり》は目の前の相手の心など知らず、浮き立つ様子で手を差し出してきた。

そんなことは初めてだった。今まで手を繋《つな》いだことはない。頬をつつくような悪戯《いたずら》や、なだめるように頭を撫《な》でてもらったことはあっても、紳士的にお手をどうぞ、なんてことをされたのは初めてだった。だから雰囲気に呑まれてあやめは連理《れんり》の手を握ってしまった。

「新郎新婦入場……みたいな」

連理《れんり》は笑う。確かに、花の道を歩く二人は花嫁と花婿のようだ。

——嬉《うれ》しいけど。

悲しくもある。あやめはすぐ後悔した。

「そうですね……はい、終わり」

そう言ってこのお遊びをやめた。何だか虚《むな》しくなったのだ。しかし、連理《れんり》がするりと抜けた手をまた掴《つか》んでしまう。そして少し不安そうなまなざしで『どうして』とあやめに言った。

「予行練習しようよ」

「もうしましたよ」

「もう少し……だめ？」

「……」

「必要なことだし……」

あやめの瞳を覗《のぞ》き込む連理《れんり》には、懇願とも言える感情が見える。

「その……仰《おつしや》ってることはわかるんですが………私達偽物《にせもの》だし、軽々しく……本物みたいなことしたらいけないのではと思って……」

――貴方《あなた》がいつか本当に手を繋《つな》ぎたいと思う相手に申し訳ない。

あやめの遠慮も知らず、彼は悲しそうな顔をする。

「……手を繋《つな》ぐくらい友達でもするよ」

「嘘《うそ》、私の周りではしません。特に殿方とは」

少し突き放す言い方をしてしまったかもしれない。彼は明らかに傷ついた顔をした。

「ごめんって。はい、離します。申し訳ありませんでした。もうお手に触れませんよ」

離されると、途端に手が冷えた。

融通がきかないあやめに怒ったのか、彼は先に歩いていってしまう。

――行っちゃう。

薔薇《ばら》のアーチの中は薄暗い。

太陽の光は差し込んでいるが、日陰の中を歩いている形に近い。

だから先に行かれると、すごく遠く感じた。

あやめは自分で拒否したことも忘れて、暗い方へ行ってしまう彼を見るのが嫌で駆け寄った。

そして思わず連理《れんり》の腕を掴《つか》む。

そのまま指先を動かして、連理《れんり》があやめにしたように手を絡《から》ませた。

——顔がすごく熱い。指先も熱い。心臓がうるさい。

何をしているのか自分でもよくわからない。

——好きになっては駄目なのよ。

わかっている。けれど様々な感情がせめぎ合って、思考が正常ではないのだ。

「ど……したの?」

恥ずかしさと緊張で黙ったままのあやめを見かねて、連理《れんり》の方から声をかけてきた。

「あやめちゃん、俺と手を繋《つな》ぐの、嫌なんじゃないの……?」

その声音は、少し傷ついている人が発するものだった。

「……嫌がってたじゃん」

あやめはその言葉に胸が締め付けられた。

連理《れんり》は傷ついたのだ。先程のあやめの態度は親しい仲だとしても冷たいものだった。

けれども、彼は自分を傷つけた相手でも、その人の表情が曇っていたらまず心配をする。

「俺の機嫌とりなら、しなくていいよ」

そして一歩引いたところで判断を委ねてくれる。

彼もまた、自分を殺すのに慣れているのだ。

「……やじゃ、ないです……」

嫌なわけがない。さっき拒絶したのは勘違いする自分を押し留《とど》めたかっただけだ。

――あなたにとっては簡単なことでも、私にはそうでなかっただけで。

「連理《れんり》さんと、手を繋《つな》ぐのやじゃ……ありません。嫌じゃ……ないんです……でも」

一方的に摑《つか》んだ指に、彼の指が優しく絡《から》まった。

窺《うかが》うように顔を覗《のぞ》き込まれる。

「また、遠慮してるだけ……？」

あやめは彼と目が合うのが怖くて下を向いた。

瞳からも『好き』という感情が漏れてしまう気がして怖い。

「はい。だってこんなの……連理《れんり》さんがいつか恋人にする人に悪いじゃないですか……」

本当のところは少し違った。

それは嘘《うそ》ではないが、理由の大部分を占めてはいない。

あやめは自分を戒めているのだ。

何故《なぜ》なら、こういう時必ず声がする。

『瑠璃《るり》を見殺しにしていること、忘れたの？』と。

その声音は冷たく、的確に心を抉《えぐ》る言葉を投げかけてくる。

『嫌な女』

自分の声で、自分が、罵ってくるのだ。

『あんなに好いてくれる瑠璃《るり》を遠ざけて』

浮かれている時こそ、その声は出現してくる。

『自分だけ逃げて恥ずかしくないの』

犯している罪を忘れるなよ、と。

「……あやめちゃん？」

黙り込むあやめを連理《れんり》が心配そうに窺《うかが》う。大丈夫だと微笑《ほほえ》みたいが、うまく笑みを作ることが出来ない。色んな感情があやめを襲って、窒息死させようとしていた。

罪悪感で胸が苦しい。家では孤独な神様が一人で待っている。

ついてきたがっていたのに拒絶して逃げてしまった。

可哀想《かわいそう》な妹はいま独りぼっちだ。

――わかってる。ちゃんと自分のこと。
あやめはもう、瑠璃《るり》と居ると楽しいことより悲しいことのほうが多かった。
――私は大嘘《うそ》つきの裏切り者よ。
年月を重ねるごとに、いま妹が置かれている状況の残酷さがわかってきた。
どうして突然自分の人生を奪われるような目に遭わなくてはならなかったのか。
何故《なぜ》、誰も助けてくれないのに奉仕せねばならないのか。

『お姉ちゃん、夏だよ』
『お姉ちゃんの為にあげる』
『お姉ちゃんが居るから頑張れるの』
可哀想《かわいそう》な妹を役目から解放してあげられる日が来るとしたら彼女が死ぬ日だ。
妹の気持ちを尊重するなら少しでも長く傍《そば》に居てあげたほうがいい。
なのに、あやめは連理《れんり》と契約結婚までして早い別れを選ぼうとしている。
このまま二人だけで居たら駄目になりそうで。
他の誰かに助けを求めたくて。今の関係をとにかくどうにかしたくて。
あやめは逃げようとしているのだ。妹が好きなのに、逃げたい。

――だって、あの子は言うの。『お姉ちゃん、見て』って。
魔法のように夏を見せてと唱えれば、彼女はあやめの為だけに神様になってくれた。
『見て、夏だよ』
同じ顔をした双子の女の子。大勢の幸せの為に自分の幸せを捨てさせられた女の子。
その子を神様として奮い立たせるのがあやめの役目だった。
『お姉ちゃんが言うから夏をあげる』
あやめは夏が来る度に苦しくなる。
――瑠璃《るり》。
『他の人にはあげたくない』
自分の罪と対面したかのような気持ちになるからだ。
――瑠璃《るり》、やめて。
『お姉ちゃん、夏を見せてって言って』
――ごめんね瑠璃《るり》、嘘《うそ》をついていたの。
妹の姿をした神様は、あやめの罪そのものだった。
『お姉ちゃん、大好き』
――瑠璃《るり》、大好きだよ。
でも本当はこう言いたい。言ってしまいたい。

「貴方《あなた》がくれる夏なんて大嫌い」だと。

大嫌いだよ、瑠璃《るり》。

けして言えない言葉の死体だけが積み重なっていく。

『あのね、瑠璃《るり》が犠牲になる夏なんて大嫌い』
『この世界も嫌い。貴方《あなた》と私が苦しくなるこの世界が嫌い』
『夏を好きなわけないじゃない』
『貴方《あなた》が挿《す》げ替《か》えされるのが怖いからそう言っているだけよ』
『大人達に言わされているの』
『私から瑠璃《るり》を奪った季節を好きなわけないじゃない。大嫌いよ』
『貴方《あなた》の前では好きな振りしてるだけ』
『みんなの前では好きな振りしてる』
『どうしてかわかる？』

『貴方《あなた》を殺されたくないからっ‼』

『……良い子でいないと、貴方《あなた》が失われてしまうの』

『夏のせいで瑠璃《るり》を殺されたくない』
『お姉ちゃん、貴方《あなた》が死ぬの、見たくないよ』
『うちの家はあの日から滅茶苦茶《めちゃくちゃ》だね。お父さん、すごく白髪が増えちゃった』
『お母さん、ため息ばかり。どうしたって瑠璃《るり》や家族が辛《つら》いのは変わらない』
『瑠璃《るり》、私が傍《そば》に居たせいで、貴方《あなた》、他の人を見なくなってきてる』
『駄目だよ。私だって何時死ぬかわからないんだよ』
『貴方《あなた》を守って死ぬ。いまの所その確率が高いの』
『私をそんなに慕わないで。死んだ時悲しくなるよ』
『それにね、お姉ちゃんは本当はひどい人間なんだよ』
『私は貴方《あなた》が嫌いだけど大好きで、守りたいけど守れなくて』

卑怯《ひきょう》者にお似合いの運命を選んだつもりだった。

ちゃんと幸せにならない未来を選んだつもりだった。
瑠璃《るり》、私はちゃんとお揃《そろ》いで不幸になろうとしたの。だって私達姉妹だもの。
お姉ちゃん、それが良いことだと信じてた。なのに、どうして。

——どうして、愛を得ようとしているの？

「あやめちゃん……いま居もしない恋人なんて持ち出さないでよ……」

あやめは悲しみの淵《ふち》から戻って連理《れんり》を見つめる。言葉が喉に詰まって出てこない。

——もっと、酷《ひど》い人なら良かった。

もっと冷たくて、非情で、こちらのことを人だとも思っていないような。

人生に巻き込むことを躊躇《ちゆうちよ》しなくて済むような悪人ならこんな気持ちにはならなかった。

「俺達は、契約で一緒に居るだけだけど、寄り添って生きていく仲間だからさ……」

彼からすれば生意気で可愛《かわい》げのない年下の娘。振り回されていることを怒ってもいいのに。

「手は繋《つな》いでもいい……にしよう。俺さ、君が病気の時とか、手を引いてあげたいし……」

連理《れんり》は木々が人々を雨宿りさせてくれるように、ただ静かに守ってくれる。

暴力の世界で生きるあやめにとって、正しく穏やかな時間をくれる。

二人で生きる努力をしようと説得してくれる。

「俺の時も、そうして欲しいし……」

——どうして。

連理《れんり》は優しい、あやめが苦しくなるほどに。

何故《なぜ》、愛を乞いたくなるような相手を選んでしまったのか。

「お互いよぼよぼになっても、手を繋《つな》げる関係のほうがいいよ……」

——恋なんてしたくなかった。

不自由な世界で、手に入らないものを欲しがるだけではないか。

大地が春を知ってしまったように、ぬくもりを知らなければ耐えられたのに。

「……」

このまま黙っていたら彼を困らせる。あやめは観念したように『貴方《あなた》が良いなら』とつぶやいた。連理《れんり》はパッと顔を明るくした。

「ありがとう……あやめちゃん」

礼など言わなくてもいいのに、言ってからあやめが頼りなく握っていた手をぎゅっと握り返す。指先から、その仕草から、連理《れんり》があやめを想《おも》う気持ちは伝わってくる。

けして弱く握っているわけでもないのに、離れまいとするような触れ方は恋をしている娘を簡単に狂おしい気持ちにさせる。

——ごめんなさい。

罪悪感が心を満たした。あやめと連理《れんり》はお互いを信用するという一点のみで関係が築かれているのに、あやめのせいで破綻しているのだ。

この事実を知ったら、目の前の彼はどんな顔をするのだろう。

「……まだ、このままでいてもいい？」

あやめはこくりと頷《うなず》く。視界には繋《つな》がれた手が映っている。それを見るだけで湧いてくる嬉《うれ》しさを殺したい。人を騙《だま》してこんな感情を得ていることが苦しい。

――嗚呼《ああ》、薔薇《ばら》のアーチの下で良かった。

少し薄暗いから、赤面も、罪悪感に濡《ぬ》れた顔も、きっと彼にはわからない。

「あのさ……本当に嫌だと思ったら俺のことちゃんと拒絶してね」

「どうしてですか……」

連理《れんり》は少しかすれた声で言い聞かせるように囁《ささや》いた。

「……あやめちゃんの前では、俺、すごく頑張ってるけど……嫌なところたくさんあるから」

「頑張ってるんですか……？」

「そりゃそうだよ。君に嫌われたくない……」

言ってから、連理《れんり》は恥ずかしそうに、おどけるようにして笑った。

「家族にも嫌われてるのに、君にも嫌われたら、俺、おしまいでしょう」

また道化を演じようとしている。彼にとって、『卑下』とは自分を守る手段なのだ。

けれども、あやめはもうそれをやめて欲しかった。彼女は既に彼の素晴らしさを知っている。

「頑張らなくたって、私、嫌いません。ずっと連理《れんり》さんの傍《そば》にいますよ……」

自分殺しがうまい二人。引かれ合うように出会ってしまった。

連理《れんり》が息を呑《の》む音が聞こえた。

気持ちを抑え、我慢することに慣れているからこそわかる。

あやめが連理《れんり》を必要としたように、連理《れんり》もあやめが必要なのだ。

——それが同じ気持ちじゃなくても。

必要とされている。自分だけ彼が欲しいと思っていない。役割だけじゃない。

それがわかって、泣きたくなるほど嬉《うれ》しくなった。

「連理《れんり》さん……」

好意的な言葉を言わないようにしていたのに、彼が求めていると思うともう駄目だった。

「本当に頑張ることなんかありません。だって、私……嫌いになんか、なりませんから……」

——貴方《あなた》が好きだと言いたい。

「一生、なりませんよ」

——言えたら、どんなに良いか。

二人の間に架かったアーチは、まだ頼りない。

「信じてください……」

この時のあやめには、それが精一杯の返しだった。

下手に好きというより如実《によじつ》に好意を表していたことに本人は気づいていない。

「……」

連理《れんり》はこちらが驚くくらい目を見開いた後、やはり笑顔を見せた。

「……ありがと、俺も嫌いにならないよ」

だが、すぐに何もかも見通しているような、不思議な目つきになって言った。

「あのね、君が俺のこと嫌いになったとしても、俺はそうならないんだ。一生ね」

どうしてかわからないでしょう、と彼は謎の問いかけをした。

——わからない。

あやめは何一つわからなかった。ただ、自分達が抱える孤独を埋めたいと思った。

それが叶《かな》うのが遅くてもいい。

——私、一生かけて。

どれほど時間がかかってもいいから。

——この人と、生きていきたい。

純粋にそう思った。

「……帰ろっか、あやめちゃん」

二人で手を繋《つな》いだのは、それが最後だ。

あやめが抱えていた悩みは、ふさわしい形で終わりを迎える。

時は流れ黎明《れいめい》二十年。


大海原に浮かぶ島国『大和《やまと》』では四季の代行者《だいこうしゃ》を巡る大騒動が起きた。

列島の形が手折られた桜の枝に似ていることから東洋の桜とも言われているこの島国に、攫《さら》われた神様が帰ってきたのだ。


十年ぶりに戻ったその少女神の名は花葉雛菊《かようひなぎく》。


四季の代行者《だいこうしゃ》の天敵である『賊』に誘拐されたまま行方知れずとなっていた春の神様だ。

忠実な臣下である代行者護衛官《だいこうしゃごえいかん》姫鷹《ひめだか》さくらを伴い雛菊《ひなぎく》は奇跡を起こす旅に出た。

それを邪魔する者、支える者、様々な人間の思惑が交錯していく。

春主従は夏主従が所有する夏離宮にて静養するも、四季の代行者《だいこうしゃ》の天敵である賊の襲撃を受ける。

襲撃者は過激派賊集団【華歳《かさい》】。

【華歳《かさい》】は夏離宮だけでなく、秋の代行者《だいこうしゃ》祝月撫子《いわいづきなでしこ》と、その代行者護衛官《だいこうしゃごえいかん》阿左美竜胆《あざみりんどう》が暮らしていた秋離宮をも襲う。

まるで十年前の花葉雛菊《かようひなぎく》様誘拐事件の再現のように、秋の代行者《だいこうしゃ》祝月撫子《いわいづきなでしこ》が改革派賊最大組織【華歳《かさい》】に拐《かどわ》かされてしまった。


そこからは劇的な展開だった。


夏主従は春主従からの要請を受けて、秋の代行者《だいこうしゃ》救出を手伝うことに。

これに冬の代行者《だいこうしゃ》寒椿《かんつばき》狼星《ろうせい》、代行者《だいこうしゃ》護衛官《ごえいかん》寒月《かんげつ》凍蝶《いてちょう》も賛同し。

秋の代行者《だいこうしゃ》護衛官《ごえいかん》阿左美《あざみ》竜胆《りんどう》が受け入れ。

四季の代行者《だいこうしゃ》と護衛官《ごえいかん》は春夏秋冬の共同戦線を組むことになる。

事件は四季庁《しきちょう》と【華歳《かさい》】による人質の引き渡し交渉が決裂してから急展開を見せた。

夏主従と秋の代行者《だいこうしゃ》護衛官《ごえいかん》阿左美《あざみ》竜胆《りんどう》は祝月撫子《いわいづきなでしこ》を救う為に【華歳《かさい》】のアジトへ。

春主従は季節の運営管理を司《つかさど》る四季庁《しきちょう》、その庁舎にて【華歳《かさい》】の攻撃部隊に襲撃される。

同時に冬主従も四季庁《しきちょう》庁舎に向かう途中に【華歳《かさい》】の別働隊から強襲を受けた。

この激動の一日の中、夏主従は賊との戦いで危機に陥ることになる。

戦いの最中、瑠璃《るり》が死角から狙撃手に射《う》たれ死亡したのだ。

あやめは護衛官《ごえいかん》の立場でありながら最愛の妹を守れずみすみす死なせてしまった。

妹の死を悔いて、あやめが瑠璃《るり》の後追いをしようとしたところを秋主従がなんとか阻止する。

幸運にも撫子《なでしこ》が権能で瑠璃《るり》の身体《からだ》を治療したことで、夏主従は事なきを得た。

一連の出来事は、春主従と冬主従の奮闘で収束していく。

四季庁《しきちょう》庁舎にて【華歳《かさい》】の攻撃部隊と迎撃戦をしていた春主従は、救出に向かった冬主従の活躍により無事保護された。

【華歳《かさい》】の頭領とその腹心、他数名のテロリスト達は取り押さえられ、四季と賊の全面対決は四季側の勝利で決着がついた。春の事件はこれにて終《しま》いだ。

大団円といえる結末だったが、後から問題が起きた。

一時的とはいえ、夏の代行者《だいこうしゃ》、葉桜《はざくら》瑠璃《るり》は死んだ。

四季の代行者《だいこうしゃ》は死亡すると、四季の神々によって直ちに代替わりが選ばれる。

神代から続く一族の中から、最も相応《ふさわ》しく若い命が次代の神となる。

神々は何を考えているのか、葉桜《はざくら》あやめを次の夏の代行者《だいこうしゃ》として選んでしまった。

次代の夏の代行者《だいこうしゃ》が誕生している状態からの蘇生《そせい》がまずかったのだろう。

あやめの現人神《あらひとがみ》の権能は取り上げられるべきだが、何故《なぜ》か力は消えなかった。

元夏の代行者《だいこうしゃ》である瑠璃《るり》は当然、権能を持ったまま復活した。

史上初の双子神誕生。夏の里は混乱に陥る。

人間は前例が無いものを嫌う。閉鎖的な里であるならば尚更《なおさら》だ。ある程度予想はされていたが、彼女達の在り方は批判された。普通ではないと。二人を良いものとして扱うか、悪いものとして扱うか、本人達の預かり知らぬところで決める会議が開かれた。その結果、お偉方を含めた夏の里の者達が下した烙印《らくいん》は、葉桜《はざくら》姉妹にとってあまりにも無情だった。

曰《いわ》く、彼女達は『凶兆』であると。

慣例を捻《ね》じ曲《ま》げた在り方。存在自体が彼女達の身勝手な行為の象徴であると。
正常ではない者は厳しく管理されるべきだと声高に言われた。
やがて、それは彼女達の行動制限だけでなく、種の保存に成り得ること自体慎重になるべきだという結論に至る。

双子神の結婚は取りやめ。これが凶兆にふさわしい扱いだと決定が下された。
瑠璃《るり》とあやめの意志の尊重などこの世には存在しないのだ。

現在、あやめは葉桜《はざくら》家の屋敷《やしき》の自室でただ寝転がっている。

部屋は強盗が入ったかのように荒れ果てていて、彼女の精神を表しているかのようだ。

夏を謳歌《おうか》しないで時は過ぎていく。

「あやめ、ごめんね」

死体のように横たわっているあやめに、瑠璃《るり》が泣いて謝ってくる。

「神様になったの、あたしのせい。ごめんね、謝っても、謝っても、足りないよね……ごめんね……あた、あたし……あの時……あの時さ……」

あやめの顔に、瑠璃《るり》の涙が落ちてきた。

──何故《なぜ》謝るの。

あやめも涙が溢《あふ》れてくる。いやわからない。これは瑠璃《るり》の涙なのか、あやめのものなのか。もうわからない。とにかく瑠璃《るり》に申し訳なくて、自分が情けなくて、胸が苦しかった。

妹は何も悪くないとあやめはわかっている。何せ、守れなくて死なせたのは彼女なのだ。

「……あのまま……」

その結果、瑠璃《るり》がようやく心を開いていた婚約者との婚姻も駄目になってしまった。

あやめのすることは、いつもうまくいかない。

そういう星の下に生まれているのかもしれない。

「それ以上言わないで……瑠璃《るり》は何も悪くない……こっちにおいで」

まるであやめが護衛官《ごえいかん》になるよと言い出した時のように、瑠璃《るり》は泣きながらあやめにすがる。

泣く妹を慰めながらあやめはふと思った。

最悪なこの結末には一つだけ救いがあると。

――連理《れんり》さん。

彼にとってはこれで良かったのかもしれない。

自分と結ばれるのは間違いだとあやめは感じていた。

婚約破棄という、彼の名誉を傷つける行いをしてしまったけれど、彼の未来は守れた。

いつか素敵な伴侶を得れば、連理《れんり》もすぐあやめを忘れるだろう。

――そうだ。そう思おう。

「瑠璃《るり》、もう何もかも忘れましょう」

悪いことをしたら、ちゃんと罰が当たるように世の中は出来ている。

一生、大和《やまと》の夏の為に奉仕する存在になったのも、きっとそういうこと。

なら、あやめはすべてを受け入れるべきなのだ。

一時でも恋を知れてよかった。

あとはまた前のように、ゆっくり心を殺して生きればいい。

神様になった女の子は、世界の為に死ぬしかないのだから。

碌《ろく》なことにならない。


神様と人間が一緒に居ても碌《ろく》なことにならない。

『探さないでください』というありきたりな書き置きを見て、俺はそう思った。

この身が呪わしい。追いかけることすら出来ない。色々諦めた人生だったが、この事実だけは受け入れ難《がた》くて、書き置きを握り潰して泣いた。時間は無情にも義務を突きつける。

家族に捨てられた日も空に矢を射《う》たねばならない。俺が空に矢を射《う》たないと夜は来ないのだ。

この役割の必要性が昔はわからなかったけど、今はわかっている。

夜にならないと泣けない人や逃げられない人が居るのだ。

だから今日も、消えた家族を探しにいくことも出来ず、ただ夜を齎《もたら》さねばならない。

——どうしてあげればよかったんだろう。

部屋の物は何もなくなっていなかった。着の身着のまま逃げたのだ。

そうまでして、俺から逃げたかったのだろうか。こんな別れ方じゃなくてもよかったはず。

あまりにも突然過ぎる。『あの人』にはいつか別れを切り出されるだろうと思ってはいた。

予想外だったのは『あいつ』にも捨てられたことだった。

——慧剣《えけん》、どうして。

他の誰が裏切ったとしてもお前だけは絶対に俺を裏切ってはいけなかった。

俺が壊れて夜が来なくなるかもしれないとは思わなかったのか？

断言する。俺を嫌いだったとしても、二人を守れる唯一の存在は俺だった。

どうするんだよ、こんなの。一族から逃げ切れると思っているのか。殺されるぞ。

俺から離れたかったのなら言えばよかっただろ。俺の手でちゃんと送り出してやったよ。

家族だと思っていたのは俺だけだったのか？

人生が終わってしまえばいいと願う日でも神様を辞めることは出来ない。


「慧剣《えけん》、あとは任せた」


矢を射る時、いつものようにそう囁《ささや》いてしまった。

居ないやつの名前なんてつぶやいて何になる。惨《みじ》めになるだけなのに。

意識を手放す前に、目覚めたらどちらかが戻って来てくれることを期待してしまったが。

『……』

現実は独りぼっちだった。


本当に、どうしてこんなことになってしまったのだろう。

戻っておいで、独りにしないでくれ。

第二章

黄昏の射手

巫覡輝矢

黄昏《たそがれ》を齎《もたら》す神様が、夏の息吹《いぶき》に抱かれながら天空の昼の月を見ていた。

「串刺しだ」


やさぐれた様子の声でそうつぶやく。

時は黎明《れいめい》二十年、夏。場所は大和国《やまとこく》、竜宮《りゅうぐう》。

大和《やまと》は北からエニシ、帝州《ていしゅう》、衣世《いよ》、創紫《つくし》、竜宮《りゅうぐう》、と大きく分けて五つの地域に分けられる。

黄昏《たそがれ》の神様は大和《やまと》最南端の地にある名峰竜宮岳《りゅうぐうだけ》、その秘密の登山道入り口前に立っていた。

「俺の矢も月に放てば届いて撃ち抜けるのかな……」

彼の位置からだと、山の頂きに月がちょうど刺さっているように見える。

だからそのような台詞《せりふ》が思いついたのだろう。

少々不穏当だが、それを言うのが似合いの外貌だった。

「矢、射《う》ちたくない……仕事だるい……」

年齢は三十代半ば、全体的に不健康そうな印象を人に与える男だ。やや猫背気味で表情にも覇気がない。あまり寝ていないのか目の下にはうっすらとクマがある。纏《まと》う雰囲気が曇天のよう。それが彼を評するに的確な言葉かもしれない。

だが、少しでも愛想《あいそ》よく笑えば男女ともに好かれそうな男振りの良さはあった。

「……一日くらい矢を射《う》たなくていい日があればいいのに」

柔らかに波打つ短髪、彫り深い顔立ち。年を経た男特有の渋みもある人物だ。彼はこれから山登りをするのだろう。撥水性のあるジャケットとストレッチ素材のズボン姿だった。

「何で俺はこんな山に毎日登らなきゃならないんだ……？」

「輝矢《かぐや》様」

「帰りたい……」

「輝矢《かぐや》様」

「家帰って酒飲みたい……」

「も～輝矢《かぐや》様っ」

本人の持つ素材は良いのに、本人がすべてを台無しにしている。そんな男だ。

先程から咎《とが》める声をかけていた相手は我慢ならなくなったのか大きな声を出した。

「崇高な儀式を前にそんなことを言ってはいけないのですっ」

輝矢《かぐや》、と呼ばれた男は声の方に視線を向けた。二十代と思《おぼ》しき若い娘が立っている。

「竜宮岳《りゅうぐうだけ》は霊脈もある神聖な御山。雄大な様を美しく讃《たた》えるならまだしも、『こんな』などと言っては不敬なのです。山神様が聞いたらきっと悲しみますよっ！」

彼女は怒っているぞ、という態度を示していたがあまり成功していなかった。

険のある表情が似合わない娘なのだ。少し癖のある焦茶色の短い髪、大きな瞳、ソプラノの声、顔立ちは純情可憐《かれん》な乙女。相手を威嚇出来る要素があるとすれば、輝矢《かぐや》より背が高いことと、明らかにどこかの特殊部隊のオーダーメイド品である部隊服を着ていることくらいだ。

「……月燈《つきひ》さん」

しかし輝矢《かぐや》が物怖じする様子はない。目線を少し上げて不機嫌そうな顔で返す。

「うるさいよ。山神なんて知るか」

「あーっ不敬です！　不敬！」

二人は子どものような言い合いをする。だが勝敗はすぐに決まった。

「不敬で結構。愚痴すら許してくれないのか？　うちの近接保護官《きんせつほごかん》は」

「う……」

月燈《つきひ》が負けた。輝矢《かぐや》からの指摘に途端に気まずそうな顔をする。

近接保護官《きんせつほごかん》というのは海外で言うところのシークレットサービスだ。大和《やまと》の警察権を所有する国家治安機構《こっかちあんきこう》、その組織内に存在する要人警護職を意味する。周囲には月燈《つきひ》と同じ職に就いているであろう男性が七名居た。囲まれているところを見ると、この場の要人は輝矢《かぐや》で間違いないだろう。黙っている月燈《つきひ》に対して、輝矢《かぐや》が追撃するようにまた何か言おうとしたが、その前に他の近接保護官《きんせつほごかん》が口々に輝矢《かぐや》を諫《いさ》めた。

「また子どもみたいな真似《まね》を……輝矢《かぐや》様」

「毎日毎日、行く前にぐだぐだするのやめてください。荒神《あらがみ》隊長のお叱りもごもっともかと」

「結局、荒神《あらがみ》隊長に引っ張られて行くのに……構って欲しいんですか？」

彼らの発言からするに、この近接保護官《きんせつほごかん》の部隊をまとめているのは彼女、荒神月燈《あらがみつきひ》のようだ。国家治安機構《こっかちあんきこう》内の要人警護部隊の隊長はそう簡単になれるものではない。かなりの実力者であると言えた。もっと敬っても良さそうだが、輝矢《かぐや》の態度は気安い。

「あのね君達……構って欲しいだなんて、俺がそんな風に見える？　月燈《つきひ》さんにお小言をもらってげんなりしてるだろう？　大体、この山に神っているの？　俺知らないけど」

「「不敬です」」

部下達は声を揃《そろ》えて言った。

「どうして御身がそんなことを仰《おつしや》るんですか」

「お立場にそぐわないお言葉は謹んでください。荒神《あらがみ》隊長は間違ったことは言ってません」

「神職なんだからわかるでしょう。竜宮《りゆうぐう》最大の御山、竜宮神社《りゆうぐうじんじや》が鎮座する場所。なんであれ霊験《れいげん》あらたかな土地です。見えないだけで尊き存在が御わすかもしれない。千万神《ちよろずがみ》という言葉もあります。山神様が実際居るかどうかは問題じゃないんです」

どうやら気安い態度は彼ら全体に言えることのようだ。隊員達に猛追されて、輝矢《かぐや》はジト目で月燈《つきひ》を見た。

「……なんか俺、劣勢なんだけど」

会話のやりとりが面白かったのか、しょげていた月燈《つきひ》も困り顔のまま少し笑った。

こうしたやり取りはよくあるのだろう。輝矢《かぐや》が愚痴る。月燈《つきひ》や部下が諌《いさ》める。輝矢《かぐや》が口を尖《とが》らせる。気の知れた者達の間に流れる定型の会話のようなものだ。

「輝矢《かぐや》様、申し訳ありませんが彼らは基本的にわたしの味方なのです。部下ですから」

「ムカつくけどそうだね。俺は四面楚歌《しめんそか》だ……いいさ別に」

「そんなことありません。彼らはわたしの部下。わたしは輝矢《かぐや》様の近接保護官《きんせつほごかん》。つまり我々すべてが輝矢《かぐや》様の味方なのですよ」

「……」

「……輝矢《かぐや》様、あなたは尊き御方なのです」

月燈《つきひ》はやわらかな声音で諭すように言い続ける。

「あなたの振る舞いは良くも悪くもあらゆる事柄に影響を与えます」

輝矢《かぐや》が目をそらしても、月燈《つきひ》はそらさなかった。

「お立場には責任がどうしてもつくものです。それがお辛《つら》い時もあるでしょう……ですが、神聖な場ではどうぞお慎みください」

月燈《つきひ》は恭《うやうや》しく敬いつつ、輝矢《かぐや》に自分は何であるかを思い出させる。

「あなたはこの大和《やまと》の夜を司《つかさど》る『黄昏《たそがれ》の射手《しゃしゅ》』、巫覡輝矢《ふげきかぐや》様なのですから」

神より力を与えられし力で季節を顕現する者、その名を『四季の代行者《だいこうしゃ》』。

同じく神から賜った異能を操り、朝と夜を顕現する者は『巫《かんなぎ》の射手《しゃしゅ》』と呼ばれる。

『巫《かんなぎ》の射手《しゃしゅ》』は『四季の代行者《だいこうしゃ》』と同じく総称だ。

正確に言えば、朝を司《つかさど》る者を『暁《あかつき》の射手《しゃしゅ》』、夜を司《つかさど》る者を『黄昏《たそがれ》の射手《しゃしゅ》』、そう名称付けられた代行者《だいこうしゃ》のことを言う。

そしてその総称が巫《かんなぎ》の射手《しゃしゅ》とされている。

古今東西、生きとし生けるものに光と闇を齎《もたら》す巫《かんなぎ》の射手《しゃしゅ》の存在があった。

彼らは霊山にて空に矢を射ることで朝と夜を交互に引き起こす。

暁《あかつき》の射手《しゃしゅ》が矢を射ると夜の天蓋が撃ち落とされて朝の天蓋が見える。

黄昏《たそがれ》の射手《しゃしゅ》が矢を射ると朝の天蓋が撃ち落とされて夜の天蓋が見える。

彼らが射《う》った矢は空を切り裂き続け、やがては魔法のように消える。

太陽も月も天蓋を越えた先にあり、闇夜も夕焼けも朝日も天蓋を落とさなければ大地には届かない。大和《やまと》を含むあらゆる大地と海は再生し続ける朝と夜の天蓋に交互に包まれていると考えるとわかりやすいだろう。

そしてこの天蓋は可視化されておらず、触れることも不可能で、切り裂けるのは巫《かんなぎ》の射手《しゃしゅ》のみというわけだ。

この魔法のような天蓋は、別名『守護天蓋《しゆごてんがい》』と呼ばれている。

守護天蓋《しゆごてんがい》を毎日切り裂き続け、世に朝と夜を齎《もたら》している者達の総称が巫《かんなぎ》の射手《しやしゆ》だ。

なぜ世界が天蓋に包まれているのか。

こうした謎は天地開闢《てんちかいびやく》の時より残されているが、結局は神代から続く伝承の通り、世界が神の加護と奇跡、寵愛《ちようあい》と試練により形成されているからだろうという説が定着している。

四季の代行者《だいこうしや》は決まった季節に動く者達だが、巫《かんなぎ》の射手《しやしゆ》に休みはない。毎日霊山に登る。

雨の日も、風が強い日も。気温が氷点下になろうが、観測上最高温度を叩《たた》き出《だ》そうが、巫《かんなぎ》の射手《しやしゆ》には関係ない。朝と夜は毎日訪れるものと決まっているからだ。

「……わかってるよ月燈《つきひ》さん」

輝矢《かぐや》は若い頃から黄昏《たそがれ》の射手《しやしゆ》の役目を担《にな》っていた。自分の人生を受け入れて生きている。

しかし、だからといってお役目が辛《つら》くないわけではなかった。

「けど……そんな責めなくてもいいだろ」

愚痴の一つも言いたくはなる。彼は神ではあるが、やはり人でもあるのだ。

「責めてなど」

現人神《あらひとがみ》の顔に、少し寂しげな表情が浮かんだのを見て月燈《つきひ》は慌てる。

「……あの、愚痴を言ったこと自体、咎《とが》めたわけではないのです。内容が……その……しかし、お辛《つら》い立場なのはわたしも承知しております」

輝矢《かぐや》はムスッとした様子で月燈《つきひ》を眺める。

「申し訳ありません……配慮が足りませんでした」

「……」

「『守り人《もびと》』のような振る舞いをしたことを怒っていらっしゃいますか……？」

輝矢《かぐや》が返答をくれないので、月燈《つきひ》の声音はどんどん小さくか細いものになった。

「……もう、お返事もしたくないほどわたしが嫌になってしまいましたか……？」

そして悲しげに輝矢《かぐや》を見つめた。

「……」

黙っていた輝矢《かぐや》は月燈《つきひ》から目を逸《そ》らして、自分を取り巻く月燈《つきひ》の部下達をちらりと見た。

皆、口には出していないが『この雰囲気どうするんですか』と、非難の気持ちが視線から漏れている。輝矢《かぐや》はまた月燈《つきひ》に視線を戻す。彼女は叱られた大型犬のようになっている。

――まずいな、これ完全に俺が悪者だ。

輝矢《かぐや》はこの時点で既に苛々《いらいら》は失《う》せていた。

「月燈《つきひ》さん……」

真っ向から『正しく』心の体当たりをされると、負の感情も霧散するというものだ。

「短い付き合いだけどもうわかってるでしょ。そんなに俺のことで真剣にならなくていいから」

みんなにたしなめられたように、そもそも発言が良くなかったのは確かだ。

彼が現人神《あらひとがみ》だからこそ神聖な場所で神々を小馬鹿にするような台詞《せりふ》は口にするべきではない。こういうことは誰が聞いている、聞いていないの問題ではないからだ。

「ごめんって。俺が良くなかった。この話はもうやめよう」

輝矢《かぐや》は我が身を省みてすぐ謝った。彼はこの純粋な近接保護官《きんせつほごかん》が嫌いなわけではない。

「しかし……わたしの発言で輝矢《かぐや》様が……」

「いや、君は悪くない。御山の麓でするには良くない発言だった。信心深い君に不快な思いさせたね……」

早く笑顔を取り戻したい、そう思うくらいには好きだった。

「年上として恥ずかしい振る舞いだった。ごめん」

「……」

「月燈《つきひ》さん？」

「……輝矢《かぐや》様は……やはりわたしとはもうお話しするのもお嫌ということでしょうか……」

これで解決と言いたいところだったが、月燈《つきひ》はまだ悲しげな顔をしていた。

「えっ何でそうなるの？　そんなわけないでしょ」

「先程の、輝矢《かぐや》様を傷つけてしまったかも問題」

「あ、はい」

「それをいま輝矢《かぐや》様は打ち切りました。ちゃんと話すべきです。お叱りを引っ込めてしまわれたのでは。どうぞ言ってください。言って欲しいのです」

荒神月燈《あらがみつきひ》は至極真面目な人間だった。

――そうだった。こういう子だった。

輝矢《かぐや》はどんどん焦《あせ》り始めた。月燈《つきひ》もどんどん落ち込んでいく。

「違う違う。コミュニケーションを諦めたわけじゃなくて……！」

「……」

悲しそうな大型犬の瞳はそのままだ。輝矢《かぐや》は慌てて巻き返しを図る。

「俺は、ほら……色々あっていまなんかこう……あれだから。気分にムラもあるし……！」

「それは仕方がないのです。わたしはご事情を知っているのに……」

しかしどうもうまくいかない。

「ほら、今日気圧低いし。頭痛いし……俺、偏頭痛持ちだし、ちょっと機嫌悪かっただけ！」

「そうなのですか。頭痛薬飲みますか？」

「いやいい。とにかく、君を遠ざけたわけではないよ。そこをまずわかって？」

「わかりました。……本当ですか……？」

「わかりながら疑わないでよ。本当。嘘《うそ》じゃないよ」

輝矢《かぐや》は常態が憂い顔であるというのに、月燈《つきひ》の為に頑張って笑顔を見せた。頬の筋肉が痛い。

月燈《つきひ》は疑うように輝矢《かぐや》を見ていたが、やがて笑顔になった。

「なら、良いのですが……」

ほっとしたように言う。花が咲いたような微笑《ほほえ》みだ。輝矢《かぐや》は目を閉じたくなった。

性格的に暗い部類に入る輝矢《かぐや》にとって、月燈《つきひ》という娘はあまりにも清廉で眩《まぶ》しい。

輝矢《かぐや》の心中など知らぬ月燈《つきひ》は、また何か気になることがあったのか口を開いた。

「あの……輝矢《かぐや》様」

「はい、何ですか月燈《つきひ》さん」

少々疲労を感じながらも、律儀《りちぎ》に輝矢《かぐや》は答える。

「わたしを疎《うと》ましいと思うことがあって……辞めさせたいと思ったら……」

「は？　辞めたいの？」

「いえ、違います。仮定の話で輝矢《かぐや》様が……」

「ありえない」

輝矢《かぐや》はいやに強く断言した。最後まで言わせてくれない輝矢《かぐや》に、月燈《つきひ》は困った表情になりつつも言う。

「あのですね、もしそうなったら挽回《ばんかい》の機会をください……と言いたかったのです」

「……」

「輝矢《かぐや》様の近接保護官《きんせつほごかん》には他にも候補がいました。望めば代わりは来るでしょう。しかし、わたしが最後まで御身をお守りしたいのです。誰よりも真摯にお仕えします。疎《うと》ましいと思っても、信じてほしいのです……」

　それは、輝矢《かぐや》が少し驚いてしまうくらい忠誠心に溢《あふ》れる言葉だった。

「……」

　ひねくれ者の神様はすぐ言葉が出てこない。照れてもいた。何となく口調は堅くなる。

「……大丈夫だよ。君ほどの人材に代えは居ない。半分こちら側だし、お偉方も納得してる」

「半分……信仰のことですか？　確かに現人神《あらひとがみ》様方を信仰していますが……」

「そう。一族も比較的好意的に見てる宗派の出身だし……。国家治安機構《こっかちあんきこう》の人員の中から君が選ばれたのも、信仰が一つの理由だろう。兎角《とかく》、現人神界隈《あらひとがみかいわい》は閉鎖的だ。自分達の領域に何の理解もない人間を入れたくはないんだよ。そう考えると俺のお付き兼護衛として君が推薦されたのは頷《うなず》ける。よほどのことがない限り交代はないよ。同じような人材、そんないないでしょう。出世に響くことはないさ」

　現人神《あらひとがみ》の敵もいれば、彼らを信仰する人間も存在する。

　月燈《つきひ》は後者に該当するようだ。輝矢《かぐや》は安心させる理由として言ったつもりだったが、月燈《つきひ》はまた悲しげな大型犬の瞳になった。

「輝矢《かぐや》様……そうではなく、わたしは単純に輝矢《かぐや》様にお仕え出来る日々が楽しいのです。一緒に山を登って、帰りに海を見て、お屋敷《やしき》でたくさんご飯を食べて……そういう日々が好きです」

　どうしてわからないの、という顔をしている月燈《つきひ》に、輝矢《かぐや》はタジタジになる。

「今までの時間を共に過ごしていない人に輝矢《かぐや》様を盗《と》られたくありません」

「……信仰心ゆえの発言だろうけど、それ聞いてて恥ずかしいからやめて……」

そこでようやく、会話を延々と聞かされていた部下達が口を出した。

「もういいですか。輝矢《かぐや》様、荒神《あらがみ》隊長」

「僕らすごく待っていました」

「煙草《たばこ》一本吸えましたよ。この時間」

確かに二人だけで喋《しゃべ》りすぎた。輝矢《かぐや》と月燈《つきひ》は慌てて取り繕う。

「い、行きましょう」

「余裕をもって行動しないとね。みんなごめん。行こう」

月燈《つきひ》と輝矢《かぐや》は肩を並べて竜宮岳《りゅうぐうだけ》の秘密の登山道を登っていく。

残りの七人、月燈《つきひ》の部下達は少し離れて後ろを歩く。

「……」

「……」

しばしの沈黙。やがて、部下達は互いに顔を見合わせる。

「丸く収まったな」

一人がそう言うと、他の者達も同意するように頷《うなず》く。

そしてぽつりぽつりと会話に参加し始めた。

「前より衝突は大分減ったんじゃないか？」

「ああ……なんだかんだ仲良くなってる。喜ぶべきだよな」

彼らは輝矢《かぐや》と月燈《つきひ》のやり取りに呆《あき》れていたように見えたが、どうやら『呆《あき》れている振り』をしつつ見守っていたというのが正解のようだ。

護衛任務の最中なので周囲の警戒を続けながら小声で話を続ける。

「荒神《あらがみ》隊長はしっかり役目を果たしてらっしゃるよ」

「輝矢《かぐや》様にまた山に籠もられたらたまんないからなぁ……早く立ち直って欲しい……」

一人の言葉に、他の部下達も同調した。

「そうだな。でも……時間がかかりそうだ。俺たちが竜宮《りゅうぐう》を撤退するまでに、後続の守り人《もりびと》を着任させられたらいいんだが……」

「簡単にはいかないだろう。ようやく『俺達は』受け入れたってだけだし」

「けれどいつかは元の形に戻さないと……四季の代行者《だいこうしゃ》には護衛官《ごえいかん》、巫《かんなぎ》の射手《しゃしゅ》には守《も》り人《びと》。本来セットであるべきなんだ。いまの状況が後々神事にどう影響するかわからない……」

彼らの会話は、輝矢《かぐや》をめぐる現在の状況のおかしさを示していた。

月燈《つきひ》の部下達が言うように、本来国家《こっか》治安《ちあん》機構《きこう》が部隊を組んで黄昏《たそがれ》の射手《しゃしゅ》を守るということは慣例にない。四季の代行者《だいこうしゃ》と同じく巫《かんなぎ》の射手《しゃしゅ》には最側近となる護衛が付く。

それが『守《も》り人《びと》』だ。そしてその人材は血族の中から選ばれると決められていた。

だが、実際に輝矢《かぐや》を警護しているのは荒神月燈《あらがみつきひ》率いる近接保護官《きんせつほごかん》達だ。

守《も》り人《びと》と呼ばれる最側近の姿は見当たらない。

「何か異変が起きる前に、正しい在り方に戻すべきだ……輝矢《かぐや》様には守《も》り人《びと》が必要だよ」

現在、黄昏《たそがれ》の射手《しゃしゅ》は異常な状況に身を置いていると言っても過言ではなかった。

「……国家《こっか》治安《ちあん》機構《きこう》にとっては名誉なことだが。『巫覡《ふげき》の一族』は面目潰れも良いところだろうなぁ……」

「違いない。輝矢《かぐや》様が一族の者は嫌だと言ったから、こうしてうちに頼らざるを得なくなってるんだし……」

「あれはあちらの対応が悪すぎる。正直、輝矢《かぐや》様が何処《どこ》かに逃げて夜がなくならなかったのを感謝したほうが良い」

部下達はうんうんと頷《うなず》いてから、先程よりも小声になって会話を続けた。

「それで……結局、守《も》り人《びと》と奥様ってどうなったんだ」

「失踪中のままなはず……」

「もしくは本当は見つかっていて、どっかで処理されてるかもな」

「それはないだろう。輝矢《かぐや》様は『見つけても罪を問うな』ってお達しを出したそうだから」

「……あれ、正式なものだったのか」

「実質、保護を宣言したのと同じだよ。守《も》り人《びと》も意志次第ではお役目に戻すんだと」

「あんなことされといてまだ帰りを待ってるのか……？」

警護部隊の面々は、輝矢《かぐや》の少し曲がった背中に視線を送った。

猫背気味な背中は哀愁が漂っているように見える。

みんなため息を吐きたくなった。

「駄目だ駄目だ、胸が苦しくなる」

「俺なら絶対許さないよ。だって輝矢《かぐや》様はここから動けないのに……」

「あの人、面倒な性格だが……根は善人なんだよなあ……」

「良い人すぎる……」

「何で許しちゃうのかね……」

「そういう人なんだよ……俺等が支えていこう」

一同はまた頷《うなず》き合った。

「ずっとは出来ないが……今だけでも味方であってあげたいよ。じゃないとあまりにもお可哀《かわい》そうだ」

部下達が少し遅れて歩いているせいか、月燈《つきひ》と輝矢《かぐや》達が手招きした。

彼らはお喋《しゃべ》りをやめて山道を駆け上がる。

鳥のさえずり、虫の合唱、人間達の噂話《うわさばなし》。

そうしたものが交錯する中、時間はどんどん過ぎていった。

一行が頂上付近にたどり着くと時刻は午後六時半頃になっていた。

輝矢《かぐや》達の目的地は竜宮岳《りゅうぐうだけ》の天然保護区域に指定されている場所にある。

大和国《やまとこく》の貴重な動植物が生息している場所だ。

天然保護区域は自然歩道だけ歩ける場合もあるが、竜宮岳《りゅうぐうだけ》に関しては季節に限らず八合目より上は立入禁止となっている。

輝矢《かぐや》達は一般人向けの登山道とは別の登山口から入山し、九合目で足を止めた。

人為的に木々が拓かれ、土が均《なら》された場所が存在している。そこが目的地だ。この霊脈溢《あふ》れる山には一般人向けの登山道もあるが、彼らはまったくの別ルートを登ってきている。

地元の人間は掟《おきて》により立ち入らないので、登山中は誰とも会うことはなかった。

四季の代行者《だいこうしゃ》と同じく、巫《かんなぎ》の射手《しゃしゅ》の儀式も民間人には見られないよう配慮されている。

到着後はしばし休憩時間となった。各自水分補給をしたり、柔軟運動をしたりと思い思いの過ごし方だ。輝矢《かぐや》は用意された待機椅子に座りはせず、立って背伸びをしていた。

そこに月燈《つきひ》がスポーツドリンクを持ってやってくる。

「お疲れ様です。まだ時刻まで余裕があります。少しお休みになられてくださいね」

「うん、君も水とか飲みなよ。脱水症状に気をつけて。すぐ山を降りれないいんだから」

「はい、それにしても……御山もすっかり新緑の色に染まりましたね」

月燈《つきひ》は周囲を言ってから見回す。季節は何かと問われれば、『夏』としか言いようがないほど緑豊かな景色が広がっていた。

木々の隙間から葉風が吹いて、この場に居る皆の汗が滲《にじ》む肌を撫《な》でていく。

心地の好《よ》い夏の午後だ。

「春が終わった時は惜しい気がしたけど……贅沢《ぜいたく》なもんだな」

輝矢《かぐや》も同意するように頷《うなず》いた。

「夏が来たら来たで嬉《うれ》しいよ」

「今年は十年ぶりということもあり、春の終わりがとても寂しく感じられたのです。春の代行者《だいこうしゃ》様が突然竜宮岳《りゅうぐうだけ》に現れてからもう数ヶ月ですか……」

「あの時は驚いたなぁ……」

「驚いたのです！　突然四季庁《しきちょう》から連絡が来たので大慌てで……！」

「月燈《つきひ》さん『日の入り時刻が変わります！』って血相変えて言ってきたもんな」

「そ、それは秋から冬になるのとはまた違いますし！　とにかく驚いて……すみません……」

「ああいう時は完全調整しなくて良いって俺も教えてなかったから、別に気にしなくていいよ」

二人が話しているのは日の入り、日の出の時刻の問題だった。

黄昏《たそがれ》の射手《しゃしゅ》も暁《あかつき》の射手《しゃしゅ》も、矢を射る時刻は季節によって変わる。

四季の代行者《だいこうしゃ》と巫《かんなぎ》の射手《しゃしゅ》は、互いに交わることのない現人神《あらひとがみ》達だが季節に連動して巫《かんなぎ》の射手《しゃしゅ》が矢を射る時間を変えることだけは繋《つな》がりがあった。

しかし日の入り、日の出時刻をあわせるのはあくまで努力義務程度だ。

竜宮《りゅうぐう》は台風も多い。代行者《だいこうしゃ》を乗せた飛行機が竜宮《りゅうぐう》にたどり着けず、来訪予定日に来ないという話はよくあった。完全調整が可能なのは、こうして代行者《だいこうしゃ》が去った後の日々だ。

夏は日が長く、冬は日が短くなるように調節されている。

現在も、輝矢《かぐや》がすぐに神儀を実行しないのはあらかじめ決められた設定時刻を待っているからだった。

「……春の代行者《だいこうしゃ》も、途中でくじけてしまうかと思ったけどちゃんとエニシまで顕現させたな。偉いよ……俺なら、無理かもしれん」

輝矢《かぐや》の声には、同情と尊敬が入り混じっていた。

巫《かんなぎ》の射手界隈《しゃしゅかいわい》と、四季の代行者界隈《だいこうしゃかいわい》は大きな繋《つな》がりは無いが仕事上必要な情報は関係者を通じてやり取りされる。輝矢《かぐや》は春の代行者《だいこうしゃ》に会ったこともないが、彼女が六歳の時に『賊』に攫《さら》われたことだけは聞かされて知っていた。

四季の代行者《だいこうしゃ》には天敵が存在する。それが『賊』と呼ばれるテロリスト達だ。

彼らは思想や派閥も一つではなく、大きく分けて『改革派』と『根絶派《こんぜつは》』が存在する。

『改革派』は主に政府に対して四季の代行者《だいこうしゃ》の能力を幅広く世のため人のために使うべきだと抗議する集団だ。例えば四季の代行者《だいこうしゃ》がそれぞれ保有する異能を自国の経済活動に利用、自然災害での救出活動、国外の戦争への介入、それらに応じよと要求は多岐にわたる。

四季の代行者《だいこうしゃ》はあくまで季節を行使する者であり、そのような要求には屈しない。

これにより『改革派』と四季の代行者《だいこうしゃ》は武力衝突が起こる。

十年前の春の代行者《だいこうしゃ》誘拐も今年の秋の代行者《だいこうしゃ》誘拐も、政府との交渉材料に使われた。

高尚な理念があるように見えるが、実際のところ『改革派』の行動は人間の暴力衝動そのものを表しているかのようだ。代行者《だいこうしゃ》はその暴力のはけ口、もしくは反政府活動の手段にされている部分が大きい。

『根絶派《こんぜつは》』は『改革派』よりシンプルな理由だ。

自分の祖先が四季の代行者《だいこうしゃ》の季節顕現を様々な理由で拒否し、戦いを挑み、返り討ちにされた子孫であることがほとんどだ。この経緯もあってか、特定の季節のみ否定する者が時代を越えて存在している。祖先から代々伝わる恨みつらみを継承した若い世代が武器を掲げて代行者《だいこうしゃ》の命を狩りにいくのだ。

四季の代行者《だいこうしゃ》は死亡した場合、直ちに代わりの代行者《だいこうしゃ》が誕生する超自然的なシステムが成り立っているのでそもそもこの行為自体に意味がない。意味がないが、それでも狩り続けに来るので終わりのない殺戮《さつりく》のいたちごっこをしているようなものだった。

このように『改革派』と比べて『根絶派《こんぜつは》』はどこかカルト的な面を持っている。

十年前攫《さら》われた女の子、花葉雛菊《かようひなぎく》は修行中の春の代行者《だいこうしゃ》だった。冬の代行者《だいこうしゃ》が住まう冬の里で『四季降《しきお》ろし』と呼ばれる神話の体現をする同居生活中に賊の襲撃に遭遇した。

それは冬の代行者《だいこうしゃ》を狙った犯行だったが、雛菊《ひなぎく》は自分の護衛官《ごえいかん》と冬主従を守る為に人身御供《ひとみごくう》を申し出て改革派の賊【華歳《かさい》】に攫《さら》われてしまった。その後雛菊《ひなぎく》は外部から救出されることなく、数年の時を経て単身【華歳《かさい》】のアジトから脱出。そうして今年、十年ぶりに代行者《だいこうしゃ》を管理する独立機関『四季庁《しきちょう》』から『春帰還』の触れが出されたという次第だ。

月燈《つきひ》は胸を痛めている様子でつぶやいた。

「本当にご立派なのです。民が喜んでいる姿がご本人の慰めになっていると良いのですが……」

「どうだろな……民の声なんて俺達にはほとんど届かないし」

「……」

輝矢《かぐや》の何気ない言葉に、民である月燈《つきひ》が寂しそうな顔をしたことに輝矢《かぐや》は気づかない。

「月燈《つきひ》さん、十年前はまだ国家治安機構《こっかちあんきこう》に入る前かな？」

「はい、それくらいかと」

「俺は結婚したてだったかなぁ……」

輝矢《かぐや》が発した『結婚』という言葉に、月燈《つきひ》は一瞬気まずそうにした。

「当時、まだ小さい女の子が攫《さら》われたって聞いて……お偉方に会う度に『どうなった、あの子どうなった』って聞いてたけど。まさかこんなに神の不在が続くとは思わなかった。春が無いってことは、その子がまだ誘拐犯の賊に殺されず生きてるってことだから……四季庁《しきちょう》から『春帰還』の触れが出た時は、ついに亡《な》くなってしまったかって悲しくなったけど……」

輝矢《かぐや》は一度言葉を切ってから、嬉《うれ》しそうに笑った。

「生きてたもんなぁ……」

輝矢《かぐや》の声には、本当に生還を喜んでいる気持ちが滲《にじ》み出《で》ていた。

「はい、生きてらっしゃいました」

月燈《つきひ》は微笑《ほほえ》む。自分の護衛対象である彼の、こういう人情があるところが好きだった。

「確認したら、『春帰還』は単純に別の代行者《だいこうしゃ》が誕生して大和《やまと》に春が戻ったわけじゃなく、攫《さら》われた女の子が帰還したことだって言うじゃないか。あの子が帰ってきたのか、そうかって……あれ聞いた時は、なんかもう、年甲斐《としがい》もなく泣きそうになったなぁ……」

斜に構えているように見えて、実はものすごく優しい男なのだ。

「ありゃあ、現人神《あらひとがみ》にとっては胸が熱くなる知らせだった。俺もいつまでも落ち込んでられないよ。春に比べれば俺なんて……」

自虐するように輝矢《かぐや》は言ったが、すかさず月燈《つきひ》が言う。

「輝矢《かぐや》様もご立派です」

それ以上の言葉を言わせない強さがある声音だった。

「春の代行者《だいこうしゃ》様も大変でしたが、輝矢《かぐや》様も大変な時期を過ごされました。それでも毎日山に登り、夜を齎《もたら》してくださっています。卑下なさらないでください……」

月燈《つきひ》の紡《つむ》ぐ言葉は、輝矢《かぐや》を労《いたわ》る気持ちで満たされていた。その言葉に思うところがあったのだろう。輝矢《かぐや》は迷う素振りを見せたが、意を決したように言う。

「あのさ……俺、消えた守《も》り人《びと》を待っていたいけど、このままだと代打が必要になる……」

月燈《つきひ》は彼が何を言おうとしているのかすぐわかったようだ。

「帰ってくるまでの間でいい……君は、どうかな……君となら頑張れそうなんだけど……」

目を丸くして驚いた。それから堪えきれない嬉しさが顔に滲《にじ》む。

しかし、すぐその喜びを我慢するような表情になった。

「……輝矢《かぐや》様」

「ごめん、嫌だよね」

「嫌ではありませんっ……！　嬉《うれ》しいです……」

「でも駄目か……」

「……違います。だって……」

下を向いてしまった輝矢《かぐや》と目を合わせる為に、月燈《つきひ》は腕を摑《つか》む。

視線が合うと、より一層輝矢《かぐや》の傷ついた気持ちが月燈《つきひ》に流れ込んできた。

「わたしがぜひ、と言ったら輝矢《かぐや》様はすぐ守り人《もりびと》にしてくださるのですか……？」

「……それは」

「……いまの体制は一時的なもの。いずれ我々は撤退することになっています。巫覡《ふげき》の一族でもない、国家治安機構《こっかちあんきこう》の人間がすんなり守り人《もりびと》になれるとは思いません。わたしと輝矢《かぐや》様、それぞれの背後には別の機関がいます。利権が絡《から》んでくるでしょう……。特に……巫覡《ふげき》の一族はいま以上に政府の機関が介入するのは良しとしないはずです。四季庁《しきちょう》と同じく、独立機関であることを誇りに思っているところがありますから……そうではありませんか……？」

輝矢《かぐや》は返事が予想出来ていたのか、がっかりした顔は見せなかった。

「……うん、そうだね。その通り。俺、管理されるモノだし。君は国家のモノだし……」

ただ寂しそうな声で言う。

「むしろいまのが破格の措置なんだよな。余所者《よそもの》を入れるのを好まない一族が、最大限譲歩してくれてる……。もっと、なんて思うのは……さすがに我儘《わがまま》なんだろう……」

「輝矢《かぐや》様……」

「ごめんね月燈《つきひ》さん。ちょっと言ってみたかっただけなんだ……忘れて……」

輝矢《かぐや》は月燈《つきひ》が気にしなくてすむように微笑《ほほえ》んだ。

二人を包む空気はどこか物悲しい。

神様と信徒の娘は、それからもぽつりぽつりと肩を並べて話をした。

やがて、所定の時刻になり、ようやく輝矢《かぐや》は動き出した。

「輝矢《かぐや》様、お願い致します」

「了解」

いよいよ夜を齎《もたら》す儀式の始まりだ。

月燈《つきひ》と部下達は少し緊張した面持ちで黄昏《たそがれ》の射手《しゃしゅ》になろうとしている輝矢《かぐや》を見守る。

深呼吸を繰り返し、山の空気を腹一杯に取り込む。

巫《かんなぎ》の射手《しゃしゅ》が四季の代行者《だいこうしゃ》と違うところは、その権能を大規模に行使する場合に特別な儀式が必要ではないところだ。

舞いや歌も要らない。彼らは射手だが、弓も矢も所持していなかった。

必要なのは霊脈がある聖なる山と、神代に朝と夜の神と契約した一族の末裔《まつえい》だけ。

男でも女でも良い。ただし選ばれた者のみ、神からの寵愛《ちょうあい》を身に宿すことが出来る。

いま、輝矢《かぐや》の体は美しい光の粒子を纏《まと》い始めていた。

光の粒子は踊るように空中を舞い、集結し形を成していき、大弓の姿へと変貌した。

輝矢《かぐや》の手が弦《つる》に触れ、的もない空を見据えた。

光の弦《つる》が引かれていく度に電流のような音が流れる。

「月燈《つきひ》さん、来た」

もう、その時は普段の輝矢《かぐや》は消えていた。

彼を知る者が見れば、平時とは全く違う表情を浮かべているのがわかっただろう。

輝矢《かぐや》が来たと言ったのは、大いなる存在が自分の身体《からだ》に入り込んできたことを示していた。

巫《かんなぎ》の射手《しゃしゅ》は、四季の代行者《だいこうしゃ》よりも神に近いのかもしれない。

明確に『何か』をその身に降ろすことで力を使用するからだ。

『巫《かんなぎ》の射手《しゃしゅ》』の『巫《かんなぎ》』とは単純に言えば神に仕える者。

輝矢《かぐや》を取り巻く射手の血族、『巫覡《ふげき》の一族』の『巫覡《ふげき》』も同じだ。

神に仕えし者の内、女が『巫《かんなぎ》』、男が『覡《げき》』という。

いわば、巫覡《ふげき》とは役職名だった。

一族は全員、姓に『巫覡《ふげき》』をつける。

彼らは神が作りしこの世界のシステム維持に身を捧《ささ》げた奉公人。

その最たる存在が、暁《あかつき》の射手《しゃしゅ》と黄昏《たそがれ》の射手《しゃしゅ》。

人の子に代行者《だいこうしゃ》を任せた神の為に、朝と夜を待つ世界の為に、身命を擲《なげう》つのだ。

発射を待つだけの姿勢になった輝矢《かぐや》に、神に仕えし下僕である月燈《つきひ》が号令をかけた。


「放てっ！」

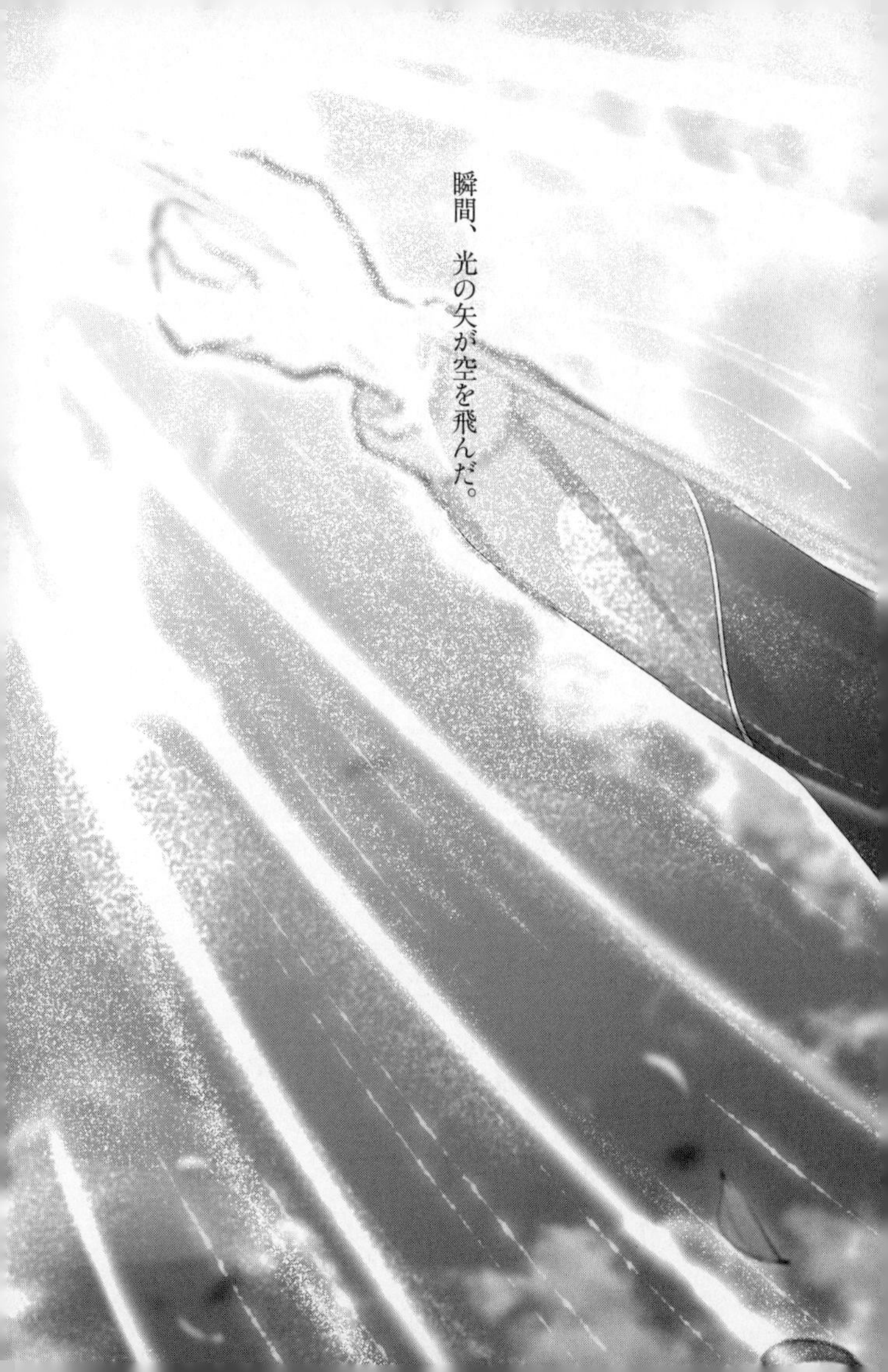
瞬間、光の矢が空を飛んだ。

その姿、正に巫《かんなぎ》の射手《しゃしゅ》。

激しい光と音を立てたのは一瞬で、すぐに矢が何処《どこ》に行ったのかすらわからなくなる。

ふらり、と矢を射《う》った輝矢《かぐや》が背中から倒れた。月燈《つきひ》は小走りして彼を抱きとめる。

背は高いものの、体重差はあるはず。しかし彼女は物ともしなかった。

予《あらかじ》め地面に設置されていた敷物《しきもの》の上に数人で輝矢《かぐや》を移動させると一連の作業は終了だ。

巫《かんなぎ》の射手《しゃしゅ》は神通力《じんつうりき》により作り出された矢を空に放つと気絶する。

一時的に大量の神通力《じんつうりき》を使用することによる気絶だと言われており、命に別条はない。

巫《かんなぎ》の射手《しゃしゅ》を守護する守《も》り人《びと》という役割の必要性は神秘の存在の秘匿と守護の為とされている。

気絶した射手の身体《からだ》を守るのも仕事の内だ。自分の無防備な身体《からだ》を他人に任せるのは怖いことだろう。信頼関係が成り立っていないと射手の方が参ってしまう。月燈《つきひ》の部隊が前の守《も》り人《びと》に代わり護衛をし始めた頃は、輝矢《かぐや》の寝顔も険しいものだった。

「輝矢《かぐや》様……」

今は月燈《つきひ》が眉間のシワをほぐすと少し穏やかになる。何もしなくていいと輝矢《かぐや》から言われてはいるが、月燈《つきひ》は輝矢《かぐや》の手を握り脈を確認し続けた。そうすることで自分も安心したかった。

眠っている輝矢《かぐや》は呼吸も浅く、本当に死んでしまったかのように見える。肝を冷やしながら待つこと少し。やがて彼らの頭上に広がる空の色に変化が現れた。

「日の入りです」

月燈《つきひ》の部下の一人が確認するように言うと、全員に安堵《あんど》の表情が浮かび、拍手の音が響いた。

輝矢《かぐや》が放った矢は無事空を切り裂き続け、夜の天蓋を露《あら》わにしたのだ。

青々としていた空がゆっくりと暗さを帯びていき、時間をかけて茜色《あかねいろ》に変化していく。

「……成功した？」

かすれ声が聞こえて、月燈《つきひ》は空から視線を移し、輝矢《かぐや》を見た。

眠り続けていた輝矢《かぐや》がようやく目覚めたのだ。月燈《つきひ》は微笑《ほほえ》んだ。

「はい、おめでとうございます、黄昏《たそがれ》の射手《しゃしゅ》様。本日も御身のおかげで大和《やまと》に夜が来ました。

美しい夕焼けです」

輝矢《かぐや》は夕陽《ゆうひ》のせいか、眩《まぶ》しそうに月燈《つきひ》を見て、そして笑った。


一行は誰そ彼、と周囲の人間同士が互いに近づいて確認しないとわからないほどとっぷりと夜が更《ふ》けるまでその場で待機し、やがて帰り支度を始めた。

輝矢《かぐや》のお役目はこれで終わりだ。後は普通の人間のように自宅で余暇を過ごし、就寝し、翌日を迎え、また午後になると山を目指す。この繰り返しが彼の人生だった。

「花矢《かや》ちゃんはそろそろ目覚めて出かける準備始める頃かな」

「うん。守《も》り人《びと》の弓弦《ゆづる》君が毎回起こすのが大変だってぼやいてたから、まだ夢の中かも」

「あの守《も》り人様《びと》が大変というからには大変なのでしょうね。暁《あかつき》の射手様《しゃしゅ》、そんな風に見えなかったですが……」

「あの子は俺と違って外面が良いから、月燈《つきひ》さんにはそう見せたんでしょ。俺は他の人より付き合い長いから、ある程度内面を知ってるけど……弓弦《ゆづる》君には相当、心を許してるんだと思うよ。正しい振る舞いを求められる仕事だ。どこかで緩まないとやってられんだろうさ」

月燈《つきひ》はそれを聞いて、自分は彼に心を許されているのだろうかとふと気になってしまった。

「月燈《つきひ》さん？」

「あ、えっと……懐中電灯、そろそろ灯《とも》しますね」

不安を打ち消すように話を切り替える。

「日が暮れると、山は暗い……で……すし……」

途中で言葉がうまく出なくなった。

懐中電灯のスイッチを押した瞬間、月燈《つきひ》の目に恐ろしいものが映ったからだ。

「え……？」

偶々《たまたま》明かりを灯《とも》した方向に『何か』が見えた。最初、小さな山が突然出現したと思った。

それほど、それは巨体だった。毛むくじゃらで、荒い吐息で、眼光を光らせている。

暗闇のせいで全貌はわからないが。

「……っ」

獰猛《どうもう》な獣であることはすぐに察することが出来た。

月燈《つきひ》の動揺は一瞬だった。

「輝矢《かぐや》様っ‼」

『何か』がこちらに狙いを定めたのを肌で感じると、月燈《つきひ》は輝矢《かぐや》の身体《からだ》に体当たりした。

おかげで謎の生命体の進行方向に居た輝矢《かぐや》は『何か』と激突する惨事を免れる。代わりに盛大にその場に転んだ。受け身は取ったが、打ち付けた身体《からだ》に鈍痛が走る。

「敵！　三時方向！」

月燈《つきひ》はクロックポジションを部下に知らせながら、携帯していた拳銃を素早く取り出し威嚇射撃をした。闇の中で銃声が響く。

「……⁉」

輝矢《かぐや》は月燈《つきひ》に何が起こっているんだと聞こうとしたが、『何か』の存在に彼も気づいて言葉が喉奥に引っ込んだ。

——熊か？

現在の大和《やまと》では竜宮《りゅうぐう》に熊は生息していなかったはず、と輝矢《かぐや》は次に思う。

——じゃあ猪《いのしし》？

それにしては身体《からだ》が大きすぎる。獣は木々の中に脱兎《だつと》の如《ごと》く逃げて隠れてしまったが、まだ去る様子はなく、どすどすと走り回る音が聞こえる。月燈《つきひ》の指示で一斉に銃声が響いた。獣の悲鳴が上がることはなく、草の間を走り回るザワザワとした音だけが延々と続く。偶《たま》に唸《うな》る声が聞こえるが、何の動物かはやはり判別つかない。獣はまだこちらを狙っている。

「威嚇射撃続けろ！　輝矢《かぐや》様！　立てますか？」

夜闇の中で月燈《つきひ》の手のひらが輝矢《かぐや》の腕を掴《つか》んだ。そして強引に立たせる。

「じゅ、銃はまずいんじゃないの⁉　ここ天然保護区域だし聖域だよ！」

「殺生《せつしよう》がまずいことは承知しております、しかしあれを無力化しないと明日の神儀にも影響が出ます！　他の生物は傷つけないよう努力します！　とにかく指示に従ってください！」

「わ、わかった」

警護部隊の隊員の一人が会話の隙を見つけて『傾聴！』と声をかけた。月燈《つきひ》が命令を飛ばす。

「コード【蜥蜴《とかげ》】で行く！　三名わたしに続け、残りは輝矢《かぐや》様を守りつつ八合目の小屋まで後退しろ！」

他の近接保護官《きんせつほごかん》も命令される前に動いていた。困惑したままの輝矢《かぐや》を囲んで、緊急時の陣形を作り上げる。輝矢《かぐや》は近接保護官《きんせつほごかん》達が作る人間の壁の隙間から月燈《つきひ》の動きを見た。

彼女は隊服に装備されていたサバイバルナイフを二本取り出し、そのまま両手剣の応用で『何か』に斬りかかっていた。まさかの接近戦に輝矢《かぐや》は息を呑《の》む。

「輝矢《かぐや》様！　移動開始します！　八合目まで下がりますよ！」

部下の一人が力強く輝矢《かぐや》に声をかけた。そしてすぐに別々の者に両脇に腕を差し込まれ引きずるように移動させられる。月燈《つきひ》との距離がみるみる開いた。

「こっちの人数多すぎる！　俺はいいから何人かあっち加わって！　大丈夫じゃないでしょ！　月燈《つきひ》さんがいくら強いって言ったって……っ！」

するとすると部下達が応酬するように怒鳴り返した。

「隊長は国家治安機構《こっかちあんきこう》特殊部隊【豪猪《やまあらし》】の出身です！」

「その上、選ばれた者しか突破出来ない【精鋭兵《せいえいへい》】資格持ちです！」

「皆があの人に従うのも、数々の徽章《きしょう》を獲得した人だからですよ！　隊長を信じてください！」

彼らが月燈《つきひ》をまるで特別な存在かのように言う理由。

それは発せられた言葉の重みを理解出来る者ならば納得出来るものだった。

国家治安機構《こっかちあんきこう》は大和国《やまとこく》の警察権を持つ国家機関だ。国土と国民の安全を担《にな》う。

そしてその国家治安機構《こっかちあんきこう》の中には【豪猪《やまあらし》】と呼ばれる特殊部隊が存在する。

海外ではタスクフォースなどと呼ばれている対テロ組織部隊のことだ。この部隊出身というだけで選びぬかれた強者の証明となるのだが、月燈《つきひ》は更に別の強者の印を持っていた。

それが【精鋭兵《せいえいへい》】。さきほど月燈《つきひ》の部下が言った単語だ。【精鋭兵《せいえいへい》】は言わば最強の兵士の証明のようなものだ。

国家治安機構内《こっかちあんきこう》には【精鋭兵《せいえいへい》養成課程】と呼ばれるものがある。肉体的、精神的に極限まで磨き上げられた兵士を育成する為に、地獄のような訓練をすることで有名な教育課程だった。

脱落者が大半、合格者はわずかの難関。国家治安機構《こっかちあんきこう》内でも資格保有者の数は少なく、【精《せい》鋭兵《えいへい》】の徽章《きしょう》をつけた者は同じ機構員から文句なしに称賛のまなざしを受ける。

だからこそ部下達は自分達の隊長を誇るように言う。

「あの人史上初の女性精鋭兵《せいえいへい》なんですよ！　見縊《みくび》っては失礼にあたります！」

輝矢《かぐや》が口にはしなかったが気にした部分を部下達はぴしゃりと否定した。

月燈《つきひ》が聞いていたら、きっと喜んだことだろう。だが彼女は傍《そば》に居ない。

「わかってるけどっ……！」

輝矢《かぐや》は後ろを振り向いてしまう。もう暗闇の中で何も見えない。戦闘の音だけは聞こえる。

「従ってください！　輝矢《かぐや》様、ここで戻ったら隊長の面子《めんつ》を潰すようなものです！」

「ええ、貴方《あなた》に何かあれば我々も無事では済まない！　隊長に殺されます！　輝矢《かぐや》様、いいから逃げますよ！　みんなの為に逃げてください！　小走りでいいから走って！」

「くそっ……！」

輝矢《かぐや》は後ろ髪を引かれつつ、仕方なく言われた通りに並走した。

暗闇の中、走って下山することは危険だったが、幸い、輝矢《かぐや》達は無事八合目の山小屋にたどり着けた。山小屋に着いたからといっても、安堵《あんど》の空気は流れない。

「国家治安機構《こっかちあんきこう》に緊急事態を伝えます、もっと下がりたいところですが……一旦、ここで待つのが妥当でしょう」

「基地局、麓にあるから電波繋《つな》がるよな？」

「誰か、携帯端末に隊長から連絡入ってるか？」

「まだ無い。輝矢様《かぐや》、とりあえず座っててください。小屋の中歩き回っても仕方ありません」

皆が忙しくする中、輝矢《かぐや》は所在なさげに山小屋内のベンチに腰掛けた。

八合目までは一般開放されていることもあって、山小屋は広く、清潔に保たれている。獣を警戒して、明かりは最低限しか点《つ》けなかったが、自らが齎《もたら》した暗闇の中よりはマシだった。安全な場所に居ると感じられる。しかし心は休まらない。

——月燈《つきひ》さん、みんな。

落ち着こうとしても、残してきた者達の顔ばかり浮かぶ。

何も手伝えることがない輝矢《かぐや》は自分が握りしめた拳を見ることしか出来ない。ただ時間だけが過ぎていく。自分の不甲斐《ふがい》なさに腹が立って、何度か拳を膝に打ち付けた。

——落ち着け、国家治安機構《こっかちあんきこう》のよりすぐりの精鋭を集めた部隊だぞ。

月燈《つきひ》と他三名の部下、彼らはきっと無事なはず。いや、そうあってくれと祈る。

やがて、山小屋に着いてからどれくらい時間が経過しただろうか。

「隊長から電話です！　こちらに死者なし、しかし敵は逃亡とのこと！」

部下の携帯端末に連絡が入り、輝矢《かぐや》は月燈《つきひ》と他の者達の生存を確認した。

「大丈夫なの⁉　怪我《けが》は？　誰も怪我《けが》してない⁉」

要点のみの短い連絡だった為、通話はすぐ終わり、輝矢《かぐや》は月燈《つきひ》の声も聞けなかった。

「はい、全員擦り傷すら負っていないようです。まずは輝矢《かぐや》様の保護が最優先となりますので、隊長達もこのままこちらに合流、輝矢《かぐや》様を護衛しながら下山します。追って地元の猟友会に来てもらう形になるかと」

「……そう、みんな無事な姿を見るまで安心出来ないけど、とりあえず生きてて良かった……」

「輝矢《かぐや》様、落ち着いてください。顔色真っ青ですよ」

「……だって、見たこともない獣に襲われて……皆が心配で……誰にも怪我《けが》して欲しくないよ」

輝矢《かぐや》が自分達を過度に心配してくれていることに苦笑しながらも続けて部下は言う。

「それと、隊長からの伝言です。『下山中に遭遇したらその時は確実に狩ります』とのこと」

「わざと逃したってこと？」

「いえ、それはないですね。ただ、生け捕りしようと努力されたのでは。輝矢《かぐや》様のお言葉に配慮されたのですよ」

輝矢《かぐや》は自分が口走ったことを後悔した。月燈《つきひ》に銃を撃つのはまずいと言ったのだ。深く考えた言葉ではなく、咄嗟《とっさ》に出た台詞《せりふ》だった。

一応、理由はある。自然保護の観点から、銃という殺傷武器で威嚇射撃をするだけでも天然保護区域の他生物を殺傷してしまう恐れがあった。それがまず一つ。

そして二つ目は、どんな生物であれ聖域部分で殺生《せっしょう》するのは『穢《けが》れ』を生み出してしまうという宗教的観念からの恐れだった。巫《かんなぎ》の射手《しゃしゅ》と山は深い結びつきがある。山に不浄を齎《もたら》す行為は何であれ厳禁とされている。それは現人神《あらひとがみ》を信仰している月燈《つきひ》も勿論《もちろん》知っていた。

銃からナイフに替えたのは他生物への配慮が一番の理由だろうが、出来ることなら謎の生物も殺さずに済むようにしたかったのだろう。その結果逃した。

「本来なら、すぐ殺すべきでしたね……人を襲いました。しかも、大和《やまと》に夜を齎《もたら》す現人神《あらひとがみ》であらせられる御身をです」

「……俺、甘いこと言ってたね……ごめん。後で月燈《つきひ》さんにも謝るよ」

「ご理解頂ければそれで十分です。『殺生《せっしょう》は厳禁』というのは隊長も言っていましたし、輝矢《かぐや》様も神職の立場としての発言でしたから間違ったことは仰《おっしゃ》ってません。ただ、今回は無理でしょうね。猟師に動いて貰《もら》わないと……何せ、敵は『狼《おおかみ》』だったそうですから」

「は？……」

「……狼《おおかみ》です。かなり巨体でしたが……特徴としてはそれに当てはまると」

輝矢《かぐや》の頭の中には、映像でしか見たことがない狼《おおかみ》の姿が浮かんだ。

「いやわかるけど……でも大和《やまと》に狼《おおかみ》っていないよね？　動物園とかでしか見れないんじゃ……」

「はい。それが今回の事件の怖いところなんですよ……とにかく、詳しいことは隊長達と合流してから聞きましょう」

その後、輝矢《かぐや》達は無事月燈《つきひ》達と合流し、共に下山することが出来た。

輝矢《かぐや》達と入れ替わりに入山した国家治安機構《こっかちあんきこう》の別働隊と地元の猟友会が協力して狼《おおかみ》の行方を追ったが依然として姿は見えず、襲われた聖域であれほど乱闘したのに足取りは消えていた。

猟友会の捜索虚《むな》しく、狼《おおかみ》はそれ以降も出現して度々輝矢《かぐや》達を翻弄した。

輝矢《かぐや》と月燈《つきひ》率いる警備部隊は混乱するばかりだ。

大和《やまと》では古くは狼《おおかみ》が生息していた記録はあるが、黎明《れいめい》二十年現在では大和国《やまとこく》内では絶滅している。海外でも減少傾向を考慮して保護対象に指定している国が多い。

居るはずのない獣が、姿を現し黄昏《たそがれ》の射手《しゃしゅ》を惑わし続けるという事態は軽視出来ない。

また、人間に攻撃的であったことから狂犬病の可能性が懸念《けねん》された。大の大人を凌駕《りょうが》する巨体であったこともあり、危険性を考え一般登山客にも開放されている竜宮岳《りゅうぐうだけ》は直ちに閉山することとなった。民は入山しなければ身の安全は保たれるだろうが、輝矢《かぐや》は違う。

どんなことがあっても毎日聖域まで登山しなくてはならない。

黄昏《たそがれ》の射手《しゃしゅ》の警備を厚くすると共に、大和《やまと》に生息しないはずの狼《おおかみ》がどうしてこの山に居たのか原因究明が求められる事態となった。

近くの動物園から脱走した個体は無し。その為、動物の闇ブローカー、密輸業者が何らかの過程でロストしてしまった存在ではと仮に結論づけられたが、違う可能性が提示された。

『春の不在により引き起こされた、生態系の破壊の産物では』と。

　ここでいう生態系とは大和《やまと》全域で生息している生物と、生物を取り巻く環境のことを指す。生態系の破壊とは環境の汚染や変化で齎《もたら》されるものだ。例えば人間が緑を燃やし木々を狩り尽くすと、そこに住んでいた動植物達は食べ物や住処《すみか》を失い、場合によっては絶滅危惧種が生まれる。

　生態系の狂いの被害を受けるのは人間も同じだ。川が汚染されればそこで生まれる魚を食べる人間にも悪影響が出る。一つの種類の動物に変化が出れば、その動物を食べていた生物にも連動して変化が起こる。生物の乱獲も生態系を破壊する要因だ。

　外的要因が加わり連鎖して変化が起こる様を生態系破壊と考えるとわかりやすいだろう。

　この国、大和《やまと》では四季の代行者《だいこうしゃ》を狙う過激派組織、通称『賊』の手により春の代行者《だいこうしゃ》が攫《さら》われていた。十年前の悲劇により、その後春が無いまま、季節は夏、秋、冬と巡りを続けていた。

　夏と秋の期間はそのままに、冬が春の分も補うように長期に渡って大地を支配したのだ。

　黎明《れいめい》二十年の時点で、大和《やまと》各地で生態系異常はある程度報告されていた。

それは長引く寒さで失われていく植物や、餌が取れずに死に絶える動物など、そうした絶滅危惧種が出てしまったという生態系の狂いがまず一つ。

二つ目は原因不明の形態異常生命体の誕生だ。

春が失われて四年が経《た》った頃から異常に巨大化した魚や動物、植物などが報告され始めた。

三つ目は異常行動。

本来なら大人しい生物が市街地に現れ人々を脅《おびや》かしたり、集団で自殺をしたりという報告は年々増え続けていた。

これらの報告例は少ないが、大和国《やまとこく》政府はこの十年、対応を求められていたのは事実だ。

こうした大和《やまと》の現状もあり、此度《こたび》の狼《おおかみ》出現も生態系破壊が原因とする意見が出た。

何らかの要因で復活した狼《おおかみ》が黄昏《たそがれ》の射手《しゃしゅ》を襲ったのではと。

この時点ではこの生態系破壊説はたくさんの可能性の中の一つでしかなかった。

他にも荒唐無稽な説は出た。

会議というのはあらゆる可能性を探るものだ。

この説の出現自体に批判は無く、少し人の興味を引く説として目立っただけだった。

狼《おおかみ》の出現はその後も射手側から報告されたが、暗闇の中でしか発生せず、まるで影のように消えることから通常の狼《おおかみ》個体と差別化して呼ぶ為に『暗狼《あんろう》』と名付けられた。

一連の騒動は『暗狼事件《あんろうじけん》』と呼ばれるようになり、現場で対処している射手側とは別に現人神《あらひとがみ》を取り巻く組織達も生態系異常を含む可能性を追究する会議を繰り返した。

『暗狼事件《あんろうじけん》』の対策会議は主に黄昏《たそがれ》の射手《しゃしゅ》並びに暁《あかつき》の射手《しゃしゅ》を育成、守護する『巫覡《ふげき》』の一族と。

大和国《やまとこく》の警察権を持ち国民の安全を守る『国家治安機構《こっかちあんきこう》』。

大和国《やまとこく》政府の自然環境の保全を担《にな》う『環境保護庁《かんきようほごちょう》』。

この三組織で最初議論が行われていたが、生態系破壊の話が出てからは、環境保護庁《かんきようほごちょう》から依頼があり、一応、季節の有識者を呼ぼうということで更に論者が加わった。

四季の代行者《だいこうしゃ》の養育機関である『四季の里』。

四季の代行者《だいこうしゃ》の活動を補助する『四季庁《しきちょう》』。これら二団体から人が召喚された。

大和《やまと》の四季の代行者《だいこうしゃ》を管理運営する二機関の参加により、現在の四季の代行者《だいこうしゃ》の情報も少なからず共有された。とは言っても、代行者《だいこうしゃ》の安全と秘匿性を高めるが故に起きた事柄の真相背景はほとんど隠されて伝わる。すると、情報の少なさが悪い方向に働き、現人神《あらひとがみ》達の行動を問題視する者達も少なからず出た。議論というものは時に迷走し、最悪な発想を生むことがある。

これにより天罰説《てんばつせつ》という発想が誕生した。

四季の神々が現人神《あらひとがみ》達の慎みや勤勉さを欠いた振る舞いに、怒りを示されているのでは？

狼《おおかみ》の出現はあくまで今回目に見えた被害が出ただけで、発端はもっと前からあった。

生態系の狂いは神の怒りの一端に過ぎず、今後もっと大きな災いがくるかもしれない、と。

天罰説派《てんばつせつ》は現時点で目に余る代行者《だいこうしゃ》の行動を指摘した。

曰《いわ》く、春は大和《やまと》を十年も不在にした。

誘拐されたのは八年間だが、その後二年間心を病んで義務を放棄した。

夏は死んだ者を生き返らせることを秋に強要した。

そして双子神という歪《いびつ》な形を生み出した。

秋は既に夏の代行者《だいこうしゃ》の代替わりが行われたにも拘わらず、双子神誕生に手を貸した。

冬は十年前の事件の原因。春の不在は冬のせいでもある。

今代の代行者達《だいこうしゃたち》は身勝手だ。彼らの軽率な行動を神々がお怒りになられているのだと、最終的に代行者叩《だいこうしゃたた》きに転じた。

今代の代行者《だいこうしゃ》を気に食わない者達が言い出したことに過ぎないというのは少し考えればわかる。現人神《あらひとがみ》を一方的に断罪することは不敬だという反対意見はすぐに出た。

今度は所属組織関係なく、四季の代行者《だいこうしゃ》を擁護する者と批判する者とで分かれ、議論は白熱した。何故《なぜ》、竜宮岳《りゅうぐうだけ》に絶滅したはずの狼《おおかみ》が出現したのかという議題よりも、そちらのほうが論争として盛り上がりを見せる。

火種が大きい議題ほど、本質は無視されて語られるものだ。

黄昏《たそがれ》の射手《しゃしゅ》を襲った狼《おおかみ》の原因は、動物の闇ブローカーや密輸業者からの脱走説より、生態系の破壊、天罰説《てんばつせつ》であると現人神界隈《あらひとがみかいわい》では広く流布《るふ》された。

四季の代行者《だいこうしゃ》達にとっては不運なことに、各季節の里の重鎮でこの説を支持し始める者がぽつりぽつりと現れ始める。

里運営の担《にな》い手《て》である家々の者、いわゆる『お偉方』は各方面に影響力を持っている。

里も、四季庁《しきちょう》も、生まれ故郷の重鎮に逆らえる者は少なかった。

四季庁《しきちょう》自体も一般層のキャリア組以外は里の人間が入庁を果たしているからだ。

里というものは完全なる村社会であり、疎外されればたちまち生活や出世が立ち行かなくなる。個人だけではない、目の敵にされた一族そのものの立場が悪くなる可能性すらあった。

『上に逆らえない』という縦社会構造が起因し、それまで擁護派だった者も反転し始めた。

どれほど荒唐無稽であっても、発言力がある者の考えには右へ倣《なら》えとする者達が一定数現れるものだ。取り巻きとも言える者達は、代行者《だいこうしゃ》達の擁護より里のお偉方のご機嫌取りを選ぶ。

そして四季界隈《かいわい》の風潮は天罰説《てんばつせつ》を支持することが『正しい』ものとしてまかり通り始めた。

やがて代行者《だいこうしゃ》が関係ないと思われることまで原因の理由付けにされるだろう。

誰かが傷つくことを、傷つける側は気にしないのだから。

第三章　春主従と冬主従

四季の代行者《だいこうしゃ》はそれぞれホームとなる地域を持っている。

末裔《まつえい》の血を育む養育機関『里』もまたこの地域ごとに分かれて存在していた。

春の代行者《だいこうしゃ》は帝州《ていしゅう》に春の里が。夏の代行者《だいこうしゃ》は衣世《いよ》に夏の里が。

秋の代行者《だいこうしゃ》は創紫《つくし》に秋の里が。冬の代行者《だいこうしゃ》はエニシに冬の里が。

各里、地図にも載っていない位置に存在している。

更に言うと、巫《かんなぎ》の射手《しゃしゅ》は北と南にホームを分けていた。

暁《あかつき》の射手《しゃしゅ》はエニシのとある霊山、黄昏《たそがれ》の射手《しゃしゅ》は竜宮《りゅうぐう》の竜宮岳《りゅうぐうだけ》が日参すべき霊山だ。


物語の場面は春の代行者《だいこうしゃ》の拠点であり、大和国《やまとこく》の中心部とも言える帝州《ていしゅう》へと移る。

黎明《れいめい》二十年、二十四節気。七月二十二日、『大暑』。


夏が齎《もたら》した陽気な暖かさもあり、帝州《ていしゅう》に限らず世は行楽シーズン真っ盛りで人が溢《あふ》れている。

それが大和《やまと》の首都がある帝州《ていしゅう》の有名なレジャー施設であれば更に混雑は避けられない。

開園してまだ一時間ほどの時刻だが、どこへ行っても祭りのような賑《にぎ》わいだ。

とある遊園地の入場ゲート前、明らかに人の多さに怯《おび》えている娘が二人居た。

「さく、ら……」

「大丈夫です、雛菊《ひなぎく》様。さくらが必ずお守りします」

夏風が彼女達の長い髪を揺らしている。

年頃の娘らしい格好をしている二人は、誰が見ても親密だとわかる距離でお喋《しゃべ》りをしていた。

一人は豪奢《ごうしゃ》な琥《こ》珀《はく》色の髪の乙女だ。天女の羽衣のように波打つ髪、世にも珍しい黄水晶の瞳、薔薇《ばら》色《いろ》の頰、桜唇。何もかもが神様が特別に作ったような容姿をしている彼女は、大和国《やまとこく》、春の代行者《だいこうしゃ》、花《か》葉雛菊《ようひなぎく》その人だった。

「ひと、いっぱい、怖い……」

舌っ足らずな喋《しゃべ》り方は少し特徴的で、実際の年齢より雛菊《ひなぎく》を随分と幼くさせる。

声音は砂糖菓子のように甘く、迦陵頻伽《かりょうびんが》と言えるほど美しい響きをしていた。

「……やはり、来ないほうがよかったでしょうか……」

受け答えをしたもう一人の娘は夜桜のような髪色の持ち主だ。漆黒から灰桜へと段階的に染められた髪は、艶《つや》やかで絹のよう。花も恥じらうほどの乙女とは正に彼女のことだろう。大きな猫目はつぶさに主である雛菊《ひなぎく》の様子を窺《うかが》っている。

「ううん、そんなこと、ない、よ……おでかけ、嬉《うれ》しい……」

今日は、冬主従の招待により、春主従が初めて遊園地に訪れた日だった。

場所は春主従のホームである帝州帝都《ていしゅうていと》よりほど近い『帝州御伽《ていしゅうおとぎ》キングダム』。架空の御伽《おとぎ》の国をコンセプトに造られたテーマパークだ。

御伽《おとぎ》キングダムはパーク内に五つのタウンが存在し、空、森、海、光、闇、と属性別に分かれている。一般的な遊園地にあるような遊具施設はすべて揃《そろ》っており、食事処《どころ》も充実したラインナップだ。それぞれのタウンには人気のマスコットキャラクターが配置され、来場者を大いに盛り上げてくれる。

現在、二人は冬主従と待ち合わせをしていた。

時系列で言うと、既に竜宮《りゅうぐう》で暗狼事件《あんろうじけん》が起きて問題になり、夏の里で葉桜《はざくら》姉妹が婚約破棄を叩《たた》きつけられて失意に陥っている頃だった。二人はまだ瑠璃《るり》とあやめの悲劇は知らない。

「……雛菊《ひなぎく》様、ご不安なら無理をせずに、今からでも中止にしましょうか……？　お心の崩れは身体《からだ》に触ります。狼星《ろうせい》達も言えばわかってくれるでしょうし……」

「だ、だめ……！　雛菊《ひなぎく》、みんなと、遊び、たい、です」

それを聞いて雛菊《ひなぎく》は一瞬で悲しげな表情に変化した。思わずすがるようにさくらに抱きつく。抱きつかれたほうのさくらは、驚きつつもごく自然に彼女を抱きしめた。

「雛菊《ひなぎく》様……」

炎天下に抱き合うなど、只々《ただただ》体温を上げる行為でしかない。だが、さくらも雛菊《ひなぎく》も躊躇《ためら》いはなかった。そういう問題ではないのだ。さくらはなだめるように雛菊《ひなぎく》の背中を撫《な》でる。

「そうですね。今日は朝からとても楽しみにされていましたし……遊園地の為に考えたおしゃれも狼星《ろうせい》や凍蝶《いてちょう》に見てもらいたい……ですよね……？」

雛菊《ひなぎく》はさくらの腕の中でうつむいていたが、遠慮がちに顔を上げた。

「……雛菊《ひなぎく》、のきもち、さくら、わかってた……？」

恥ずかしそうに尋ねる可憐《かれん》な乙女。そんな主にさくらは骨抜きになる。

「わかっておりました。雛菊《ひなぎく》様のことでさくらがわからないことはほとんどありませんよ」

「どし、て……？」

「愛ゆえにです」

さくらが誇るようにそう言うと、雛菊《ひなぎく》はその愛を嬉《うれ》しそうに受け止めて、自分も返した。

「雛菊《ひなぎく》、も、さくらのこと、あい、で、わかり、ます。さくらは、自分、では……似合わない……そう、言う、けど、可愛《かわい》い、の、似合い、ます……さくら、可愛《かわい》い……」

雛菊《ひなぎく》は今日のさくらの服装を見て言う。珍しくスカート姿だ。さくらは褒められてどうしていいかわからず、大層照れてしまう。そんなさくらを雛菊《ひなぎく》は微笑《ほほえ》ましそうに見ている。

「えっと……雛菊《ひなぎく》様がいまのさくらを可愛《かわい》いと仰《おっしゃ》ってくれるなら、普段は着ないような服に挑戦したかいがありました。御身もよくお似合いで」

「雛菊《ひなぎく》は、ね、いつも、さくら、が、えらんで、くれるから、ばっちり、なんです」

雛菊《ひなぎく》の言葉は何の含みもなかったが、さくらは心配になって一応尋ねた。

「あの、雛菊《ひなぎく》様……今更ですが私が御身のお召し物を選んでいて嫌じゃありませんか？」

「そんなこと、思ったこと、ない、よ……？　いつも、あり、がとう、さくら」

瞳を輝かせてそう言ってくれる主が愛《いと》しくて、さくらはもう一度ぎゅっと雛菊《ひなぎく》を抱きしめた。

二人は身体《からだ》を離しはしたが、手だけはしっかり繋《つな》いでまた狼星《ろうせい》達を待つ。

「雛菊《ひなぎく》様、先程の話に戻りますが……遊園地に居る者達はほとんど無害な民草です。有害と判断された者は雛菊《ひなぎく》様がお気づきになられない内に排除されていきますのでご心配なく。しゃくですが、雛菊《ひなぎく》様と狼星《ろうせい》の交流を完璧に守ってみせます」

「うん……」

雛菊《ひなぎく》はうなずいてから、はたと気づいた。

「はいじょ……？」

さくらの過激な言葉に雛菊《ひなぎく》はきょとんとする。さくらは勇ましく頷《うなず》いた。

「排除です」

雛菊《ひなぎく》とさくらはしばし見つめ合った。やがて、雛菊《ひなぎく》は排除という言葉から、様々なことを想像してしまったようだ。恐れが混じった様子でふるふると首を横に振った。

「さ、さくら……わるい、ひと、でも……ひどい、こと、したら……だめ、だよ……」

さくらは困ったように眉を下げ、内心嘆息した。

——あんなことがあったのに、また他者に心を砕こうとするなんて。

数ヶ月前に起きた事件のことをさくらは少しだけ思い返す。

雛菊《ひなぎく》は自分を攫《さら》い、歪《ゆが》んだ愛情で育てた母親代わりの犯罪者と邂逅《かいこう》を果たしていた。

危うくもう一度誘拐されかけたが、事なきを得ている。

自分を害する者達へもっと非情になってもいいのに雛菊《ひなぎく》はそうしない。

――それが雛菊《ひなぎく》様の良いところでもあるが、危うげなところでもある。

「ね……？　だめ、だよ……」

春の神様は納得させるように従者の顔を覗《のぞ》き込む。

さくらの鼻先にふんわりと花の匂いが漂った。

春の代行者《だいこうしゃ》は香水などつけずともその身から芳《かぐわ》しい春の香りをさせる。

さくらはうっとりして何でも言うことを聞いてしまいそうになった。

だが主の安全の為に何とか反論した。

「ひ、雛菊《ひなぎく》様……しかしそれでは悪人に優しすぎます、暴力への断固とした拒否は必要で……」

「わるいひと、のこと、だけ、考えてる、わけ、じゃ、ないよ」

「というと……？」

「ひどいこと、さくら、に、して欲しく、ない、の……怖いめに、あうかも、だから……」

「雛菊《ひなぎく》様……」

嗚呼《ああ》、とさくらは思った。

「ひどい、こと、する、ひとね……お話、できない、場合も、ある……の……雛菊《ひなぎく》、攫《さら》った、観鈴《みすず》さん、が、そう、だった……。やめて、やめてって、言っても、やめて、くれない、の。本当に、本当に、怖いひとって、いるの。そういうひと、から、ね……さくら、が、ね……すんで、うらみ、かうの……雛菊《ひなぎく》、とても、とても、怖い、です……」

――貴方《あなた》はいつも優しすぎる。

過激な行動をとれば、そのしっぺ返しがさくら自身に来るかもしれない。それを恐れているのだ。雛菊《ひなぎく》は人間の悪意の恐ろしさというものを我が身をもって知っていた。誘拐事件で心に傷を負ったせいで、実年齢に対して精神が追いついていない娘ではあるが、こういうところはとても思慮深い。さくらが献身的過ぎる護衛官《ごえいかん》であるのを十分承知した上での発言だった。

「さくら、は、雛菊《ひなぎく》の、大切な……ひと、だから……きけん、さけて、欲しいの……ふ、ひつよう、に、こわいこと……しないで……お願い……」

悪人への温情もあることにはあるが、発言の意図としては護衛官《ごえいかん》であるさくらへの心配が強いのだろう。さくらは改めて主を守護する気持ちを強く持った。安心させるように言う。

「失礼致しました。説明不十分な発言をお許しください。不審者、及び雛菊《ひなぎく》様へ不埒《ふらち》な声掛けをする者が現れた場合、他の場所へ移し国家治安機構《こっかちあんきこう》に引き渡すだけです」

「さくら……う、ん、あり、がと、う」

雛菊《ひなぎく》はさくらの返事にホッとしたような安堵《あんど》の表情を見せた。

「賊の場合はこの世に生まれたことを後悔する程度に痛めつけます」

だがすぐに続いて聞かされた従者の発言に狼狽《うろた》える。

「さ、さくら……は、はなし、聞いて、た……？」

さくらは大真面目に頷《うなず》く。

「聞いてました。雛菊《ひなぎく》様が世界に優しい分、私が非情であらねばと思いました」

「き、聞いて、る、けど、聞いて、ない……」

雛菊《ひなぎく》が絶望したように言う。

「場所が場所なので、帯刀出来ないのが悔しいですね。代わりに許可を得て短刀と拳銃をスカートの中に隠しています。御身をお守りする為の装備に抜かりはありません」

さくらは雛菊《ひなぎく》にだけわかるようにスカートを少しめくりガーターホルスターを見せた。万が一、他者の目に晒《さら》されても太もも用のサポータにしか見えないデザインの物だ。

「だめ！　すかーと！　あ、あわわ……」

慌てて雛菊《ひなぎく》がスカートを押さえる。そうされると、さくらは勇ましい気持ちがみるみる萎《しぼ》んで恥ずかしくなった。さくらは剣士であり護衛であることを誇りに思っている。雛菊《ひなぎく》の為につい男勝りなことをしがちだ。しかし今のはまずかったと、顔を赤くしつつ言い訳をした。

「えっと……これ下に短パンを履いてて……雛菊《ひなぎく》様、寒月流《かんげつりゅう》は足さばきが大事で……」

「でもでもだめ！　いまの、は、めっです！」

主に叱られて、さくらはしゅんとしてスカートの裾を伸ばした。

「すみません……はしたないことをしました」

雛菊《ひなぎく》も念入りにさくらのスカートの乱れを直す。いつもと立場が逆だが、こういう姿は女性同士の主従ならではだろう。さくらはおろおろとしつつも主の優しさが嬉《うれ》しい。

「さくら、女の子、だから、ね！　きょう、凍蝶《いてちょう》お兄さま、も、狼星《ろうせい》さま、も、いるん、だよ」

「は、はい……申し訳ありません。あの……こうした用意はしつつも、なるべく利用しないように……雛菊《ひなぎく》様のご意向に沿うよう行動します。さくらは命令を聞けない駄犬ではありません」

「……命令じゃ、ないし、さくら、いぬさん、でも、ありません」

「雛菊《ひなぎく》様……」

「さくら、雛菊《ひなぎく》の、いちばん、たいせつな、おともだち、です」

主の言葉に、さくらは胸がじんと熱くなる。

「はい……雛菊《ひなぎく》様。色々申し上げましたが、今日は雛菊《ひなぎく》様が心配するようなことは起こらないと誓います。凍蝶《いてちょう》と何度も警備面の打ち合わせをしております。あちらも冬の威信をかけて警護すると言ってくれています。言いたくはありませんが現時点で一番信頼出来る護衛陣です。それは雛菊《ひなぎく》様もご理解してくださってますね？」

「う、ん……それは、うたがって、ないよ……。冬の、ひとたち、には、お世話に、なりっぱなし、です……。いまも、見守って、くれて、る……よね……？　なんにん、かは、雛菊《ひなぎく》、にも、見えて、ます……いつもと、ちがう、かっこ、だから……わかり、にくい、けど……」

さすが目が良いと思いながら、さくらも周囲を見回した。

「はい、冬の護衛陣が園内で常時同行します。四季庁職員《しきちょうしょくいん》は駐車場、園内管理システムのモニター前など散らばっている形です。あと、うちに出向している二名は駐車場に待機してます」

「なんだか、いいの、かな……遊び、なのに、こんな、に、豪華に、守って、もらって……」

「冬の希望あってのことです。私という護衛官《ごえいかん》も居ますのでお忘れなく」

「……さくら、いっしょ……それ、が、雛菊《ひなぎく》、いちばん、あんしん、です」

さくらはにっこりと雛菊《ひなぎく》に微笑《ほほえ》んでから、繋《つな》いでいる主の小さな手をより強く握り直した。

──東に三名、西に二名。

主である雛菊《ひなぎく》に笑顔を見せながら警備人数をカウントする。

──前方に一名。後方に二名か。

二人が少しでも移動すると、警備の者達も一般人に紛れて距離を保ちながらついてくる。

──さすが冬の護衛だな。顔を知っていなければわからない。

完璧な護衛陣によって守られているという事実はさくらに安心感を与えてくれたが、同時に少しの悔しさと申し訳無さを生んだ。

──うちも自陣でこれだけやれたらな……。

いつかは叶《かな》うかもしれないが、すぐには実現出来ない夢を頭に描く。

現在の春主従は端的に言うと味方が少なかった。

十年前に春の里から雛菊《ひなぎく》誘拐事件の捜索を三ヶ月で打ち切られるという裏切りを受けているのでまず自陣が信用出来ない。

そして先の事件で春主従は同行していた四季庁《しきちょう》の春職員からも裏切りを受けている。改革派の賊組織【華歳《かさい》】に買収されていたのだ。

新しく警備にあたる四季庁《しきちょう》の春職員を補填されたがまったく信用していなかった。

事件のせいで更に周囲への不信感が募っている状態だ。

これに助け舟を出したのが十年ぶりに再会した冬主従と冬の護衛陣だ。

狼星《ろうせい》と凍蝶《いてちょう》は春主従と再会前から隠密《おんみつ》に冬の護衛を二名つけていたが、その二名は先日正式に春主従つきの護衛として冬の里から出向されている。もちろん異例中の異例の措置だ。

春の事件中もさくらを支えてくれた冬の護衛二名は、雛菊《ひなぎく》も怖がらず話せている相手ということもあり、さくらにとってはありがたいことこの上ない計らいだった。

十年前攫《さら》われた女の子、雛菊《ひなぎく》を守る為の悩みはさくらにずっと付《つ》き纏《まと》い続けている。

——天罰説《てんばつせつ》と生態系破壊の噂《うわさ》を聞かされてから、雛菊《ひなぎく》様はまた塞ぎ込むようになってしまった。

黄昏《たそがれ》の射手《しゃしゅ》が霊山で暗狼《あんろう》に襲われた。その原因はつまるところ春の不在のせいではという生態系の話、そこから発展して生まれた天罰説《てんばつせつ》。どちらも四季庁《しきちょう》職員《しょくいん》から共有されている。恐らくは他の季節も知っているはずだ。

タイミングよく狼星《ろうせい》が遊びを持ちかけてきたのは、こうした噂《うわさ》で塞ぎ込んでいるであろう雛《ひな》菊《ぎく》を気遣ってなのは聞かずともわかる。気晴らしに連れ出して直接様子を見たかったのだろう。誘いを受けたのは甲斐甲斐《かいがい》しく世話してくれる冬主従の気持ちを汲《く》む意味合いもあった。

——元気になっていただきたい、せっかく御役目を終えて迎えた初めての夏なのに。

さくらは雛菊《ひなぎく》に心穏やかに過ごして欲しかった。雪洞《ぼんぼり》に明かりが灯《とも》るような淡い恋をしている雛菊《ひなぎく》は、意中の相手である狼星《ろうせい》から遊園地に誘われたと聞いてから、ようやく顔色が良くなってきている。今までずっと辛《つら》いことばかりだったのだ。遊園地に行くくらいバチは当たるまいとさくらも考えた。天罰説《てんばつせつ》派の者達は恐らくこれも批判するだろうが。

——どいつもこいつも、何が春の代行者《だいこうしゃ》の不在のせいだ。こちらが責められる謂《いわ》れはない。

様々な者達から確定した情報ではない事柄を噂《うわさ》として流されている現状は、雛菊《ひなぎく》の守護者であるさくらにとって業腹《ごうはら》でしかない。

——誰も助けてくれなかったくせに。

春の不在、この期間の受け取り方は恐らく人によって違う。

八年間の誘拐。その後の空白の二年。

これで十年の不在の計算だが、特に帰還後の二年は槍玉《やりだま》に挙げられがちだった。

春の里の人間からすれば、帰還してから二年間春顕現を雛菊《ひなぎく》が拒んだことは、代行者《だいこうしゃ》本人の我儘《わがまま》だと捉える者が多い。

春以外の里は二年間の顕現拒否を今まで知る者は少なかったが、今回の噂《うわさ》で多く知られてしまった。恐らくは同じように春の代行者《だいこうしゃ》へ怠惰なイメージを持つ者が増える。

『出来るはずなのにしなかった。戻ってきてからすぐに春顕現をすれば良かったのに』と。

すぐ春顕現をすべきだという意見は間違ってはいない。国民もそれを望むだろう。

季節のある無しによって人々の生活は大きく変わる。

——雛菊《ひなぎく》様に人権は無いのか？

だが実際、彼女と懇意にしている者達はこの説に怒りを覚えるはずだ。

八年間の誘拐生活の中で雛菊《ひなぎく》は心的外傷により人格の崩壊を起こしてしまっている。

現在の彼女は一度死に、また生まれた別人格の彼女だ。

雛菊《ひなぎく》自身も『雛菊《ひなぎく》は死んだ』と前の自分《わた》の死を口にしている。

二年間春顕現を拒んだのは、長きに亘る監禁生活で精神が酷《ひど》く消耗しているところに、自身の救出作業及び捜索が年々打ち切られていったことを彼女自身が知ってしまい、心を立て直すのに時間がかかったせいだ。そのせいで一時生活もままならなくなり、顕現能力も低下した。

代行者《だいこうしゃ》は心で季節を顕現する。特に大規模顕現ともなれば、本人の心身が整わないと難しい。むしろよく二年で立て直したとも言える。

——四季の代行者《だいこうしゃ》は道具ではないんだぞ。

こうした背景も加味せず、雛菊《ひなぎく》の闘病生活二年間は槍玉《やりだま》に挙げられ、誰も助けられなかった八年間の責任の所在は宙に浮いたままというのは、少々理不尽が過ぎるだろう。

——あの頃の雛菊《ひなぎく》様をみんな知らないくせに。

役目に付随する責任を求められるのは立場上仕方がないとさくらも理解はしている。

雛菊《ひなぎく》は更に重く受けとめた。もうあの二年間はやり直せない。どうすることも出来ない。務めを終えた休暇を楽しむことなく、憂いて床に臥《ふ》す日が増えていくばかりだ。

——いま馬鹿なことを言っている奴《やつ》は全員地獄に堕《お》ちるといい。

雛菊《ひなぎく》が批判を受け入れていても、さくらは許せなかった。

——誰も助けてくれなかったくせに、私達を見捨てたくせに。

雛菊《ひなぎく》が壊れていた二年を知る者は少ない。

——自分達のことは棚上げにしやがって。

さくらの頭の中には、いつまで経《た》っても『その内死ぬから放っておいてくれていい』と言い放った雛菊《ひなぎく》の姿がこびりついている。

あの悲しみは消えることがない。

「さくら……ふあん、いろいろ、言って、ごめん……ね……」

少し黙っていたさくらに向かって、雛菊《ひなぎく》が心配そうに声をかけた。

さくらはハッとする。

「いえ、とんでもありません。お気づきのことがあれば何でもさくらに言ってくださいね」

――駄目だ。せっかく遊園地に来たんだ。楽しんでもらわなければ。

「うん、ゆうえんち、初めてです……さくら、も、楽しもう、ね？」

きっと雛菊《ひなぎく》は雛菊《ひなぎく》でさくらが楽しめるようにと考えている。さくらはそれを言われずともわかっていた。雛菊《ひなぎく》への恋慕にも似た敬愛の気持ちと、現状へのやるせなさが混ざりあう。

「はい、雛菊《ひなぎく》様」

少し泣きたくなってしまったのを、ぐっとこらえてさくらは言う。

雛菊《ひなぎく》は嬉《うれ》しそうにさくらと繋《つな》いだ手をぶんぶんと振った。

「あ、凍蝶《いてちょう》お兄さま、だ」

「狼星《ろうせい》も来ましたね」

その時、ちょうど春主従に近づいてくる者が居た。高貴な顔立ちの青年と、色香のある大人の魅力を備えた男だ。どちらも場に馴染《なじ》みやすい洋服に身を包んでいる。

「悪い、待たせた。入場券で手間取ってな」

「さくら、雛菊《ひなぎく》様、お待たせしました」

雑踏の中に居ようとも人目を引く、崇美で端正な顔立ちの青年は寒椿狼星《かんつばきろうせい》。

「ここ良い施設だ。事前に通達してたから案内も速やかだったぞ。身分は隠しているが要人待遇となる。何か困ったことがあれば係員に言えば大体のことは対応してくれるらしい」

おいそれと声をかけられない雰囲気の美青年である狼星《ろうせい》の隣に並んでも、遜色ない雄麗な男は寒月凍蝶《かんげついてちょう》。

「そうなることが無いと祈ろう。我々冬の護衛陣も居るのだし、安心して楽しんでくれ」

この大和国《やまとこく》の冬の代行者《だいこうしゃ》と、その代行者護衛官《だいこうしゃごえいかん》だ。

「……雛菊《ひなぎく》様、夏の装《よそお》いがとてもお似合いですね」

さすがと言うべきか。凍蝶《いてちょう》が目ざとく服装を褒めてくれた。

雛菊《ひなぎく》のほうをしっかり見て言ってから、さくらにも視線を移す。

「さくら……」

何か言う前にさくらが止めた。

「私には何も言うな」

凍蝶《いてちょう》は首を捻《ひね》って尋ねる。

「可愛《かわい》いと言っては駄目なのか？」

「言うな！」

「もう言ってしまった」

「言うなよ！」

「すまん。だが怒ることか……？」

二人のやりとりを見て雛菊《ひなぎく》はくすくすと笑い、狼星《ろうせい》は慌てて口を挟む。

「俺も思ってた！　ひな……か、わいいぞ。さくらも」

言い慣れていない台詞《せりふ》を、羞恥心を押し殺して何とか言っている。

「二人共、すごく可愛《かわ》い……本当だ。お世辞じゃない」

雛菊《ひなぎく》はわかりやすく照れた。さくらは自分が褒められたことはどうでも良く、愛する主が狼《ろう》星《せい》の一言で頬を赤く染めたことが非常に面白くなく感じられた。しかし雛菊《ひなぎく》の装《よそお》いを褒められたこと自体は喜ばしい。主の装《よそお》いは従者の見せ所だ。総合すると、雛菊《ひなぎく》もさくらも朝からおしゃれを頑張って良かったと目で思いを通わせた。

「あり、がとう、ござい、ます。狼星《ろうせい》、さま、凍蝶《いてちょう》、お兄、さま。嬉《うれ》しい、です。二人も、すてき、です、ね……」

「凍蝶《いてちょう》、狼星《ろうせい》もいいか、私のことを言う必要はない。今後も雛菊《ひなぎく》様だけ褒めろ」

さくらは一度言葉を切ってから、態度を改めてまた言う。

「それより、諸々《もろもろ》手配感謝する……冬の護衛陣にも後で直接お礼を言うから」

「手配なんて気にするな。俺達が誘ったんだから」

「狼星《ろうせい》の言う通りだぞ、さくら。お前が気にすることはない」

「いや、あんまりおんぶにだっこはな……帝州《ていしゅう》は我らがホームだというのに、そちらにもてなしてもらうことを春の護衛官《ごえいかん》として申し訳なく思う……」

凍蝶《いてちょう》はたしなめるように言う。

「そんなことは良いんだ。そういえば……うちから出向している二名は元気にしているか？藤堂《とうどう》と霜月《しもつき》……そちらで迷惑をかけていないだろうか」

「迷惑なんて。あの二人はすごく良くしてくれる。そうですよね、雛菊《ひなぎく》様」

「うん、ふたり、とも、すごく……優しい、です。たすかって、ます」

「そうか……後で労《ねぎら》いにいこう。普段はあの二人に頼るだろうが、今日は私が居る。入り用なものがあれば気兼ねなく言って欲しい。雛菊《ひなぎく》様も、何でもお申し付けください」

そこで会話が一度止まった。気まずいというよりは少し気恥ずかしさのある優しい間だった。

こうして春主従と冬主従がただ一緒に遊ぶ為だけに交流していること自体が奇跡のようなことだったからだ。照れ臭くありつつも嬉《うれ》しいという気持ちが顔に滲《にじ》み出《で》ている。

ようやく四人でこんな風に会える日が来た。

それは此処《ここ》に居る全員が感じていることだった。

「ひな……さくら」

だが、狼星《ろうせい》はその和やかな雰囲気を壊すように真面目な顔になって切り出した。

「あのな……これだけはけじめとして言わせてくれ」

雛菊《ひなぎく》とさくらの目をちゃんと見られないのか、少しうつむきながら言う。

「冬の代行者《だいこうしゃ》の俺と居ると……賊に襲われるかもって不安になるかもしれないが……俺は本当に強くなったから。もう十年前の俺じゃないから」

そこまで言って、ようやく顔を上げて春主従の瞳を順に見る。

「何があっても、ひなとさくらを守る。大丈夫だからな……」

狼星《ろうせい》は言ってから苦笑いした。いまこれを言うのは楽しい雰囲気に水を差すだけ。けれどもちゃんと口にしたのは、彼なりの誠意だった。

——狼星《ろうせい》。

さくらはすぐに言葉が出なかった。雛菊《ひなぎく》もオロオロとしている。

凍蝶《いてちょう》も驚いていた。予定にはない行動だったことがわかる。

恐らく、春が誘拐されたのは冬のせい。冬の堕落が引き起こした、という天罰説《てんばつせつ》を狼星《ろうせい》も聞いているのだろう。これは何もいま始まったことではない。十年間、陰でずっと言われてきたことだった。それがまた声高に吹聴されているだけのこと。狼星《ろうせい》にとっては聞き慣れた陰口ではある。しかし、だからと言ってまったく傷つかない、ということはないだろう。

彼は冬の孤高の王だが、まだ多感な二十歳の青年でもあるのだ。

——きっと雛菊《ひなぎく》様がフォローしてくれる。

凍りついた空気の中でさくらはそう思う。彼女の主は人の悲しみを放っておくような娘ではない。春光のように暖かい言葉をかけて狼星《ろうせい》を励ましてくれるだろう。

さくらが敢《あ》えて発言することもないはず。でもそれで良いのだろうかという疑問も湧く。

狼星《ろうせい》はさくらにも『守る』と言った。

その台詞《せりふ》を無視して、雛菊《ひなぎく》だけに冬との向き合いを任せていいものだろうかと逡巡《しゅんじゅん》する。

冬主従と一番対立していて、憎しみを露《あら》わにしていたのはさくらだったからだ。

——狼星《ろうせい》も凍蝶《いてちょう》も、【華歳《かさい》】に襲われている中、四季庁《しきちょう》に助けに来てくれた。

彼らは雛菊《ひなぎく》とさくらを気遣い、事件の後もしばらく帝州《ていしゅう》に残って見守ってくれた。

——自陣から護衛だって割いてくれてる。

先程凍蝶《いてちょう》が口にしていた二名のことだ。本来、他の季節に護衛を譲渡するような真似《まね》はあり得ない。雛菊《ひなぎく》がさくらを他陣営に渡すようなものだ。すなわち単純に狼星《ろうせい》側の守りが薄くなる。

彼らが十年前の生き残りで、雛菊《ひなぎく》に感謝しているから行ってもらうのだと説明されたが、破格の措置に変わりはなかった。雛菊《ひなぎく》を守る為にいつも周囲を威嚇し緊張していたさくらだったが、今は前よりも心に余裕が出来ている。冬主従からの支援を当たり前だと開き直ることも出来るが、さくらはそこまで非情になりきれない。

今までずっと独りで雛菊《ひなぎく》を守っていたからこそ、人の助けの有《あ》り難《がた》みを深く感じていた。

「狼星《ろうせい》」

さくらは敢《あ》えてぶっきらぼうに言った。

「あのな、お前が強くなったことなんてわかってる」

まだ全てを水に流すことは出来ない。けれども彼女が大きく変化しているのがわかる。

「首都高速道路を凍らせた男が何を言ってるんだよ……」

さくらは冬主従の行動を見て、受け取って、もう一度信じてみようと思い直しているのだ。

「……みんなはあれを責めるだろうが……私は嬉《うれ》しかったよ……」

一人では勝てない戦を経験して彼女も変わった。

「雛菊《ひなぎく》様の為に、なりふり構わず来てくれたことが嬉《うれ》しかった……。あれがあったから今もこうして交流してるところがある。色々気遣ってくれてるのも正直助かってる。冬の護衛、そっちも大変なのに寄越してくれて……あ、ありがとう。藤堂《とうどう》さんも、霜月《しもつき》さんも優秀だ……ええと……だから……何が言いたいかというと……」

さくらは一度言葉を切って、狼星《ろうせい》と凍蝶《いてちょう》の顔をちゃんと見た。

「私はお前の行動を見て、少しは信じることにした。狼星《ろうせい》、凍蝶《いてちょう》……冬は……春の敵じゃないって……思っていいんだよな……？」

願うような、ともすればすがっているようにすら聞こえる問いかけだった。

「さくら……」

狼星《ろうせい》がかすれ声で名を呼ぶ。

十年前、冬の里にやって来て『雛菊《ひなぎく》様を助けてください』と頭を下げた幼いさくらを彷彿《ほうふつ》とさせた。代行者《だいこうしや》を守れなかった罰で春の里から捨てられたさくらは冬の里に身を寄せ、狼星《ろうせい》と凍蝶《いてちょう》と五年間暮らしていた。しかし冬主導の大規模捜索の打ち切りで彼らに失望し、それから行方を消した。冬主従からすれば、さくらもまた過去に助けられなかった少女の一人だ。

　その彼女が、また心を開こうとしている。窺《うかが》うように冬主従を見つめる彼女の瞳には少しの不安があった。その不安を打ち消すように狼星《ろうせい》と凍蝶《いてちょう》は力強く頷《うなず》く。

「信じてくれ。冬は春を守る。そうだな、凍蝶《いてちょう》？」

「無論だ。それに雛菊《ひなぎく》様だけではない。お前のことも冬が守る……」

　さくらは二人の返事を聞いて、ほっとしたように一度目を伏せた。

「ですって、雛菊《ひなぎく》様。雛菊《ひなぎく》様はどう思われますか？」

　雛菊《ひなぎく》は終始おろおろとしていたが、皆が喧嘩《けんか》をしていないということがわかると同じように安堵《あんど》の笑顔を見せた。

「雛菊《ひなぎく》は……狼星《ろうせい》さまと、凍蝶《いてちょう》お兄さま、いてくれる、ほうが、安心、です……！」

　凍蝶《いてちょう》と狼星《ろうせい》は雛菊《ひなぎく》の言葉を噛《か》みしめるような表情で頷《うなず》いた。

「……言っておくがそちらからしてもらうばかりではないぞ……。春夏秋冬の共同戦線は生きているのだから、冬が危機に陥ったら私も駆けつけて助けてやる。貸し借りなしだ」

　狼星《ろうせい》はさくらの台詞《せりふ》にすぐに反応しなかった。間をあけてから思い出したように言う。

「そういえばそんなのあったな……もう忘れてた」

狼星《ろうせい》の言い方にさくらは呆《あき》れた。貴重な同盟関係を『そんなの』扱いは酷《ひど》いと思った。

「お前なぁ……そういうこと言ってるからジメジメブリザードマンなんだぞ……」

さくらは狼星《ろうせい》のことが少し心配になる。狼星《ろうせい》は過去のこともあり雛菊《ひなぎく》とさくらには大層心を砕いてくれるが、その代わり他への関心が低かった。

「友達、減るぞ」

さくらは一見雛菊《ひなぎく》以外どうでも良いように振る舞っているが、ちゃんと横のつながりを大事にする方だ。狼星《ろうせい》より夏と秋とも連携は取れている。

「ジメジメブリザードマンはやめろ……なあ、あいつら俺の友達なのか？」

「友好関係にはあるだろう？」

「そ、そうか……」

狼星《ろうせい》はやはり新しい関係性に慣れていないようだ。

「不慣れ故の発言だ、許せ。あのな、いまの在り方は珍しいんだぞ？　基本、季節同士は関わらないもんなんだ。しかも四季全て交流があるのは本当に稀《まれ》だ……」

言い訳のように話す狼星《ろうせい》が喋《しゃべ》り終えるのを待ってから、さくらは言う。

「別に無理して仲良くしろとは言わない。だが協力関係があるに越したことはないはずだ。我々は十年前助け合えなかった。今年はそれが出来た。だから撫子《なでしこ》様もお助けすることが出来たんだ。これは間違いない。正直言ってどの季節が欠けても奪還は難しかったと思う。そしてこの協力関係はお前と凍蝶《いてちょう》が各里のお偉方を説得したから成し得たことじゃないか……」

「……本心では納得してなかったと思うけどな。俺が出向いたから勢いに押されて承諾したんだろ。やれるならやってみたらどうだ、くらいの上から目線だったぞ。この俺に向かって」

「だが我々はやってやった」

「ああ、鼻を明かしてやった……そのおかげで春の事件も早期に解決したし……」

「そうだ。お前、なまじ自陣で色々解決出来るから孤高を気取っているんだろうが……」

「気取ってない！」

「我々は本質的に孤独だ。夏と秋とのご縁は大事にしたほうがいいぞ……今後も何があるかわからない……」

「それはそうだな……善処する」

「というか、お前は私達以外の友達や協力関係に慣れてないだけだろ」

「……うっ」

「瑠璃《るり》様と反りが合わないようだが……でも、良くしてくださるだろ？　あやめ様も、秋の撫子《なでしこ》様も阿左美《あざみ》様も、お前に良くしてくださるだろ？　そんな方々との関係をお前……『そんなの』って……季節の祖、冬のくせに……ジメジメブリザードマン……狼星《ろうせい》、せめて儀礼的なことはちゃんとしろよ？　事件後に夏と秋に協力のお礼とお手紙送ったか？」

　さくらが困った弟を見るような目つきをするので狼星《ろうせい》は耐えられなくなった。

「お前、なんか凍蝶《いてちょう》みたいになってるぞ！」

「雛菊《ひなぎく》は、みんな、と、仲良く、したい、な。みんな、との、つながり、大事にしたい、です」

「ほら、雛菊《ひなぎく》様を見習え。この清らかさで夏からも秋からも好かれている」

「ちがう、よ。雛菊《ひなぎく》が、みんな、好き、なの。夏と秋の、みんな、とも、こんど、遊ぼう、ね」

「ひな……そうだな。海行こう。プールじゃなくて海な」

一度気まずくなってしまった空気は、途端に年が近い者同士の軽快な雰囲気に変わった。

凍蝶《いてちょう》はそれまで静かに微笑《ほほえ》んで三人のやり取りを聞いていたが、ほんの一瞬サングラスをずらして目頭をすっと拭った。さくらだけがその一瞬を目撃して驚く。

——凍蝶《いてちょう》が感極まっている。

苦労人の彼のことだ。ここまでの会話で色々と胸を刺すものがあったのかもしれない。

最年長の彼からすれば、見守っていた少年少女がいま元気にしている様子はたまらないものがあるだろう。さくらはすっと立ち位置をずらして凍蝶《いてちょう》を隠した。平静を装《よそお》いつつ言う。

「なあ、行こうか。狼星《ろうせい》、手筈《てはず》は覚えているな」

狼星《ろうせい》と雛菊《ひなぎく》がおずおずと隣に並んだ。狼星《ろうせい》と雛菊《ひなぎく》が前、凍蝶《いてちょう》とさくらが後ろになる。

「馴染《なじ》み深い並びだ。さくら、もうひなと手を繋《つな》いでいいのか？……いいよな？」

「ふざけるな、と言いたいところだが今日に限っては許してやる……雛菊《ひなぎく》様、狼星《ろうせい》が嫌だったら突き飛ばしてください。でも迷子防止の為、誰かとは手を繋《つな》いでもらいます……」

「い、いや、じゃ、ない、です」

「嫌じゃないって。聞いたか、さくら？　ひなが嫌じゃないってさ」

さくらは盛大に舌打ちした。不本意ではあったが、これで陣形の完成だ。

遥《はる》か昔、四人はいつもこの形で過ごしていた。現人神《あらひとがみ》達が振り返れば、すぐ守護者が居る。

雛菊《ひなぎく》と狼星《ろうせい》にとって一番安心できる配置だった。雛菊《ひなぎく》と狼星《ろうせい》は手を繋《つな》いで照れ合っている。

さくらは凍蝶《いてちょう》の顔を窺《うかが》うようにして見た。

凍蝶《いてちょう》はもう普段通りに戻っていた。さくらは胸を撫《な》で下《お》ろし、自然と微笑《ほほえ》んだ。

「凍蝶《いてちょう》、私も雛菊《ひなぎく》様も遊園地は初めてだから、作法とか間違ってたら教えてくれな」

凍蝶《いてちょう》は驚いた顔をした後、サングラスの奥の優しい瞳をさくらに注いだ。

「……民と同じように過ごせばいい。雛菊《ひなぎく》様と楽しんでいる写真をたくさん撮ってやろう」

「私のはいい。雛菊《ひなぎく》様単体の写真はちょうだい。あと人気のアトラクションに連れてって」

「わかった、任せろ」

「雛菊《ひなぎく》、あれ、あれ、したいな。他の、お客、さん、してる、かぶり、もの……！」

「よし、ひなの為にあれまず買うぞ。どこで売ってるんだ凍蝶《いてちょう》」

「入ってすぐだ。雛菊《ひなぎく》様、お荷物をお持ちします」


こうして春主従と冬主従の夏の一日が始まった。

四人は、まず入場してからすぐにこの帝州御伽《ていしゅうおとぎ》キングダムのマスコットキャラクター達をモチーフにしたヘアバンドや帽子を選んだ。あたかも御伽《おとぎ》キングダムの住人になったかのような気分を味わえる代物だ。雛菊《ひなぎく》だけつけるものかと思ったが。

「みんな、で、つける、よ、ね！」

この言葉に誰も反論出来なかった。雛菊《ひなぎく》はうさぎ、さくらは猫の耳がついたヘアバンド。狼《ろう》星《せい》は魔法使いの帽子、凍蝶《いてちょう》は海賊の帽子を雛菊《ひなぎく》に選ばれた。種族と職業が違う集団が爆誕する。

「さくら、お前何外そうとしてんだよ。ひなが選んだんだぞ」

「いや、だって……これは……さすがに……おい狼星《ろうせい》、乱暴に被《かぶ》せるな！」

多少諍《いさか》いが発生したが一行は最初の地点から歩き始めた。

テーマパークはエリアが分かれていたが、素直に始まりの空のエリアから森、海、光、闇へと巡っていくことにした。各エリアでそれぞれペアを替えて行動する。

「ご、ごんごん、しちゃった……と、どしよ……さく、ら……雛菊《ひなぎく》、べ、弁償……？」

「あそこの子どももぶつけてるみたいだから大丈夫では？　まずゴールを目指しましょう！」

さくらと雛菊《ひなぎく》がゴーカートで迷走したり。

「駄目だ、わからん。脱出すればいいだけなら壁を壊して直進したらいいじゃないか」

「それではゲームにならないだろう。雛菊《ひなぎく》様とさくらを見習え。ちゃんと協力してる」

「こういうのはわかる奴《やつ》がやるべきだ。俺の氷結が必要な時に呼べ」

「狼星《ろうせい》、このゲームにそんな瞬間は無い」

狼星《ろうせい》と凍蝶《いてちょう》が謎解き脱出ゲームで不協和音を鳴らしたり。

「凍蝶《いてちょう》、大丈夫か……？　乗る前にあげればよかったな……酔い止め薬。ほらお水もあるぞ」

「さくら……すまない。参った。車の運転は酔わないんだが……」

「連続で乗ったからな。けど狼星《ろうせい》があと四回はジェットコースターに乗りたいって言ってたぞ」

「あいつを黙らそう……」

凍蝶《いてちょう》とさくらは元気過ぎる狼星《ろうせい》に手を焼いた。

園内の散策は続く。歩きながらのお喋《しゃべ》りも楽しいものだ。

ペアを替えて行動しても、結局は雛菊《ひなぎく》と狼星《ろうせい》、さくらと凍蝶《いてちょう》という形に戻る。

さくらは前方を進む雛菊《ひなぎく》と狼星《ろうせい》がお喋《しゃべ》りに夢中になっているのを良いことに、そっとヘアバンドを外した。

「どうした。こめかみが痛くなったか？　調整してやるぞ」

再度の装着を躊躇《ためら》っていると、凍蝶《いてちょう》が話しかけてきた。さくらは隣の凍蝶《いてちょう》を見上げる。

「いや、痛くないよ。というかこれ調整出来るやつじゃないぞ」

「力で広げることは出来るだろう」

身のこなしも立ち姿も、何もかも洗練された紳士然としているさくらの師匠は見た目に似合わず怪力である。さくらは首を横に振って遠慮した。ヘアバンドは思い出として取っておきたいので綺麗《きれい》な形で残したかった。凍蝶《いてちょう》の力では壊しかねない。

「もうつけないのか？　似合っているのに」

凍蝶《いてちょう》はからかっている様子では無かったが、さくらは反発する。

「……似合うわけないだろこんな可愛《かわい》いの」

「何故《なぜ》？　お前の黒髪にも合っているじゃないか。猫は嫌いか」

あやすように言い返された。恥ずかしさと苛立《いらだ》ちが混ざり合う。

──また子ども扱いしてる。

再会してから凍蝶《いてちょう》に見た目が成長したと言われたさくらだが、女性として意識してもらえている様子はない。しろ、と言いたいが、それを言うのは憚《はばか》られた。

それを言うのも躊躇《ためら》うほど、二人の間には意識の格差があるからだ。

凍蝶《いてちょう》はさくらが過去に恋慕を抱いていた相手だった。

──何でこんなやつ好きになっちゃったんだろ。

一度は封印した恋だが、他の誰かを好きになることもなく、変わらず寒月凍蝶《かんげついてちょう》という男はさくらの心の中に居座り続けている。

一方、凍蝶《いてちょう》の中でさくらは五年前に保護した年下の同僚、という認識のままだ。

「……まあ、綺麗《きれい》か可愛《かわい》いかと言われれば、お前は綺麗《きれい》だが……それでも似合わないということはないだろう。可愛《かわい》いよ、つけていなさい」

冬の里で狼星《ろうせい》と共に同棲《どうせい》していた時もそうだったが、輪をかけて保護者ぶりが増している気がする。離れたところで暮らす妹を構いたがる兄のようだ。

――この無自覚たらし鈍感気障《きざ》パーソナルスペースずかずか野郎。

心の中で罵りはするが、実際にそれは口から出なかった。

――言うのも馬鹿らしい。

ため息が出そうになった。

「……凍蝶《いてちょう》、私、護衛官《ごえいかん》だぞ。こういうのは民が楽しんでつけるものだ」

凍蝶《いてちょう》は凍蝶《いてちょう》なりにさくらを好いてくれてはいるのだ。

「雛菊《ひなぎく》様の前ではお前も民だ。それに若い娘さんでもある。さくら、私が至らぬばかりにお前には人より苦労を重ねさせてしまったが……」

剣の師として、年上の男として、雛菊《ひなぎく》を喪失した時間を共に過ごした仲間として、さくらを大事にしてくれている。

「これからは、良い思い出をたくさん作って欲しい……」

とても大事にしてくれているのだ。きっと他の人よりは特別な位置に居る。

それは間違いない。ただ、恋愛感情がないというだけで。

──当たり前なんだ。私と凍蝶《いてちょう》じゃ釣り合わない。

誰がどう見ても、寒月凍蝶《かんげついてちょう》は色香漂う大人な男だ。きっと、凍蝶《いてちょう》が好きになるような人は隣に並んでも遜色ない人物だろうとさくらは考える。

──勝手に想《おも》ってるほうが馬鹿なんだ。

何より二人はお互い護衛官《ごえいかん》職。主同士が会う時しか関わりようがない相手だ。凍蝶《いてちょう》も相手を探すなら冬の里で探すだろう。

里で凍蝶《いてちょう》の帰りを待っていてくれるような人を選ぶはず。

この恋は現実的ではない。

──私は本当に愚かだ。

こんな気持ち、早く捨ててしまわなければとさくらは思った。

優しい師として振る舞ってくれる凍蝶《いてちょう》の為にも、恋を諦める努力をしなくてはいけない。凍蝶《いてちょう》がさくらからの恋心を望むはずがない。少なくともさくらはそう確信している。

──雛菊《ひなぎく》様が帰ってきた。私の人生はそれでいい。

恋を抱いているが、恋は要らない。

だから殊更、さくらは彼の前で同僚らしくあろうと決意した。

「……浮かれ装備をつけるのが良い思い出作りになるのか？」

気持ちを気取られてはいけないのだ。

「照れてしまうだけなんだが……黒歴史とやらになりかねない……」

「それを言うなら私はどうなる。海賊に転職してしまっているんだぞ」

凍蝶《いてちょう》は海賊帽をつまんで見せる。困ったような表情に、さくらはつい噴き出してしまった。

先程まで口を尖《とが》らせて切ない想《おも》いを抱えていたのに。

あの寒月凍蝶《かんげついてちょう》が海賊帽を被《かぶ》っているという事実が改めて見ても面白い。

「……まあそうなんだけど。でも凍蝶《いてちょう》、意外とそれ似合っているよ」

凍蝶《いてちょう》も声を出して笑った。

「お前の言いたいこともわかるぞ。我々は護衛官《ごえいかん》。守護対象を警備する立場であって、一緒になって遊ぶような立場にはない。羽目を外しすぎてはならないと……」

「うん、そうだ。雛菊《ひなぎく》様は貴人で、私はただの従者だから序列が乱れすぎるのは良くない」

真面目な解答をするさくらに、凍蝶《いてちょう》はなだめるように声をかける。

「ただな……これは雛菊《ひなぎく》様が望んだことだ。率先して一緒に楽しんであげたほうがいい」

「……そうかな」

「ああ、大人がそうしてあげないと、子どもは遠慮してしまうだろう。やりたがっていることは全部やってさしあげるべきだ」

「さっきと矛盾してないか？」

「してないさ。あくまで雛菊《ひなぎく》様の御心に沿っているだけなのだから。主の心に沿うのは護衛官《ごえいかん》として大切なことだ。雛菊《ひなぎく》様は賊に囚《とら》われ……戻られてからも、お心を崩され春の里に籠もられていたとお前は教えてくれたな……」

「うん……」

空白の二年間のことを指しているのだ。さくらは自然と視線が下にさがる。

「今日という日は私達が想定するよりずっとあの方の思い出に残るかもしれない。なにせあの方の子ども時代は十年も奪われてしまったんだ……心が幼いなら、尚更《なおさら》そうなるだろう。雛菊《ひなぎく》様の子どもも時代はもうやり直せない。でも、誰かが接《つ》ぎ木《き》の役割を果たせば良い記憶を足してさしあげることは出来る……」

さくらは言葉の意味を考えた。雛菊《ひなぎく》の喪失をこれからも埋めていくには人の手が必要だと言いたいのだろうと凍蝶《いてちょう》の言葉を咀嚼《そしゃく》する。凍蝶《いてちょう》を見上げ、そして細い指で自らを指差した。

「接《つ》ぎ木《き》をするのはわたし……？」

「そうだ」

凍蝶《いてちょう》はそこで解答に満足して微笑《ほほえ》んでいたが、さくらの手が彷徨《さまよ》い揺れた。

「あと……狼星《ろうせい》」

前を歩いている狼星《ろうせい》の背中を指差す。そして遠慮がちに、最後は凍蝶《いてちょう》に向けられた。

「……凍蝶《いてちょう》……？」

凍蝶《いてちょう》のサングラスの奥の瞳が驚いたように大きく見開かれた。さくらはそれを困惑と受け取った。狼星《ろうせい》は雛菊《ひなぎく》を好いているから良いとして、さすがに他陣営の護衛官《ごえいかん》を入れるのはまずかったかもしれない。いくら彼が『凍蝶《いてちょう》お兄さま』と雛菊《ひなぎく》に慕われていたとしても。

「あ、違ったか……」

さくらが後悔と羞恥でないまぜの気持ちのまま慌てて手を下ろすと、凍蝶《いてちょう》がすぐにその手を掴《つか》んだ。強引なくらいの力だった。

「違わない」

はっきりと、言い切る。

「違わないよ……」

今度は彼特有の酷《ひど》く優しくて甘い声で囁《ささや》かれた。繋《つな》がれた手が熱い。夏の日差しのせいかもしれない。

「……お前は、本当に優しい子だな」

嚙《か》みしめるように、凍蝶《いてちょう》はつぶやいた。どこか苦しげでもある表情を浮かべている。

そして何故《なぜ》か凍蝶《いてちょう》はすぐ手を離さなかった。空いているもう片方の手でサングラスをかけ直しながら少し顔を横にそらす。そのまま歩いてしまう。

テーマパークは人々に溢《あふ》れていて、雑踏の中を移動している最中だ。他にも手を繋《つな》いでいる人達は居る。親子連れや恋人同士、友達同士でも。前を歩いている狼星《ろうせい》と雛菊《ひなぎく》だってそうだ。

だから、二人が少しの間手を繋《つな》いでいたとしても目立つようなものではない。

目立つようなものではないが、さくらは顔が真っ赤になってしまう。

さくらは凍蝶《いてちょう》が何を考えているかわからず、どう声をかければいいかもわからず、ただ引っ張られるままになる。やがて、凍蝶《いてちょう》が手を離した。

もう、その時にはいつもの凍蝶《いてちょう》だった。ふっと柔らかく目を細める。

「さくら、私まで入れてくれてありがとう……。だがお前が雛菊《ひなぎく》様の一番の接《つ》ぎ木《き》だよ。そのお前が一緒に楽しんであげなかったら雛菊《ひなぎく》様が寂しがるだろう……。どうしても躊躇《ためら》うなら、君命だと思いなさい。雛菊《ひなぎく》様は『みんなで』と仰《おつしや》っているのだから」

そう諭すように囁《ささや》いてから、凍蝶《いてちょう》は顎に手をあてて苦笑いした。

「少し偉そうに物を言い過ぎたな……」

凍蝶《いてちょう》とさくらは師弟関係。昔から彼が彼女を諭す癖がついている。

その上、凍蝶《いてちょう》自身が生来面倒見が良い男だ。どうしてもそうあろうとしてしまうのだろう。

「お前はもう……立派な娘さんで、私からの助言など必要ないというのに……」

彼は人に尽くし、同時に人に必要とされたい人間なのだ。

さくらは何でもそつなくこなすこの年上の男の、そういう繊細な部分を理解していた。

「……勝手に決めつけるなよ」

彼のそういうところが好きな部分でもあった。大丈夫だよと言ってあげたくなる。

「必要……あるよ……」

強い人だと知っている。だからこそ、崩れた時支えてあげたいのだ。

さくらの愛は、いつだって支える愛だった。

「……教えること、まだあるだろ。私は剣の腕は成長しても貴人に仕える教養は足りていない。四季会議《しきかいぎ》が良い例だ。式典の運びや、してはいけないこと……その他《た》諸々《もろもろ》凍蝶《いてちょう》に教えてもらわないとわからなかった……。当日すごく困った。お前もそれを見ていたはずだ……」

「さくら、あれは初めてだったのだから仕方がない……」

「いや、仕方ないでは済まされない。私が恥をかくと雛菊《ひなぎく》様の恥になる。……そうでなくとも、私は常識に欠ける部分が多いのだと思う。親もいないし……みんなが知ってることを知らなかったりする……行事とかに出ると、それをすごく実感する」

さくら自身も、もう少し凍蝶《いてちょう》に自分を見守っていて欲しかった。辛《つら》い時、もうどうしようもないと泣いてしまう時。そんな時に思い出すのは決まって凍蝶《いてちょう》の背中だ。

祈るように、さくらは囁《ささや》いた。

「……まだまだ……お前は私の至らない部分が見えたら教えるべきだ。だって……凍蝶《いてちょう》は私のたった一人の師なんだから……そうだろう……？」

その言葉がどれだけ凍蝶《いてちょう》の心を救ってくれるか、本人はわかっていない。

「さくら……」

照れ隠しで下を向いていた彼女は、凍蝶《いてちょう》がどんな顔をしてさくらの言葉を聞いていたかは見ることが出来なかった。まだ被《かぶ》る決意がつかない愛らしいヘアバンドを手の中でいじりながらさくらは言う。

「特に今は悩みも多いから相談も増えるぞ……弟子を助けろよ……」

「わかった……何でも言ってくれ。誰よりもお前の力になる」

ふと、さくらの頭に大きな手のひらが乗った。さくらは驚いてびくりと震える。

そのせいか、手の重みはすぐ消えた。凍蝶《いてちょう》が励ますように撫《な》でたのだとわかって、益々《ますます》さくらは顔を上げられなくなった。頬が熱い。凍蝶《いてちょう》に触れられると、すぐそうなってしまう。

何とか気持ちを変えたくて、さくらはわざとらしく話題を変えた。

「は、話は変わるが……天罰説派《てんばつせつ》が今日の四季庁《しきちょう》からの護衛にも混じってるかもしれない。また何か言われる要因を出さないよう気をつけような」

「……あれか。あんなくだらない暴論に付き合うな。心底馬鹿らしい……」

「わかってるよ。あんなのおかしい。天罰説《てんばつせつ》のことを伝えてきた四季庁《しきちょう》の春職員も、嫌がらせで知らせたというよりかは、そういうことが起きてるから気をつけろって感じだった。憎悪《ぞうお》犯罪が起きかねないから身辺に注意しろってさ……」

凍蝶《いてちょう》はため息をついた。

「馬鹿げた話でも真面目に受け取る者が居る……それは確かだ。警戒するに越したことはない」

さくらはこくりと頷《うなず》く。

「……単なる暴力なら私が雛菊《ひなぎく》様の盾になればいい。けど、こういう大きな中傷には、雛菊《ひなぎく》様の為にどう動けばいいのか立ち回りに悩む。私はただでさえ里や四季庁《しきちょう》の春部門とは折り合いが悪いし……悪く言われている原因の一つは私の素行のせいかもしれんと思うと……」

更にヘアバンドをいじり回していると、凍蝶《いてちょう》の手が伸びて、さくらの手から取ってしまった。

さくらはようやく顔を上げる。凍蝶《いてちょう》と目が合った。

「毅然《きぜん》としていなさい」

彼の声は、いつもさくらの耳に良く響く。

「こういう時こそ批判を跳《は》ね除《の》けるように振る舞ったほうがいい。春は無事役目を果たした。今は特別な対応要請が無い限り休暇中だ。代行者《だいこうしゃ》と護衛官《ごえいかん》が他の季節と旧交を温めるのに文句をつけるほうがおかしいんだ。狼星《ろうせい》も少し心が折れているようだが、あいつの不遜な態度自体は変わらないだろう？　あれは私の教育の……悪いところであり良いところだ」

言っている意味がすぐ理解出来ずさくらは首を傾《かし》げた。

「世界に季節を齎《もたら》す現人神《あらひとがみ》。奇跡の存在としてけして舐《な》められない男になれと言って育てた」

思わぬ教育方針を聞かされて、さくらは『えっ』と声が漏れる。

——元々偉そうな性格ではないのか。

出逢《であ》った時から狼星《ろうせい》は孤高で不遜だったので、てっきり生来のものかと思っていた。

凍蝶《いてちょう》はさくらの考えていることを見抜いたのか口の端を上げる。

「……もちろん、狼星《ろうせい》が生まれた時から備わっている性質でもあるが……指導の上で形成されている。狼星《ろうせい》はそうあらねばならない立場なんだ。里の重鎮から、大人達から、他者から見下されることがあっても跳《は》ね除《の》けなければならない。我こそが冬の王だと」

「何故《なぜ》……？」

次の瞬間、つぶやかれた言葉は、さくらの心に矢のように刺さった。

「そうしないと、お前達まで下に見られるからだ」

さくらは瞳を瞬《また》いた。そしてようやく凍蝶《いてちょう》が言っていることを理解する。

狼星《ろうせい》は冬の代行者《だいこうしゃ》。四季の祖。四季という枠組みの王様のような立ち位置だ。王が弱ければ攻め落とされる。攻め落とされれば他者から支配され領土を奪われる。

ここで言う領土は、四季の代行者《だいこうしゃ》にとって尊厳だ。

「四季の最上位が威厳を保たねば他も軽んじられる。春の振る舞いも夏や秋に影響が出るぞ」

現状でさえ世界の歯車という扱いなのに、これ以上どうにかされては雛菊《ひなぎく》達も、そして次の代行者《だいこうしゃ》もその次の代行者《だいこうしゃ》も、彼らを利用する者達から傀儡《かいらい》にされてしまうことだろう。

狼星《ろうせい》は四季の代行者《だいこうしゃ》の砦《とりで》を担《にな》っているのだ。

「だから、何か言ってくる者がいれば春も毅然《きぜん》としていなさい。私もそうしている」

「……わかった」

さくらが返事をすると、凍蝶《いてちょう》はさくらの頭に猫耳のヘアバンドを装着させてしまった。

真面目な話をしたのに何だかしまらない。笑ってしまう。

「……遊園地を選んだのはそのせいなのか？　敢《あ》えて天罰説《てんばつせつ》派に反骨精神を見せる為か？」

「いや、それは関係ない。狼星《ろうせい》が雛菊《ひなぎく》様と遊園地に行きたかっただけだ。警備が大変なので反対はしたが押し切られた。結果、楽しんでいるからここにして良かったよ……」

「あいつ、凍蝶《いてちょう》の指導関係なくやっぱり王様気質だろ」

その時、ちょうど狼星《ろうせい》と雛菊《ひなぎく》が振り返った。少し距離が離れていたので二人に手招きされる。

凍蝶《いてちょう》とさくらは顔を見合わせてから微笑《ほほえ》んで駆け寄った。


その後も不審者などの接触も特に無く、遊園地内の散策は続いた。


「あれ、人気、なんだって、さくら！」

昼食の前に、最後にアトラクションに乗ろうと話し合うと、雛菊《ひなぎく》がうきうきの笑顔で指差した建物があった。

「えっ」

さくらは『えっ』と言った状態で固まった。それはいわゆるホラーハウスと呼ばれるものだった。洋館風の建物からは既に悲鳴が聞こえている。

「こんな……恐ろしいものが人気なんですか……？　もっとこう……可愛《かわい》らしいマスコットキャラクターの館とか、そういうのでは……？」

さくらの反応に雛菊《ひなぎく》はハッとする。

「あ、そ、そっか……さくら、怖いの、苦手、だった……おばけ、とか……」

「お前怪談話とかするとすごい怒るもんな。寝れなくなるって」

「やめておくか、さくら？　無理をすることはないぞ」

さくらは冷や汗をかきながら雛菊《ひなぎく》を見た。残念そうな顔をしている。このホラーハウスはパーク内で人気の乗り物、それを主に経験させてあげられないのは従者失格だとさくらは考える。

「行きましょう、さくらは平気ですよ雛菊《ひなぎく》様」

「だめ、だよ。無理、しないで、さくら……雛菊《ひなぎく》、さくら、つらいの、いや……」

「無理などしていません。こんな子供騙《こどもだま》し、余裕です」

さくらがキリリとした表情で言う。

雛菊《ひなぎく》と狼星《ろうせい》と凍蝶《いてちょう》は『大丈夫なのか』という表情で顔を見合わせた。

さくらが大丈夫と言って聞かないので四人で待機列に並び、やがて順番が訪れた。

御伽《おとぎ》キングダムのホラーハウスは、作りとしてはボートの形をした水上を動くアトラクションに乗り込んで、呪われた村の惨劇を目撃するという内容だ。

ボートの搭乗者は二名が限界だった。つまり二手に分かれる形になる。これまで、アトラクションを乗るペアの組み合わせは四人で色々試していた。それを踏まえた上で狼星《ろうせい》が言う。

「ひな、これは俺と乗ろう？　凍蝶《いてちょう》、さくらを守ってやれよ」

良い采配と言えた。怖がっているさくらよりは狼星《ろうせい》か凍蝶《いてちょう》が雛菊《ひなぎく》の守護に回るべきだろう。

そして更に言えばさくらのペアには彼女を幼い頃から支え、教え導いてきた凍蝶《いてちょう》を配置するのが無難だ。憎まれ口を叩《たた》いても、彼女が凍蝶《いてちょう》を頼りにしているのは狼星《ろうせい》も雛菊《ひなぎく》も知っている。

雛菊《ひなぎく》はこくりと頷《うなず》く。凍蝶《いてちょう》も頷《うなず》いた。肝心のさくらはアトラクションの案内をしているパーク係員の幽霊のメイクに慄《おのの》いて話を聞いていなかった。

「さくら、行けるか？　水に落とすかもしれないから頭につけている物は外しなさい」

「え、あ、うん……凍蝶《いてちょう》と乗るのか？」

「そうだ、行くぞ。足元に気をつけなさい」

凍蝶《いてちょう》に導かれるままにさくらはボートに乗る。ざぶんという水の音すら怖く感じた。

安全バーはとても簡易なもので、座席も平たい長椅子風だ。

――となると、ジェットコースターのように激しい動きはしない。

さくらはふと分析してみたが、怖さが減るわけではなかった。

「それでは～いってらっしゃ～い」

幽霊姿の係員が陽気な声で動き出すボートを送り出す。呪われた村というだけあって、アトラクション内は暗く、時偶冷たい風が顔を吹き付けてきて寂れた雰囲気を感じさせた。

アトラクション全体に響く音で惨劇を話す語り部《べ》の声が聞こえ、本物の人間そっくりの顔色の悪い人形達が、ボートに乗っている客に『もう帰れないよ……』などと機械音で囁《ささや》いてくる。

「凍蝶《いてちょう》、帰れないってどういうことだ……？」

さくらが怯《おび》えながら凍蝶《いてちょう》に尋ねると、凍蝶《いてちょう》は至極真面目に答えた。

「すぐに帰れる。そういう世界観なだけだ。さくら、危ないから立つんじゃないぞ」

「でも、もし本当だったら……？　ひゃあっ！　何か、何かが顔にかかった！」

「水しぶきだな」

この空間に居ること自体が怖いのか、さくらは何でも過剰に反応する。

「ぼ、ぼぼ、ボートが揺れた！」

「幽霊が押してる設定だからな」

「何でそんな怖いこと言うんだよ⁉」

「さくら、設定だぞ……落ち着きなさい……そんなに怖いものか？　私は楽しいが……」

「楽しくない……私はまったく楽しくないぞ……！」

もし、ホラーハウスの仕掛けを考えた人間がこの場に居合わせていたら、さくらの怯《おび》えぶりに感動したことだろう。彼女は理想的な客だった。

一方、雛菊《ひなぎく》と狼星《ろうせい》はホラーハウスを斜め上を行く方向性で楽しんでいた。

序盤からのほほんとした雰囲気で和やかにボートは進んでいく。

「狼星《ろうせい》さま、幽霊さん、が、ボート、揺らした。雛菊《ひなぎく》達……重く、なかった、かな？」

「ひなは軽いだろ。これどうなってるんだろうな。一定の位置まで来たら揺れる設計なのか？」

中盤に差し掛かっても二人が怖がることはない。

「狼星《ろうせい》さま、あれ、ねむの木、です。このお話、夏、なんだ、ね」

「詳しいな、ひなは。開花時期もわかるのか。さすがだな」

物語が更に進み、謎の伝染病が広がり始め、死んだ村人達が幽霊となり、生きている村人達を呪い殺し始めてもその調子は変わらなかった。雛菊《ひなぎく》は大きな音に驚いたりはするが、作り物の惨劇には恐怖を抱かないようだ。今ものほほんと鉈《なた》を持った殺人鬼の人形を眺めている。

狼星《ろうせい》は後ろを振り向いた。暗くてよく見えないがさくらと凍蝶《いてちょう》の影は寄り添うようにぴったりとくっついているのが確認出来る。

——ああいうのだよ。

ああいうのを狼星《ろうせい》は期待していた。

——怖がってくれても良かったんだが。

狼星《ろうせい》は視線を雛菊《ひなぎく》へ戻す。墓石からゾンビが出てくる瞬間を拍手していた。

——いや、むしろさすが俺が惚《ほ》れた女の子では？

少し残念ではあるが、雛菊《ひなぎく》が楽しそうなら結局何でもいいと思い直した。

やがて舟の旅は終盤へと差し掛かる。

怖い場面は終わり、切ない音楽と共に暗闇の中で無数の蛍火のような光が映し出された。

惨殺《ざんさつ》された人達の魂は無事安らかに眠ろうとしている、という演出なのだろう。

まるでプラネタリウムの中に居るように幻想的で美しい。

「終わりかな……？　俺はこういうの怖くないんだが、ひなも怖くないのは意外だったな」

狼星《ろうせい》がそういうと、雛菊《ひなぎく》はこくりと頷《うなず》いた。頷《うなず》いてから、少し考えるような顔になる。

「前は、ね、怖いなって、思って、た、気がします……」

「そうなのか」

「うん、でも……」

「でも？」

「夢で、ね……雛菊《ひなぎく》の、母さま、に、会えた、ことが、あって……それから、こういうの、まったく、怖く、ない、に、変わり、まし、た」

狼星《ろうせい》は姿勢を正した。雛菊《ひなぎく》の母、紅梅《こうばい》は既に亡《な》くなっている。

先代の春の代行者《だいこうしゃ》であった紅梅《こうばい》が死んで、雛菊《ひなぎく》が代替わりの春の代行者《だいこうしゃ》に選ばれた。

本来血縁は関係なく超自然的に選ばれるものだが、此度《こたび》は違った。

それが不吉だと春の里の者には言われ、父親からは『お前が殺したようなものだ』と母の死を責められている。雛菊《ひなぎく》の苦しみは母の死から始まったと言っても過言ではない。

「あ、あのね……『あの子』も、いたよ……前の雛菊《ひなぎく》も、夢に、でま、した……」

祝福されなかった新しい春の代行者《だいこうしゃ》は、六歳の時に冬の里へ行き、賊に攫《さら》われる。

やがて雛菊《ひなぎく》は監禁生活の末に死んだ。肉体的ではなく、精神的に死を迎えた。

「ふたり、とも、ね……雛菊《ひなぎく》、に、はなしかけて、くれた、の……」

そして、いまの雛菊《ひなぎく》が出来上がる。

「大変、だけど、生きるの、まだ、頑張れる？……って、母さま、が、聞いて、くれて……雛《ひな》菊《ぎく》は、それに、頑張るって、答えられ、たの……」

狼星《ろうせい》が初恋をしたのはもう死んでしまった雛菊《ひなぎく》のほうだ。今の雛菊《ひなぎく》とは性格も喋《しゃべ》り方も違う。

「あれは、夢、だった……けど……」

けれども、狼星《ろうせい》はまた恋をしている。

「もしか、したら、がんばった、ご褒美《ほうび》に、会いにきて、くれたの、かもって、後で、思って」

一度死んでそれから立ち上がり、戦うことを決意して今年から春を巡らせた花葉雛菊《かようひなぎく》に恋をしている。狼星《ろうせい》の『春』は暗闇の中で健気《けなげ》に笑った。

「怖がったら、きっと、悲しませる。だから、怖い、しない、と、きめたん、です」

少し寂しげで、だが強さがある言葉だ。

「雛菊《ひなぎく》に、とっては、見守って、くれる、存在、だから」

気がついたら、狼星《ろうせい》は雛菊《ひなぎく》の手を握っていた。

「狼星《ろうせい》、さ、ま」

雛菊《ひなぎく》はどきりとする。この冬の神様と居ると、雛菊《ひなぎく》は鼓動が高鳴りっぱなしだ。

それは前の雛菊《ひなぎく》の恋心がまだ残っているせいでもあるが。

「俺もそう思う。ひなが頑張ってたから姿を見せてくれたんだ」

頑《かたく》なに前の雛菊《ひなぎく》と自分は違うと否定する彼女の為に、『ひな』と呼び方を変えてくれたこの男の子を、いまの雛菊《ひなぎく》も好きになったからだ。

彼に恋することが必然のように、どんどん好きになっている。

「ひなはいつも頑張ってる。すごいよ」

狼星《ろうせい》は雛菊《ひなぎく》を否定しない。

前の雛菊《ひなぎく》と同一視しているようで、ちゃんと別の女の子として扱っている。

そしてその上で、淡雪のように優しい好意を降らせる。

その好意の雪に触れると雛菊《ひなぎく》は胸が高鳴って、締め付けられるのだ。

「雛菊《ひなぎく》……狼星《ろうせい》さま、から、みても、がんばって、ました、か……？」

「うん……」

その雪はいつか止《や》んでしまうのか、それともまだ降り続けるのか、わからない。

いつまでも降っていてくれたなら、どんなに幸せだろうと雛菊《ひなぎく》は思う。

「狼星《ろうせい》、さま……」

雛菊《ひなぎく》は繋《つな》がれた手をぎゅっと握った。すぐに狼星《ろうせい》が同じくらいの力で握り返してくれる。

雛菊《ひなぎく》自身も、もっと狼星《ろうせい》に好意を表現したいのだが、他にどうしたらいいかわからなかった。

どうしてだか『好き』という言葉はさくらにはためらいもなく口にすることが出来るのに、狼星《ろうせい》には出来ないのだ。言おうと考えただけでも顔が熱くなり、喉がからからになる。

好意を伝えて、もし狼星《ろうせい》が困ったような顔をしたら。

立ち直れないと思ってしまうのだ。想像しただけでも涙が出そうになる。

「雛菊《ひなぎく》、狼星《ろうせい》さまに、してもらう、ばかり、です……」

もっと近づきたいのに、勇気が出ない。

「そんなことはない」

「そんな、こと、あります……護衛の、ひと、も……雛菊《ひなぎく》、の、為に、わざわざ、帝州《ていしゅう》に、来て、もらってるし……今も、がんばって、るって、褒めて、くれ、ました……」

「俺がしたくてしてる」

「でも……雛菊《ひなぎく》、何か、できること、ありま、せんか？」

何か出来ることはないか。そう尋ねる雛菊《ひなぎく》を見ながら、狼星《ろうせい》は恋心で死にそうになった。

狼星《ろうせい》の中で雛菊《ひなぎく》に願うことはたった一つだけだ。

——俺を、好きになってくれたら、どんなに嬉《うれ》しいか。

祈るようにそう思う。狼星《ろうせい》は十年ずっと、雛菊《ひなぎく》が帰ってくるのを待っていた。

ようやく再会出来た。過去も現在も含めて、改めて彼女に恋をしている。この恋が報われて
欲しいと切に願っている。だが、雛菊《ひなぎく》との恋はそう簡単に成就《じょうじゅ》するものではない。

「……俺は……ひながこうして会ってくれるだけで十分幸せだ」

狼星《ろうせい》の贖罪《しょくざい》の日々は始まったばかりなのだ。

「ひなに何かしてもらうような立場じゃないよ」

狼星《ろうせい》は溢《あふ》れる好意を持て余しながら、恋の舵取《かじと》りすら出来ずにいる。

「……本当なら、こんな風に一緒に遊んでもらうのすら駄目なんだ。今回、実はすごい勇気を
出して誘った。断られるかなって思ってた……ひなとさくらが、許してくれたから今日一緒に
居られる。拒絶しないでくれてるから……冬と春の関係が成り立ってる。それだけだ」

雛菊《ひなぎく》を好いているのに、決定的な行動を何もしてないのは理由がちゃんとあった。

「俺がするのはいい。でも、ひながするのは、違う……と思う」

過去が雛菊《ひなぎく》への想《おも》いを堰《せ》き止《と》めてしまうのだ。

「むしろ、ひながして欲しいことがあれば俺に何でも言ってくれ。ひなに言われれば、俺、何
だってするよ」

春の事件が無ければずっと疎遠なまま、遠くから想《おも》うだけで一生を終えていただろう。

今は想像してもいなかった状況に居る。誠意を見せることぐらいしか狼星《ろうせい》に出来ることはな

かった。先程握った手も、気後れする感情と一緒に手放してしまう。

「……」

手を離されて、雛菊《ひなぎく》はしばらくぽかんとしていた。驚きの表情、それから悲しみ。

心まで離されたと理解して、胸が痛くなった。

狼星《ろうせい》が自分を律する為だとしても、雛菊《ひなぎく》には空虚さしか残らない。

「雛菊《ひなぎく》、と、狼星《ろうせい》、さま、ずっと、そうですか……？」

ただ、寂しい。

「え？」

雛菊《ひなぎく》の声は少し震え出した。

「雛菊《ひなぎく》、ずっと、狼星《ろうせい》さま、くるしめ、ますか……？」

涙の海が広がり瞳は潤みだす。

「ひな？」

雛菊《ひなぎく》も狼星《ろうせい》を十年待った。ようやく会えた。

「きょう、会った時も、狼星《ろうせい》さま、ごめんね、のかお、してました。守るよって、言ってくれた……うれしい、です」

再会して、元の雛菊《ひなぎく》ではない、今の自分でも良いと言ってもらえた。

「でも……くるしい、です……」

雛菊《ひなぎく》は受け入れてもらえて感謝していたのだ。狼星《ろうせい》が思うよりずっと、感謝していた。

彼からもらえる肯定ほど、雛菊《ひなぎく》が『此処《ここ》に居ても良い』と思えるものはない。

貴方《あなた》が優しい心をくれたからわたしもあげたいと。

心をあげたいと勇気を出したのに。

「雛菊《ひなぎく》、ばっかり……うれしい……」

狼星《ろうせい》が梯子《はしご》を外した。君からは何も要らないと遠ざけた。

「雛菊《ひなぎく》、狼星《ろうせい》さまに、とって、ごめんね、ばかりの……存在、ですか？」

おかえりと、言ってくれたのに。

「ちゃんと、おともだち、にも、なれない……ですか？」

帰ってきてくれて嬉《うれ》しいと言ってくれたのに。

「狼星《ろうせい》さま、雛菊《ひなぎく》と、ずっと、そう、ですか……？」

どうして遠ざけるの、と雛菊《ひなぎく》の黄水晶の瞳が言っている。

貴方《あなた》は罪滅ぼしの対象でしかないと伝えられたに等しい。

「ひな、それは違う……！」

「なら、雛菊《ひなぎく》……」

彼女は、出来ることなら、同じように傷ついた狼星《ろうせい》と一緒に明るい方へ行きたかった。

二人はこれからなのだ。

「雛菊《ひなぎく》、狼星《ろうせい》さまと、お会い、しない、ほうが……よい、と…………感じ、ます……」

これからなのに。いま、雛菊《ひなぎく》は二人の間に出来た壁を見上げている。

今度声が震えたのは狼星《ろうせい》のほうだった。

「ち、違う！　そうじゃない！」

感情が急落下する。焦《あせ》って恐れて、舌がうまく回らない。

「罪悪感だけじゃない！　俺はひなと一緒に居たいんだ！　出来るならずっとずっと傍《そば》に居たいんだ！　ごめんだけの気持ちじゃない……ひなと居るのが俺の幸せなんだ……！」

狼星《ろうせい》は胸が苦しくなる。雛菊《ひなぎく》と居ると、他の者と居るような状態にはけしてなれない。

「でも、俺は悪いだろ……」

かき乱される。幼い頃、彼女に心奪われてからずっとそうだ。

「……俺のせいで……君が誘拐されただろ……」

言葉一つ、動作一つに囚《とら》われて狼狽《うろた》える。

「それは忘れちゃいけない……」

──じゃないと、際限なくただ君を求めてしまう。

「……そうだろう？」

雛菊《ひなぎく》はそれを聞いて首を小さく横に振った。

「そうじゃ、ないです」

「そうなんだよ……！」

「違い、ます。雛菊《ひなぎく》……ちゃんと、わかってます」

雛菊《ひなぎく》は頑として譲らなかった。

「罪、おかしたの、賊の、ひとたち……十年前、みんな、まきこまれた、だけ。それ、雛菊《ひなぎく》、ちゃんと、わかって、ます」

自分はそう思っていないと真摯に伝える。

「狼星《ろうせい》、さまの、せいじゃ、ない、よ……」

狼星《ろうせい》が一番拒絶していて、けれども一番必要である言葉だった。

「雛菊《ひなぎく》、みんなより、子ども、です。話すこと、狼星《ろうせい》さま、からすると……へんなこと、ばかなこと、多い……かも、しれ、ません。でも……これは……雛菊《ひなぎく》、正しい、こと、だと、はっきり、言えます。凍蝶《いてちょう》お兄さま、も、狼星《ろうせい》、さま、も、あの時、守って、くれ、ました……」

雛菊《ひなぎく》本人にこれを言われることは、狼星《ろうせい》の心の弱い部分を刺すのと同じだった。

「冬のみんな、の、せいじゃ、ない、です……」

──どうしてそんなこと言うんだ。

「狼星《ろうせい》さま……もし、雛菊《ひなぎく》が、何かお願い、しても、いいなら……雛菊《ひなぎく》に、たくさん、ごめんね、しないで、ください……それで、狼星《ろうせい》さまも、雛菊《ひなぎく》に、してほしいこと、したいこと、言って、ください……」

狼星《ろうせい》が罰して欲しくても雛菊《ひなぎく》はそうしない。

「おともだち、なのに、ごめんねばかり……しないで、ください……」

傷ついてきた分、人を深く愛す娘だった。もう随分前に壊れてしまった雛菊《ひなぎく》は、何とか自分を立て直した。同じように狼星《ろうせい》にも立ち直って未来を向いて欲しいと願っているのだ。

何かを憎んだり怒ったりすることは十分だと。

「狼星《ろうせい》、さま……おねがい、です……」

あながち間違った選択とも言えない。事件が解決したからといって、起きた出来事が清算されるわけではないのだ。雛菊《ひなぎく》の心はまだ幼いまま。狼星《ろうせい》の希死念慮はそこにあり続ける。

二人が傷ついたという事実は永遠にそこにある。

身体《からだ》と違って、心に負った傷は癒えることはあっても消えることはない。

「……やっぱり……雛菊《ひなぎく》、ばかなこと、言ってる……そう、思い、ますか……？」

二人はもう死んでしまった『雛菊《ひなぎく》』を弔いつつ、未来へ進まなくてはいけない。

その為には互いの存在は必須だろう。雛菊《ひなぎく》は、それをもうわかっているのだ。

だから狼星《ろうせい》に拒絶しないで欲しいと願う。

遠くに居たら、貴方《あなた》を支えられないからと。

「そんなこと、思ってない……。君は……俺が友達の振る舞いをして、本当に嫌じゃないのか」

「いや、じゃ、ないです……」

「……」

狼星《ろうせい》の視界は既に涙で濡《ぬ》れていた。揺れる視界の中で雛菊《ひなぎく》を見る。

「なら……もし友達として君にお願いしても許されるなら……」

この願いを言うこと自体、罪だと感じながらも、許されるなら言いたかった。

「出来る限り君と会う時間が欲しい」

雛菊《ひなぎく》の顔が喜びに溢《あふ》れた。

「俺はエニシに居て、ひなは帝州《ていしゅう》で、いつも会えるわけじゃないけど……。会った時にこうやって親しく話せたら……それだけで飛び上がるくらい嬉《うれ》しい……それが俺のして欲しいことだ」

狼星《ろうせい》は手を伸ばし、一度は離れた指先を絡《から》める。雛菊《ひなぎく》もぎゅっと握り返した。

「狼星《ろうせい》、さま……雛菊《ひなぎく》、狼星《ろうせい》さま、に、会いに、いきます」

「……俺も会いにいく」

「雛菊《ひなぎく》、も、狼星《ろうせい》さま、と……そうしたい、です。これからも、いっぱい、いっぱい、いっしょに、いま、しょう、ね……」

「ああ……」

雛菊《ひなぎく》はようやくほっとしたような顔で笑った。狼星《ろうせい》も少しだけ笑う。

「……」

だが、雛菊《ひなぎく》は何か思うところがあったのか徐々に笑顔を失った。

「……ひな？」

迷う表情で雛菊《ひなぎく》は狼星《ろうせい》を見つめる。やがて申し訳なさそうに話した。

「あのね、狼星《ろうせい》、さま……雛菊《ひなぎく》と会って、くれる、うちにね……もし、とちゅうで、雛菊《ひなぎく》と、いるの、つまらなくなって、会いたく、なくなったら……むり、しないで、ください……」

「は……？」

「雛菊《ひなぎく》、いっしょに、いたい、けど……むりは、や、です……」

狼星《ろうせい》は面食らった。

「……何でそう思うんだ……ひなと一緒に居たいよ。いま、そう言ったばかりだろ……」

「でも……狼星《ろうせい》さま、雛菊《ひなぎく》と、くらべて、おとな……だから」

雛菊《ひなぎく》は眉を下げて悲しげに言う。

「……みんな、雛菊《ひなぎく》が、なにか、言ったら、こまった顔、すること、多い、です。お話……も……うまく、続かない、こと、あり、ます……。狼星《ろうせい》さま、も、そう、なるかも……」

雛菊《ひなぎく》はそれから黙ってしまう。春の代行者《だいこうしゃ》の心が幼子のまま止まっているというのはある程度界隈《かいわい》で周知されてきている。長期間の監禁。多くの恐怖に晒《さら》された結果うまく話せなくなってしまったという経緯も同じく広まってきている。恐らくは雛菊《ひなぎく》が何か言うと気を遣う者のほうが多いはずだ。本人もそれを何となく感じ、今のような結論に至っているのだろう。

「……それでさっき……ばかなことなんて言っていたのか……」

雛菊《ひなぎく》は、自分が相手を困らせる会話をしていると、人知れず悩んでいたのだ。

「ひな……」

こればかりは、どうしようもないことだった。気を遣う者も悪気はない。

だからこそ雛菊《ひなぎく》も苦しいのだ。彼女の場合、年を重ねれば自然と解決するとも言い難《がた》い。

もしかしたら話し方も、心も、一生そのままの可能性もあるだろう。

「俺に限ってそれは有り得ない。でも、君がそう思ってしまうのは俺のせいだよ……」

雛菊《ひなぎく》という存在はいつも、狼星《ろうせい》に十年前起きた事件の悲しさを突きつける。

「ち、違い、ます」

「君を守れなかった、俺のせいだ……」

雛菊《ひなぎく》はまた悲しげな瞳になった。それでも狼星《ろうせい》は言う。

「………本当にごめん………でもな……」

狼星《ろうせい》は繋《つな》がっている手をまた握った。小さな手。十六歳の娘にしてはあまりにも小さい。

泣きたくなってくる。あの日、あの時、彼女を救えたらこんな苦しさは存在しなかったのに。

「……俺だって……君を残して大人になりたくなかったよ……」

言ってから、やはり泣けた。

「……ひなと一緒に大人になりたかった……」

我慢できなかった。涙が零《こぼ》れる。

雛菊《ひなぎく》に対する色んな思いが溢《あふ》れた。

今日まで生きてきた彼の、すべての後悔と罪悪感が押し寄せていた。

「君が辛《つら》い時に、のうのうと生きて……先に大人になりたくなかった……」

言いながら、情けなくなってくる。何故《なぜ》、どうして。その言葉が繰り返される。

「君と……一緒に……大きく……なりたかった……」

「狼星《ろうせい》、さま……」

「君に、そんなこと言わせたくなかった……」

狼星《ろうせい》は片手で顔を覆い隠した。涙があまりにも邪魔だった。

泣く資格などないと自分を呪う。

恥ずかしくて、愚かしくて、どうしようもない。

「幸せなことだけ、君にあげたかったよ……」

雛菊《ひなぎく》は狼星《ろうせい》の悲しさに呼応するように涙目になった。

それから、手の甲で顔をぐしぐしと拭ってから言う。

「狼星《ろうせい》、さま、違うの、ごめんなさい、雛菊《ひなぎく》、だいじょうぶ、だよ……」

「……ひなは謝らないでくれ」

「違う、違うよ……だいじょうぶ……雛菊《ひなぎく》、すぐ、おとなに、なるの……」

焦《あせ》りながら、雛菊《ひなぎく》はあまりにも健気《けなげ》で切ない台詞《せりふ》を言う。

「すぐ、だよ、狼星《ろうせい》さま。ほんのすこし、おそい、だけ……泣かない、で……」

そう言われると狼星《ろうせい》はもっと涙が溢《あふ》れる。

「さっき、不安、言った、けど、それ、違うの……だいじょうぶ、なのも、わかってる、よ」

――君と一緒に成長したかった。

こんな小さな願いが、何故叶《なぜかな》わなかったのだろう。

「雛菊《ひなぎく》ね……知ってます。狼星《ろうせい》、さま、なら……」

雛菊《ひなぎく》は繋《つな》いだ指先を外して狼星《ろうせい》の頬を撫《な》でた。

狼星《ろうせい》の涙のしずくをぬぐう。ぬぐった先から、雛菊《ひなぎく》の手に狼星《ろうせい》の涙がかかる。

「狼星《ろうせい》さま、なら……雛菊《ひなぎく》が、どんな姿、でも、まってて、くれるって……」

「ひな……」

――どうして。

「……そう、です……よね……？　雛菊《ひなぎく》、大人になるの、待ってて、くれる……」

――どうして、いつも君は。

狼星《ろうせい》は、愛おしさと切なさで息が出来なくなりそうだった。

――優しさで人を雪解けさせてしまうのか。

狼星《ろうせい》も観念すべきなのだ。

こと、花葉雛菊《かようひなぎく》に関しては損得という概念は通じない。駆け引きも意味をなさない。

「狼星《ろうせい》さま、覚えて、ますか。小さいころ、雛菊《ひなぎく》、なにもかも、おそい子、でした」

愛する人への純粋な祈りだけがある。

「でも、狼星《ろうせい》さまは……ぜったい、待ってて、くれました」

壊れる前も、壊れても尚《なお》、雛菊《ひなぎく》は狼星《ろうせい》を暖かく照らし続ける。

「だから雛菊《ひなぎく》、自分が子ども、でも……いまも……なにもかも、おそく、ても……怖く、ないん、です……雛菊《ひなぎく》、狼星《ろうせい》さまと、おんなじ、じゃなくて、も……かならず……」

雛菊《ひなぎく》は泣き笑いをしながら言った。

「狼星《ろうせい》さまが、まってて、くれる、から」

それは雛菊《ひなぎく》から狼星《ろうせい》への、大いなる信頼が込められた言葉だった。

「……ひな」

まだ苦しい。だが、狼星《ろうせい》は少しだけ呼吸が楽になった。

「……雛菊《ひなぎく》、からも、お願い。……まってて……くれます、か……？　すぐ、だよ……」

いつかは言いたい。彼女が言うように、雛菊《ひなぎく》がもう少し大人になったら。

——君に恋をしていると言いたい。

「……わかった。俺、待つ……。でも、ひな……ゆっくりでいい……」

彼女にそれを告げる為なら何でも出来る気がした。

「頑張らなくていい……ゆっくり、大人になって欲しい。俺はずっと待ってるから……」

「はい……狼星《ろうせい》さま……雛菊《ひなぎく》、ゆっくり、大人に、なります……」

そう言うと、自然と二人は寄り添った。寂しさを感じる隙間も無くしたかった。

狼星《ろうせい》が雛菊《ひなぎく》の涙を拭い。雛菊《ひなぎく》が狼星《ろうせい》の涙を拭う。

相手が自分に優しく触れてくれることが嬉《うれ》しくて、また泣いてしまう。

互いに同じことを繰り返してやっと落ち着いた。

「ひな、俺が泣いたこと、二人に内緒な」

「狼星《ろうせい》さま、も、雛菊《ひなぎく》、泣いた、こと、ないしょ、やくそく、です」

お互い、自分の護衛官《ごえいかん》に今日の涙は秘密にしようと約束した。

二人は性格も育ちも違うが、自分の護衛官《ごえいかん》が最も大切な人の子であることは共通している。

「今度、もうちょっとかっこ悪くない秘密も作ろうな。俺とひなだけの……」

狼星《ろうせい》が照れながらそう言うので、雛菊《ひなぎく》は何だかおかしくってくすくす笑った。

「はい、狼星《ろうせい》、さま」

ボートの旅はそのようにして終わった。

四人ですごす貴重な時間はあっという間に過ぎていく。

ホラーハウスから出ると、四人はその後も遊園地内の散策を進め、やがて食事も兼ねて休憩を取ることにした。軽食が取れるレストランに入り、席に着く。

注文も商品の受け取りもカウンターで行っているファストフード店のような仕組みだったので、手分けして誰かは席取りに、誰かは注文しに行かなくてはならない。

さくらが行くと言うと、狼星《ろうせい》は自分も手伝うと腰を上げた。

凍蝶《いてちょう》に雛菊《ひなぎく》の警護を任せ、狼星《ろうせい》とさくらでレジカウンターの待機列に並ぶ。見える範囲に雛菊《ひなぎく》と凍蝶《いてちょう》が居るので少し安心だ。何を話しているかわからないが楽しそうに笑っている。狼星《ろうせい》は赤い目を気にしながらさくらに言う。

「なあ、さくら」

手伝いを申し出たのはさくらとも時間を持ちたかったからだった。

「何だ、狼星《ろうせい》」

「今日、少しは……」

——凍蝶《いてちょう》との仲は発展したか？

そう尋ねたかったが、狼星《ろうせい》は既《すん》のところで踏みとどまった。

——俺が言ったら、要らぬ波紋を呼ぶな。

狼星《ろうせい》はさくらとの五年間の生活の中で、彼女の恋心を把握していた。

そして密《ひそ》かに応援している。

「楽しかったか？　楽しんで、くれたか？」

狼星《ろうせい》にとって、雛菊《ひなぎく》は一番大切な女の子だが、さくらは二番目に大切な女の子だ。

さくらは狼星《ろうせい》の顔を見て少し笑った。

「雛菊《ひなぎく》様と遊園地に来てるんだぞ。楽しいに決まっているだろう」

狼星《ろうせい》はホッとした。そして自分もにかっと笑う。

「そうか。俺も楽しい」

それは親しい者にしか見せない少年のような笑顔だった。

普段は仏頂面《ぶっちょうづら》ばかりの狼星《ろうせい》が笑うのは目を見張るものがある。さくらも少し驚いたが、何だか照れ臭くなって狼星《ろうせい》の頬をつねった。

「いひゃい」

「しっかりしろ。顔がにやけてるぞ」

狼星《ろうせい》はつねられたまま喋《しゃべ》る。

「おへはわらうことふらゆるされんほか？」

「……いや、あまりにもへらへら笑うものだからついな……」

冬の代行者寒椿狼星《だいこうしゃかんつばきろうせい》にこんなことを出来るのは彼女と凍蝶《いてちょう》くらいだろう。

さくらが満足して指を放すと、狼星《ろうせい》は頬をさすりながら文句を言った。

「さくら、俺が寛大なことに感謝しろよ。お前じゃなきゃ氷漬けだぞ。無礼者」

「ほほぉ、お前何様だ？」

「冬の代行者《だいこうしゃ》寒椿《かんつばき》狼星《ろうせい》様だ」

「ふーん、寒椿《かんつばき》狼星《ろうせい》様ね……私にそんなこと言っていいのか？」

「……何だよ」

「小さい頃のお前の失敗談を雛菊《ひなぎく》様にちくってやる」

「やめろやめろ！」

「わかったか？　力関係は私が上だぞ」

「卑怯《ひきょう》者！」

「卑怯《ひきょう》で結構。負け犬の遠吠《とおぼ》えにしか聞こえん」

「お前、昔はもうちょっと俺に優しかっただろ……？」

「世間の厳しさが私をこうさせたんだ。恨むなら世間を恨め」

「……真っ当な理由のように聞こえるが、ひなのことで俺に意地悪するのはお前が楽しくてやっているよな？」

二人は兄妹《きょうだい》のようにじゃれ合う会話を続ける。

「真面目に言うとな、私はお前と雛菊《ひなぎく》様のことを見守ってやっているぞ」

「え……？」

突然、予想外のことを言われて狼星《ろうせい》は狼狽《うろた》えた。

「今日、何度か二人きりにしてやっただろう」

「お、おう」

「一応進展したら私に報告しろよ」

狼星《ろうせい》は顔が赤くなるのを感じた。思わず雛菊《ひなぎく》の方を見る。

雛菊《ひなぎく》は手を振ってくれた。凍蝶《いてちょう》もつられて手を振っている。狼星《ろうせい》はぎこちなく手を振り返し、さくらに視線を戻した。

「……あれは配慮だったのか」

「不本意だが配慮だ」

狼星《ろうせい》は自然とさくらを拝んだ。拝んだ上で言う。

「なあ……お前、俺とひなのこと反対してるのか応援してるのかわからんのだが」

「……はぁ？　してやってるだろ」

「いやどっちかわからんぞ……？」

さくらは呆《あき》れた顔をして言った。

「……お前は本当に雛菊《ひなぎく》様のことばかりだな……過去の私なら今日の交流を許したか？」

そこまで言われて、ようやく狼星《ろうせい》はさくらに色々と容赦してもらっていることに気づいた。

もちろん、受け入れてもらえたから遊園地で共に時間を過ごしているわけだが。

――そうだよな、以前のさくらなら考えられなかった。

さくらにとって雛菊《ひなぎく》は大切な友人でもある。

「私はいま最愛の主を男に盗《と》られているんだぞ。だが見守っている。その時点で色々察しろ」

それを横からかっさらわれて嬉《うれ》しいわけがない。

「悪い……俺は……その……」

長い期間確執があった分、狼星《ろうせい》も半信半疑なのだろう。それでも、いま信じるべきは過去のさくらではなく目の前のさくらだ。

「悪かった、無神経だった。感謝する」

さくらもそこで少し言い過ぎたと反省したのか声は小さくなった。

「……別にいいさ、何も良心からだけの行動じゃない。私はこの関係性を利用している。謝られるのはお門違いだ。やりにくくなるから謝るな」

「利用って何をだ……？」

「お前の地位と特権をだよ」

さくらは悪そうな顔で言う。狼星《ろうせい》は驚いて目を瞬《またた》いた。

「忘れたか、お前が護衛官《ごえいかん》としての立ち回りを覚えろと言ったんだぞ」

確かに、過去に狼星《ろうせい》はそう言った。四季会議《しきかいぎ》で集まった時のことだ。

狼星《ろうせい》なりに彼女の立場を強くする為に色々と策を用意した上での発言だった。

「現状、お前に庇護《ひご》されるのが雛菊《ひなぎく》様をお守りするのに一番良い。私達は四季の中でも孤立してるからな……お前の支援や寵愛《ちょうあい》を拒否するのは春の護衛官《ごえいかん》の立場からすれば愚策中の愚策だ。私自身、実家の後ろ盾などないし……現状、雛菊《ひなぎく》様の為に出来ることが少ない。お前が冬じゃなきゃお膳立てはしてないさ。護衛官《ごえいかん》としての私の決断だ。どうだ、利用されているだろ？」

「お前な……悪ぶるなよ。そんなの利用じゃないだろ……」

狼星《ろうせい》にしてみれば支援は当然のこと。むしろ支援を拒否されるほうが辛《つら》い。

さくらの性格からしたら冬からの応援を拒否することも十分有り得たが、そうしていないのは冬への敬意の表れと、彼女が言うように雛菊《ひなぎく》の為に立ち回りを覚えたからなのだろう。

春の少女神はさくらが生きる理由そのものだ。

「利用だよ。お前に嫉妬してるのに力は借りてるんだ」

だから本当は言いたいことや嫌だと思うことをぐっと我慢している。

「浅ましいのはわかってる。凍蝶《いてちょう》も呆《あき》れるかもな。でも、どう思われようが……私は雛菊《ひなぎく》様の為なら何でもする。あの方をあらゆる苦しみから遠ざけたいんだ……幸せになって欲しい……」

さくらは雛菊《ひなぎく》の為に自分を殺すことを厭《いと》わない。

狼星《ろうせい》はため息を吐きたくなった。

自分も苦労人だという自負はあるが、目の前の娘と比べると負けている、と思う。

勝ち負けではないが、敵《かな》わないという気持ちを抱かされることが多いのだ。

特に雛菊《ひなぎく》に関しては、一生勝てないかもしれないという思いを度々持ってしまう。

「雛菊《ひなぎく》様はお前との時間を望んでる……それを妨害するのは主の幸せに繋《つな》がらない……」

「さくら」

「本当は……お前に盗《と》られたくない。けど、護衛官《ごえいかん》として個人的な感情は捨てねばならない」

「さくら……あのな」

「嫌だけど……雛菊《ひなぎく》様、一番好きな女の子は私だと言ってくださったんだ。来世があるならそこでも一緒だと約束した。だから…………我慢してる……雛菊《ひなぎく》様の幸せの為だ……」

「わかった！　わかったから。胸が痛くてかなわん、もうやめてくれ……」

さくらは『こいつはどうして苦しみ出したんだ？』という顔をしたが続けて言う。

「とにかく、私は積極的に応援はしないぞ。勝手に努力しろ。お前も私を利用すればいい。雛《ひな》菊《ぎく》様のお心を苦しめるようなことがあればエニシまで制裁に行く」

「そうしてくれ、ムカついたら殴りに来て構わん……」

あまりにもしおらしい狼星《ろうせい》に、さくらはきょとんとした。

「どうした、嫌に素直だな。殴られたいのか」

冗談でさくらは拳を握ってみせるが、狼星《ろうせい》はそれを受け入れるように頷《うなず》いた。

「俺はお前と再会したら骨を折られるくらいは覚悟してたんだよ」

「……」

「でもお前、結局……仲良くしてくれてるだろ……」

「…………ふん」

「そこに甘えていたことに今更ながら気付かされた……」

「別に私は仲良くしてないけどな」

「えっ」

「お前友達じゃないし」

「嘘《うそ》だ。お前だって今日……自分達以外に友達がいないからジメジメブリザードマンなのだと俺をなじっただろう」

「フェイクだ」

「いや真実にしてくれよ。俺はお前とひなしか友達が居ないのだが……？」

「あ、列が進んだぞ狼星《ろうせい》」

「おい、さくら、友達だよな？　俺で遊んでるだけだよな？」

「そうだよ。お前で遊ぶのは楽しい」

なんだかんだ、二人は再会してけして悪くはない新しい関係性を築いていた。

そうこうしている内に、レジカウンターの混雑は収まり、さくらと狼星《ろうせい》の順番になった。

四人分の飲み物を持って席に戻ろうとすると、途中で十歳前後の男の子が近づいてきた。

さらさらの髪をした育ちの良さそうな少年だ。その少年は笑顔で真《ま》っ直《す》ぐさくらの元へ駆けて来た。そして、子どもにしては随分と大人びた声で言った。

「お久しぶりです、姫鷹《ひめだか》様」

さくらは一瞬目をぱちくりとさせたが、すぐにこの不思議な少年の言葉に対応した。

あたかも小さな子どもに話しかけられた様子を装《よそお》い、しかし低い声で返す。

「……驚いたな……阿星《あほし》殿か……」

どうやら旧知の仲のようだ。

「こういう場所で会うと普通の少年にしか見えない。阿星《あほし》殿、まさかとは思うがあの方は今此《こ》処《こ》で雛菊《ひなぎく》様と接触されるわけではないよな？」

殿とわざわざ敬称をつけているところから、この少年がさくらから見てもそれなりの地位に居るのがわかる。もしくはさくらが敬うと決めた相手なのだろう。

「まさか。皆様が楽しまれている時に邪魔するような真似《まね》は致しません。お伝えすべきことが発生しているので早めに情報共有したいだけです」

狼星《ろうせい》は何事かと視線を右往左往させる。

「冬が居る時に声をかけたということは、聞かせる相手は私だけではないということか」

「ご明察です、姫鷹《ひめだか》様。冬の代行者《だいこうしゃ》、寒椿《かんつばき》狼星《ろうせい》様。護衛官《ごえいかん》の寒月凍蝶《かんげつていちょう》様にもご忠告したいことがあると言伝《ことづて》を承りました。今日の夜、お時間をいただけませんか」

「雛菊《ひなぎく》様の警備が薄くなる」

「本日のご宿泊施設はこちらが根回しをした場所です。雛菊《ひなぎく》様がご就寝された頃でいかがですか。残雪《ざんせつ》様の私兵でお部屋前を固めます。残雪《ざんせつ》様の指示で姫鷹《ひめだか》様達がお泊まりになられるフロアは他にお客様が居《お》りません。ワンフロア丸々貸し切りです。お泊まりになられるお部屋の隣で待っていて頂けたら、主の方から出向きます」

「……」

「どうでしょう姫鷹《ひめだか》様。少しはご安心になられましたか？」

「……残雪《ざんせつ》様の御力が少々怖くなった」

少年はくすくすと笑った。

「そう仰《おつしや》らずに。姫鷹《ひめだか》様のことを主は気に入っておられます。距離を取られると嘆くでしょう」

「そんな人かな、あの御方は……まあ、良い。残雪《ざんせつ》様のお呼び出しを受けない理由はない……狼星《ろうせい》、お前達も同じホテルだったな。夜、時間貰《もら》えるか？」

それまで黙って会話を見守っていた狼星《ろうせい》は、非常にむすっとした顔をしていた。

「狼星《ろうせい》、こちらは……」

「いや待て、さくら、お前が説明するな」

少年は狼星《ろうせい》の冷え冷えとした言葉に一瞬固まった。

つい先程までさくらに言いくるめられていた狼星《ろうせい》は居なかった。

「おい、お前。四季の関係者ならまずお前から俺に挨拶しろ。不敬だぞ」

そこに居るのは、心を開いている者以外には極端に冷たい冬の王の姿だった。

直前までさくらと年相応な表情を浮かべて喋《しゃべ》っていたからこそ、態度の温度差が際立《きわだ》つ。

少年はサーッと顔を青ざめてから、すぐに深々と頭を下げて言った。

「大変失礼致しました。冬の代行者様《だいこうしゃ》……無礼をお許しください……」

「狼星《ろうせい》、許してやってくれ。阿星殿《あぼし》は只《ただ》の使いだ」

「なら尚更《なおさら》だ。お前が不敬だと、これから知るであろうお前の主にも俺は不敬な印象を持つ。

お前はそういうことをしてはならん立場のはずだ。ゆめゆめ気をつけろ」

「仰る通り《おつしや》です……すみません、あの、僕は……」

「阿星殿《あぼし》、そんなに畏《かしこ》まらなくていい。さ、もう行きなさい。狼星《ろうせい》には私が説明しておくから」

さくらが庇《かば》うようにそう言うと、彼は迷う素振りを見せたが、深々と頭を下げてから逃げるようにその場を去った。

「……で、何だあいつは？」

「狼星《ろうせい》、お前な……阿星殿《あぼし》は挨拶が遅れただけで不敬ではなかっただろう。あの子を虐《いじ》めてくれるなよ……」

「虐《いじ》めてない。俺は威厳を保たねばならん身分なんだ……それで？」

「悪かったよ。あの子は春の里の同じ施設の出身なんだ。孤児が預けられる慈院というところがあって……時期は重なってないが、そこで世話になっていたという共通点があり、懐《なつ》かれている。同じように運良く尊い方にお仕えする誉れを頂いた仲間でもあるんだ……。お前を無視したつもりは恐らくないよ。あの子は私を見るといつも嬉《うれ》しそうに走ってきて夢中で話しかけてくれるだけなんだ」

「……」

「……だから、まあ次会っても睨《にら》まないでやってくれ。あとな……今回に限ってはお前のその不遜な態度、きっと後悔するぞ」

「……配慮がなかったのは俺のほうのようだから機会があれば直接謝る……それはそれとして、俺はどんな権力者にも膝をつかんぞ。後悔するほどの大物であってもだ」

「お前、本当高飛車だな……彼の御方はお前が想像しているような在り方の人ではない」

さくらは立ち話をしている狼星《ろうせい》とさくらを不思議そうに見ている雛菊《ひなぎく》へ視線を移す。

凍蝶《いてちょう》も何かあったことに気づいたのか、こちらを見ている。

さくらは何でもないというように微笑《ほほえ》みの仮面をつけながら狼星《ろうせい》に囁《ささや》いた。

「……阿星《あぼし》殿の主は、お前の意中の方の家族関係に当たる」

「は……？　だってひなは」

父親の花葉春月《かようしゅんげつ》とは疎遠で、母親の雪柳紅梅《ゆきやなぎこうばい》は他界している。

あと残っている家族関係はわずかだ。

「阿星殿《あほし》の主は花葉残雪《かようざんせつ》様。雛菊《ひなぎく》様の兄上様だ。腹違いのな」

狼星《ろうせい》は危うく持っていたジュースを落としかけた。

その時あたしの頭の中に浮かんでいたのは一つの疑問だった。

あたしは一度死んでしまって、でも奇跡の生還を果たして、それで病院に運ばれて、家族が集まって、よかったね、よかったねと言ってくれているのだけれど。

——良くないよね？

あたしだけはこの中で一人だけ冷静に物事を見ていた。

——これ、良くないでしょ。

生き返ったあたしに降る言葉は優しい。病室は感動に包まれている。

でもあたしだけは『どうしよう』という焦《あせ》りばかり。

どうしてみんなわからないんだろう。これは良くないよ。

あたしが死ぬことで色々清算出来たはずなのに、生き返ったら全部また戻っちゃう。

何で死なせたままにしなかったの？

『生きててよかった……』

お父さんが手を握ってくれた。何度か手放されたことのある手だ。

——本当？　お父さん。

あたしが居なかったら、里のお偉方と板挟みで苦しむことなくなるよ。
『もう無茶はしないで……瑠璃《るり》』
お母さんが涙声で言う。

——本当？　お母さん。

神様になった娘が居て大変だったでしょ。居ないほうがよくない？
『……ありがとう、みんな』
言えばこの優しい人達を傷つけるのはわかっていた。
あたしは家族を疑うけど彼らのことが好きだから。
『あたし、すごく幸運だね』
好きだから、頑張ってこれたの。みんなの為に夏もあげるよ。
歌い、踊るよ。
いくらだって、あたしやれる。
——頑張るから、あたしを愛してよ。
そうやって家族に叫ぶばかりの人生だった。
『本当に良かったよね。あたし、嬉《うれ》しい』

だからこそ言える。これは家族にとって良くない。
家族に代行者《だいこうしゃ》が居るのって、普通じゃない。育ててくれた十八年で理解したでしょ。
これ、絶対あの時死んだほうが良かったってなるって。そうじゃない？
『はやく元気になるね』
あたしの問いはそのまま発信されることなく、胸にしまわれた。
あやめが同じく夏の代行者《だいこうしゃ》に選ばれたと聞いてしまったから。

嗚呼《ああ》、最悪だ。今度はあやめも道連れだって。
嗚呼《ああ》、何でそんなことに、あたしどんな顔すればいい？
嗚呼《ああ》、罪だけ重なっていくよ。どんどん良くない展開が訪れるね。
嗚呼《ああ》、今度は婚約破棄なの。追い打ちがかけられてる。
嗚呼《ああ》、死んだ瞬間が一番愛されているような娘になりたくない。

でも悪いことは続いてく。あたしは罪人のようにうなだれる。

そしてあたしは言うのです。

ほら、[redacted]ほうが良かったじゃない、って。

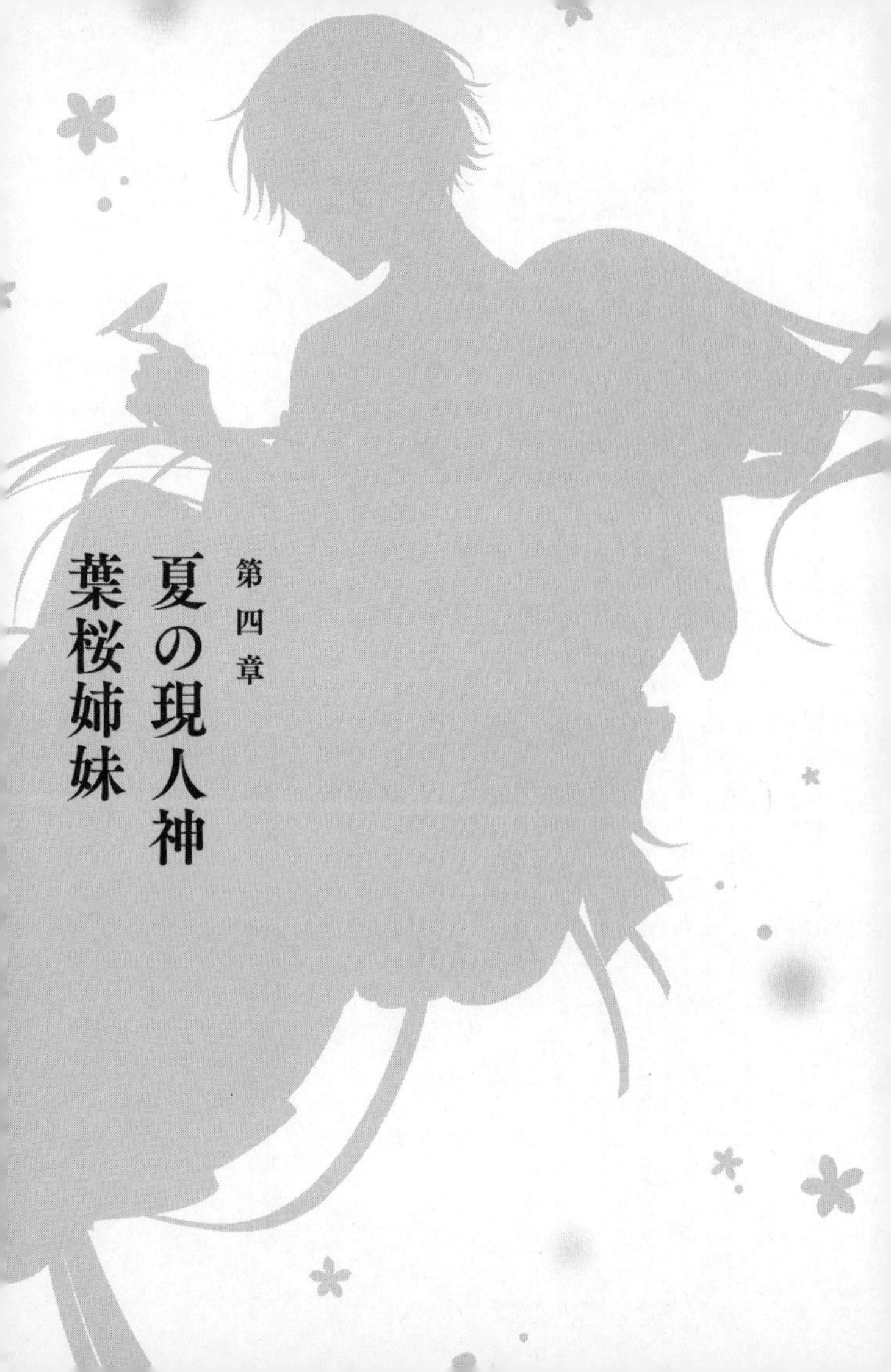

第四章

夏の現人神 葉桜姉妹

黎明《れいめい》二十年、七月二十二日。夏の里葉桜《はざくら》邸。

時系列は春主従と冬主従が帝州《ていしゅう》御伽《おとぎ》キングダムにて再会を果たした日と同日、少しばかり時間を遡る。

「瑠璃《るり》、お願い……独りにして……」

夏の姉妹に起きた事件は他の四季の代行者《だいこうしゃ》に知られることなく静かに進行していた。

双子神の一人、葉桜《はざくら》瑠璃《るり》は閉ざされた扉の前で立ち尽くしている。

「……………お姉ちゃん」

先程まで部屋の主である姉と話していたが締め出されてしまった。

部屋の中に居るあやめも酷《ひど》い有様《ありさま》だったが、瑠璃《るり》も精彩を欠いた姿をしている。

桜桃《おうとう》の実のように艶のあった肌も唇も、ぬばたまの黒髪も、いまは輝きを失っている。

姉のあやめと瓜二《うりふた》つの大和《やまと》美人の顔立ちは病人のように翳《かげ》っていた。自らの季節を謳歌《おうか》する夏の神様にはとても見えない。基本的に四季の代行者《だいこうしゃ》は自身の属する季節だと生き生きとしているものだが、葉桜《はざくら》姉妹はかつてないほど打ちのめされていた。

「あやめ……」

扉越しに話しかけてみるが返事はない。瑠璃《るり》の瞳にじわじわと涙が浮かんでくる。着ていたワンピースの胸辺りを、しわくちゃになるのも構わずぎゅっと握りしめた。

「ごめんね……」

涙混じりの声は、姉に届いているかわからない。

瑠璃《るり》とあやめは春の事件が解決した後、五月五日の立夏から夏顕現の旅を開始していた。

途中、四季会議《しきかいぎ》も無事開催され帝州《ていしゅう》の大和神社《やまとじんじゃ》にて参加を果たす。

それからまた旅を続け、大和《やまと》全域へ姉妹で夏を齎《もたら》すことに成功。

凱旋《がいせん》するように夏の里に帰還してから、夏の里を運営する里長《さとおさ》を含めたお偉方に、『双子神の誕生』を理由に姉妹どちらも結婚が取りやめになったことを聞かされた次第だった。

本人達の意志を無視された圧力による結婚中止。その悲報から数日経過している。


双子神誕生の一体何がまずかったのか？


まず指摘されたのは、瑠璃《るり》の死亡によりあやめが次代の夏の代行者《だいこうしゃ》であると代替わりがその場で決まっていたのに瑠璃《るり》を蘇生《そせい》させたことだった。

瑠璃《るり》が蘇生《そせい》された場合、どちらかの代行者《だいこうしゃ》の資格が剝奪されずに、今のような状態になるとなぜ考え踏みとどまらなかったのか。二名による季節顕現。もしくは一名ずつ交代で季節顕現をするにしても大地に良くない影響を与える可能性があるかもしれない、と。

死んだ者が蘇《よみがえ》ったことで生まれた歪《いびつ》な代行者《だいこうしゃ》の在り方、それ自体が批判の対象だった。

批判をしたのは夏の里内の政《まつりごと》を司《つかさど》る『夏枢府《すうふ》』。

夏の里、里長《さとおさ》を筆頭に構成された行政機関だ。

四季の里は区分として、春の里、夏の里、秋の里、冬の里があり、その内部には里を統治する春枢府《すうふ》、夏枢府《すうふ》、秋枢府《すうふ》、冬枢府《すうふ》が存在している。

そして枢府《すうふ》の最高権力者は里長《さとおさ》という構造だ。

基本的には代行者《だいこうしゃ》が家族と離れて暮らす際の居住区も含まれた、本殿と呼ばれる季節の神を祀《まつ》る神殿内に枢府《すうふ》機関が組み込まれている。

瑠璃《るり》とあやめは夏顕現の旅の後、本殿内の里長《さとおさ》の政務室に呼び出され叱責を受けた。

『新たなる夏の代行者《だいこうしゃ》、葉桜《はざくら》あやめ様……何故《なぜ》、前任の神である妹を蘇生《そせい》させたのですか？』

夏の里の里長《さとおさ》、松風青藍《まつかぜせいらん》は第一声でそう言った。

現在の里長《さとおさ》は白鼠《しろねずみ》の着物に身を包んだ壮年の男だ。いわゆる『お偉方』と呼ばれる者達に名を連ねる松風《まつかぜ》家の地盤を引き継いで選ばれた名家の長子。それが青藍《せいらん》だった。里長《さとおさ》となってからまだ数年の新任だ。枯木のように細い身体《からだ》に鋭い眼《め》がついているのが特徴的で、その瞳に睨《にら》まれると、言葉が喉奥で詰まってしまうほどに、威圧感がある。

『……何故《なぜ》って……』

青藍《せいらん》の問いにあやめは戸惑いの声を出した。

瑠璃《るり》は息が止まった。同席していた両親は絶句した。

それはそうだろう。葉桜《はざくら》一家を呼び出しておいて、家族の一員が無事に生き返ったことを
糾弾されたのだから。

『……私が……瑠璃《るり》を守れなくて……だから……』

静かな政務室の中で、あやめは自分の心臓の音がいやに大きく聞こえた。

──何故《なぜ》？

言われてあやめも考えた。

何故《なぜ》、葉桜瑠璃《はざくらるり》は死んだのか。

──護衛官《ごえいかん》である私が守りきれなかったから。

何故《なぜ》、葉桜瑠璃《はざくらるり》は復活したのか？

──私が後追い自殺をしそうになったところを秋のお二人が助けてくれたから。

何故《なぜ》、蘇生《そせい》させたのか？

──妹を愛しているから。

自分も死んで、一緒に夏の神様に猛抗議してやろうと思うくらいには、愛しているから。

何故《なぜ》、何故《なぜ》、何故《なぜ》。

『……だから、その……』

残酷な問いへの答えはちゃんとある。

だが頭の中に浮かぶが言葉を口にすることが難しい。

少し考えただけでも、あやめは罪悪感で自ら首を括《くく》りたくなる。

──駄目よ、冷静になって。下手なことを言えないわ。

あやめは自分を叱咤《しった》する。此処《ここ》に来る前にわかっていたことだが、青藍《せいらん》の政務室にわざわざ呼び出されたということは、葉桜《はざくら》一家が揃《そろ》って面倒な事態に巻き込まれているということだ。

まだどういう状況に置かれているかは判断出来ないが、双子を取り巻く環境は悪いものに変わってしまっているのは間違いないだろう。

──いま、私達は傷つけられようとしている。

青藍《せいらん》は一家への嫌悪《けんお》を隠さず剝《む》き出《だ》しにしている。

──断罪されている。

攻撃的なことを言われ、精神的苦痛を受けている。相手は一筋縄ではいかない。何か言うにしても発言は慎重にすべきだった。

──お父さん、お母さんも巻き込んでる。

あやめはすぐ近くの長椅子に腰掛けている両親に視線をやる。心を落ち着かせ、目の前の相手とうまく対峙《たいじ》しようとしているのは自分の為だけではなかった。

瑠璃《るり》とあやめの両親は里長《さとおさ》直属の部署には居ないが、枢府《すうふ》内の一部署の管理職をしている。

自分の発言によっては両親に、また両親が所属している部署に不利益を与えかねない。

——何と言えば正解なの。みんなを守れるの。

青藍《せいらん》への対応を迷っている内に父親が声を上げた。

『里長《さとおさ》っ‼』

それも聞いたことのないような怒声だった。

『里長《さとおさ》、それはあんまりです！　うちの娘が何をしたというのですか……！　瑠璃《るり》は夏の代行者《だいこうしゃ》として大和《やまと》に奉仕をし、あやめも護衛官《ごえいかん》として誠心誠意働いていました！　その結果、不幸にも命を落としたっ！　何故《なぜ》、救命処置を咎《とが》めるのですか！』

双子の父は温厚で大人しい性格をしていた。よほどのことがない限り怒る顔すら見せない。

そんな父親が怒鳴り声を上げた。次に母親も青藍《せいらん》を睨《にら》みながら抗議する。

『瑠璃《るり》本人が居る前で……あまりにも非常識ですっ！　あやめにだって聞かせることではありませんっ！』

瑠璃《るり》とあやめは驚いた。そんなことを彼らが言ってくれるとは思っていなかったからだ。

二人から見ると、彼女達の両親は唯々諾々《いいだくだく》とお偉方に従う人間、という印象があった。

自分達が愛されていないとは言わないが、瑠璃《るり》とあやめが神の領域の仕事をし始めてからは距離が出来ていたのは確かだ。

両親は神様になってしまった子どもと、その神様に尽くす人生を選んだ子どもをどうしたらいいかわからず、持て余していた。

もっと普通の子どもが欲しかった。そういった感情は何となく姉妹にも伝わっていた。

責任と義務が生じた二人は早々に子ども時代を終わらせた。幼い頃と違って、素直に愛情をもらいに行くことも出来ない。

ずっとぎこちない親子関係を続けていたのに、娘達の為に怒ってくれた。

『お父さん、お母さん……』

あやめの横に居る瑠璃《るり》が嬉《うれ》しさを滲《にじ》ませた声でつぶやく。あやめ自身も胸の奥が温かくなった。だが、その感情の熱は長続きせず、すぐ冷水を浴びせられた。

『本気で言っているのか、葉桜《はざくら》の御二方』

葉桜《はざくら》の家も里の中では名家だ。その両親に対する敬いも気遣いもない態度で青藍《せいらん》は言う。

それこそ反吐《へど》が出るとでも言うような表情で。

『子ども可愛《かわい》さでいまそこにある罪を意識出来ていないなら大問題だ』

手のひらを瑠璃《るり》とあやめの両方に向けて、彼の言う罪の対象を確定させてから凄《すご》んで見せた。

『いま里を混乱に陥《おとしい》れているのは貴方《あなた》達の子どもだぞ』

夏の姉妹はごくりと唾を飲んで白い喉を鳴らした。

人を不安にさせる雰囲気を作るのがうまい男だ。

下手に手を出せば酷《ひど》いことになる。そういう危惧を相手に本能的に感じさせる何かがある。武力としては脅威ではない。だが、その身に巣食う魂が怖い。

両親は尚《なお》も抗議しようとしたが、あやめが両親に『もう言わないほうがいい』と目配せしてから、やっと口を開いた。

『私が守れなくて死なせてしまったんです……そこに秋の代行者様《だいこうしゃ》と護衛官様《ごえいかん》が……』

何とか感情を押し殺しながらあやめは言う。

『後追いしそうになった貴方様《あなたさま》も踏み留まらせる為にそうしたと、報告では聞いています』

『……そう、です』

青藍《せいらん》はため息を漏らした。

『……理解出来ていないようだから言いますが……何故《なぜ》と聞きはしたが原因に至るまでの貴方《あなた》様《さま》の感情などどうでもいいのです。罪を自覚して欲しくてあのような言い方をしただけだ。ここまで鈍いとは……』

青藍《せいらん》は両親の方に嫌悪《けんお》の態度を隠さず言う。

『ご息女を現人神《あらひとがみ》だからといって甘やかしすぎているのではないか？』

人の心を殺す毒、そんな言葉だ。

『お父さんとお母さんは関係ないっ！』

そこで瑠璃《るり》が口を挟んだ。座っていた長椅子を揺らす勢いで立ち上がる。

あやめが慌てて座らせようとするが、瑠璃《るり》は卓を挟んだ先で泰然とした態度で居る青藍《せいらん》に食ってかかる。

『あやめを責めるように言うのもやめて！　あたしが死んだのはあたしのせい！　救命処置をした人達を責めるのもお門違いだよ！　あんたあの時戦ってなかったくせに何なの？』

『瑠璃《るり》、座って……』

『いやっ！　あやめ、だって……！　おかしいでしょ！　いくら里長《さとおさ》だからってあんなこと言うのおかしいっ！』

また深く、青藍《せいらん》はため息を吐いた。わざとらしい、他者に聞かせるような長いため息だ。

『……瑠璃《るり》様、現人神《あらひとがみ》である貴方《あなた》を敬いたいが、この場では死者として黙っていただきたい』

室内に沈黙が落ちた。それから怒りが満ちる。と同時に震撼《しんかん》した。

『……は？』

瑠璃《るり》の声が上擦った。いくら夏の里の統治者とはいえ青藍《せいらん》の振る舞いは度を越していた。

四季の代行者《だいこうしゃ》はその存在を軽視されることもあるが、それはあくまで遠巻きに行われることが多く、面と向かってここまで言う者は中々居ない。あまりにも無礼すぎる者を前にすると、人は憤怒《ふんぬ》もするが。

『貴方《あなた》は本来なら此処《ここ》にいてはいけない人だというのに……』

同時に恐怖も感じる。言葉が通じない化け物にあってしまったかのように、恐れが混じる。

青藍《せいらん》は正にそういう人物だった。こちらは対話をしたいのに、これは聞いてもらえないと諦めてしまいそうになるのだ。だが、あやめは何とか心を奮い立たせた。

『里長《さとおさ》、言葉が過ぎますっ!!』

あやめも大きな声を出したが、里長《さとおさ》はそれ以上に声を張って一喝をくらわせた。

『そう言われても仕方ないことを君達はしたんだっ!!』

びりり、と耳朶《じだ》まで震えそうな大声だった。あやめは思わず瑠璃《るり》に身を寄せる。

『いいか、聞け。自分が夏の代行者《だいこうしゃ》になったとわかっていたのに、何故《なぜ》、前任を復活させた？』

触れた瑠璃《るり》の身体《からだ》は小刻みにふるえていた。青藍《せいらん》の言葉も視線も、何もかもが支配的だった。

『それがどんなことを引き起こすか……考えもせず何故《なぜ》私欲に走った！』

相手を屈服させることを欲求としている口調が巧妙に嫌悪《けんお》感と恐れを掻《か》き立《た》てる。

『自分の罪をいい加減認識しなさいっ！　君達は大罪人だっ!!』

彼がこうして批判を口にしているということは、ある程度他に支持層がいるはずだ。個人の意見をわざわざぶつける為に呼び出すほど夏の里長《さとおさ》は愚者ではない。

足元をすくわれた、と瑠璃《るり》もあやめも感じた。批判があるとすれば春の事件後のはずだったが、その時はこうしたことは言われなかったのだ。それですっかり安心していた。

春の事件解決当時は他の解決すべき問題が多く、後回しにされたとも言えるが、夏顕現を無事終わらせた後にこのような場を設けられたのはあまりにも不意打ちで卑怯《ひきょう》な攻撃だった。

しかも両親を同席させている。家族全員、互いの発言が互いの行動を制限させないか、飛び火のようなことにならないか悩む状況だ。誰もがうまく反論を紡《つむ》げない間に青藍《せいらん》は鋭利なつるぎのような言葉で葉桜《はざくら》一家を切り裂いていく。

『双子神での季節顕現。今後大地にどんな影響を及ぼすかわからない。その発想に至らないという時点で危機管理能力がなさすぎるっ！　理を曲げた！　不自然な在り方だ！　秋の代行者《だいこうしゃ》の権能とはいえ、死んだ代行者《だいこうしゃ》を蘇生《そせい》させるなど慣例を汚しているっ！』

瑠璃《るり》もあやめもこれまであらゆる暴力と対峙《たいじ》してきた。テロリストとも戦ってきた娘達だ。そんな彼女達が怯《おび》えるほどの気迫で青藍《せいらん》は怒鳴り散らす。

特にあやめは一番動揺していた。秋の代行者《だいこうしゃ》に瑠璃《るり》の蘇生《そせい》を願ったのは他でもない彼女。妹を死なせてしまった体たらくのせいでこうなったと言われてはぐうの音も出ない。

『……夏枢府《すうふ》の役人以外からも春の事件の対応を疑問視する声が多くある。君達双子神はあまりにも不気味だ。今年の顕現を終えて、秋に向かい、冬を終え、また春が来て、来年も顕現しても尚《なお》、大地に異常がないか調査し続けなくてはならない。その調査は誰がする？　君達ではない。そういった想像力が無いのもまた問題だ。私も夏の里の里長《さとおさ》として君達の処遇に関しては慎重な判断を下したいと思っている。ひとまずは……』

その次に、青藍《せいらん》が口にした言葉で夏の姉妹の生活は崩壊した。

『現在、君達が予定している婚姻はすべて白紙に戻す』

これが言いたかったのだろう。青藍《せいらん》は言ってから薄く嗤《わら》った。

『相手側の家にはすんなり納得してもらえた。わざわざ凶兆となり得る娘を家の一員に加えたくないというご意見も頂戴している。どうかご納得いただきたい』

あまりのことに、あやめも瑠璃《るり》もその場で卒倒しそうになった。

兎《と》にも角《かく》にもこうした指摘により双子神は身勝手で不吉なものとして見られるようになった。

不吉な者、凶兆扱いというのは『村社会』に於《お》いては非常に罪深い烙印《らくいん》だ。

時代がもっと古ければ凶兆扱いを受けた者は里で生活を制限され、どこかに幽閉された。

その烙印《らくいん》を受けた者を輩出した家も村八分のような扱いを受けることもあった。

それらの不遇の扱いを、此度《こたび》は四季の代行者《だいこうしゃ》に起きた事柄故に免れていた。

破談だけで済んで良かった。葉桜《はざくら》の家もお咎《とが》めなし。

あとはあの姉妹が一生我慢すればそれですべて丸く収まる。世は事もなし。

それが里の者達の見解だ。四季の代行者《だいこうしゃ》は崇《あが》められてはいるが、四季を運営する大きなシステムの中の歯車に過ぎない。

お偉方が決定したならば、代行者《だいこうしゃ》と言えど家を人質にされている状態で逆らうことは難しい。

瑠璃《るり》達の両親は存命で、これからも青藍《せいらん》やお偉方と付き合っていく立場だ。

批判のせいで両親が疲弊していく姿を瑠璃《るり》もあやめも見たくはない。

それ故、唯々諾々《いいだくだく》と従うしかない今の屈辱的な状況が発生していた。

現代に於《お》いて、これほどまでに本人達の意志が無視された行いが横行するのは、ひとえに四季の代行者《だいこうしゃ》を養育する血族の集団、『里』が閉鎖的な村社会であることが起因している。

神代の頃より続く家々の権威は高く、それに分家が連なり構成されるこのコミュニティーはピラミッド構造だ。その時代、その時代によって繁栄する家の顔ぶれは多少変わりはするものの、里の運営実権を握る一族はほぼ決まっている。正に村社会というわけだ。

お偉方の機嫌を損ねれば、個人だけでなく家族、家族だけでなくその血筋の者全体に不利益がかかるというのが里で暮らす上での暗黙の了解だった。

しきたりやお触れを守らない者は排除される。これは四季の代行者《だいこうしゃ》も例外ではない。

何せ代行者《だいこうしゃ》は血族の中から超自然的に選出されるのだ。ある日突然、里の中のとある家が代《だい》行者《こうしゃ》輩出の栄誉を賜る。ただそれだけといえばそれだけ。

瑠璃《るり》とあやめの生家、『葉桜《はざくら》』は夏の里という村社会でも上位の家門にあたる。大抵のことなら二人の願いは叶《かな》うほどの地位に居るが、今回の決定はそう簡単に覆《くつがえ》せるほどのものではない。

「あやめ、ごめんね、あたし、知らなかったの」

回想から戻り、瑠璃《るり》は扉にすがりながら謝罪を続けている。

どうして葉桜《はざくら》あやめが死んだように動かなくなり、ただ泣くだけになったのか。

それは何も破談だけが原因ではなかった。

「……あやめが、あたしの為に動いてくれてたなんて知らなかった……」

あやめは青藍《せいらん》との衝撃的な会談から、日をまたいで『自分の婚姻は諦める、せめて瑠璃《るり》の婚姻だけは予定通りに』と青藍《せいらん》含め里のお偉方に掛け合っていたそうだ。

しかし、何をするにも青藍《せいらん》からの妨害や苦言が入る。

案の定、どのお偉方の家も会話をするところまで行かず門前払い。

まだ何か抜け道があるはずだと最後は青藍《せいらん》の屋敷《やしき》に通い詰めていたが、ついには門を通しても貰《もら》えなくなり、両親や親戚筋からも諦めろと諭された。

あやめもまた、心がぽっきりと折れてしまった。折れ方は、瑠璃《るり》よりも激しいものだった。

——どうして一人で部屋に閉じこもっちゃったんだろう。

瑠璃《るり》は里に帰還し、破談を聞かされてからというもの、部屋に籠もっていた。

あやめの婚約発表の時のように暴れることも出来たが、それをする気力すら奪われた。

自分だけでなく、姉までこの仕打ちを受ける事態を招いた。それも、自分が復活してしまったことで生まれた夏の代行者《だいこうしゃ》としての歪《いびつ》な在り方のせいだというのだから、姉だけを追いかけて生きてきた瑠璃《るり》がどれだけ絶望したかは筆舌に尽くしがたい。

彼女を失意に陥らせたのはそれだけではなかった。婚約破棄に関して、相手側には既に了承を得ていると青藍《せいらん》に言われたことも大きな悲しみとなった。

瑠璃《るり》の婚約はあやめと違って親同士が決めた見合いだったが、紆余曲折《うよきょくせつ》を経て婚約者と淡い恋を育んでいた。あやめが護衛官《ごえいかん》を辞めたとしても、彼が居てくれるならまだ頑張れる、そう思える相手だったのだ。それが、一転して破談。婚約者に携帯端末で連絡したが不通どころか電話番号が存在していないという機械音声が返ってきた時の衝撃は忘れられない。

もう彼の方はこの理不尽な仕打ちを納得しているのだという事実が追い打ちとなって寝込むまでに至らせた。寝込んで、泣いて、また寝込み、ようやく思考力が戻り始め、そう言えばあやめはどうしているのだろうと久しぶりに部屋から出ると、両親からあやめも部屋に籠もって出てこないと聞かされたのだ。

慌てて部屋に向かった瑠璃《るり》が見たのは、魂が抜けたような状態でただ滂沱《ぼうだ》の涙を流している姉の姿だった。

「あやめ、ごめんね……」

そして冒頭の状態になっているというわけだ。

拒絶された瑠璃《るり》は、扉の前でこの状況を立て直せる言葉を探している。

「あたし、何かあやめに出来ることない……？」

部屋の中からすすり泣きの声は聞こえるが反応はない。

「ご飯持ってこようか？　何かして欲しいことあったら言って……」

——お願い、言ってよ。

祈るようにそう願うが、あやめのして欲しいことは一つだけだった。

「瑠璃《るり》こそ、ご飯食べなさい……」

貴方《あなた》はいま要らない。

「お願い、今は放っておいてほしいの……独りにして」

それがあやめの要求だった。

――ほら、[redacted]ほうが良かったじゃない。

頭の中で、考えてはいけない言葉が溢《あふ》れた。

「瑠璃《るり》、ごめんね……私のことはしばらく放っておいて欲しいの……」

「……お姉ちゃん……」

「ごめんね、瑠璃《るり》」

放っておいて、とまたあやめは涙声で囁《ささや》いた。

――ほら、[redacted]ほうが良かったじゃない。

鳴り響く響く声を追い出そうとしたが、うまくいかない。仕方ないので放置する。

「本当に、本当にごめんね、瑠璃《るり》……だめなお姉ちゃんで、ごめんね……」

――ほら、[redacted]ほうが良かった。

頭の中が、うるさい。

「……」

閉じられてしまった扉を前に、瑠璃《るり》は中々離れられないままだ。

数ヶ月前までは瑠璃《るり》が夏離宮の部屋に閉じこもっていた。あの時は自分を捨てる姉への当然の仕打ちだと思っていたが、本当に愚かだったといまは痛感している。

瑠璃《るり》は扉を少し撫《な》でてから、その場を離れた。


葉桜《はざくら》邸は夏離宮と同じように洋館風の屋敷《やしき》になっている。三階建ての大屋敷《おおやしき》だ。

瑠璃《るり》の私室はあやめの部屋から少し離れた場所にあった。

子どもの頃から変わらない部屋は、ぬいぐるみと観葉植物に溢《あふ》れている。無垢《むく》材を使用した家具、白と緑を基調としたインテリア雑貨は優しい雰囲気を演出していた。

部屋に戻ると、瑠璃《るり》の眷属《けんぞく》である犬や猫、鳥達が足元にじゃれついてきた。それぞれが心配するように鳴き声を出す。夏の代行者《だいこうしゃ》特有の能力として『生命使役《せいめいしえき》』の力を持つ瑠璃《るり》はあらゆる生物との意思疎通が可能だった。彼らがただじゃれてきたのではなく、落ち込んでいる瑠璃《るり》を励ましてくれていることはすぐに理解出来た。

「……みんな、なぐさめてくれてありがとう……」

瑠璃《るり》は重い体を引きずり寝台へとダイブする。身体《からだ》が寝台のスプリングと共によく跳ねた。

すると犬や猫がよいしょよいしょと寝台を登り、瑠璃《るり》に寄り添った。

愛くるしい動物達が主の孤独を埋めようと、どんどん身体《からだ》にのしかかってくる。毛玉に埋もれながら、瑠璃《るり》は今後どうしたら良いのだろうかと考えた。

予定通りなら瑠璃《るり》の結婚式は来年。あやめの結婚式は今年の初秋に行われるはずだった。瑠璃《るり》の婚約者がそのまま代行者護衛官《だいこうしゃごえいかん》になるので、あやめの任期は今年限り。式の後は瑠璃《るり》の婚約者と代行者護衛官《だいこうしゃごえいかん》の引き継ぎ期間となり、十分にすり合わせをしてから満を持してあやめは退職という流れだったのだ。その予定がすっかりなくなってしまった。姉の結婚式の為に用意していた贈り物なども行き場がない。

——誰かに相談したいよ、あたしどうしたらいいの。

婚約者達と最後に話し合う機会すらなくすべてが終わってしまったのだ。既に相手側の電話番号も変えられてしまったので、彼らがいま何をしているかもわからない。恐らく、これほどまでに全方位で手を打たれているなら瑠璃《るり》の婚約者の家に行っても会うことは叶《かな》わないだろう。

そもそも行く勇気がなかった。

瑠璃《るり》はまたわっと泣きそうになる。しかし、携帯端末の着信音が鳴った為、涙をぐっとこらえて画面を見た。もしかしたら婚約者からの非通知着信ではと期待した。

「……もしもし？」

電話の相手は、期待した人ではなかったが。

『瑠璃《るり》様、朝早くから電話してすみません……いかがお過ごしでしたか』

自分の相談に乗ってくれそうな男性第一位の人の声だった。

瑠璃《るり》は犬や猫が驚くほどに勢いよく姿勢を正して端末を震える手で持ち直す。

『瑠璃《るり》様？　聞こえていますか』

声の主は、春の事件で仲を深めた秋の代行者護衛官《だいこうしゃごえいかん》。

『俺です。竜胆《りんどう》です。お声を聞かせてください』

春夏秋冬の共同戦線で戦友ともなった相手。阿左美竜胆《あざみりんどう》その人だった。

『さる情報筋から、お二人が大変な目に遭っていると聞きました。何か俺に出来ることはありませんか？』

瑠璃《るり》は目頭が熱くなった。

「り、竜胆《りんどう》さまぁっ……！」

自分でも情けないと思うほど哀れですがるような声を出してしまう。

「竜胆《りんどう》さま、あ、あのね……あたし、あたし……聞いて欲しいこと、いっぱいあって……」

秋離宮が破壊されてから、秋主従は仕方なく里で暮らしていると竜胆《りんどう》本人から聞いていた。

恐らく秋の里の本殿内から電話をかけているのだろう。生活音や衣擦《きぬず》れの音も聞こえないので、撫子《なでしこ》とは離れた場所に居るのかもしれない。

『聞きます。その為に連絡したので。どうか泣かないでください』

「りんどうさまっ……」

慕う相手からの心配の電話は、混乱していた瑠璃《るり》にとって助け舟となった。嘘《うそ》偽り無く、自分を案じてくれる相手に話を聞いてもらえるだけで人は心の在り方が違うものだ。それも兄のように好いている竜胆《りんどう》なら尚更《なおさら》だった。

瑠璃《るり》は自分達の婚約が破棄になったこと。あやめが失意に陥っていること。状況を改善したくとも打つ手がないことを伝えた。

『そうですか……』

竜胆《りんどう》の方は、この状況をある程度把握しているようだった。

『……残念です……お二人共、婚約破棄なんて……』

「うん……それにしても、このこと誰に聞いたの……？　さる情報筋って誰……？」

『俺も詳しくはわからないのですが……』

竜胆《りんどう》は言葉を濁してから続ける。

『どうやら各里の【一匹兎角《いっぴきとかく》】をまとめている方からのようです。俺の私用のメールアドレスに他の代行者《だいこうしゃ》様に起きている事柄が羅列されていて……』

瑠璃《るり》はきょとんとした。耳馴染《なじ》みにない言葉だ。

『知りませんか？　恐らく夏の里でも問題になってるはずですよ』

瑠璃《るり》は精一杯考えてみたが、やはりわからなかった。

「あたし、顕現の旅に出てたし、戻ってからはずっと引きこもってて……ごめん、知らない」

『そうでした……ご説明しますと……角が生えた兎《うさぎ》は本来ありえないものです。そうした……新しく今までになかった者達、という感じですかね。これに相対するのが【老獪亀《ろうかいがめ》】です』

益々《ますます》頭がこんがらがる。うさぎの次は亀ときた。

「老獪亀《ろうかいがめ》は悪賢くて、てこでも動かない亀、というような意味です。いま俺達が取り巻く環境は【老獪亀《ろうかいがめ》】の者達によって操作されていると言っても過言ではありません。それに反対の声を上げているのが【一匹兎角《いっぴきとかく》】というわけです』

「あたしの知らない間にそんな勢力が……」

『いえ、名前がついただけで、前からあったものですよ。保守主義と革新主義に近いですね』

困惑する瑠璃《るり》に、竜胆《りんどう》は説明した。

まず『保守主義』とは昔からの伝統を守り、改め、新しくしていくことに異議を唱える者達として受け取れる。

そして『革新主義』とは保守とは正反対だ。

伝統を覆《くつがえ》し、これから物事を新しく作り変えていく者達だ。

保守も革新もどちらも良い点と悪い点がある。

今回、竜胆《りんどう》が言っている【老獪亀《ろうかいがめ》】と【一匹兎角《いっぴきとかく》】は各里に存在する保守主義と革新主義に当てはめられた者達を指していた。

『とは言っても定義の本質から逸脱するほどの行為をする者達を指してます。【老獪亀《ろうかいがめ》】は言わば里を牛耳っているお偉方ですよ。変わらない顔ぶれ、権力が集中する家は決まりきってる。伝統を守っている傍《かたわ》ら利権を貪り、権威を維持する為に何かしら理由をつけて物事を自分達の都合の良いようにします。まさに老獪《ろうかい》な亀です。そういうの、夏の里でもありませんか？』

「何となくわかるかも……里のお偉方には逆らっちゃいけないって親からも言われてるし。歯向かったら何されるかわかんないって……雰囲気としてあるよね」

『はい、仰《おつしや》る通りです。これに対立するのが【一匹兎角《いつぴきとかく》】ですね。一匹とわざわざついているのは一人一人が声を上げていくのが大事だからとかなんとか……特に名家でもない家の者や、上の連中のやり方に我慢がならない者達の集まりです。今までもそうした対立の構図はありました。古参兵と一兵卒、考えも経験も生まれた時代も違う者達です。春の事件では現在の四季の里の在り方そのものを見直すべき事態が露呈してしまったので、【老獪亀《ろうかいがめ》】、【一匹兎角《いつぴきとかく》】と名前がつくほどに対立議論が過熱したんですよ。我々は言わば里の暗部に光を照らし、その問題を可視化させてしまったんです。そこに竜宮《りゆうぐう》での暗狼事件《あんろうじけん》と天罰説《てんばつせつ》が絡《から》んだから大変に……』

「えっ待って、急に難しくなってきた……難しい言葉で一気に言わないで！」

瑠璃《るり》は頭の中で言われた単語と対立関係を整理しようとするが、うまくいかない。

とりあえず亀と兎《うさぎ》が仲が悪いのだということだけはわかった。

『ええと……では噛《か》み砕《くだ》いてご説明します。里はいわゆる《お偉方》と呼ばれる偉い人達が居るお家《うち》が幅を利《き》かせていますよね？』

「うん」

『偉い人を怒らせると大変です。何せ権力がありますから、自分や家族に何かされるかもしれません。就職がだめになるとか、何らかの圧力を受けるとか……』

「……大きな声じゃ言えないけど、そういうのあるらしいね……」

『葉桜《はざくら》一門は古くからある名家ですから、そういう憂《う》き目《め》は今までなかったでしょうが、そういうのあるどころかよくあることです』

「……」

自分が大層な箱入り娘であることは自覚していたので、瑠璃《るり》は何も言えなかった。

『お偉方が良い人ばかりならよかったんですが、里はそうでない人で固まっていることが多いです。偉いのでちやほやされたり我儘《わがまま》が通るのが当たり前の状態がずっと続いていて……それでそういう人の息子とか娘が後を継ぐので同じく自分が好き勝手出来る為の地盤固めしかしなくなるんです。里は、長い歴史の中で大変よくない人達が権力を握るようになりました』

これも瑠璃《るり》は理解出来た。親戚が集まると大体、お偉方や他家の話になる。

やれあそこの家がやらかした、お偉方が制裁したようだ、あそこは縁談で盛り返したなど、大人達は嬉々《きき》として語る。こういうことを小さい頃から聞いているせいで、自然と偉い人に逆らってはいけないという思想もインプットされていくのだ。

『里に限らず歴史上、民草の世界でも同じことは起こっています。権力があるところには清い志を持つ者と同数、良くない志の者も集まるんです。そして良くない志の人のほうが意外と世渡りが上手で大成したりするんですよ。権力者が好き放題してるとどうなるか？　悪いことだとわかっているけど偉い人に従う人、偉い人に自分だけ良くしてもらう為に他を蹴落とす人、そういう人がたくさん出るという悪《あ》しき部分が出来上がってしまうんです』

竜胆《りんどう》は生真面目に子ども向けの説明をしている。

瑠璃《るり》も生真面目にうんうんと頷《うなず》き続ける。

『さて、ここで一旦、話を別の物に変えます』

「変えちゃうの……？　あたしついていけてる？」

『ついていけてますし、ちゃんと話は戻ってきますよ。それでですね……春の事件では過激派賊集団【華歳《かさい》】に味方した犯罪者は大きく分けて二種類居ました』

瑠璃《るり》は無意識に眉をひそめた。彼女自身も事件の最中、裏切りを受けて自分達の情報を敵である【華歳《かさい》】に流されていたからだ。

『まずは快楽を求めた者達。お金に目がくらんだ者、もしくは刺激を求めてという阿呆《あほう》な動機で犯罪に手を染めた者達です』

「阿呆《あほう》じゃん……」

『この快楽を求めた者達の多くは里のお偉方の近親者でした』

「阿呆《あほう》の極みだよ……」

そういう理由でやったようだと聞いてはいたが、改めて親しい人の口から聞くと、知りもしない人達が犯した罪にがっかりした。

『そしてもう一種類の犯罪者は、怨恨《えんこん》です』

「えんこん……って、誰が誰に？」

『美味《おい》しい汁を吸うのは自分達だけ、という【老獪亀《ろうかいがめ》】の犠牲になった人達です。そういう人達が里や四季庁《しきちょう》といった組織そのものを憎んで【華歳《かさい》】の味方についていたりしたんですよ。ほら、里での仕事も四季庁《しきちょう》への入庁で良いポストに就くのも、コネクションなしには出来ない背景もありますし……どんなに頑張っても家柄が良い者には勝てないという構造があります。代行者《だいこうしゃ》のことはどうでもいいけど、里や四季庁《しきちょう》の在り方はムカつく。テロリストに協力して大事件を起こして為政者に一泡吹かせてやろう……そういう人が少なからず居たんです』

「そこで何であたし達はどうでもいいの！」

『……四季の代行者《だいこうしゃ》はどうしても《機能》として見る者が多いので……』

瑠璃《るり》は潤んだ瞳で恨み節を込めて言う。

「あたしとあやめが本気出せば里とか潰せますけど……」

『……その考えは一度置いてもらって、話を続けます。しかしですね、追及されるべきは裏切り者だけではなく、敵対組織との癒着すら生んだ環境そのものでもある気がしませんか？』

「環境……？」

『代行者《だいこうしゃ》への扱いだって、里のお偉方の考えでかなり左右されますよ。これも環境ですよね。里のお偉方がそれで良しとしているので瑠璃《るり》様達は道具扱いなんです』

「……確かに」

『国家治安機構《こっかちあんきこう》が四季関係者から出た逮捕者の取り調べをしたところ、快楽を求めた者も怨恨《えんこん》でやった者も、ほとんどの者が犯罪を犯した理由の一つに息苦しさを挙げたそうです。【華歳《かさい》】は内部に人を送り込み、この抑圧された村社会から逃れたい願望を持っていた者達を的確に狙い撃ちにして仲間にしていたんですよ。春の事件後、責任問題は誰か一人に押し付けられるものではなく、現在の四季庁《しきちょう》並びに四季の里の在り方こそ問うべきだろう、という風潮になったんです。そういうことを問題提起した人達が【一匹兎角《いっぴきとかく》】です』

何もかもクリーンな集団というのは存在しないだろう。

だが、春の事件というのは言い逃れが出来ないほどにまずい部分が露呈してしまったのだ。

「え、良いんじゃないの？　良い集団ってことだよね……【一匹兎角《いっぴきとかく》】って」

瑠璃《るり》は素直に【一匹兎角《いっぴきとかく》】に頑張ってもらいたいと思った。

里のお偉方の考えを少しでも変えてもらえれば、自分とあやめの結婚だってまた可能になるかもしれない。

しかし竜胆《りんどう》は瑠璃《るり》の淡い期待をすぐ打ち砕いた。

『一概に良くはないですよ』

「どうして？」

『だって怨恨《えんこん》でやった人達はこの腐りきった在り方に風穴を開けてやりたい、せめて騒動でお偉方を慌てふためかせ、あわよくば顔に泥を塗ってやりたいという人達ですから。【一匹兎角《いっぴきとかく》】の成れの果てでもあります』

「だ、だめじゃん……【一匹兎角《いっぴきとかく》】」

『まあまあ、過激なのは一部ですから……それでですね、【一匹兎角《いっぴきとかく》】は若者や力のない家柄の者が多かったりします。今まで踏みつけられていた人達がこれはおかしいと声をあげ始めました。ちゃんとした考えの【一匹兎角《いっぴきとかく》】達は代行者《だいこうしゃ》の在り方にも怒って擁護してくれています』

「う、嬉《うれ》しい……そんな人が増えたらいいのに……」

『でもこれって【老獪亀《ろうかいがめ》】からすればまずくないですか？』

「えっ……」

竜胆《りんどう》は聞いている瑠璃《るり》を翻弄するように囁《ささや》く。

『【一匹兎角《いっぴきとかく》】の人達が黙っていてくれたら彼らの生活は変わりません。耳障《みみざわ》りな声は聞かなくて済むんです。苦しい思いをするのは他の人間だけで十分。自分達は楽して生きていたい。それが【老獪亀《ろうかいがめ》】の成れの果ての連中です』

「……」

『そういう腐った奴《やつ》の思考からすると、とりあえず自分達のやり方が非難される現在の状況を何とかしたいですよね』

「……竜胆《りんどう》さま？」

竜胆《りんどう》の声に熱が入ってきた。

『他のところに目がいって欲しいというか……色々起きている都合の悪いことは全部別の人のせいにしたくないですか？【老獪亀《ろうかいがめ》】の立場からすると問題の矛先を変えてしまいたいはず』

竜胆《りんどう》の語りは止まらない。彼が熱が入る語りをするのと相反して、瑠璃《るり》はどんどん体温が下がってきた。しかし竜胆《りんどう》は構わず続けてしまう。

『そして、糾弾の矛先を向けるなら、こうなった原因に向け返したほうが良い……瑠璃《るり》様も薄々勘付かれているのでは？』

瑠璃《るり》はわけのわからない今の状況が、ようやく頭の中で整理され始めた。

今まで見えなかったことが急に見えてくる。

『天罰説《てんばつせつ》は家名に泥を塗られた【老獪亀《ろうかいがめ》】が根回しして流布《るふ》させたことなんですよ』

見えてきたのは、純粋なる悪意だった。

『俺達は……知らずしらずの内にでかいことをやってのけていたんですよ』

目を背けたくなる暗闇の部分だ。

『季節同士で協力し、賊退治。おまけに四季庁《しきちょう》や各里から出た裏切り者、離反者まであぶり出しました。春の事件で【老獪亀《ろうかいがめ》】の連中の家から逮捕者は多く出ているんです。いま、彼らは非常にまずい立場に置かれています』

瑠璃《るり》は途端に目眩《めまい》がした。代行者《だいこうしゃ》は人々の為に奉仕して生きる存在だ。

里や四季庁《しきちょう》は本来支えてくれる存在のはず。

その彼らが、使命を放棄して自己の保身の為に代行者《だいこうしゃ》を攻撃している。

『だからこちらの立場が悪くなるような説が広がったんです。自分達の過失への目くらましですね。瑠璃《るり》様はご自身のご結婚がどうして急に破談になったのか不思議に思いませんでしたか』

何と愚かなのか。だが攻撃している側は自分達のことを愚かだとは思わないのだろう。

『凶兆扱いなんていうのは建前で、貴方《あなた》に自分達の影響力を見せて服従させたいだけです。理由が出来たのでこれ幸いと叩《たた》かれているだけなんですよ。このままでは良くない』

《ほら、やっぱり》

竜胆《りんどう》の言葉を聞きながら、瑠璃《るり》は色んなことがようやく頭の中で繋《つな》がった。

そんな言葉が頭の中に浮かぶ。

——ほら、[redacted]ほうが良かったじゃない。

あまりにも冷ややかで、突き放した声だ。

『俺達が言いなりになればなるほど、事態は悪くなる。もはや、静観している場合でも、悲観して逃げている場合でもありません。俺は瑠璃《るり》様に立ち上がって欲しいのです。現状を打開出来るのは夏のお二人だと確信しています』

——ほら、[redacted]ほうが良かった。

どんなに頑張っても、嫌われるというのは辛《つら》いものだ。

好かれたくて、愛されたくて生きている娘なら尚更《なおさら》。

『ですから瑠璃《るり》様、竜宮《りゅうぐう》で……』

竜胆《りんどう》の熱を帯びた語りはそこで途切れた。

『……瑠璃《るり》様？』

瑠璃《るり》がまったく喋《しゃべ》っていないことに気づいた。

「あ、あたし……」

やっと口を開いた瑠璃《るり》は、声が震えていた。

『瑠璃《るり》様、どうしたんですか』

「あ、あた……あたし、どうしよう……」

『何がですか』

「あたし……」

対抗心を煽《あお》り、奮起させ、失意の状態から立ち上がらせる。

『瑠璃《るり》様……？』

恐らくはそれを目的に紡《つむ》がれた言葉は、甲斐《かい》なく終わった。

瑠璃《るり》の言葉が竜胆《りんどう》の心臓を突き刺した。

「やっぱり死んだほうが良かったじゃない……」

『は……？』

竜胆《りんどう》は言っていることが理解出来なかった。

「どうしよう……」

『何を、言ってるんですか……？』

先程までの饒舌《じょうぜつ》ぶりは途端に鳴りを潜めた。

『どうしてそんな思考になるんですか』

声音に焦《あせ》りが混じる。

「あたしが、他の人……叩《たた》かれる原因作ってるってわかったから……」

そんな話はしていない、と竜胆《りんどう》は言いたい様子だったが、瑠璃《るり》の言葉が先に続いた。

「疎《うと》まれてる自覚もある」

『瑠璃《るり》さま……何故《なぜ》そんなことを。何も夏だけ悪く言われてるわけでは……！』

「わかってる。けど、夏の問題は秋にまで及んでいるでしょ」

『……それは、いえ、俺はそういうことを言っているのではなくて……！』

瑠璃《るり》の頭の中でまたあの嫌な声が響き続けている。

「春が一番叩《たた》かれてるけど、そもそも誘拐された代行者《だいこうしゃ》を当時の大人達が救えなかったせいだっていうのはみんながわかってる。雛菊《ひなぎく》さまに過失はない。その点、明らかに過失があるのはあたしだけだよ」

――ほら、[redacted]ほうが良かったじゃない。

「それで厚かましくも生き返っちゃった」

――ほら、[redacted]ほうが良かったじゃない。

「撫子《なでしこ》ちゃんだって、竜胆《りんどう》さまだって悪くない」

――ほら、[redacted]ほうが良かったじゃない。

「二人はあたしを助けようとしてくれただけ。何も悪くない」

――ほら、[redacted]ほうが良かったじゃない。

「あやめも、あともう少しで結婚して護衛官《ごえいかん》を辞めれるところだったのに、あたしのせいで代《だい》行者《こうしゃ》になって結婚も破談になっちゃった」

――ほら、[redacted]ほうが良かったじゃない。

「全部、全部、あたしのせいだ……」

竜胆《りんどう》を困らせたくない気持ちはあるのに、瑠璃《るり》は感情の吐露が止まらなかった。

ようやく抱えていた気持ちは言葉として外に出た。責めるように言いたかった。

「ほら、死んだほうが良かったじゃない」

自分だけはちゃんとその事実に気づいていたのに、どうして、と。

悲しいことに、瑠璃《るり》は確信をもってそう言えた。

「……あやめだって、きっとそう思ってるよ……」

瑠璃《るり》は何もかも嫌になって手のひらで視界を遮る。

降りかかる現実の辛《つら》さを直視したくなかった。

涙で体が溶けてしまえばいいのに。そうしたら死体の処理を人に任せなくていい。

――死んだほうが愛されていたならそのほうが良かった。

こんな運命は望んでいない。

――どうしていつもこうなの。あたし、いつも。

瑠璃《るり》の人生はいつも空回りだ。

何をしても少しずつ誰かに迷惑をかけて、少しずつ嫌われる結果になる。

生きていれば、みんなそうした経験はするものだが、瑠璃《るり》は世界が狭すぎた。

それが耐えられない。

愛されたいと願うことがすべての原動力である娘には耐え難《がた》いものだった。

愛してもらえないなら、死んだほうがいい。

——神様じゃなかったら。

瑠璃《るり》は無意味な『もし』を考える。

あの日あの時、神様に選ばれなければ確かに違った人生を送ることが出来たのではと。

もう何千回も考えた夢だ。

他の女の子が、他の男の子が、代わりに神様になってくれたら今のような絶望や屈辱を味わうことはなかったはず。愛も簡単に手に入ったかも。

——どうして。

だが、いくら『もし』を考えても無駄なことだ。

——神様になんてなりたくなかった。

神様に選ばれたのは瑠璃《るり》だった。生贄《いけにえ》になってしまった娘は、分量の決まった不幸を浴びせられるのを耐えるしかない。泣いたって仕方がない。

葉桜《はざくら》瑠璃《るり》の人生を生きるのは、彼女しかいないのだから。

『……瑠璃《るり》様』

神様になった女の子が平和な生活を送ること自体、とても難しいことなのだ。

竜胆《りんどう》は狂おしげとも言えるほど切ない声を出した。

『どうしてそんなこと……』

瑠璃《るり》を責めている。と同時に守ろうとしていた。

『死んだほうがいいなんて……言わないでください……』

「……だって、あたし、価値がない……」

『そんなことありません。俺は、貴方《あなた》が誰かの為に明るくあろうとしているのを知っています』

「……ちがう」

『悲しみを抱かれていたのに、今まで一度もみんなの前で出しませんでしたね。貴方《あなた》は優しい女の子だ』

竜胆《りんどう》はどうにかして瑠璃《るり》の考えを変えさせたくて言葉を紡《つむ》いでいるようだ。

『俺は知っていますよ。貴方《あなた》は本当に優しい女の子です……』

「うそ……」

『嘘《うそ》じゃありません』

「うそだよ……」

『そう思っているのは貴方《あなた》だけです』

「……」

『貴方《あなた》は素晴らしい人で、生きていたほうが良かった。俺だけじゃなく多くの人がそう思っています』

瑠璃《るり》は嗚咽《おえつ》をもらした。そんなことはない、と言い返す。

もしそうなら。竜胆《りんどう》が言うような人間なら。優しくて誰かに好かれているような女の子ならもっと違った人生をもらえたはずだと。竜胆《りんどう》は泣きじゃくる瑠璃《るり》を嗜《たしな》めるように言う。

『いま起きている事が貴方《あなた》のせいだなんてことはありませんよ。貴方《あなた》が嫌われたくないと思っている人達がそう言いましたか？』

「……言ってない、けど……」

『そうでしょうね。やはり貴方《あなた》の周囲で貴方《あなた》を大事にしてくれている人はそう思っていません』

「思ってるひと、いるよ……少なくともあやめは……」

『瑠璃《るり》様、いけません』

竜胆《りんどう》はそれ以上言わせぬよう咎《とが》めた。

『あんなに妹思いの方はいませんよ……それをわかっているのに何故《なぜ》そんなことを言うのです』

「だって……あたしが悪いから……」

『あやめ様がそう言いましたか？』

「い、言わないからあたしが言うの……！　あやめが言わないから！」

瑠璃《るり》は、いま部屋に閉じこもっている姉を思ってまた泣けてきた。

「本当はそう言いたいはずだもんっ！　でも言わないんだよ！　あたしだけでも言ってあげないと駄目だよっ！　あたし、死んだほうが良かったたって……！」

『……』

「みんな、あたしのことで我慢するばかりじゃん……」

『言っていることは滅茶苦茶《めちゃくちゃ》ですが、貴方《あなた》がどうしてそう言うかは理解しました』

竜胆《りんどう》はよく聞いてください、と前置きをして言う。

『貴方《あなた》がそう思っているのは、意図して悪意ある者達から追い詰められているからです。天罰《てんばつ》説《せつ》や生態系破壊の話が出なければここまでご自分を追い詰めなかったのでは？　よく考えてください』

「……だって」

『俺は、貴方《あなた》達姉妹が好きです。良いようにされている現状が我慢なりません。立ち上がっていただきたくて……色々お話ししました。しかし……いまの貴方《あなた》に言うことではありませんでした……そこは本当に申し訳ありません』

そんなことないと言いたいが、涙と苦しい気持ちが流れすぎて、うまく言葉にならない。

瑠璃《るり》はほろほろと涙を零《こぼ》しながら、竜胆《りんどう》の声を聞く。

『貴方《あなた》が高貴な身分だからお強いのではなく、他者の為に強くあろうとされていた。それを失念していました。色々なことが起きてお辛《つら》いでしょうに、すみません……。ただ、これだけはもう一度言わせてください。死んだほうが良かったなんてことありませんよ』

「……」

『信じてください。貴方《あなた》がご無事だったことを喜ばれた方が何人も居た。俺もです。みんなの気持ちを、なかったことにしないでください』

死んだほうが良かったと言えば、自分を救ってくれた人達に対してあまりにも失礼だから。よかったね、と泣いてくれた家族を悲しませてしまうから。

「……ごめ、ん、なさい……」

だから瑠璃《るり》はずっと我慢していたのだ。でもどうしても言いたかった。嗚咽《おえつ》混じりに謝る。

「竜胆《りんどう》さま、ごめんなさい……嫌なこと言って、ごめんなさい……」

『いえ……』

「誰かに聞いて欲しくて、喉まで言葉がでかかってたの……」

『そうですよね、瑠璃《るり》様のお立場なら当然です。むしろ今まで……よく我慢されたと思います。生き返ったら姉上が代行者《だいこうしゃ》になっていた……なんて、普通は受け止めきれませんから……』

「助けてくれた竜胆《りんどう》さまに言うの、本当に恩知らずだよね……。撫子《なでしこ》ちゃんが頑張ってくれたこと、台無しにしてる……ごめんね……あたし、なんかさ……あたしって本当に……」

瑠璃《るり》は過去の自分を嫌でも思い出す。両親や姉に関心をねだって困らせたこと。

秋の代行者《だいこうしゃ》を救う為にと行動したのに、自分が救われるような結末になったこと。双子神になってしまい、戸惑っている姉を何とか支えようと明るく振る舞っていたが、姉妹共婚約破棄になってしまった途端に寝込んであやめを一人にしてしまったこと。

全部、全部、恥ずかしくて、悲しくて、馬鹿らしくて。自分を呪いたくなる。


「何やってもうまくいかない人生なんだぁ……」


もうわんわんと泣いてしまうことを止められなかった。

どうしてこんなことになったのだろう。どう償えばいいのだろう。他の人だったらもっとうまくやれたのだろうか、もうわからない。ただただ、胸が苦しい。小さな子どもがするように大泣きする。その後は涙も嗚咽《おえつ》も止まらなくて、一時話すこともままならなくなった。

それでも竜胆《りんどう》は電話を切らずにいてくれた。

『瑠璃《るり》様……大丈夫ですか？　タオルやお水はありますか？』

瑠璃《るり》の涙も鼻水も収まると、ようやく竜胆《りんどう》は口を開いた。

「だい、じょぶ……」

『……今すぐにでもそちらに行ってあげたい』

言葉には切実な願いが込められていた。

「……ううん、今はみんなが大変なんだから……撫子《なでしこ》ちゃんの傍《そば》にいてあげて……本当に、ごめんね……でもね、楽になったよ、気持ち……人に聞いてもらうのって大切なんだね……」

『少しでもお役に立てましたか……？』

「うん、すごくなってくれたよ……」

竜胆《りんどう》が否定してくれた。死んだほうが良かったなどと言うなと。それが今の瑠璃《るり》には救いだった。少し落ち着きを取り戻したのを感じ取ったのか、竜胆《りんどう》はやわらかい声で言う。

『そうですか……なら、俺は聞いて良かったと思います』

「ありがとう……さっきのこと……他の人には秘密にしてもらえないかな……あたし、あんなこと、もう言わないから……あたしが言ったってこと自体、秘密にしてほしい……」

『瑠璃《るり》様……』

現状は何も変わらない。ただ、自分には話を聞いてくれる人が居たという事実が随分と心を慰めてくれた。親しい友人に悩みを話して、受け止めてもらって、たくさん泣いた。

「本当に、ありがとう」

心は最初よりずっと軽くなっていた。

『……ですが、あやめ様やご両親とは少し腹を割って話すべきだと思いますが……』

「ううん、いいの。ただでさえ迷惑かけてるのに。また我儘《わがまま》言っているって思われる」

『そんなことありません』

「……そう思われなくても、竜胆《りんどう》さまを傷つけたみたいになると思うから、秘密にしたい……ごめんね」

『わかりました……』

「あと……もう一つごめん……あたしに何か言いかけてたよね？」

竜胆《りんどう》は言《い》い淀《よど》んだ。

『あれは……』

「ごめんね、話を遮っちゃって……竜胆《りんどう》さまも聞いてくれたんだから、あたし聞くよ。……違うね、聞かせてほしいな。立ち上がって、竜宮《りゅうぐう》に……って言いかけてたでしょ。あたしが竜《りゅう》宮《ぐう》で何か出来ることあるのかな……？」

『……ありますが、今の瑠璃《るり》様には酷なことかもしれません』

瑠璃《るり》はまだ瞳に涙が溜《た》まっていたが微笑《ほほえ》んだ。

「大丈夫だよ、竜胆《りんどう》さまに話聞いてもらえて、いま心落ち着いたの。言って？」

『………』

「竜胆《りんどう》さま？」

端末越しに躊躇《ためら》いの感情が伝わってきた。

瑠璃《るり》は言いかけていたのに遮って悪かったなと申し訳なく思ってしまう。

ややあって、竜胆《りんどう》は決意したように言った。

『……これを言うと、また貴方《あなた》を悲しませてしまうかもしれないのですが……』

「なあに……？」

『さる情報筋からによると…… 竜宮《りゅうぐう》の暗狼《あんろう》事件《じけん》はまだ解決していないようです。いま代行者《だいこうしゃ》は様々な理由で評価を下げられていますが……これは挽回《ばんかい》のチャンスではと俺は思うのです』

「ばんかい……？」

『はい。なぜなら、瑠璃《るり》様……貴方《あなた》は生命使役《せいめいしえき》の権能を四季より授かっています。瑠璃《るり》様なら、暗狼《あんろう》を諫《いさ》めることが出来るのではないでしょうか？』

瑠璃《るり》は、ぽかんと口を開けた。

『もし解決できれば、瑠璃《るり》様やあやめ様にかけられた凶兆扱いも、払拭《ふっしょく》されるかもしれません』

しばらく目をぱちくりと瞬《まばた》いて驚いていたが、段々と竜胆《りんどう》の言っていることがわかってきて表情が明るくなる。

『ここは一つ、竜宮《りゅうぐう》に赴いてはいかがでしょうか』

ついには弱々しかった涙声にも力が溢《あふ》れた。

「そ、そっか……！　もし本当に生態系破壊で困ってるなら、それが動物絡《がら》みなら……あたしがどうにか出来るかもしれないんだ！」

『はい、御身は大和《やまと》で唯一それが出来る方かと。あやめ様もそうですが……』

瑠璃《るり》は目の前が急に開けたような心地になった。

たくさん傷ついて、醜態を晒《さら》して、もう後は立ち上がるしかないところまで落ちてしまったせいかもしれない。

「そしたら雛菊《ひなぎく》さまへの非難も減るかな？　他のみんなのことも……」

やれることがあるだけまだ希望がある。

そんな気持ちになれた。

「現人神《あらひとがみ》が原因って言われてるなら、現人神《あらひとがみ》で解決しちゃえばいいんだよね……！」

明るい声になった瑠璃《るり》と反対に、竜胆《りんどう》は低い声だ。

『……そうですね。ただ危険も伴いますので……周囲に言えば恐らく止められます』

「うん……只《ただ》でさえ、勝手な行動はするなって感じの風潮だし……内緒で行くべきかも」

瑠璃《るり》は言いながらもう行動を起こしていた。生来、考えるより動くほうが得意なのだ。

携帯端末を耳に当てながら、寝台を降りて部屋の中の机上にあるタブレット端末に触れる。

まだ手も足も動く。死んだわけじゃない。なら最後まであがいてみたかった。

「これさ、本当なら黄昏《たそがれ》の射手《しゃしゅ》様側と連携取りたいところだけど……あたし達、あっち側のことまったく知らないよね」

『そうですね……さすがに俺もあちらの情報は……ただ、射手様方は空の天蓋を切り裂く為に時間に余裕を持って聖域がある山に入山しているそうです』

「じゃあ目指すは竜宮岳《りゅうぐうだけ》だ」

喋《しゃべ》りながら素早い手付きで端末操作をしていた瑠璃《るり》は最後にタンッと端末画面を指で弾いた。

『瑠璃《るり》様、もしお気持ちが固まるようなことがあれば……よろしければ俺が旅券の手配を……』

「あ、もうやった」

『えっ⁉』

瑠璃《るり》は竜宮《りゅうぐう》行きの航空券を予約していた。それも二名分だ。

「今日の最終便取ったよ。着くの夜だからすぐ調査とか出来ないけど、とりあえず行く」

『……行動力すごいですね』

「えへへ……」

『俺がサポート出来るのはここまでです……俺も撫子《なでしこ》も、秋顕現の準備でしばらく忙しくなります。メールなどは返せると思うので……もし何か進捗があれば教えてください』

「うん、わかった。あたし頑張ってみんなに良いところ見せる！」

『……瑠璃《るり》様』

「いってくるね、竜胆《りんどう》さま」

『……はい、いってらっしゃい、瑠璃《るり》様』

こうして、葉桜瑠璃《はざくらるり》は中傷の始まりである暗狼事件《あんろうじけん》を治める為に竜宮《りゅうぐう》へ向かうことを決めた。

一方、創紫《つくし》の秋の里では違う問題が起きていた。

秋の里本殿。秋の代行者祝月撫子《だいこうしゃいわいづきなでしこ》の現在の居住地。

その本殿の一室で、よく日に焼けた褐色肌の美男子が携帯端末片手に険しい顔をしていた。

相手の反応が良くないのか、顔を横に傾け眉を下げる。黄菊色の髪がさらりと頬を撫《な》でた。

「りんどう」

秋の代行者護衛官阿左美竜胆《だいこうしゃごえいかんあざみりんどう》は声がした方向に振り向く。

彼の愛《いと》しい主が心配そうな顔をしていた。

「るりさまもあやめさまも、でてくださらないの……？」

竜胆《りんどう》の携帯端末は、不通状態を示す音しか鳴っていない。

「はい……昨日も今日もずっとこの調子で……撫子《なでしこ》の端末からもかけさせてもらったんですが、そちらの番号も着信拒否状態に……」

主が泣きそうな顔になったのを見て、竜胆《りんどう》は慌てて言う。

「あのお二人が急にこんなことをなさるはずありません。何かあったと考えるのが妥当かと」

「嫌われたわけじゃない……？」

「……ええ」

竜胆《りんどう》は最愛の姫君を抱き上げながら考える。

——何か起きているのか？

胸中の不安をおくびも見せずに彼女に笑顔を見せる。

——もう夏顕現は無事終えているはず。賊からの攻撃を受けている最中とは思えない。

「撫子《なでしこ》、折を見て他の代行者《だいこうしゃ》様にも確認をとってみます。夏の方々と連絡が繋《つな》がるかどうか」

「うん……でも、もしそれでわたくし達だけ連絡をとってくれていなかったらどうしよう……」

「いえ、そんなことは絶対にありません。夏顕現の旅が終わったらお会いする約束もしていましたし……海の話だって……」

「しらない間にきらわれるようなことしたのかしら……」

——考えられるとしたら、いま起きてる代行者《だいこうしゃ》への批判だが。

「まさか」

——撫子《なでしこ》には話せない。

竜胆《りんどう》は自分の不安を隠すように撫子《なでしこ》を強く抱きしめた。苦しくならないよう、細心の注意を払いながら。

——瑠璃《るり》様、あやめ様、無事なのか？

この場に居る阿左美《あざみ》竜胆《りんどう》は、彼を騙《かた》る誰かが瑠璃《るり》と会話していることなど知りもしなかった。

一つ、また一つと、代行者《だいこうしゃ》達を包囲する悪意が増えている。

まだ誰も、それぞれの首に伸ばされた手に気づいてはいない。

その娘を初めて見たのは夏の日だった。

炎帝が世を抱きしめているような猛暑。

屋敷《やしき》を出たことをすぐ後悔したが歩みは止まらなかった。

存在だけは聞かされていた妹が、春の代行者《だいこうしゃ》になってから月日が少し経《た》っていた。

それまでは微塵《みじん》も会ってみたいと思わなかったが、私はついに行動を起こすことにした。

先代の春の代行者《だいこうしゃ》、雪柳紅梅《ゆきやなぎこうばい》が逝去し、その娘が次は『神様』の生贄《いけにえ》にされた。

そこで俄然《がぜん》会ってみたいと思ったあたり、自分の性根の悪さが露呈している。

どれだけ貧乏くじを引いたらそんな人生になるんだろうな、と。

そろそろ羽をもがれた蝶々《ちょうちょう》でも見に行くかという遠足気分だったのだ。

あの頃の私ともし邂逅《かいこう》出来るなら、縊《くび》り殺してから死体すら残さないで消してしまいたい。

愚かだった。憎しみに溢《あふ》れた子ども時代を過ごしていたにしても、愚かすぎた。

自分が幼い頃から置かれた環境の悪さが、少なからずあの母娘《おやこ》のせいだという思いが何処《どこ》かにあったのだろう。父親は春の代行者《だいこうしゃ》をお手つきにして娘を産ませ、私の母親は今でも気が触れている。私は父親にとって出世の道具でしかない女から生まれた可愛《かわい》くもない子どもだ。

もはや誰が悪いのかわからないほど、私を取り巻く人間関係は最悪だった。

人間はみな卑《いや》しく浅ましい生物なんだろうなと刷り込まれる為にあるような地獄で育った。

だから、何の苦労もせず生きているであろう娘に天罰が下って嬉《うれ》しかったのだ。

里に生きる者で四季の代行者《だいこうしゃ》になりたい者など居ない。ざまあみろ、と思った。

その気持ちは彼女が住まう屋敷《やしき》に着くと、急速に萎《しぼ》んでいくのだから思い返しても本当に。

嗚呼《ああ》、本当に、私は愚かで嗤《わら》える。


そこは、花葉《かよう》の娘が住むような屋敷《やしき》ではなかった。


塀が汚いのだ。恐らくは里の馬鹿な悪童どもが書いたであろう汚らしい落書きにまみれていた。何故《なぜ》、消さないのだろう。品格を求められる現人神《あらひとがみ》が住む屋敷《やしき》ではない。

彼女が現人神《あらひとがみ》ということを一旦横に置いたとしても、私と同じ花葉《かよう》の一門の人間が住む所ではない。里長《さとおさ》は何故《なぜ》これを許しているのか。

父はこの惨状を知っているのか。色々と疑問が浮かんだが、答えは一つだった。

知らないわけがない。支配することを欲求としているあの二人が、把握していないはずがないのだ。では、これは知っていて放置されているといえる。

『……』

葬式が終わってからまだ幾つも月日が過ぎたわけでもないのに。

本当に、守られるべき者が住む屋敷《やしき》なのか？

もしかしたら此処《ここ》に来るのはまずかったのかもしれない。私は知らなくて良いことを知ろうとしているのではないだろうか。そんな気持ちが徐々に私を襲ってくる。

私が彼女を憎めなくなる何かが待っている気がする。

それは良くない。私は憎んでいたいのだ。

そう思ったが、此処《ここ》まで来たのに顔一つ見ずに帰るのはしゃくだった。

私はそのまま小汚い屋敷《やしき》へと入っていった。

彼女の屋敷《やしき》には堂々と正門から入ったのだが、人にまったく見つからなかった。

——確か五歳か六歳だと聞いたが、何人でその子どもの世話をしているのだろう。

不審者がするすると入れる警備と、人の配置の少なさに驚く。

——彼女は私の父が本当に愛した女との間に生まれたのでは？

父親は跡取りの存在は大事なようで、自分に与えられる教育や衣食住に不足は無かった。

里の名家、花葉《かよう》にふさわしい待遇と敬いを受けていた。

——では此処《ここ》に居る娘は？

段々と嫌な気持ちになってきた。私は此処《ここ》に醜悪な子どもを見に来たのだ。

愛されて生まれてきた、何の苦労も知らない、しかし罰が下って現人神《あらひとがみ》になってしまった愚かな子どもを。そしてその子どもに会ったら言ってやるつもりだった。

『お前の母親が私の父をたぶらかした』
『お前とお前の母親、その存在が母を狂わせた』
『何故《なぜ》生まれてきた』
『花葉《かよう》家にふさわしくない妾《めかけ》の子』
『いいか、お前は嫌われている。里中から』
『お前が四季の代行者《だいこうしゃ》になったのは罰だ、罰が下ったのだ』
『私がどれほど惨《みじ》めな思いでこれまで生きてきたか、お前は知らない』

考えられる限り、あらゆる罵詈雑言《ばりぞうごん》をぶつけてやる。
そうして泣かせてやる。一矢《いっし》報いてやりたい。私がこうもひねくれた原因に。
私はそう思っていた。本当に思っていたのだ。嘘《うそ》ではない。私は妹が嫌いだったのだ。
死ねと思うほど憎んでいた。
その妹をようやく傷つけてやることが出来る。
これで少しは私の辛《つら》い人生も浮かばれるものだ。
本当に、そう、思っていたのに。
意気込んで屋敷《やしき》内を徘徊《はいかい》していた私は、やがて音を聞く。

誰かが泣いている声を。

それまで悪辣《あくらつ》なことを考えていた思考はぴたりと止まり、不安が身体《からだ》を支配した。

私は周囲を見回す。誰も駆けつけない。おい、泣いているぞ。子どもが。

『……』

そのまま黙っていたが、どうも屋敷《やしき》内に人が居ない。通いで世話をしに行っている者が居るはずだが、何をしているのだろう。幼子が泣く声は響き続ける。

私は、その時には恐らくもうわかっていた。

うだるような暑さの日。十にも満たぬ子どもが放置されている時点で、その娘がどんな扱いを受けて生きているのか察することは出来る。

愛されているなどと想像していたのは私の勝手な妄想で、恐らくは誰からも愛されていない。

この屋敷《やしき》に居るのは、臭いものに蓋をするように扱われているだけの存在。世界への供物《くもつ》だ。

私は、妹が居るであろう部屋の襖《ふすま》を少しだけ開けて中を見た。

心臓が嫌に高鳴ったのを覚えている。


そこに居たのは、小さな女の子だった。

本当に小さな、小さな、自分よりもずっと幼い女の子だった。

私が憎しみを抱いているると伝えたとしても、理解が出来るかわからないほどに幼い命だった。

しかも、放置されている。畳の上でうずくまって泣いていた。

この年の子どもが泣いていて、どうして誰も駆けつけないのか。

何をしている、大人は。仮にも春の代行者《だいこうしゃ》だぞ。この国の春と言うべき娘を、何故《なぜ》。

私は泣いている彼女が嗚咽《おえつ》まじりに『母さま』、『なぜいっしょじゃないの』、『わたしもつれていって』という悲鳴にも似た泣き声を上げ続ける姿に耐えきれずその場を後にした。

――見なければよかった、見なければよかった、見なければよかった。

そんな言葉がぐるぐると頭を支配した。

あの屋敷《やしき》に居たのは、大人達に翻弄され、重圧と寂しさに泣いているだけの幼子だった。

誰かが守ってやるべき年齢だが、複雑な立場が誰をも遠ざける。

その日から私の心に妹は棲《す》み着いた。

朝も、昼も、夜も、あの娘のことをふと考える、どうしているだろうかと。

私は別にただの子どもを虐《いじ》めたいわけではなかったのだ。

だって、あれは私が思うような者ではない。

もっと特別で、愛されていて、叩《たた》かれてもよい存在で、私のほうが惨《みじ》めで悲しい生き物だと。

そう思っていたから、だから、私は。

私は、お前を、お前を、憎んでいられたのに。

雛菊《ひなぎく》、愛すかどうか迷っている内にお前は死んでしまった。

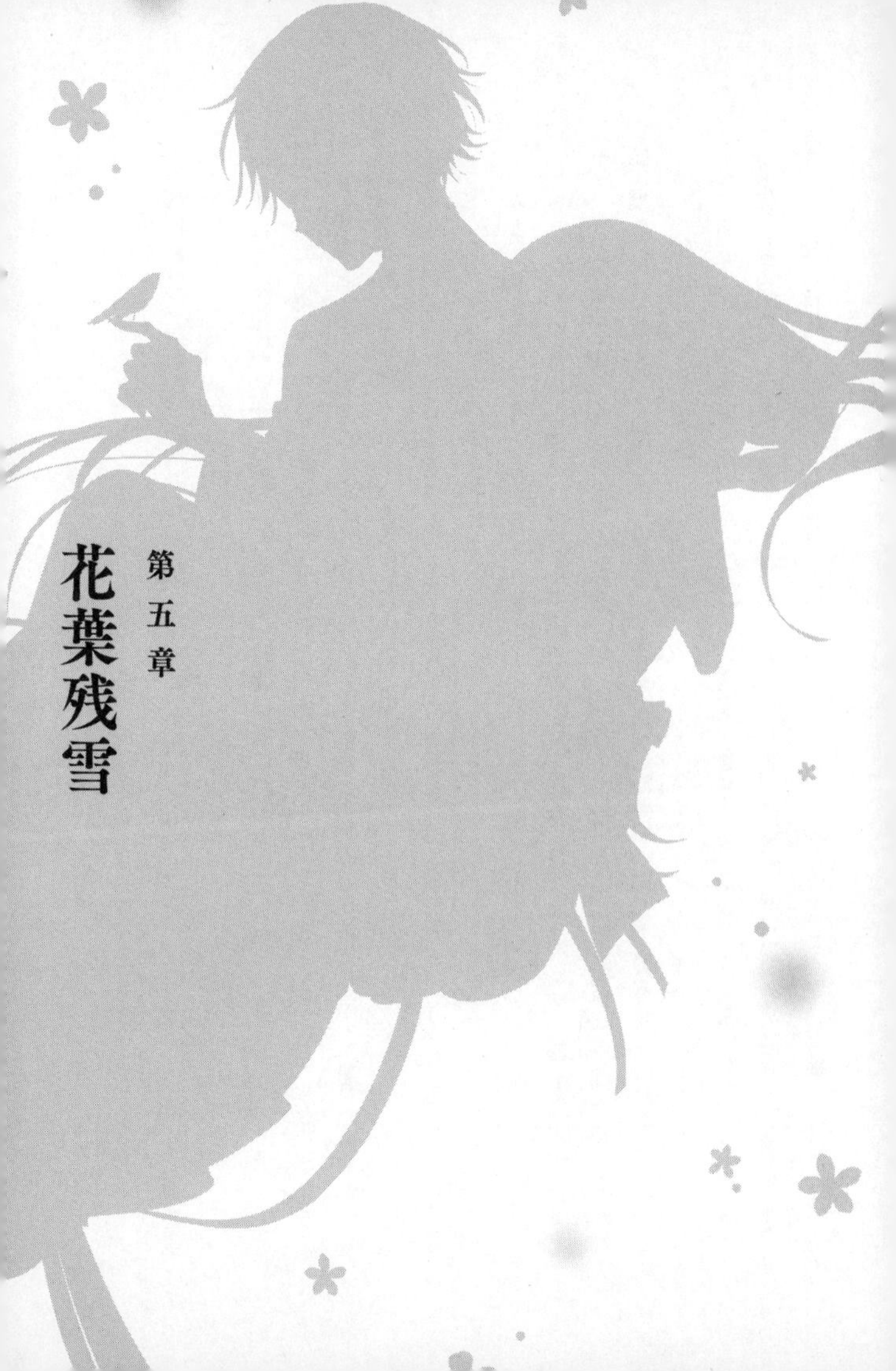

第五章
花葉残雪

「お初にお目にかかる。春の里、春枢府《すうふ》に所属している花葉残雪《かようざんせつ》だ」

春主従と冬主従が帝州《ていしゅう》で過ごした楽しい時間は既に終わっていた。

時計の針は進み、深夜十時過ぎ。硬い表情の面々がホテルの部屋で一堂に会していた。

春の代行者護衛官姫鷹《だいこうしゃごえいかんひめだか》さくらと、冬の代行者寒椿狼星《だいこうしゃかんつばきろうせい》、その代行者護衛官寒月凍蝶《だいこうしゃごえいかんかんげついてちょう》。

彼らが対峙《たいじ》するように見ているのは春の里の大物だ。

春枢府《すうふ》とは里長《さとおさ》が主体となる里運営の機関のことを指す。春だけではなく他の里にも枢府《すうふ》は存在し、独自で里内の政治を行っている。

しかし彼が大物というのは枢府《すうふ》に所属しているからではなかった。

母親は古くから帝州《ていしゅう》に根付いていた白藤《しらふじ》家の出身、保有していた山々や土地が高騰化したことから不動産王とまで呼ばれることになった一族の末裔《まつえい》だ。父親は春の里で次期里長《さとおさ》と謳《うた》われる花葉春月《かようしゅんげつ》。残雪《ざんせつ》はその二人の息子、つまり雛菊《ひなぎく》の腹違いの兄でもある青年だった。

「さて、何から話そうか……」

そうつぶやいた残雪《ざんせつ》はその名にふさわしい容姿をしていた。年齢は二十代前半くらいだろう。風雅な着物姿だ。白雪のように透明感があり輝く肌、色素の薄い髪。春の男というよりは、冬の中に居るほうが似合いに見える。

恐らく母親似であろう顔立ちは繊美で儚《はかな》い。しかし本人の内面から醸《かも》し出《だ》す雄々しい雰囲気と、背中に鉄の板でも入ってそうな美しい姿勢も相まって凛々《りり》しさも兼ね揃《そろ》えていた。

──雛菊《ひなぎく》とは似ていないな。

狼星《ろうせい》は改めて彼をまじまじと見ながら思う。雛菊《ひなぎく》が可憐《かれん》な一輪の花なら、残雪《ざんせつ》は寒空に浮かぶ孤月のようだ。容姿も、纏《まと》う空気もまったく違う。二人が半分だけでも血が繋《つな》がっていると言われても信じられないほどに。

──本当に信用できるのか？

残雪《ざんせつ》の母親は、雛菊《ひなぎく》とその母である紅梅《こうばい》を嫉妬から殺害しようと試みた女性だ。悲劇の背景には、雛菊《ひなぎく》の父親と母親が元々恋仲でありつつも、残雪《ざんせつ》の母親の横恋慕により引き裂かれてしまったという事情があるが、雛菊《ひなぎく》の父親、つまり花葉春月《かようしゅんげつ》の不貞であることには間違いない。暴挙に出たことについては擁護の余地がないが、正妻の怒りは正当なものだろう。

そして花葉残雪《かようざんせつ》は裏切られた正妻の息子だ。

雛菊《ひなぎく》と彼が複雑な間柄であるのは間違いない。残雪《ざんせつ》からすれば、自分は正妻の跡継ぎ息子、雛菊《ひなぎく》は妾《めかけ》の子ども。母親が精神的に折れてしまった原因。好ましい相手ではないはず。

狼星《ろうせい》はさくらに視線を移した。さくらは目線に気付くと安心しろと言うように頷《うなず》いて見せた。

──でもさくらが信用してるんだよな。

狼星《ろうせい》は先に残雪《ざんせつ》側の事情を聞いていた。姫鷹《ひめだか》さくらと花葉残雪《かようざんせつ》の関係性についてだ。

簡単に言うと、それは雛菊《ひなぎく》を見守る同士のようなものだった。

花葉残雪《かようざんせつ》は雛菊《ひなぎく》が【華歳《かさい》】のアジトから単独脱出して春の里に戻ってから、同じく里に戻ったさくらに接触して『妹を守って欲しい』と保護を願い出たらしい。

それが雛菊《ひなぎく》に内緒で紡《つむ》がれた二人の縁だ。

立場上、そして自分の母親の手前、雛菊《ひなぎく》とおいそれと言葉を交わすことも出来ない残雪《ざんせつ》は妹を守りたいが守れないと悩み、苦肉の策で護衛官《ごえいかん》であるさくらに接触。

以降もさくらを通じて雛菊《ひなぎく》を見守ることにしたという。

風向きが変わったのは春夏秋冬の共同戦線が敷かれてから。

大規模なテロが起きようとしていると関係者全員が肌で感じていた。

テロとの戦いに備えて、里内からも四季の代行者《だいこうしゃ》の支援をもっと手厚くすべきという意見が出始めた。

残雪《ざんせつ》が動くことに戸惑いと否定の意見も出たそうだが、春の代行者《だいこうしゃ》が復帰早々、賊からの攻撃に晒《さら》された事態を軽く見てはいけないと反対を押し切ったそうだ。

今まで協力してこなかった春夏秋冬の代行者《だいこうしゃ》と護衛官《ごえいかん》が協力体制をとった状況も行動のきっかけと理由になった。

【華歳《かさい》】との戦いは短期決戦で終わった為、結局は事件の最中ろくな援護が出来なかったが、動向を見守っていたことで事件後速やかに帝州《ていしゅう》での各四季の代行者《だいこうしゃ》の宿泊場所の提供を実行。

現在は春主従に向けて個人的に経済支援をしているとのこと。

その為、雛菊《ひなぎく》とさくらは里に帰らず、常時セキュリティが万全な海外要人御用達《ごようたし》の宿泊施設、帝都《ていと》迎賓館の一角を残雪《ざんせつ》から渡されて、そこで過ごしているという。

援助のやり方は不動産王の孫ならではだろう。

——胡散臭《うさんくさ》い。

宿泊施設の支援者の話は狼星《ろうせい》も事件直後に聞いていたが、まさかそれが残雪《ざんせつ》だとは思わなかった。冬も事件後に帝州《ていしゅう》に滞在していた時は帝都《ていと》迎賓館の世話になったが、やはり胡散臭《うさんくさ》いと狼星《ろうせい》は思う。見返りを求めず、身銭を切る公明正大な行動は褒められるべきだが信用ならない。

狼星《ろうせい》のこの感情は春の里自体に不信感があるせいでもある。

雛菊《ひなぎく》誘拐後の捜査を三ヶ月で打ち切り、冬の里に丸投げ。

この振る舞いを年月が経《た》ったからと言って水に流そうとは思えない。

あの時雛菊《ひなぎく》を見捨てる決断を下した者達はまだしぶとく生きていて、自分達の都合の良いように春の里で政《まつりごと》をしているに違いない、と狼星《ろうせい》は考えている。

そして残雪《ざんせつ》は里の政《まつりごと》を司《つかさど》る春枢府《すうふ》所属。

雛菊《ひなぎく》を見捨てた決定をしたであろう里長《さとおさ》の孫だ。

——滅茶苦茶《めちゃくちゃ》怪しいだろ。

狼星《ろうせい》は残雪《ざんせつ》が味方の皮をかぶった敵なのではという疑念を抱いている。

――腹の探り合いをするしかない。

狼星《ろうせい》は凍蝶《いてちょう》を見る。

凍蝶《いてちょう》は狼星《ろうせい》よりも前に残雪《ざんせつ》の存在をさくらから聞いていたらしい。

普段もそうだが、落ち着いた様子だ。主である狼星《ろうせい》に言わなかったのは、状況を見極める為に静観していたとのことだが。

――早めに言っておいてくれよ。

狼星《ろうせい》は無言で凍蝶《いてちょう》を睨《にら》んだ。

「残雪《ざんせつ》様」

さくらが彼の名前を呼ぶ。それから心配そうに隣の部屋の壁を見た。

何を心配しているかわかったのか、残雪《ざんせつ》が先程より少し柔らかい声音で言う。

「姫鷹《ひめだか》さくら、大丈夫だ。扉の前は護衛陣で固めているし、中には燕《つばめ》を入れている」

こんな声も出せるのか、というほど優しげな声だった。

狼星《ろうせい》はそれにも驚いたが、発言の内容に眉をひそめた。

残雪《ざんせつ》はそれを目ざとく見て、補足して話す。

「言葉が足りなかったな。燕《つばめ》は私の従者だ。鳥のことではない。名を阿《あ》星燕《ほしつばめ》……冬の代行者《だいこうしゃ》様とは一度顔を合わせている。失礼があったようで……代わって詫《わ》びよう。代行者《だいこうしゃ》様への礼を欠いてすまなかった」

狼星《ろうせい》はさくらに虐《いじ》めるなと言われた少年のことを思い出した。平静な声で返す。

「子細なし。こちらこそ従者には悪いことをした」

狼星《ろうせい》の言葉を聞いて、残雪《ざんせつ》は口の端を上げた。

笑うと少しだけ幼く見える。残雪《ざんせつ》は二十歳かそこらだと聞かされたので、狼星《ろうせい》からすると同世代の青年にあたる。

「いや、代行者様《だいこうしゃ》は燕《つばめ》を子どもとして扱わず、遣いとしてちゃんと見てくださっただけだ。私の教育が至らぬばかりに不快な思いをさせた。貴方《あなた》の立場からすると当然の反応だ。私はあまり気軽に出歩ける身分ではないので……これからもあれに伝達を頼むことが多くなるだろう」

残雪《ざんせつ》は静かに腰を折って謝罪の姿勢を見せた。

「長い目であれの成長を見てやって欲しい」

「……相わかった。顔を上げてくれ。立ったままでは話がしにくい。座らないか」

狼星《ろうせい》の言葉で、皆、長椅子に腰掛ける。

この青年が根回ししたというホテルは帝州《ていしゅう》御伽《おとぎ》キングダムからほど近く、人気の宿泊施設だった。海外からのお客も多いせいか、ただ寝るだけというよりかは長期宿泊者の為に生活全般が困らない部屋の作りをしていた。三人が居る部屋は複数人が歓談や休養をするような広いパーラールームだ。雛菊《ひなぎく》はほぼ真横の別室で寝ていた。

「それで、残雪殿《ざんせつ》……でいいか？　そちらの用件を聞く前に、尋ねたいことがあるんだが……」

狼星《ろうせい》の言葉に残雪《ざんせつ》は頷《うなず》く。

「もちろん、答えよう。突然の接触にも拘わらず応じてくださった礼だ」

聞きたいことは山程あったが、まずは素朴な疑問からにしようと狼星《ろうせい》は尋ねる。

「何故《なぜ》、重要な話とやらに花葉雛菊《かようひなぎく》を同席させない？」

残雪《ざんせつ》は動揺こそ見せなかったが、狼星《ろうせい》を見る視線に憂いが混じった。

「さくらから聞いたが、残雪《ざんせつ》殿は春主従の現在の居住地である帝都《ていと》迎賓館も無償で提供しているとか。貴殿がいくら資産を持っていようとも、簡単に出来ることではないはず。ひな……春の代行者《だいこうしゃ》は言えば感謝すると思うが、会わない理由は何だ？　何故《なぜ》、彼女を排除する」

残雪《ざんせつ》は苦笑する。

「そこから聞くか……冬の代行者《だいこうしゃ》様は直球だな」

それでも、だんまりをするつもりはないのか、ちらりと雛菊《ひなぎく》が眠っている部屋のほうの壁に視線を向けてからまた狼星《ろうせい》を見る。

「理由は簡単だ。妹からすれば私は怖かろう」

狼星《ろうせい》は目を瞬《またた》いた。残雪《ざんせつ》が『妹』と言ったからだ。

――この男は、雛菊《ひなぎく》をちゃんと身内として認識しているのか。

狼星《ろうせい》はまずそこに驚いた。

「会ったこともない、自分を殺しかけた女の息子だ。その私が突然近づいてきたら警戒されるのは目に見えている。私はあれを怖がらせたいわけではない」

「それは……」

「だから会わない。それだけだ。話の共有も後で代行者《だいこうしゃ》様方にしてもらうほうがいい」

簡潔な返答だった。

「感謝されたいわけでもない……接触して交流する気もない……益々《ますます》疑問だ。それならば援助をしてやりたいという気持ちはどこから来ている？」

「罪悪感故に」

また簡潔な返しだ。狼星《ろうせい》は残雪《ざんせつ》の表情から思考が読み取ることを諦めた。

彼はそういうボロを出さない。

なら、揺さぶりをかけるには会話しかない。

「……罪悪感とは御母上《おははうえ》のことか？」

「ははっ」

残雪《ざんせつ》は嗤《わら》った。

「何故《なぜ》、笑う」

「母親の奇行があらゆる場所に知れ渡っていることが恥ずかしくてな」

もしかしたら触れられたくないことだったのかもしれない。

残雪《ざんせつ》は急に雄弁な語りになった。

「母のことを言われると辛《つら》い。だが、その罪の償いをすべきなのは我が父、花葉春月《かようしゅんげつ》だろう。私にその責任を求められても困るな。血縁関係者として申し訳ない気持ちはあるが……」

残雪《ざんせつ》の長い睫毛《まつげ》が伏せられた。

何を喋《しゃべ》っても雪の中で静かに語っているように聞こえる男だ。

その内面が冬の世界に閉ざされてよく見えない。

「援助する理由は……私自身が妹を憎んでいて、放置したことを後悔しているからだ」

「……」

「私は、残念なことに、あまり良い家庭環境で育っていない」

残雪《ざんせつ》は吐き捨てるように言う。

「その原因をどこかになすりつけたかった。あれは良い対象だった。大人達もこぞって私に悪口を吹き込んでいたから、私も……貶《おとし》めていい対象だと勘違いした」

警戒心を増し続ける狼星《ろうせい》のまなざしから、しかし残雪《ざんせつ》は逃げることはない。

「今では妹を憎むのがお門違いということがちゃんと理解出来ている。子どもの時分にはそれがわからなかった。私も、成長過程で間違いに気づいた」

淡々と視線を受けとめ、降る雪のような囁《ささや》き声《ごえ》で言う。

「気づいて、私は揺れた。妹と会話をしてみるべきだろうか。もしかしたら、私達は不出来な親を持つ者同士、打ち解けられるかもしれない……いや、やはりやめよう。出過ぎたことをすべきではない。そういう風に私が迷っている内に月日は過ぎて……」

あまりにも静かに語るので、それが彼にとって誠の心から出た言葉なのか疑いたくもなる。

だが、次に放たれた台詞《せりふ》だけは痛みをちゃんと帯びていた。

「いつの間にか、妹は賊に拐《かどわ》かされてしまった」

そして、今度は残雪《ざんせつ》が狼星《ろうせい》に強い視線を注いだ。凍蝶《いてちょう》のことも睨《にら》むように見る。

「冬の里で、拐《かどわ》かされた」

その瞳は言っている。

そちらも罪を忘れるなよと。

「私は目が覚めるような思いだった。妹が攫《さら》われた時の、春の里の内情ときたら……酷《ひど》いものだった。このまま死んでくれれば里の汚点が一つ消える。そんな風潮だったのだから。我が父と母、そして雪柳紅梅《ゆきやなぎこうばい》が起こした刃傷沙汰《にんじょうざた》は、確かに恥ずべきものだが……妹には関係ない。とんだ濡《ぬ》れ衣《ぎぬ》だ。存在を汚点と思われることの辛《つら》さは私も痛感している。私は父にとって好きでもない女と作らされた存在だからな」

立て板に水の如《ごと》く喋《しゃべ》り続ける残雪《ざんせつ》は、狼星《ろうせい》を圧倒しながらそれでも言う。

「冗談じゃない。あの子も私も親世代の泥沼に巻き込まれた被害者だ。里として代行者《だいこうしゃ》救出に専念してくれ、人命救助に私情を挟むな……そう言いたかったが、言葉にはならなかった。父や里長《さとおさ》、周囲の者達への不信感を抱いたまま雛菊《ひなぎく》の帰還を待つ日々が続いた……」

その言葉の羅列には、確かに怒りと恨みが込められていた。

「そうこうしている内に、春の里は三ヶ月で捜索から手を引いた」

語る姿は、春の里への嫌悪《けんお》を表すさくらに似ている。

「あの時はもはや開いた口が塞がらなかった」

残雪《ざんせつ》は一貫して声は静かだったが、言葉を浴びせられている狼星《ろうせい》はその感情の重さに背中にじっとりと汗が出た。綺麗《きれい》な顔に隠された、烈火の如《ごと》き気性の荒さをひしひしと感じる。

残雪《ざんせつ》はさくらに視線を移す。

「気がつけば、護衛任務で銃弾を受けた九歳の少女従者すら里から締め出す始末。どんなにあの子を憎んでいたとしても、やはり目が覚めただろう。呪いが解けたように理解した。醜悪なのは大人達であり、あの子ではなかったと」

黒い雪を降らしているかのような、呪いの言葉だ。

「何もしてやれず、すまなかった、姫鷹《ひめだか》さくら」

残雪《ざんせつ》がまた頭を下げる。さくらは首を横に振って頭をお上げくださいと頼む。

「……あの、里に恨みはありますが、同じように十年前子どもだった残雪《ざんせつ》様を憎む気持ちはありません。さすがにそれは恨むところが違うというか……もし残雪《ざんせつ》様が里長《さとおさ》のお孫様という立場で何か発言したとしても、大人達が聞いたとはとても思えないですし。ただ波乱を呼んだだけで終わったかと……」

「……面目ない。当時の私は、力も、勇気もなかった」

「それは……私も同じです。雛菊《ひなぎく》様の為にうまく立ち回ることが出来ませんでした。妹君をお守り出来なかった罪が私にもあります」

「……同じ言葉で返そう。十年前、貴女《あなた》は子どもだった。貴女《あなた》があの子を守れたとは思えない。私も貴女《あなた》に関しては憎む気持ちはない」

暗に冬に関しては遺恨があるように聞こえる。

そこは反論が出来ないので狼星《ろうせい》は何も言わなかった。

色々思うところはあるが、少しだけこの、真《ま》っ直《す》ぐなのか屈折しているのかわからない青年のことが理解出来た気がした。

——成程、こいつも十年前を後悔している同士というわけか。

彼は同士でありながら、特異な立場の人だった。本当は何の関係もないのだ。

彼の感情は、言ってしまえば全部片思いで終わっているのだから。

——勝手に憎み、勝手に案じて、勝手に失意し、そして。

その果てに腹違いの妹に勝手に家族の情を抱いている。守ってやりたかったと。

たくさん遠回りして、あの頃出来なかったことを今しているのだ。やはり片思いのまま。

——寂しい男だ。

だが、嫌いではないなと狼星《ろうせい》は思った。

「……援助をしたいと思ったのはそういう顛末《てんまつ》だ……八年経《た》ち、妹が帰ってきた。どうにも心が壊れてしまっていると聞く。優しい言葉でもかけてやるべきだが、私は……勇気が出なかった。話したこともないのに、妹に認識されてもいないのに、何を喋《しゃべ》ればという戸惑いもあった。だがもう捨て置くことは出来ない。なので、姫鷹《ひめだか》さくらを通して見守ることにした」

全てを聞くと、この男の行動原理が何となくわかった。

──まだ信用は出来ないが。言っていることは筋が通っている。

そんな狼星《ろうせい》の心理がわかっているのか、さくらは補足するように言う。

「残雪《ざんせつ》様は、お立場上表立って動くことは出来なかったが、雛菊《ひなぎく》様の『挿《す》げ替《か》え』を阻止するべく情報を回してくれたり、立ち回ってくれていたぞ」

さくらの言葉に、狼星《ろうせい》と凍蝶《いてちょう》の腰が浮いた。

「挿《す》げ替《か》え、されかけてたのか」

さくらは一度目を伏せて、過去の二年間を思い返しながらつぶやいた。

「顕現を行えなかった二年間、挿《す》げ替《か》えの危機があった」

「知らないぞ！」

狼星《ろうせい》が動揺したように言う。さくらがなだめるように座れと手で促した。

「そりゃお前は知らないよ……。あの時、雛菊《ひなぎく》様が生きてることは春の里で隠されてたんだから……始まりは悪口の類だった。『使えないのならいっそのこと挿《す》げ替《か》えしてしまえば』というな……」

「ふざけるにも程があるっ！」

「本当にな……だが一定数はそういう奴《やつ》らが居たんだ」

「……」

「戻ってきた以上、春が欲しい、早くくれ、そうでないならすぐに死ね……とな」

思い返すと恨みが湧いてきたのか、さくらは舌打ちをする。

「私は雛菊《ひなぎく》様を守って欲しいと里長《さとおさ》や残雪《ざんせつ》様に訴えた。その結果、花葉《かよう》家が中心となって擁護はしてくれたよ。不審な者をお伝えすれば、瞬《またた》く間《ま》に配置換えをして雛菊《ひなぎく》様から遠ざけてくれた……」

どうやらさくらの残雪《ざんせつ》への信頼は、このあたりで築き上げられたもののようだ。

さくらは感謝の念を残雪《ざんせつ》に向ける。

「私がやったことは微々たるものだ。主体となったのは里長《さとおさ》と父だ。さすがに……長らく見捨てていた娘が無残に暗殺されるのは心苦しかったのか。それとも、花葉《かよう》から輩出された春の代《だい》行者《こうしゃ》が挿《す》げ替《か》えされるという歴史を作ることが家名の面汚《つらよご》しになると思い、防ぎたかったのか……何にせよ挿《す》げ替《か》え阻止の方向で動いてくれた。私が思うに動いた理由は後者だな」

春月《しゅんげつ》のことは初耳だったのか、さくらは素直に驚いた。

「里長《さとおさ》だけでなくお父上も……」

「感謝することはないぞ姫鷹《ひめだか》さくら。今後も何も期待しないほうがいい、あの二人にはな」

さくらも簡単に喜ぶことはしなかったが、少なからず『良かった』という気持ちが湧いた。

「……動いてくださっていたという事実は単純に嬉《うれ》しいです」

理由はなんであれ、雛菊《ひなぎく》を守る手が複数あった。

あの時の自分は独りではなかった。雛菊《ひなぎく》も家族に本当に見放されたわけではなかった。

今後もすがる気はないが、ただ過去の自分達の孤独が少しだけ癒やされた気がしたのだ。

「あの頃、雛菊《ひなぎく》様のお心を支えるのに私は精一杯でした。見えずとも守ってくれていた手が無ければ、雛菊《ひなぎく》様を危険に晒《さら》させていたかもしれません」

「……貴女《あなた》はよくやっていた」

「残雪《ざんせつ》様には特に感謝しています。二年の間、数えるほどしかお会いしてませんでしたが、他にも雛菊《ひなぎく》様を案じて下さる方が居るという事実は私を随分なぐさめてくれました……」

残雪《ざんせつ》もさくらの心境を理解したのか、それ以上他者を貶《おとし》めることは言わなかった。

代わりに、少しうつむいてしまった彼女が顔を上げるような言葉を捧《ささ》げる。

「……貴女《あなた》には苦労をかけた。労《ねぎら》いの言葉なくとも、真摯に妹を守ってくれていたことに感謝している。貴女《あなた》なくして妹の復帰はなかった」

さくらは、嬉《うれ》しさを噛《か》みしめるように笑ってから残雪《ざんせつ》と目を合わせた。

「残雪《ざんせつ》様、ありがとうございます……」

「貴女《あなた》が礼を言うのはおかしい。貴方《あなた》は受け取るだけで良い人だ」

「そんなことありません。言わせてください。ありがとうございます……」

さくらと残雪《ざんせつ》は、二人だけでしかわかり合えないようなまなざしのやりとりを続けた。

「……？」

狼星《ろうせい》は目を右往左往させた。

――なんか、いい雰囲気を醸《かも》し出《だ》してないか？

隣に居る凍蝶《いてちょう》の反応を窺《うかが》ったが、ただじっと二人のやり取りを見ているだけだった。

若干、柔和さが欠けて無表情過ぎる気がするが普段通りだ。

――こいつ、ちょっとは焦《あせ》ろよ。

狼星《ろうせい》は舌打ちしたくなる。さくらはあくまで残雪《ざんせつ》のことを雛菊《ひなぎく》の義理の兄、自分達の生活周りを援助してくれる恩人程度にしか思っていない様子だが、残雪《ざんせつ》が妙にさくらにだけ優しいことが引っかかった。

――とりあえず邪魔しよう。

特に悪いとも思わず、狼星《ろうせい》はいい雰囲気を壊すように口を挟んだ。

「残雪《ざんせつ》殿、貴殿の言い分はわかった。本題に入ろう」

残雪《ざんせつ》は少し間があったが狼星《ろうせい》の方に顔を向き直した。

「妹君をそれほど大切に思う貴殿のことだ。雛菊《ひなぎく》の安全にも関わる話だと推測するが、どうだ？」

「……然り。だが妹のことだけではない。四季の代行者《だいこうしゃ》様全員への警告だ」

「警告……？」

残雪《ざんせつ》は大きく頷《うなず》く。

「兎《うさぎ》と亀の話は聞いているだろうか？」

狼星《ろうせい》は一瞬何を言われているかわからなかった。黙っていた凍蝶《いてちょう》が口を開いた。

「【一匹兎角《いっぴきとかく》】と【老獪亀《ろうかいがめ》】のことだ」

言われてようやく狼星《ろうせい》は言葉の意味を思い出す。

「ああ……あれか。革新主義と保守主義の……あれだろ。天罰説《てんばつせつ》を吹聴してるのも春の事件で逮捕者を出した家々で……それが【老獪亀《ろうかいがめ》】で、とか、なんとかだよな」

凍蝶《いてちょう》は『大体は合っている』と答えた。凍蝶《いてちょう》はさくらの方を窺《うかが》う。さくらは頷《うなず》いて見せた。

「私も話は聞いている。内容も理解していると思う。天罰説《てんばつせつ》と共に説明を受けた。私は里に帰っていないから、実態は把握出来てないんだが、各季節の里で起こってる論争なんだろう？」

狼星《ろうせい》が凍蝶《いてちょう》に視線を寄越したので凍蝶《いてちょう》が答える。

「声高に唱えているのは一部の者達だな。冬の里では……寒椿《かんつばき》家と寒月《かんげつ》家と対立構造にあるような家々の者達が吹聴している。何というか……議論の熱に浮かされている者が多い印象だ。……話が通じない、というのが妥当な表現だろう。正義が我にありと言わんばかりの口調の者が多い。狼星《ろうせい》に直接言う者は居ないが、私が一人の時には突っかかってくる者は少なくない」

「はっ！　そいつら冷やしてやろうか……」

狼星《ろうせい》が鼻で笑った。意地の悪い笑顔を浮かべている。『生命凍結《せいめいとうけつ》』の権能を持つ狼星《ろうせい》が言うとかなり危ない台詞《せりふ》だ。凍蝶《いてちょう》がやめろと言わんばかりに首を振った。

「お前がする必要はない。私も自身の主を貶《けな》されたままで居る男ではない。ちゃんと始末はつけているよ。さくら、夏と秋にはこの件で連絡を取っているか？　そちらの様子などは……」

「少し前は取っていたんだが……天罰説《てんばつせつ》が出てからは……その……私達春から連絡を取るのは怖くてな……」

生態系破壊の流れで天罰説《てんばつせつ》が出たので、その原因とされている春は他の季節を巻き込んでしまったような形だ。声をかけにくい状況だったのだろう。

「……いずれ詫《わ》びをしようとは思ってる。冬も、すまない」

でも、とさくらは言ってから付け足した。

「この謝罪はあくまで下劣な思考の罠《わな》に巻き込んでしまったことについてであって……雛菊《ひなぎく》様は……悪くない、と私は強く言いたい……」

「さくら……大丈夫だ。わかっている。此処《ここ》に居る者は誰もそんなことを思ってはいないだろう。夏と秋については私から様子を聞いてみよう」

凍蝶《いてちょう》が話し終えると、次に残雪《ざんせつ》が口を開いた。

「それぞれの里で天罰説《てんばつせつ》の弊害が絶対に無いとは言い切れない状況だというのは、共通認識で持てたということで大丈夫だろうか？」

さくら、狼星《ろうせい》、凍蝶《いてちょう》は頷《うなず》く。

「ちなみに春の里は大論争が繰り返されている。我が妹が里に居ないのを良いことに口さがない者達が激しく代行者叩《だいこうしゃたた》きをしている状況だ。花葉《かよう》の家へのやっかみもあるのだろうが、それにしても酷《ひど》い」

声に棘《とげ》があるので、相当うんざりしているのだろう。

「貴方《あなた》達に集まっていただいたのは……可能であればしばらく春主従は冬主従と行動を共にして里から遠ざかって欲しいという願いがあったからだ」

「……冬と、行動を共にですか？」

さくらの何故《なぜ》、という顔に、残雪《ざんせつ》は苦い顔をした。

「この論争はあまりにも過熱しすぎている。代行者《だいこうしゃ》への批判に個人の正義を見出《みいだ》し、神の名の下に粛清しようと企《たくら》む者達が出始めた……春の里でつい先日、不穏分子の集会が発見された。天罰説《てんばつせつ》派が集まって良からぬことを考えている。怖がらせたいわけではないが……」

前置きをしてから残雪《ざんせつ》は言い放った。

「当世の四季の代行者《だいこうしゃ》様全員に挿《す》げ替《か》えの危機が迫っていると思っていただきたい……」

その場に居る、残雪《ざんせつ》以外の三人の動きがぴたりと止まった。

命の危機は慣れている。春の事件でも賊と戦った。だが単純に天敵と抗争をするのと、身内から殺される戦争が始まるのとでは衝撃の度合いが違う。

「いま、我々は過渡期《かとき》に居るのかもしれない。これほどまでにすべての四季の里が揺らがされる事態は近年、無かっただろう」

残雪《ざんせつ》はよどみなく言う。

「四季の代行者《だいこうしゃ》同士の結託、里や四季庁《しきちょう》、国家治安機構《こっかちあんきこう》が賊と癒着していたという事実。実感は無いかもしれないが、貴方《あなた》達が閉ざされた世界に激震を起こしたんだ。一見、窮地に追いやられているのは四季の代行者《だいこうしゃ》とそれを守る者達のように見えるだろうが、実際のところはそうではない。【老獪亀《ろうかいがめ》】と【一匹兎角《いっぴきとかく》】の対立が正にそれを示している。追い詰められているのは、立場が悪くなってきた者達のほうだ。彼らは望まぬ変化を封殺するだろう。武威《ぶい》を示して従わせる者達が必ず出てくる。天罰説《てんばつせつ》はそのとっかかりに過ぎない。受け身で居ては駄目だ。唯々諾々《いいだくだく》と従えばそのまま加害されるだけになる。どうか、春夏秋冬の共同戦線を生かして互いに助け合って欲しい。私はそれを手助けに来た……」

残雪《ざんせつ》は非常に弁が立った。その言葉の効果は狼星《ろうせい》、凍蝶《いてちょう》、さくらを奮い立たせるには十分だったが同時に大きな不安も呼び込んだ。

「雛菊《ひなぎく》様……雛菊《ひなぎく》様の安全を確認しないと……！」

さくらがすぐに立ち上がる。一気に顔面蒼白《そうはく》になった彼女は慌てて部屋から出ようとした。

それを残雪《ざんせつ》が腕を摑《つか》んで止める。

「姫鷹《ひめだか》さくら！　大丈夫だ！　すぐではない！　里の不穏分子も粛清済みだ！」

「いえ、何が起こるかわかりません！」

「大丈夫だ、雛菊《ひなぎく》の部屋には燕《つばめ》がいる！」

「残雪《ざんせつ》様が警告に来てるならその集会とやらはただの馬鹿騒ぎではなかったんだろう！　雛菊《ひなぎく》様のお傍《そば》に戻ります。放してください！」

「守る策を講じたくて貴女《あなた》を此処《ここ》に呼んでいる。話し合いが終わってから……」

さくらはかぶりを振る。残雪《ざんせつ》を引きずる勢いだ。

今度動いたのは凍蝶《いてちょう》だった。さくらを止めていた残雪《ざんせつ》の腕を、凍蝶《いてちょう》が摑《つか》んだ。

さくらと残雪《ざんせつ》が同時に凍蝶《いてちょう》を見上げた。

「……三分の休憩を……花葉《かよう》のご令息」

凍蝶《いてちょう》はいつもより格段に感情を削《そ》ぎ落とした顔で、ただ静かに囁《ささや》いた。

「さくらに、雛菊《ひなぎく》様のお顔を見て、呼吸を確認するお時間をやってください。突然のお話に動揺しています」

凍蝶《いてちょう》の声は冷静そのものだ。背が高い彼が、上から言葉を降らすように喋《しゃべ》るせいだろうか、とても威圧感がある。頼んでいるが有無を言わせない様子だ。

残雪《ざんせつ》は凍蝶《いてちょう》を睨《にら》んだ。睨《にら》んだと言っていい視線を浴びせた。凍蝶《いてちょう》は怯《ひる》まない。

「……さくら、確認したら此処《ここ》に戻ってまた情報共有の話し合いが出来るな？　花葉《かよう》のご令息がわざわざ出向いて我ら冬にまで声をかけているのだ。本題は此処《ここ》からだろう。冬と春が協力して護衛体制を組むならお前が居なくては会議が成り立たないぞ。雛菊《ひなぎく》様が寝ている内に、全てを整える必要がある」

「凍蝶《いてちょう》……」

「廊下にはうちの護衛も居るんだ。顔を見たら安心出来るな？」

「うん」

「よし、行ってきなさい」

さくらは詫《わ》びるように残雪《ざんせつ》を見た。

「残雪《ざんせつ》様、すぐ戻りますから。狼星《ろうせい》、私が確認してくる！」

今にも泣きそうな顔で言われれば残雪《ざんせつ》も断れない。さくらは小走りで部屋から出て行った。

残されたのは重い沈黙に包まれた男達だ。ややあって、残雪《ざんせつ》が低い声で囁《ささや》いた。

「放してくれないだろうか」

「失礼しました」

今度は凍蝶《いてちょう》が止めたままだった残雪《ざんせつ》の手を放す。

「……姫鷹《ひめだか》さくらにも兄気取りか？」

「は……？」

凍蝶《いてちょう》は何を言われているかわからなかった。やがて、自分が彼の妹から何と呼ばれているか思い出した。雛菊《ひなぎく》は凍蝶《いてちょう》に親愛を込めてこう呼んでいるのだ。『凍蝶《いてちょう》お兄さま』と。

「あの子も春だ。冬の娘ではないぞ」

どうやら残雪《ざんせつ》はその事実を知っており、良く思っていない様子だ。しかしそれは凍蝶《いてちょう》がどうにか出来ることではない。そもそも、雛菊《ひなぎく》が呼び始めた愛称だ。

困惑している凍蝶《いてちょう》と、敵意とまでは言わないが嫌悪《けんお》感を丸出しにしている残雪《ざんせつ》。そしてさくらと同じく青ざめた狼星《ろうせい》。残された男三人の間に気まずい空気が流れる。

だが、狼星《ろうせい》は立ち直りが早かった。双方の間に入るようにして言う。

「二人共……座ろう。残雪《ざんせつ》殿、うちの護衛官《ごえいかん》が気に食わないことをしたなら俺が謝る」

「……いや、今のは……」

「だが諍《いさか》いは後回しだ。為すべきことを為さねば。残雪《ざんせつ》殿、このフロアは貸し切りと聞いたが本当か？」

「ああ……」

さすがに冬の代行者《だいこうしゃ》相手に不敬な真似《まね》は出来ない。残雪《ざんせつ》は居住まいを正す。

「うちの護衛陣、半数はいま廊下に立たせているが、残りは俺達にあてがわれた部屋で休憩している。全員こちらに呼び寄せていいだろうか？」

「いま……？　その、先程も言ったがすぐの危機ではない。そういう不穏な雰囲気になってきているのでこれから警備を考えよう……という話だったんだが」

「わかっている。だが、貴殿と我らでは命の危機管理の温度差が違う」

「……っ」

「すまん、侮辱ではないぞ。貴殿が親身になってくれたからこその対応だ。春の里で既に阿呆《あほう》な奴《やつ》らの集会まで起きてるとは知らなんだ。教えてくれて助かった。警備レベルを上げたい。階層が違うと護衛がしづらいんだ。部屋を移させて欲しい。もちろん女性の部屋にはなるべく立ち入らない。うちから出る裏切り者を警戒しているかもしれないが、出たら俺自ら手を下す」

残雪《ざんせつ》はその言葉がでまかせではないか探るように狼星《ろうせい》を見つめ続ける。

「春の事件で出た裏切り者は情報提供者にしたから見逃したが、あれは緊急時の措置だ。秋の代行者祝月撫子《だいこうしゃいわいづきなでしこ》の命がかかっていた。今後はそのような温情はない。うちの護衛陣を移動させてくれ。俺に使ってる機材もある。部屋の監視カメラだ。端末から画面共有も出来る。あまり……女の子の寝顔を監視させたくはないが……それすらしたほうがいいだろう。さくらは使い方がわかってる。あいつに託す。そしたらさくらも気にしながら会議が出来るだろう」

「……了解した。ホテルの者に部屋のカードキーの手配をさせよう」

残雪《ざんせつ》は、言ってからため息を零《こぼ》した。

「……妹はこんな危険の中、生きているのか……」

残雪《ざんせつ》は雛菊《ひなぎく》が居る部屋の方向を見る。これから待ち受ける困難を知らずに、眠りについているであろう彼女が不憫《ふびん》なのか、声にその感情が滲《にじ》み出《で》ていた。

「私の対応は悠長だったんだな……」

憂いを隠しきれない残雪《ざんせつ》の様子を見て、狼星《ろうせい》はようやく彼に親近感が湧いた。

「いやいや、むしろ普段命を狙われていない御仁にしては動きが早い」

「……」

「いまのも侮辱ではないぞ。褒めている」

結局、警備体制を手厚くしてから再度の話し合いが行われた。

話を整理すると、春の里で発覚した天罰説《てんばつせつ》派の集会取り締まりで、即座に妹の保護を強化せねばと不安に思った残雪《ざんせつ》は、ちょうど春主従が冬主従と交流する日だというのを聞きつけて動いた、ということだったらしい。狼星《ろうせい》の言う通り残雪《ざんせつ》の動きが遅いわけではない。むしろ彼が行動出来る範囲の中で最速で駆けつけて会談にこぎつけたと言える。春の里の手前、彼が出来るのは親族だからという名目で行う経済支援くらいだ。その為、実際の暴力への攻防手段として狼星《ろうせい》に目をつけた。更に、冬への接触は雛菊《ひなぎく》防衛の交渉のみならず忠告をする為でもあった。

残雪《ざんせつ》が言っていた不穏分子の集会は、雛菊《ひなぎく》の挿《す》げ替《か》えの算段を立てている者達だ。

春の里で動きが早かっただけで、他の季節にも同じような考えの者達が出るのは時間の問題だった。これにより春、冬、残雪《ざんせつ》の中で共通課題が出来た。各季節の挿《す》げ替《か》え防止だ。

再び雛菊《ひなぎく》抜きで開かれた会議は、最初のぎこちない挨拶から一気に距離感が縮まった会話となった。

「残雪《ざんせつ》殿、一応確認する。うちで春主従の警備を兼ねることは全く問題ない。そちらからの依頼が無くともしていた。頼けたくはない相手だろう。ただ、俺は妹君が攫《さら》われた原因だ。妹想《おも》いの貴殿からすると……恐らく預けたくはない相手だろう。それでもこちらに任せて頂けるのだな？」

残雪《ざんせつ》はその問いには素直に頷《うなず》いた。

「妹を遠くから見守っている身として冬の代行者《だいこうしゃ》様のことも調べさせて頂いている。『命に代えても』という言葉からも察しているが……随分と、大事に想《おも》ってくれているようだ……」

「……そうだな」

「春の事件では救出の為に首都高速道路も凍らせたとか」

「ああ、いや、あれは……なぁ……」

「恋慕でも罪悪感でもいい。それだけ一等大切にしてくださる現人神《あらひとがみ》様なら最強の守護者となるだろう。賊の動きは【華歳《かさい》】の半壊のせいか一時鳴りを潜めているし……」

残雪《ざんせつ》は狼星《ろうせい》が雛菊《ひなぎく》に恋慕を抱いていることを加味した上で、依頼をしているということだ。なおかつ狼星《ろうせい》の献身が恋だけではなく、罪悪感による贖罪《しょくざい》であることも念頭に置いている。

「……つまり、今後も妹君と親交を深めて良いと？」

「……」

黙ったところを見ると、そこは彼としても複雑ではあるようだ。それはそうだろう。狼星《ろうせい》は雛菊《ひなぎく》誘拐の原因の一つだ。妹の交際相手としては認めたくないが、護衛としては採用したい。悩みどころではあるが今は雛菊《ひなぎく》の命が最優先。といったところか。

「……良い、悪いの問題ではなく最善か最悪かだ。春の事件後とはいえ、国家治安機構《こっかちあんきこう》も四季庁《しきちょう》も、里も、今は全員疑ってかかったほうがいい。自然と……信じられるのは情になる。取れる策で最善は、親身になってくれる守護者を置くことだ」

残雪《ざんせつ》自身も利害を越えて情で動いているからこその考えだった。だから狼星《ろうせい》の恋慕も真っ向から否定しないのだろう。やはりどことなくさくらと考え方が似ていた。

「……成程、首都高速も凍らせてみるもんだな。思わぬ信頼の証《あかし》となるとは。なあ凍蝶《いてちょう》、またやるか」

「やめろ狼星《ろうせい》。二度と凍らせるな」

春主従の護衛は現在信用出来る面子《めんつ》がさくらと冬から出向した護衛二名しか居ない。

十年前とは違い最強の戦力になっている狼星《ろうせい》を使わない手は無いということだろう。

天罰説《てんばつせつ》の不穏な動きが落ち着くまでという期限ではあるが、春主従は冬主従の庇護《ひご》下に置かれることが正式に決まった。ここで問題になってくるのがどこに居を構えるかということだ。

里に帰すのは論外。となると離宮に籠もるか、雛菊《ひなぎく》達が住んでいる帝都《ていと》迎賓館に冬も滞在するか、居場所を転々とするか、などの選択肢が出てくる。

「今の時点で一箇所に留まるのは良くないと思う」

移動をし続けることを提案したのはさくらだった。

「春の事件と同じことになる気がする。夏離宮が襲撃されたことで、私達以外の季節は一箇所に留まることになっただろう？　外出も極力禁じられた。発電所破壊の件もあったから、尚更《なおさら》非常時に防衛機能が強い砦《とりで》、もしくは離脱して即時敵を撹乱《かくらん》しながら逃げられる立地条件の場所に籠もる選択になった。恐らく秋離宮の場所と共に代行者《だいこうしゃ》が常時在中という情報を他に漏らした者が居たんだろう。そこにこちら側の襲撃想定を裏切ってミサイルをぶちこむのがあの女帝のすごいところだが……兎《と》に角《かく》、秋離宮の襲撃成功の一つの要因になっている。帝都《ていと》迎賓館は海外要人御用達《ごようたし》ということもあり、防犯に適した立地で成り立っているが……いずれ戻るにしろ今は動き続けたほうが良いと思う。特に私達春と夏はな。残雪《ざんせつ》様……一番挿《す》げ替《か》えの可能性が高いのはこの二つの季節ですよね……？」

「……言いたくはないが……姫鷹《ひめだか》さくらの言う通りだろう。既に季節顕現を終えている」

狼星《ろうせい》が『そんな』と言わんばかりの表情をしている。残雪《ざんせつ》は努めて冷静に話した。

「妹が挿《す》げ替《か》えの危機にあったのは春顕現を二年間出来なかったからだ。新しい春の代行者《だいこうしゃ》を据えて、修行させる期間を考えてもそちらの方が良いと考える者達が居た。そして現在、春と夏は季節顕現を終えている。天罰説派《てんばつせつ》がもし本当に動くとしたら、代行者《だいこうしゃ》が季節顕現を終えた後だろう。次代の代行者《だいこうしゃ》を一年間修行させ、顕現の旅に出すにしてもそれほどズレがなくいける。挿《す》げ替《か》えすることの最大の不利益は、替えの代行者《だいこうしゃ》が誕生したとしても新米に季節の大規模顕現が出来ないということだからな」

これは非常に単純で、とても残酷な季節の循環の話だった。

四季の代行者《だいこうしゃ》は死亡すると直ちに新しい四季の代行者《だいこうしゃ》が超自然的に選ばれる。

しかし新米の四季の代行者《だいこうしゃ》は約一年間の修行をしなくては大規模顕現が出来るほどの練度に到達しない。

もし効率良く挿《す》げ替《か》えを行うのであれば、季節顕現を終えた後すぐ殺すのが良い。

きっちり一年後に替えの代行者《だいこうしゃ》が育っている計算になるので、問題なく季節を巡らせることが出来るのだ。この理論でいくと、現在、秋と冬は比較的安全と言えるだろう。

もし現時点で秋と冬を殺してしまえば新しい代行者《だいこうしゃ》は直ちに誕生するが、すぐに季節顕現は出来ない。すなわち、今年に季節の不在期間が出来てしまう。

大和《やまと》に住まう多くの人達の生活にも狂いが出ることだろう。だから直近で身の安全が危ぶまれるのは今年既に季節を巡らせた春と夏になる。

今殺しても、季節の循環の月日にズレは出るが、不在にはならない。

犠牲になる者の感情を排除した推論だ。残雪《ざんせつ》は続けて言う。

「……とはいえ、冬も秋も絶対安全ということはない。そもそも、天罰説《てんばつせつ》が流布《るふ》されているのは春の事件で不利益を被《こうむ》った者達が言い出しているというのはこちらの調べでもわかっている。私的な感情や利益の為に賊に魂を売った者が居る時点で、季節の巡りの正しさなど放棄して暴力に走る者達が居ないとは限らない。民草の世界でもそうだが、暴力や殺しに理性ある行動や正しい理由が必ずしも伴うわけではない。何故《なぜ》、いまそんなことをするんだという者は必ず出る。計画的な殺人犯、行動と動機を読めない獣、どちらも警戒しなくてはならない」

結果的に、里から離れることは必須。天罰説《てんばつせつ》派の動きを見ながら行動したほうが良いということになった。

「私の母方の白藤《しらふじ》家は主に帝州《ていしゅう》の土地を所有しているが、人を雇って不動産業や観光業など幅広く手掛けている。帝州《ていしゅう》に限らず宿泊施設の提供は可能だ。姫鷹《ひめだか》さくらの言う通り、数日ごとに移動するのが一番良い撹乱《かくらん》だろう。夏と秋は現在里に居るとのことだが、彼らも今は里に居ないほうがいい。離宮は春の事件で賊に襲撃されて使えなくなっていたはずだな？　貴方《あなた》達から連絡が取れるのであれば、明日にでもどこかで受け入れが出来るようにこちらも手配しよう」

残雪《ざんせつ》の助言もあり、深夜ではあったが夏の葉桜《はざくら》姉妹と秋主従に連絡を取ることにした。

しかし、そこで問題が発生した。

『か、寒月《かんげつ》様ですか？　お久しぶりです。如何《いかが》なさいました』

「阿左美《あざみ》君、こんな時間にすまない。少々聞きたいことがあって連絡させてもらった」

電話の向こう側に居るのは秋の代行者護衛官《だいこうしゃごえいかん》、阿左美竜胆《あざみりんどう》。自分より大先輩である凍蝶《いてちょう》から連絡を受け取り少々動揺していた。

『いえ、俺からも冬の方々に聞きたいことがあったのでちょうど良かったです！』

「どうした、先に聞こう」

『ありがとうございます。寒月《かんげつ》様は他の代行者《だいこうしゃ》様や護衛官《ごえいかん》とご連絡は取られていますか？』

「私はしばらく取っていないな……狼星《ろうせい》も春主従としか連絡をやり取りしていないはずだ。いま春主従は私達と一緒に居る。雛菊《ひなぎく》様はご就寝されているが、さくらならすぐ傍《そば》に」

『え、一緒に居るんですか！　でしたら……それぞれ別の端末から瑠璃《るり》様とあやめ様の携帯端末に電話してもらうことは可能でしょうか？』

「繋《つな》がらないのか……？　こちらもちょうど夏の方々には連絡を取ろうとしていたんだが」

『はい、何度もしているんですが……メールも返ってこなくて……一応、安否確認がしたいんです。ぜひお願いします』

凍蝶《いてちょう》は竜胆《りんどう》と通話を繋《つな》げたまま、狼星《ろうせい》とさくらに声をかけて葉桜《はざくら》姉妹にそれぞれ連絡するよう指示した。狼星《ろうせい》は瑠璃《るり》に、さくらはあやめに電話をする形になる。

何度か試してみたが、竜胆《りんどう》の言う通りどちらも連絡がつかない。誰か一人だけでなく、連絡先を知っている者達全員がコンタクトを取れないとなると、問題が起きているのはあちら側ということになるだろう。

「……出ないな。あいつら寝てるんじゃないのか？」

「いや、あやめ様なら就寝中でも携帯端末の着信音で起きる。護衛官《ごえいかん》はそういうものだ。そうだよな、凍蝶《いてちょう》？」

「ああ……確かにこれは心配になるな。少し遠回りになるが、うちの親戚から確認を入れてもらうか。従姉妹《いとこ》が夏の里に嫁いでいる。連絡を繋《つな》いでいけば……」

凍蝶《いてちょう》の提案を残雪《ざんせつ》が遮るように言う。

「いや、それなら私が夏枢府《すうふ》の知り合いに頼む。秋の方が言うには電話が繋《つな》がらないのは今に始まったことではないのだろう？　安否確認なら枢府《すうふ》の役人に直接行ってもらったほうがいい」

「残雪《ざんせつ》殿は夏とも懇意にしているのか？」

狼星《ろうせい》の問いに残雪《ざんせつ》は頷《うなず》く。

「【一匹兎角《いっぴきとかく》】のメンバーに頼むことにする」

「……貴殿は【一匹兎角《いっぴきとかく》】なのか」

驚いた顔を見て、残雪《ざんせつ》は苦笑いをする。

「冬の代行者《だいこうしゃ》様が考えるような危ない者ではないと言っておこう。そもそも私は花葉《かよう》の家の息子なので、弾圧される立場ではないしな……。どちらかと言えば【老獪亀《ろうかいがめ》】に入りそうな人材だ。……その為、【一匹兎角《いっぴきとかく》】の者達にも、最初は受け入れてもらえなかった」

残雪《ざんせつ》は肩をすくめながら携帯端末を取り出す。

「だが、祖母が許しているような腐った政治にはうんざりしていることを根強く伝えた。枢府《すうふ》に入ったのも親の指示だからではない。自分の代では変えたいからだ。同じ枢府《すうふ》で働く仲間で志を共にする者とも話すようになり……意見のやり取りをする内に他の里の枢府《すうふ》仲間も出来た。そのコミュニティーの一人に聞いてみるつもりだ。恐らくすぐ動いてくれるだろう……。夜分に伺う理由も、代行者《だいこうしゃ》様方のご懸念《けねん》を晴らす為に任されたとでも言ってもらおう」

端末で通信が出来ないのであれば夏の里がある衣世《いよ》の現地人に頼るしかない。葉桜《はざくら》姉妹への連絡は一旦残雪《ざんせつ》の知人に任せることになった。竜胆《りんどう》は申し訳なさそうに言う。

『お手数かけてすみません。でも、本当にずっと連絡が取れなくて心配で……』

「気にするな。必要な措置なのだから。それで阿左美《あざみ》君、こちらの話も聞いて欲しい。実はいま、天罰説《てんばつせつ》派を警戒していてな……」

竜胆《りんどう》にも現在の状況が伝えられた。

その上で里から距離を置く打診をしてみる。

彼自身も、不安を抱いていたようで賛同はすぐ得られた。

秋の里は創紫《つくし》にある。そのまま創紫《つくし》内の宿泊施設に移動するのが一番早い避難方法だが、竜《りん》胆《どう》は情報交換がてら一度合流したいと申し出た。

『撫子《なでしこ》に、状況を説明するにしても……代行者《だいこうしゃ》様方も同じ状況なんだと理解させるほうが良いと思いまして……その、子どもの相手をさせるようで申し訳ないのですが……』

「いや、阿左美《あざみ》君の苦労もわかるよ。幼い子に理解させるにはちゃんと説明が必要だ。特に今回の件はただ事実だけ伝えても混乱させるだろう。雛菊《ひなぎく》様やさくらもこちらには居るし、私も狼星《ろうせい》も面識はある。知った顔に会わせた上で、不安にならないよう話してあげるほうがいい。撫子《なでしこ》様なら特にな……。春であんなことがあったのに、里が安全ではないからと知らない場所に逃げさせるのはあんまりにも可哀想《かわいそう》だ……大人がちゃんと守ってやらねば……」

『……寒月《かんげつ》様、ありがとうございます。本当に助かります。急なお願いにはなりますが明日、というかもう日をまたぐので今日ですね。帝州《ていしゅう》へと移動を開始します』

「了解した。空港にうちの護衛陣を送る。護送させるから随時連絡をくれ」

秋主従も合流するということで、少なくともあと一日はこのホテルに滞在する形になった。

そろそろ解散して寝るかという雰囲気になったが、ちょうど残雪《ざんせつ》の携帯端末に連絡が入った。

「……ご苦労だった。ありがとう」

残雪《ざんせつ》は通信を終わらせると、歯切れの悪い様子で皆に告げた。

「良くない知らせだ……葉桜《はざくら》あやめ、葉桜瑠璃《はざくらるり》、両名が夏の里から姿を消したそうだ」

物事はゆっくりと、だが確かに進行していた。

特別な愛が欲しかったんだよ。

父親、母親、兄、姉。この家族の中の枠に入れてもらいたくて。

『あんた可愛《かわい》くないよ……女の子だったらまだ良かったのに』

何故《なぜ》みんなが自分だけに厳しいのか良くわからないまま生きてきた。

『私がお父さんに嫌われたらどうするの』

後で勉強してわかった。こういうのを機能不全家族というらしい。

『連理《れんり》が我慢したらすべてうまくいくの』

家庭内で生贄《いけにえ》を作ると、うまく回る家族というのは実のところ多いと聞く。

『我慢してね』

うまくやってね。

『お兄さんよりうまく出来ちゃだめよ』

劣っていてね。

『お姉さんの言うことを聞いてあげて』

犠牲になってね。

『連理《れんり》、どうしてそんなに出来ないの』

望まれるように、出来ない息子を演じて犠牲になってやっていたのだ。

愛されたくて。

子どもって馬鹿だね。

そういう少年だったから、独りぼっちの子を見ると自分のことのように気になった。

その日の集まりは春に毎年開かれる茶会だった。

品種様々な桜が植えられた庭を持つお偉方の大邸宅で行われるものだ。

広い庭は淡い桃色の花弁が広がり、桜の海のようになっていた。

春の里にある桜の名所を模して作られたらしいが、『成程、これは見事だ』と子どもながらに感嘆してしまうほどに美しい庭だった。桜狩りをわざわざせずとも、此処《ここ》で事足りる。

当時の春の代行者《だいこうしゃ》である雪柳《ゆきやなぎ》紅梅《こうばい》様が春を齎《もたら》してくださったおかげで、素晴らしい茶会はつつがなく開催された。

だが、正直に言うと自分にとっては好ましくない行事だった。

——早く終わらないかな。

大人達が腹の探り合いやら井戸端会議をするような集まりなので、子どもは必然的に暇を持て余し、庭の中で遊ぶことになる。その輪の中に入れば良いのだが、入れないからこういう時いつも立ち位置に困るのだ。ただ、視界の中で動き回るものを眺めているしかない。

ひらり、ひらり、はらはらと、桜は舞い散る。鳥は歌い、新緑は風に揺られ葉音を奏《かな》でる。

飛花を追いかけ駆け回る若駒《わかごま》のような子ども達。それを目を細めて見る大人達。

平和で、醜いものなど存在しない、作られた景色だ。そんな風光明媚《ふうこうめいび》な春の宴《うたげ》なのだが、自分だけは居場所がない。桜雲《おううん》の美しさも憂鬱で霞《かす》む。

――透明人間になったようだ。

年が近い子どもは兄と姉の友人しかおらず、彼らは弟である自分が近寄ることを嫌っていたので、こちらも空気を読んで一人でいなくてはならなかった。

親もそんな状況を黙認している。だからやはり、透明人間になるしかない。

我慢してね。

うまくやってね。

劣っていてね。

犠牲になってね。

へらへら笑って出来損ないを演じてね。

皆が貴方《あなた》を馬鹿にしやすいように。

阿呆《あほ》らしいことだが、ルールに従わないと更に家の中で居場所が無くなるのだ。

道化で居ることが幼い頃からの自衛の策。馬鹿な振りをしておけば、みんな満足する。

――早く家に帰りたい。そこで独りになりたい。

そんな時に視界に入ったのが彼女だった。

桜の雨に降られているせいか、長くて艶々した黒髪に桜の花びらが飾りのようについていた。思わず振り返って見てしまうような女の子だ。年は四、五歳くらいだろうか。


『きみ、一人なの？』


当時は知らなかったが、その日は葉桜《はざくら》姉妹が公的な行事に初顔見せをした日だった。

『ねえ、お父さんとお母さんは？』

『……』

広々とした庭園で開かれた茶会の中で、幼い葉桜《はざくら》あやめは長椅子に座ってぼうっとしていた。

彼女の視線の先には同じ顔をした女の子が居て、わんわん泣いていた。転んだか、お菓子をこぼしたか、きっとそんな理由だろう。あやすように母親に抱き上げられていた。

普通なら母親の足元をうろついていてもいいはずだが、そうしないのは慣れているからか。こうして一人で待たされるのが、彼女の日常なのかもしれない。

『双子なんだ。初めて見た』

『……』

『珍しいね』

『……』

『あの子、すごい泣いてるな……お母さんとられちゃっていいの？』

そう言われるのは、彼女にとって歓迎すべき言葉ではなかったようだ。

ぷいと顔をそむけられる。そして刺々《とげとげ》しい声音で言われた。

『るりのことわるくいわないで』

舌っ足らずな声ではっきりと拒絶された。驚いた。家族のことを悪く言われるのが嫌らしい。

『わたしの妹なの』

後にそれが普通の感覚だと学んでいくのだが、この時自分はそれを知り得なかった。

何せ自分の家族は自分を悪し様に言うのが常態化している。

自分もそれがおかしいと思ってはいるのだが、子どもにとって世界そのものである家が自分を優しさで包まない。なのでこの子も何らかの事情で家の中で居場所が無いのだろうと、勝手にそう思ってしまった。

『ごめんね、嫌な思いさせた……うちは兄弟仲が良くないから。君のところもそうなのかと思っちゃった』

『……わるくいわないで』

『そんなつもりなかった、ごめんね……』

素直に謝ると、女の子は吸い込まれそうなほど綺麗《きれい》で真《ま》っ直《す》ぐな瞳をこちらに向けた。

『……おにいちゃんは、おかあさんとられちゃったの？　だからひとり？　きょうだいとあそばないの？』

矢継ぎ早の質問に苦笑いする。

『いや、俺は家族の中で一番したっぱで、なんとなくみんなにいじめられる役割の子どもだから遊ぶ人いないんだよ』

彼女は初めて見る生物を観察するように驚いたまなざしを向けてきた。

『かぞく、なのに？』

『……うん。そういう家族も居るんだよ。君んとこは家族仲いいの？』

『ふつう』

『普通が一番だよ。いいな……』

しみじみとつぶやいたからか、幼いながらに気を遣った様子で聞いてくる。

『おにいちゃんの……おうちのひとは、どうして……いじわる、するの？』

――それは俺も知りたい。

『俺が一番口答えしないからかな？　くちごたえ……えっと、いじめられても文句言わないってこと』

『かぞく、なかよくしたほうがいいのに……？』

『本当にね。でも多分、人に意地悪しないと生きていけない人もいるんだよ』

『どうして……』

『意地悪して、悲しんでる人を見ると自分が偉くなった気分になるから……？』

『……そんなのへんだよ』

『そうだよね。俺もそう思ってるんだけど……』

『いやだっていわないの？』

『言いたいけど……それでご飯もらえなくなったらどうする？』

『……』

『受け入れないと生きていけないんだよね。俺、子どもだからさ』

彼女はそこで、自分のことではないのに悲しげな顔をした。

——これが正常だ。

心の底からそう思った。そして、ひどくほっとした。これこそが自分が世界に求めていた反応だと。他者の感情に寄り添うこと、弱者を守ること、一人を生贄《いけにえ》に全体の感情をコントロールしないこと。きっとそれは物語の中だけではなくて、現実でもそうあるべきだ。

——そうか、やっぱりうちが変なだけなんだ。

たとえば、彼女が自分の妹だったら色んなことが違ったのではないだろうか。

一人で膝を抱えて泣いた日も。馬鹿にされすぎて怒りのあまり震えた日も。愛情の格差に落胆した日も。きっと味方してくれたのでは。喧嘩《けんか》したって手を取り合って生活が出来たかも。

——何でうちの家はそうじゃなかったんだろう？

『……』

幼いながらにもある程度の答えは自分の中で出ていた。

父も母も、お偉方や同じ家門の人々の顔を窺《うかが》いながら生きている。

家を守る為に彼らも理不尽な怒りを受けているのだろう。

兄も姉も長男と長女として果たさねばならない務めがたくさんある。

一番下に生まれた子どもに怒りをぶつけるのは彼らの憂《う》さ晴《ば》らしなのだ。

ただそれだけだ。家族だからという理由は通じない。

家族は最小単位の他人の寄せ集め。自分が考えるような家庭は幻想だ。

もしかしたら何処《どこ》かにあるかもしれないが、うちには無かった。ただそれだけ。

——そもそも、温かい家庭を築くのに向いてないんだよ、里が。

みんな自分の苦しさを晴らす為に、誰かを傷つけたくてたまらないんだ。人を傷つけている時は、その人の上に立つことが出来る。その快感が、自己肯定になるんだろう。

——俺には、快感じゃない。

虚《むな》しさが胸を去来した。傷つけられた悲しさを知っていると、誰かをわざわざ傷つけたいとは思わない。だから黙ったまま愚者で居ることを選んでしまう。自分が愚者を止めたら家族が悲しむのではないかと、傷ついてしまうのではと案じてしまうのだ。

——馬鹿だ。

わかっている。しかしそうすることでしか自分を証明出来ない、家族から関心を得る為に愚か者で居ることは自己防衛なのだ。いつかやめられる日が来るだろうか、と自問してみたが、答えは出なかった。

『おにいちゃん……』

少し黙ってしまったせいか、彼女が心配そうにこちらを見てきた。

『うん？』

おずおずと近づいてきて手を伸ばす。服の袖が、遠慮がちに掴《つか》まれた。

『あの、ね……うち……くる？』

そして出来もしないことを言ってきた。

『え？』

——何を言ってるんだ。

そんなことは無理だ。たかが小さな子どもの戯言《たわごと》。本当に救ってくれるはずがない。

でも彼女は真《ま》っ直《す》ぐこちらを見て言ってきている。

『うち、きてもいいよ……』

もし、行きたいと言えば、叶《かな》えてくれそうな決意を感じさせる瞳で言う。

——無理だ。君は何の力もない。

女の子の優しさは意味がないものだった。

現実的ではないからだ。そんなことは自分の両親も、彼女の家族も許さないだろう。

『おきゃくさんのおへや、あるし……おとうさん、おかあさん、だめっていったら、わたしのおへやにすめばいいし……』

賢そうだからそれくらいわかりそうなのに、それでも言ってくる。

『くる……？』

不安そうに、気遣うように言う。

『おにいちゃん、うちにきていいよ……？』

逃げてきていいと。

『……』

誰一人、言ってくれなかったことを小さな女の子が言ってくれた。

『……ありがとう』

言ってくれたことが大切だった。ただ少し気にかけて貰《もら》えることがこんなにも嬉《うれ》しい。

『ありがとう……でも、もうちょっと……我慢してみる』

その瞬間から、彼女のことがすごく光り輝いて見えた。

『……良かったら……待ってる間遊ばない？　俺も親が帰る時間まで暇なんだ』

『……いいよ。あそび……おにいちゃんと、する……そしたらげんきに、なる？』

『なるなる。花冠とかつくってあげようか。作り方知ってる？　綺麗《きれい》に作らないとちぎって捨てられるからめちゃくちゃ頑張って覚えたんだよね。あそこの花で作ろうか』

『……二個、つくれる？』

『つくれるよ。あの子の分だね。何個でも……君が望むならつくってあげる』

彼女とはその後も何回か会う機会があった。

親に連れられてきた行事と、里のお祭りで一回。

大人になって再会したら、こちらのことは覚えていなかった。

『君の名前は？』

でも俺は覚えていた。

『あやめ』

あやめちゃん、俺は覚えていたよ。

『俺は連理《れんり》』

君が覚えていなかったのは仕方ないね。

俺は誰かの特別にはなれない人間だから。

第六章 夏の花婿

黎明《れいめい》二十年七月二十二日。舞台は夏の里に移る。

里の外れの林の中で青年が佇《たたず》んでいた。

赤香《あかこう》色に近い明るい髪、垢抜けた顔立ち。今時の若者、優男風、と言った容姿だ。

特筆すべき点はまだ治療もされてない擦り傷をたくさん顔にこさえていることだった。

「……」

青年はズボンのポケットから携帯端末を取り出した。

端末を操作して表示先の電話番号にかけてみるが、相手が応答する様子はない。

――繋《つな》がらない。

傷だらけの青年は、心の中でそうつぶやいた。

――前からそうだったけど、もっと危機感を持つべきだった。

彼は老鶯《ろうおう》家次男を肩書に持つ人物、老鶯連理《ろうおうれんり》その人だ。

少し前まで葉桜《はざくら》あやめの婚約者だった青年でもある。

――やっぱり何か起きてるんだ。

連理《れんり》はため息を吐く。

婚約破棄を知らされた時に、自分の両親からあやめの連絡先を削除するように求められ、その場では応じたが、番号は既に記憶していた。それから今のようにふと思い出す度に着信を入れているが、かかった試しがない。

これは連理《れんり》の携帯電話のみならず、他の固定電話からも駄目だった。

――携帯、別のものに替わっているのか？

悶々《もんもん》としながら無言の携帯端末を眺める。

連理《れんり》は今日までの日々を思い返した。

葉桜《はざくら》あやめの婚約者となった連理《れんり》は順調に彼女と仲を深めていた。いわゆる契約結婚の形を取り婚約を進めていたが、実のところそう思っているのはあやめだけだった。

連理《れんり》の方は明確に好意を持っていた。

二人は幼い頃に出逢《であ》っていて、そう想《おも》うに至る出来事が少なからずあったからだ。

しかし、いずれも会話を交わしたのは里の行事内でしかなかったのでさしたる交流ではない。

あやめにとっては忘れてしまう男の子で。連理《れんり》にとっては忘れられない女の子だった。

妹である瑠璃《るり》が四季の代行者《だいこうしゃ》として選ばれなければ、もしかしたら違う展開はあったのかもしれない。現人神《あらひとがみ》に選ばれた者は、基本的に里内で隔離されるように養育される。その護衛官《ごえいかん》であるあやめも当然、同じような暮らしをする。

幼少期のあやめの記憶は、自分に関わる小さな人間関係だけの記憶で固定されていた。

一方、連理《れんり》は夏が来る度に、彼女を里の中で見かける度に、意識していた。

意識したといっても、どうこうなるつもりも、するつもりもなかった。

——そうか、あの子の妹は夏の代行者様《だいこうしゃ》に、あの子は護衛官《ごえいかん》になってしまったのか。

——優しくて……しっかりしていて、良い子だったから、妹を助けたかったんだろうな。

——大きな怪我《けが》などせずにいてくれればいいけど。

そういう一方通行の祈りを持っていただけだった。

幼い時出逢《であ》った女の子との記憶を大事にする。それくらい、少年の可愛《かわい》い執着だろう。

二人の人生は何度か交錯していたが、特に深まることはなく離れていくはずだった。

転機が訪れたのは、あやめが家出をした時だ。

立ち往生していた娘を助けるつもりで声をかけたら成長したあやめだった。

最初、連理《れんり》はあやめにひどく警戒されていたが、話している内に打ち解けた。

彼女も連理《れんり》をおぼろげながらに思い出して、不敬を謝った。

忘れられていたことは寂しかったが、すぐに気分が高揚した。

連理《れんり》にとって葉桜《はざくら》あやめはもはや手が届かない場所に居た女の子だった。

——助けた女の子があの子だったなんて。嬉《うれ》しい。良いことをするもんだな。

あの庭で親しくした女の子とまた話せた。ただそれだけのことがとても嬉《うれ》しい。

——無事に送り届けよう。

無理に仲良くするつもりはなかった。一方的にこちらが好意を持っているのは明白で、変に困らせたくはない。彼女との交流は家に送り届けたらそれで終わり。

少しでも彼女に良い人だと思われたら御の字だ。

その後は会うこともないだろう。そうなるはずだった。

そうなるはずだったのに。

『……違う自分になりたい……自由になりたい……里に居ると、苦しいんです……』

後はあやめの回想の通りだ。

里で生きるのが辛《つら》いと泣いて告白したあやめに、連理《れんり》は同調した。小さかったあの女の子がいつの間にかそんな悩みを抱えるようになっていたのか、と胸が苦しくなった。

何とかしてやりたいが、彼女の悩みは早期に解消されるような簡単な問題ではない。

あやめの立ち位置は里の人間の中でもかなり特異だからだ。ただの葉桜《はざくら》のご令嬢ではなく四季の代行者《だいこうしゃ》の護衛官《ごえいかん》。自由になるのは解任されるまで待つしかない。

解任される条件は色々あるようだが、葉桜《はざくら》姉妹の場合は里の慣例から考えるに、いずれ瑠《る》璃《り》が結婚すればその夫が次の護衛官《ごえいかん》になることだろう。それほど先の事ではないはず。

待てば良いだけの話だ、連理《れんり》と同じように。

連理《れんり》もいつかは家族から解放される。家庭を持つことになれば自分の家を持つことも許されるし、実家に帰らなくても済む。

家族の中では連理《れんり》が一番若い。大きな病気をしなければ先にみんな死ぬだろう。

辛抱強く待てば良い。出来ないことではない。

あやめもきっと、連理《れんり》と同じく他人に自分の心を見せずに生きてきた。

辛《つら》いなどとは口にせずに色んなことを吞み込んでやり過ごしてきたはず。

連理《れんり》はこの迷える子羊にただ諭してやればいい。

これまで通り、息を殺して待てと。そして味方を探せと。

君を苦しめない、悲しませない、助け合ってくれる、幸せにしてくれる、支えになってくれる、そういう人を選んでいつか窮屈な世界から逃げろ。

——逃げろ、あやめちゃん。

そう言ってなだめてやればいいだけだったのだが。

『……かえり、たく、ない……かえりたく、ないん、です……』

あやめが泣くのだ。

冷静沈着、優秀な護衛官《ごえいかん》として名高い娘が、存在も忘れていた男に向かって弱音を吐くほどに追い込まれ、涙を流していた。

その時の葉桜《はざくら》あやめは数年ぶりに邂逅《かいこう》した連理《れんり》から見ても限界だった。

もうあと一歩も動けない。もう涙を拭う手も足りない。再び走り出す勇気がない。

誰かが今すぐ支えてあげなくては、途絶えてしまいそうな命になりかけていた。

泣きじゃくるあやめを見て、連理《れんり》はしばらくどうしたものかと頭を巡らせた。

彼女には圧倒的に味方が居ないのだ。政治的立場、家族内立ち位置、そうしたしがらみに囚《とら》われない位置から『大丈夫だ』と声をかけてやれる人間が求められていた。

あやめの問題はすぐに解決しない。それは変わらない。でも、誰かになぐさめてもらえるかどうかで心の在り方はいくらでも変わるだろう。それは連理《れんり》も過去に経験している。

――俺が、支えるのは駄目なのか？

連理《れんり》はそこまで考えて、天啓を得たようにそう思った。

うぬぼれではなく、条件が適していたのだ。

幸い、連理《れんり》は近い将来帝州《ていしゅう》にある四季庁《しきちょう》関連の医療施設へ転勤が決まっていた。妻となる人もそちらに行きたいと言えば何も疑われることなく里から連れ出してあげられるだろう。

誰かを愛する準備も出来ていた。

もし自分のような人間と人生を共にしてもいい人が現れたなら、大事にしたいと昔から思っていた。愛をもらえなかった青年故の願望だ。

それに、大昔にあやめも言ってくれたではないか。『うちに来る？』と。

同じことを違う方法でやるだけだ。俺のところに来ればいいよと。

人助けのようなものだ。悪いことではない。

悪魔の誘いとは違うはず。

──詭弁《きべん》だ。

わかっている。本当のところは自分がこの娘を欲しいだけだ。

悲しんでいる人を誑《たぶら》かすようなことしてはいけない。

でも、それで救われる命なら？

──俺なんかよりもっと良い人がこの娘にはふさわしい。

わかっている、そんなことは。

だが、いま彼女の目の前に居るのはそのふさわしい誰かではない。

辛《つら》いと、苦しいと、あやめが訴えかけているのは他でもない連理《れんり》だ。

──まだ誰にも手折られていない花を欲しがるのはそんなに罪なのか？

連理《れんり》から欲しいと言って盗《と》りに行ったわけじゃない。

花のほうから来てくれた。そして助けを必要としている。

これを冷たくあしらうほうが非道な行いではないか。

——これが罪になるなら、罪で良い。

ずっと人の為にへらへらと笑って生きてきた男が道化を辞める時が来ていた。

『あやめちゃん、俺……』

いま思えば、連理《れんり》は随分前にあやめに初恋を捧《ささ》げていたのだろう。

『俺……いま勧められてる縁談を断りたくて……同じように、自由になりたくて、それを勝ち取る為の戦いが出来る人と本当は結婚したいと思ってるんだ』

愛されたことがないから、愛だと気づかなかった。

『つまり、その、恋愛とかじゃなく……打算になるんだけど』

気づいたら何でも出来る。

『……でもその代わり互いの生き方に干渉せず応援というか。友達というか、そういうの……あやめちゃん、どう思う……？』

こんな愚か者でも良いと振り向いてくれたなら。

『みんなに嘘《うそ》つくことになるけど、嘘《うそ》の結婚……俺としない？』

ただ一度でも振り向いてくれたなら。

その女の子に愛だけでなく、自分の命すら捧《ささ》げてもいい。

『俺、君のこと大切にするよ』


あやめが自分の人生に連理《れんり》を巻き込んだのではない。連理《れんり》があやめを欲《ほっ》したのだ。

連理《れんり》は警戒心が強い彼女が頷《うなず》きやすい条件を提示した。単純に好きになってくれと言っても頷《うなず》いてくれるはずはないと確信していた。あやめの本心はわからないが、彼女は話に乗った。

老鶯《ろうおう》家はこの縁談をすぐ快諾した。

最初に持ち上がっていた見合いより、葉桜《はざくら》家の方が良縁だったからだ。みんなの為の愚者。劣っている次男もやっと役に立った。そんな親の思考が透けて見えたが連理《れんり》はどうでも良かった。大事なのは今の家族ではない。これからの家族だ。

葉桜《はざくら》の家は瑠璃《るり》の相手に関しては彼女を守る為に早々に手を打っていたが、あやめは苦労させた分自由にしてやりたかったのだろう。好きな相手ならそれでいいと許しがでた。

そこからは連理《れんり》の戦いになった。契約結婚をいつか恋愛結婚に転じさせたい。

少しでもあやめに好かれようと努力した。

甲斐《かい》あって、あやめも連理《れんり》を人間として嫌っている様子はない。

一定の距離からは近寄れないが、会話を重ねれば重ねるほど気安い態度も許してもらえた。

あやめは連理《れんり》が見込んだ通りの人だった。静かな人だが、愛情深く優しい。
結婚さえすれば何とかなるはず、時間をかけていつか好きになってもらおうと。
――いつか、少しでもいい。俺を好きになってくれたら。

純粋に、そう願っていたのだ。

恋と愛に浮かれて、突然の攻撃に対処出来る準備はしてこなかった。
「……」
いま、連理《れんり》はあやめにとって何の関係も無い男になってしまっている。
元婚約者など他人でしかない。
葉桜《はざくら》姉妹が里から弾圧されているというのに守る盾にもなれないのだ。
だが無関係でも助けたい。そして、彼女に聞きたかった。
――もう、俺のこと、嫌い？
親の言いなりで動けなくなった『共犯者』など、不甲斐《ふがい》ないと思っているだろうか。
もう興味がない。要らない。使えない。
自分がそう言われる姿は容易に想像出来た。
――せめて、もう一度会って話したい。

彼女に嫌われていたとしても、彼女の為に何か出来ることはあるはず。

「あやめちゃん……」

思いつめる連理《れんり》が、ぼそりと恋しい人の名前をつぶやいたその時。

「連理《れんり》くん、そろそろ行きましょう」

後ろから話しかけられて、びくりと震えて怯《おび》えつつも連理《れんり》は振り向いた。

そこには連理《れんり》よりも少し年嵩《としかさ》であろう男性が居た。

「誰かに見られたら里から出にくくなる。彼らと違って僕らは彼女達の行き先がわかっているんですから」

丁寧な言葉遣いだけ聞けば、物腰柔らかで控えめな人物が想像出来る。

「僕達のお嫁さんを取り戻しに行きましょうよ」

だが、実際の彼は何とも堂々としていた。

「……君影《きみかげ》さん」

「雷鳥《らいちょう》でいいですよ。僕達、親族になるんですし」

「……ら、雷鳥《らいちょう》さん」

「そんな怖がらないで……僕は君の味方でしょう?」

連理《れんり》に小首を傾《かし》げて可愛《かわい》らしく笑って見せるのは、葉桜《はざくら》瑠璃《るり》の元婚約者、君影雷鳥《きみかげらいちょう》だった。

雷鳥《らいちょう》の容姿は非常に健康的だ。筋骨隆々とまではいかないが鍛えられた肉体、たくましい腕に太もも。ただ立っているだけで壁のように大きな影を作り出す体躯《たいく》をしている。

顔は強面《こわもて》に近い。眼光も鋭く鷹《たか》のようだ。口は大きく、唇は血のように赤い。年は二十代半ばぐらいだろう。黒ずくめのミリタリーファッションがよく似合っていた。

「僕、連理《れんり》くんとは仲良くしていきたいんです。僕の瑠璃《るり》のお姉さんの旦那さんとなる方ですからね。瑠璃《るり》とあやめさんがあんなに仲が良いんだし、僕らもそう出来たら最高じゃないですか。信用してください。お家《うち》からも出してあげたでしょう？」

「……」

「お家《うち》から出してあげたでしょう？」

「はい……」

怯《おび》え気味な連理《れんり》と仲良くなりたがっている雷鳥《らいちょう》。

彼らは互いに葉桜《はざくら》姉妹に婚約破棄されたという共通点だけがあった。

親族の集まりで数回だけ挨拶はしていたが、これまで深く関わってきていない。

交流を深めるのは互いの結婚が済んでから。年中行事などで顔を合わす内に仲良くなることもあるだろう。その程度の関係だった。

お偉方から結婚の破談通告を受けた後も会っていないし、連絡先も知らなかった。

だというのに、突然、雷鳥《らいちょう》は老鶯《ろうおう》家に現れたのだった。

今日、連理《れんり》は老鶯《ろうおう》家の敷地《しきち》内にある物置に閉じ込められていた。

度々、婚約破棄についてお偉方に抗議しにいくのを父や兄に見つかり、咎《とが》められ、失敗し、連れ戻される日々を送っていた結果の出来事だった。

今まで大人しかった末っ子が、急に歯向かうようになって腹立たしかったのだろう。

ついには折檻《せっかん》され、手を縛られ、物置に監禁された。

猛暑の中、空調設備もない場所に閉じ込められたのは危機的状況と言える。

そんな時、外から声をかけられたのだ。

『連理《れんり》くん、助けてあげますよ』と。

童話の中で、魔法使いが迷える者に囁《ささや》くような声音だった。

ついに幻覚症状まで起きてしまったか、と自分の状態に絶望した連理《れんり》だったが。

『頭下げてくださいね』

次の瞬間、爆弾でも飛んできたような音が響いたので現実だと再認識した。

何度身体《からだ》を体当たりしてもうんともすんとも言わなかった戸が倒れてきて肝を冷やす。

位置が悪ければ下敷きになっていただろう。暗く閉ざされた物置の中に光が差し込み、訪問者の正体を明らかにしていった。

最初に見えたのは長い足だった。

それから石壁のように大きな身体《からだ》。

やがて見覚えのある男の顔がはっきりと視認できた。

『……君影《きみかげ》……さん？』

頑強な戸を蹴り倒して入ってきたのは、連理《れんり》と同じく葉桜《はざくら》の娘の婚約者。

君影雷鳥《きみかげらいちょう》その人だった。物置の戸は木製、簡単に蹴破って破壊出来る作りではない。木屑《きくず》がぱらぱらと降ってくる中、こちらを見てにたりと笑う雷鳥《らいちょう》は救世主にも破壊神にも見えた。

『お久しぶりです連理《れんり》くん。此処《ここ》、汚いですね。掃除してないのかな……』

雷鳥《らいちょう》は満面の笑顔で朗らかに挨拶してくれたが、そんな状況ではない。

『大丈夫ですか？　僕が来たからにはもう安心ですよ』

『……』

『おーい、連理《れんり》くん？』

連理《れんり》は、微妙な関係性の男がしでかした豪快な登場に驚いていたので二の句が継げなかった。

しばし、突然出逢《であ》った獣同士のように見つめ合う。

『おかしいな。漫画とかだとこういう時、涙を流して感謝してくれるんですが……まあいいや』

やがて雷鳥《らいちょう》がしびれを切らしてつかつかと物置の中に入ってきた。連理《れんり》の手に施されたガムテープの拘束を剝がしてくれる。

『おやまあ』

そしてすぐに顔をしかめた。連理《れんり》の顔の青あざや擦り傷が目についたようだ。

『……酷《ひど》いことをする……殴り返せば良かったのに』

本当に心配そうに言われて、ようやく連理《れんり》の思考も正常に戻ってきた。

何だかわからないが助かった。

まずはお礼を言わねばと乾いた口の中から言葉をひねり出す。

『あの、助かりました……閉じ込められていたので……けど、どうして此処《ここ》に……』

雷鳥《らいちょう》はどこで練習してきたんだと言いたくなるほど完璧なウインクをした。

『医局のほうに出勤してなかったみたいですから、気になってお宅の防犯カメラ映像にアクセスしたんです。ちょうど君がお庭でご家族に袋叩《ふくろだた》きにあうのを見て、こりゃあ大変だと助けに来たんですよ』

『……え？』

『防犯カメラから見える位置で喧嘩《けんか》が始まったのが幸いでしたね。すぐ駆けつけられました』

『……』

『連理《れんり》くん？』

『……あの、アクセス……出来たのは何でですか？　他人の家の防犯カメラに……』

『そりゃあハッキングしたからですよ』

『え？』

『ハッキング。不正アクセス』

『……』

連理《れんり》の喉がきゅうと謎の音を立てた。

自分の家族も相当変わっているが、これは別種の変人だと頭の中で避難警報が鳴る。

――やばい人だ。

軽率に関わってはいけない人種である。

連理《れんり》は本能的に逃げの体勢になったが、とは言っても狭い物置、入り口は一つ、逃げ場所は塞がれていた。雷鳥《らいちょう》は連理《れんり》の怯《おび》えに構わず喋《しゃべ》り続ける。

『いやあ、決断して良かった。僕、普段は優しくないのでこういうことしないんですが……君は助けてあげなきゃと思って……実際助けてみると気分が良いですね』

彼は自身が言う通り爽快な表情をしていた。ハッピー、と言わんばかりだ。笑うと犬歯が見えた。発言も肉体も凶暴だが、笑顔だけは笑う犬のように愛嬌《あいきょう》がある。

『安心して、不正アクセスしてるのは君の家だけじゃない。ほら、怖くないでしょう？』

『いや……めちゃくちゃこわいですけど……』

あまりの怖さに連理《れんり》は本人を前に心の声が出た。

『怖くないですよ。だってのぞき目的じゃないんですよ。連理《れんり》くんはお医者さんなんですよね？』

急に話が飛んだ。連理《れんり》はとりあえず頷《うなず》く。

老鶯《ろうおう》家は里の医局を管理している一門だ。連理《れんり》の家は分家にあたる。

一族は基本的に医療現場で従事することが求められている。

連理《れんり》を閉じ込めていることで、医局の人員が一人減っているはずだが、そこまでしても父親と兄は制裁を受けさせたかったのだろう。

看護師達から相当恨まれているだろうなと、いまの医局の多忙ぶりを想像する。

だが職場のことに頭を悩ませている場合ではない。

連理《れんり》もある意味危機的状況だ。

『僕はええと……色々やっていたんですが、契約上言えないのでぼやかして言いますと……戦闘と警護のスペシャリストだったんですよ』

『……君影《きみかげ》家の方ですもんね……』

『そうです！　僕の家は里の警備を一任されています。里を守り、監視することに変態的に固執している家系と言っても過言ではありません』

『……』

聞き捨てならないことを聞いた気がしたが、話が進まないので連理《れんり》は黙った。

『そして、僕の現在の警護対象者は瑠璃《るり》ですから、彼女を守る為に里の監視システムを横から拝借して見守っていたんです。足りない部分は自分で増設して見てました』

『それは……君影《きみかげ》家の中で許されていることなんですか……？』

『よくはないけど……いま、里では大変なことが起きていますからね……僕なりに大切な人達を守りたくてそうしていたんですよ。家なんて知ったこっちゃありません』

『……』

『ね、理由がわかると怖くないでしょう？』

安心させるように言ってくれたが、つまるところこの男は個人的に職権乱用して他人の生活を覗《のぞ》き見《み》していたということだ。

しかも、監視システムをハック出来る技術を持っていて悪びれずやっている。

——悪意のない正義感ってやばくないか？

連理《れんり》の中で雷鳥《らいちょう》の危険度がどんどん上がる。

とりあえず、この状況で相手の神経を逆なですることはまずいということくらいは連理《れんり》もわかっていた。至極落ち着いた様子を装《よそお》いながら、気になったことを質問してみる。

『あの……君影《きみかげ》さん』

『はい、連理《れんり》くん』

『……婚約破棄……されたのに、瑠璃《るり》ちゃんを……守る為に監視してるんですか』

『もちろん。瑠璃《るり》に嫌われたわけでもないのに、警護を辞める必要がないでしょう？』

『でも、結婚しないのに……』

その時、初めて雷鳥《らいちょう》はむっとした表情を見せた。

強面《こわもて》の彼が不機嫌顔になると迫力がある。

怒鳴られるだろうか、と身構えたが雷鳥《らいちょう》は子どもがダダをこねるような口調で言った。

『しますよ、絶対にします！　してもらわないと困ります！　僕は瑠璃《るり》と結婚すると決められてから、神の写し身の娘を守れる男になろうと努力してきたんですよ。今更、普通の女の子と結婚しろと言われても困るんですよ！』

『困る……』

『そこらへんの女性なんて、守りがいないでしょう？』

『……そういう理由ですか』

『それに、瑠璃《るり》が好きです』

『あ、ちゃんと好きなんですね……』

『そりゃそうでしょう。好きじゃないとこんなことしませんよ。僕を何だと思ってるんですか』

——大分やばい人です。

そう思ったが、連理《れんり》は少しほっとした。彼も婚約者を諦めきれない仲間なのだ。

やり方は間違っているし親戚になりたい男ではないが、共通点があることで親近感は湧いた。

『今までは状況を静観していましたが、遂《つい》に動かなくてはならない時が来ました。連理《れんり》くん、僕と一緒に行きましょう。瑠璃《るり》とあやめさんが里を脱走しました』

『え……？　な、何で……？』

『そうなるように仕向けた者達が居るようですね』

『何の為に……？』

『そりゃ決まってるでしょう、どっちか殺す為ですよ』

連理《れんり》の時が一瞬止まった。

――どちらか殺す？

何を言っているのだ、と頭が真っ白になる。

『それか両方殺すかですね。五分五分でしょうか』

雷鳥《らいちょう》は恐ろしいことをこともなげに言った。

『な、何でそんなことになってるんですか⁉』

『あ、その話すると長いんで、とりあえずここから出ましょう』

『で、でも！』

『わかりますよ、聞きたいですよね。けどまずは逃げないと。家の人に見つかったら、瞬《また》く間《ま》にまた閉じ込められますよ。君、家の中で良くない位置にいるでしょう』

連理《れんり》は頬をトントンと指先で突かれた。小さな痛みが走る。

『こんだけ派手にやってるってことは、当分、君を外に出す気がないんですから』

その言葉は、連理《れんり》にとっては少し呑み込み難《がた》い話ではあったが事実だった。

連理《れんり》の父や兄がこれからも連理《れんり》を加害し、監禁しようとしているのは明らかだ。

服で隠すことの出来ない怪我《けが》、階段で転んだなどと言い訳は出来ない。

狭い里の中で連理《れんり》が誰かと喧嘩《けんか》をしたのならおのずと噂《うわさ》になる。

密告は村社会における秩序システムだ。

連理《れんり》に怪我《けが》をさせた相手の情報が特に浮上しない場合、疑われるのは間違いなく家庭内暴力だろう。

里の医局を管理する一族の老鶯《ろうおう》家でそんなことがあったと話が広まればまずいことになる。

連理《れんり》の父も兄も医局勤めだ。暴力を振るう医者に治療されたいと自ら願う患者は居ないはず。

今まで築いてきた信用が瓦礫《がれき》と化す。

——父や兄が体面を汚す真似《まね》をするはずがない。

大方、医局では連理《れんり》はしばらく病気か心身衰弱で休み扱いになっていることだろう。

里のお偉方の命令に背こうとする息子が目障《めざわ》りになった。

だから殴る蹴るまでして物置に放り込み、連理《れんり》の心を折ろうとした。

彼らは息子より、自分達の保身をとったのだ。

雷鳥《らいちょう》の言うようにいま悠長に喋《しゃべ》っていてはいけない。此処《ここ》からすぐに逃げるべきだ。

連理《れんり》にとって、家は安全ではなく、家族は味方ではないのだから。

――あやめちゃん。

連理《れんり》の胸の中に、幼い頃の思い出が浮かび上がった。

自分の家に逃げてきてもいいと言ってくれた女の子の姿だ。

あの頃からたくさんの時が流れている。

――あやめちゃん、いま何してる？　無事なのか？

もう心の中に、自分を傷つける人間を置く隙間はない。既にあやめが居る。

家族から逃げる時がやっと訪れていた。

『連理《れんり》くん、僕は二人の行き先を独自の情報網でもう摑《つか》んでいるんです。本当は一人で行くつもりでした。単独行動の方が得意ですし。でも、君も誘ったほうがいいかなと思って此処《ここ》に来たんですよ。君は、あやめさんをとても大事にしているようだったから……違いましたか？』

『違いません……』

『なら腹を括《くく》ってください。一緒に行きましょう？　あの子達を守る為に一緒に戦ってくれる人は、いくらでも欲しいくらいなんです』

『……』

――信用してもいいのだろうか。

甘い言葉を囁《ささや》く者は要注意人物、関わらないほうが良い人種であることは間違いない。

だが、今は彼に頼るしかないのも事実だった。

──俺、何も持ってない。

連理《れんり》は現人神《あらひとがみ》のように超常の力を持たない。

里を監視する謎のシステムも持っていない。

喧嘩《けんか》などしてきたこともなく、武力もない。

努力して医者にはなったが、今その仕事は捨てようとしている。

この状況下で求められるものは何も持っていなかった。

彼は本当に普通の人間なのだ。雷鳥《らいちょう》が望む存在が、戦闘が出来る者だというなら連理《れんり》は不適格だろう。身の安全の為にも誘いを断ったほうがいい。

──でも。

一つだけはっきりと武器だと言えるものが連理《れんり》の中にはあった。

──これだけは、誰にも負けない。

何かと言えば、あやめへの気持ちだ。

好きな女の子に注ぐ、献身的な愛は誰よりも正しく持ち続けていた。

『……俺でも役に立ちますか？』

連理《れんり》は祈るように尋ねた。

愛しかないのだから、想《おも》い人が殺されかかっていると知って、動かない理由はない。

『もし、こんな俺でも……あの二人を守る何かになれるなら……俺、行きます』

老鶯連理《ろうおうれんり》はようやく一人の人間として生きようとしていた。

親に縛られることもなく、自分の想《おも》いを殺すこともなく、ただ自分がしたいことをする。

いま何も持っていない連理《れんり》が欲《ほっ》するのは、もうずっと会えていない婚約者の安全のみだ。

もちろん、彼女の妹も危険な状況にあるなら助けてあげたい。

無力な自分がそう願うのはおこがましいかもしれないと連理《れんり》は思う。

けれども、この気持ちまで殺したくはなかった。

――あやめちゃん。

何が出来るかもわからない。

――俺、まだ好きだよ。

何も出来ない可能性の方が高いかもしれない。

――君が好きだ。

それでも、彼女の元へ走って行きたい。

――無事でいてよ。

彼女を愛しているから。

『あやめちゃんと瑠璃《るり》ちゃんを助けたい。俺も連れて行ってください』

連理《れんり》の返事に、雷鳥《らいちょう》は満足したように手を叩《たた》いた。

『そう言うと思った！』

彼は、この時ばかりは本当に笑っていた。嬉《うれ》しそうに連理《れんり》を抱擁する。

『君は意外と根性がありますからね！　僕は、君がご家族に袋叩《ふくろだた》きにされても負けない姿勢に感動しましたよ。この子は見込みがあると！　僕についてこられそうな気がすると！』

『それも監視映像で見てたんですか……』

『はい、あっえっ……はい』

『……』

『でも、途中でお風呂《ふろ》入っちゃったんで全部見てないですよ。ほら、君に会う前にひとっ風呂《ぷろ》浴びとこうと思って。身だしなみって大事じゃないですか。特に親族に会う時には。君に臭いとか思われたくないし。嫌われたくなくて……君の無様な姿を何時間も見たわけじゃない』

——この人、やっぱ変な人だな。

雷鳥《らいちょう》が変人であるという事実は横に一旦置いて、連理《れんり》は彼についていくことを決めた。

そして時は冒頭に戻る。


「連理《れんり》くん、気が済みましたか？」

携帯端末を見つめる連理《れんり》に雷鳥《らいちょう》が声をかけた。

「あの二人に追いつかないと。他の者達が失踪に気づく前に僕らは行動しますよ」

「……葉桜《はざくら》のご両親に、話しに行かなくてもいいですかね……」

雷鳥《らいちょう》はダメダメと言わんばかりに首を振った。

「僕が情報提供しなくても、国家治安機構《こっかちあんきこう》が動きます。公共交通機関とか道路とか、色んな所の映像引っ張れば足取りなんて摑《つか》めるでしょう。あの子達目立ちますし。ご両親を安心させたい気持ちもわかりますが、彼らの周囲が信用できる人間とは限りません。あやめさんと瑠璃《るり》をそそのかして、孤立させた者がこの里に居るんです。彼らより先に行動しないと、最悪、彼女達と僕らが接触する前にどちらかに危害が加えられます。いまやるべきことは誰よりも先んじて動くことです」

「わかりました……すみませんでした、すぐ行きます」

まだ迷いは感じさせるが、最初よりはっきりとした声で連理《れんり》は返事をした。自分から彼の横に並ぶ。雷鳥《らいちょう》はそれが嬉《うれ》しかったのか、笑顔を見せた。連理《れんり》は続けて言う。

「道すがら教えてください。どうしてこんなことになっているのかを……」

「もちろんです、あっちに車を停《と》めてますから、ドライブしながらお話ししますよ」

「それで目的地は？」

雷鳥《らいちょう》はにっこりと微笑《ほほえ》んだまま囁《ささや》く。

「南の最果て、竜宮《りゅうぐう》です」

一つ、また一つ、盤上で駒が動いたのだった。

一匹の孤独な獣が走っていた。


空を見上げれば満天の星空。美しい夜空が広がっていた。

夜というものは獣のような存在にとっては大きな味方だ。


『夜が来ないと困る人もいるんだ。眠りを齎《もたら》すだけじゃない。逃げたい場所から逃げる為に暗闇が必要な人も居るんだよ』


頭の中で、ふと主の言葉が浮かんだ。

あの時はそれがどういう意味かよくわからなかったが、今なら理解出来る。

逃げている獣にとって、夜は味方だ。


「捕まえろっ!!」

「自分を追跡している者達の声がして、獣は更に走る速度を加速させた。

主に健脚だと褒められた足が、地面を蹴る。

——輝矢《かぐや》様。

ただ、ひと目主に会いたくて。

罪悪感に胸が押し潰されそうだった。自分がしてしまったことを彼に弁解したかった。

きっと、今もあの山で矢を射《う》っているはずだ。

自分と同じ、四面楚歌《しめんそか》の状態だろう。

――もっと早く決心すればよかった。

状況に惑うばかり。こうすることがあの方に一番良いのだと言われれば、物を知らぬ獣は従うしかなかった。

――いや、それも言い訳だ。

主を第一に考えて行動した。それは確かだ。

けれども、何が正しいかの判断を他に委ねたのは間違いだった。

もう二度と他の者の言うことなど聞くものか。

――輝矢《かぐや》様。

自分に命令を下していいのはあの方だけなのだから。

そう思って、獣は走る。夜を走る走る。

やがて、川を越え、谷を越え、海を越え、懐《なつ》かしい島へ舞い戻った。

追跡の手が回る前に主に会わなくては。どうしていらっしゃるだろうか。

元気ではないだろう。今聞かされていることは嘘《うそ》だと言って信じてもらえるだろうか。

きっと拒絶される。でも、会いたい。

――もう一度、お会いしたい。
会って、事の次第を話して、拒絶されたのならそれは受け入れよう。
恐らく顔を二度と見たくないと言われる可能性のほうが高い。
――でも、まだ『あれ』を使える。
その事実が獣を主の元へ走らせる。
――あんなことがあったのに、あの方との繋《つな》がりは消えていない。
それが獣に希望を抱かせた。
確かめるように、道中も何度か使ってみたが、衰えている様子はなかった。
離れ離れの間もそれだけが心の支えだった。
今日も使えた。だからまだ必要とされているのでは、と。
獣はひたすら主のことを考えながら山を登った。
――輝矢《かぐや》様、輝矢《かぐや》様。
慣れ親しんだ山道を登る。今の時間帯ならきっと御山の聖域に居るはず。
――輝矢《かぐや》様、おれです。戻って来ました。
貴方《あなた》はおれを待っていてくれたのではないですか？
おれは貴方《あなた》の為なら何でも出来た。これからだってそうです。
貴方《あなた》はまだおれを必要としてくれているから、だから……。

「本日も御身のおかげで大和《やまと》に夜が来ました。美しい夕焼けです」

そこで獣は現実を見る。人生を棒に振ってまで守った主が新しい下僕に笑いかける姿を。

「月燈《つきひ》さん」

曲がりなりにも獣は主の飼い犬だ。顔を見れば、主がその下僕をどれだけ愛しているかわかってしまった。腹の底から絶望が湧いてきて、じゃあ自分は何の為に罪を、だとか、もう自分達のことは忘れてしまったのか、だとか、そういう感情が体を支配した。

――輝矢《かぐや》様。

こちらを見て欲しかった。

――輝矢《かぐや》様。

鳴き声を聞いて欲しかった。

――輝矢《かぐや》様。

どうして、と尋ねて欲しかった。

――輝矢《かぐや》様。

繋《つな》がりを求めたかった。

――輝矢《かぐや》様、おれのことはもうお忘れですか。

誰が少年を殺して狼《おおかみ》にしたかは議論されることはない。

第七章 狼の夜想曲

大暑から始まった激動の一日は終わり、各陣営は等しく七月二十三日の朝を迎えていた。

春主従と冬主従は花葉残雪《かようざんせつ》が提供した宿泊施設に。

秋主従は挿《す》げ替《か》えの情報を聞いて秋の里から帝州《ていしゅう》まで移動している最中だ。

夏姉妹は夏の里を秘密裏に抜け出し、深夜に竜宮《りゅうぐう》へ到着している。

そして黄昏《たそがれ》の射手《しゃしゅ》、巫覡輝矢《ふげきかぐや》は自身の所有する邸宅に居た。

邸宅は竜宮岳《りゅうぐうだけ》からほど近い森林の中に隠されるように存在している。

森自体も私有地として立ち入り禁止区域とされている場所だ。人里から離れているので買い出しなどに行きたい時は不便だが、最短距離で山に辿《たど》り着《つ》けることを考えると良い立地だと言えた。射手にとって竜宮岳《りゅうぐうだけ》は通勤地。往復は短く済むほうが良い。

そんな立地条件にある巫覡輝矢邸《ふげきかぐやてい》は一見すると何処《どこ》かのリゾートホテルのような外観をしていた。高い塀で守るように囲まれ、塀の中にはあまり手入れされていない庭とプールがある。

専門の庭師は居ないのだろう。花樹や花々が自然のままに咲き乱れており、そこに蝶々《ちょうちょう》が花達を世話するように飛んでいる。

──そろそろ起きるか。

そんな美しい邸宅の一角にて、輝矢《かぐや》は今日も務めを果たす為、寝起きの伸びをした。彼は朝起きるとまず寝室の遮光カーテンを開く。そうして窓を開けて空の色を確認するのが常だった。朝の天蓋が綺麗《きれい》に空を彩《いろど》っていることに胸を撫《な》で下《お》ろしながら心の中で思う。

──お疲れ、花矢《かや》ちゃん。今日も朝をありがとう。

エニシに居る唯一の同僚、暁《あかつき》の射手《しゃしゅ》の仕事ぶりを讃《たた》えてから一日を開始するのだ。

まだ早朝と言える時間だったが、朝食の支度をする為に輝矢《かぐや》は身支度をした。三階にある寝室から螺旋《らせん》階段で降りて一階へ、それから大広間に入る。大広間の窓硝子《ガラス》からは外を走っている輝矢《かぐや》の警護部隊の面々が見えた。輝矢《かぐや》が軽く手を上げると、彼らも気さくに手を振り返す。

そのまま厨《くりや》に向かうと、本日の朝ご飯担当の片割れが既にエプロンを着用し料理をしていた。

──今日は月燈《つきひ》さんと一緒か。

輝矢《かぐや》の近接保護官《きんせつほごかん》である荒神月燈《あらがみつきひ》は何故《なぜ》かまな板に載った牛肉の塊をじっと見ていた。

──焼き肉でもしたいのかな。

食いしん坊な月燈《つきひ》ならあり得る、と輝矢《かぐや》は思う。

「月燈《つきひ》さん、おはよう」

声をかけられて、月燈《つきひ》はびくりと震えた。そして顔を上げる。

「輝矢《かぐや》様、おはようございます」

声は明るかったが、表情はどこか暗く見えた。

「よく眠れましたか？　昨日、みんなと飲んでいたでしょう。二日酔いになっていないといいのですが」

暗狼事件《あんろうじけん》が起きてからというもの、輝矢《かぐや》の警護を一任されている月燈《つきひ》は大忙しだ。毎日対策会議を開き、輝矢《かぐや》が安全に屋敷《やしき》に戻れるよう警護計画を練っている。大変な日々だが、それでもこんな風に明らかに何かあったのかと思わせるような顔は見せてこなかった。

――大分疲れてるみたいだな。

「月燈《つきひ》さんも今度一緒に飲もう。それより顔色悪いよ。ちゃんと寝た？」

心配で、輝矢《かぐや》はつい詰問《きつもん》するように尋ねてしまう。

「ね、寝ました」

「本当に？」

「……」

ここで嘘《うそ》をつかないのが月燈《つきひ》らしいといえば月燈《つきひ》らしい。輝矢《かぐや》は苦笑した。

「……最近は毎晩酒盛りしてるから、眠れなかったら月燈《つきひ》さんも今度参加して。あ、朝食準備もう終わっちゃったかな？」

「えっと……卵焼きは出来ていて、ご飯は炊けるのを待っている状態なのです。あと何品か作ろうと思っていました。お味噌汁《みそしる》まだ出来てないです。いま部下に買い出しも頼んでます」

「ん、わかった。お味噌汁《みそしる》は俺つくるね。そうだ月燈《つきひ》さん、ソーセージもう全部使っちゃおうか。きっと買ってきてくれるよね？」

輝矢《かぐや》も自分専用のエプロンを厨《くりや》から取り出して身につけた。黄昏《たそがれ》の射手《しゃしゅ》とその近接保護官《きんせつほごかん》。本来なら一緒に料理をするような関係ではない。警護の為に月燈《つきひ》達も屋敷《やしき》に寝泊まりするようになり、厨《くりや》を貸す内に何となく食事の卓も共に囲むようになった。手伝いもその流れだ。

「いつもありがとうございます」

「いやいや、俺が料理好きなだけだから」

作ったら作った分だけ美味そうに食べてくれる人達が居るのはやり甲斐《がい》がある。冷蔵庫から食品を取り出しながら、輝矢《かぐや》は気がかりだったことを尋ねた。

「それでその肉は？　そんなの買ってたっけ。朝食にするにしては重くない……？　若い子なら朝から肉でも良いのかな……」

薄切りにして肉野菜炒《いた》めにでもしようかと輝矢《かぐや》が提案したが、月燈《つきひ》がかぶりを振った。

「いえ……これは武器なのです」

物騒な言葉に輝矢《かぐや》は眉をひそめる。

「武器」

真似《まね》して復唱してみたが、どう見ても肉だった。

「美味《おい》しさは武器……ってこと？」

料理は愛情、のような語録だろうかと輝矢《かぐや》は考える。

「違うのです。これを投擲《とうてき》武器みたいに投げて、あの狼《おおかみ》野郎がパクっとしてる間にみんなで麻酔銃撃ちまくったらどうにかならないかと……」

「狼《おおかみ》野郎」

「……狼《おおかみ》野郎です」

「月燈《つきひ》さん、なんか追い詰められてない？　偉い人達に怒られた？」

「……」

図星らしい。暗狼事件《あんろうじけん》が起きてからというもの、輝矢《かぐや》もストレスを抱えていたが、月燈《つきひ》も重圧に耐えているという状況だった。通信会議を何度かしているのを見かけていたし、携帯端末片手に誰かに報告しながら謝罪している様子も見ている。夜の酒盛りに参加しないのも報告書作成の為だ。

「月燈《つきひ》さんの指示があるから暗狼《あんろう》に遭遇した時も無事に逃げられてるんだけど、そっちの上の人には伝わってない感じなのかな……」

「……お優しいお言葉、ありがとうございます」

「いや、フォローしてるわけじゃないよ。事実だって。誰も怪我《けが》してないしさ」

「防衛は成功していますが排除には至っていません。輝矢《かぐや》様の心労を増やすばかり……叱責されるのもやむを得ません」

「そんなこと……」

「あまりにも長期にこの状態が続くようなら、他に司令塔として適格者となり得る者を投入する可能性も出てきました……」

思ってもみなかったことを言われて、輝矢《かぐや》は大きな声を出してしまう。

「は？」

月燈《つきひ》がまたびくりと身体《からだ》を震わせた。そして申し訳なさそうに言う。

「……わたしでは輝矢《かぐや》様の近接保護官《きんせつほごかん》に不適格という話がありまして……」

「……嘘《うそ》でしょ」

「嘘《うそ》ではないのです……昨日、言われました。部隊は残留し、頭だけ入れ替える案が……」

輝矢《かぐや》はしばらく何も言えず、ぽかんと口を開けてしまった。

――冗談じゃない。

今更、知らない者達と新たに関係性を築けと言われても困る。何とかやっていけているのは、今のメンバーだからだ。全員、気さくな者達。一人交代するのも嫌だった。

それが隊長の月燈《つきひ》であればショックは数倍だ。

――嘘《うそ》だろ。

月燈《つきひ》が居なくなる。いつかは居なくなる人だということはわかっていたが、こんな時に居なくなるとは思ってもみなかった。

「国家治安機構《こっかちあんきこう》の上の人と話さないとだめみたいだね……」

もう輝矢《かぐや》にとっては無くてはならない人なのに。

輝矢《かぐや》は冷静を装《よそお》いながらも怒っていた。元々短気な性格だが、今回は導火線に火が点《つ》くのがいつもより早い。月燈《つきひ》に向けた怒りではないが、輝矢《かぐや》の怒りを浴びて月燈《つきひ》はうつむく。

彼女が気落ちしているのはこの事だったのだ。

「俺の生活、立て直してくれたのは君なのにね……」

「……」

「居ないと困るって……俺がわがまま言ってるって、上の人に伝えてもらっても無理……？」

「……輝矢様《かぐやさま》」

月燈《つきひ》も板挟みで辛《つら》いのだろう。唇を噛《か》んで黙り込んでしまった。輝矢《かぐや》も月燈《つきひ》を責めたいわけではない。だが構図としてはそうなってしまう。

彼女はあくまで国家治安機構《こっかちあんきこう》に所属している人間で、現人神《あらひとがみ》側ではない。

月燈《つきひ》は暗狼事件《あんろうじけん》のおかげで上官から怒られ、輝矢《かぐや》にも詰め寄られている状態なのだ。

「何が駄目なの？」

「寵愛《ちょうあい》を受けているような印象を持たれます……」

輝矢《かぐや》は目を何度か瞬《まばた》いた。言われたことを咀嚼《そしゃく》するのに数秒かかる。

「はぁ？……君が、俺に？」

「はい。輝矢《かぐや》様の近接保護官《きんせつほごかん》に任命された時点で、上官に媚《こび》を売ったから抜擢《ばってき》された……という類のことは言われていましたし、ここで輝矢《かぐや》様の鶴の一声が入ると……更にそういう声が強くなり……わたしを降ろそうとしている方々が嬉々《きき》として『やはりそうだった』と言い出すのが目に見えているので……」

月燈《つきひ》は言いにくそうに小さな声で言う。

「ですから、輝矢《かぐや》様のお言葉で庇護《ひご》されるのは逆効果なのです」

――寵愛《ちょうあい》？

言葉の意味を思い返す。特別に可愛《かわい》がることだ。

それはそうだろう、だから何だと言うのだと叫びたくなった。

目の前の娘は、自分の生活を立て直してくれた人で、救ってくれた人だ。

愛《いと》しいか、愛《いと》しくないかと問われれば愛《いと》しい。不器用なりにも大事にしたいと思っている。

だがそれは彼女に限らず、部隊の隊員全員だ。

「……具体的に何がまずいの？」

「輝矢《かぐや》様に取り入っているように見えます……」

「俺、為政者でも何でもないんだけど、特権を与えられている印象になってるってこと？」

「はい……わたし自身も辞めさせないでと輝矢《かぐや》様に言ったりしてましたし……確かに自分でもそう言われても仕方ないことをしていたなと……大変反省しており……」

「いやいやいや、そんな……おかしいでしょ！　あんな……！　あんなの会話の一部分だし、そんなこと言うなら君の部下達は？　俺、あの子達とも仲良くしてるよ？　寵愛《ちょうあい》してる内に入るんじゃないの？　何で君だけ言われてるの？」

「……」

月燈《つきひ》は答えない。性別がやり玉に挙げられていることを自分でも言いたくないのだ。

国家治安機構《こっかちあんきこう》は四季の里や巫覡《ふげき》の一族に比べれば現代的な感覚を持つ組織だ。その為この手の意見は言っているほうが批判されるものだが、そうなっていないということは月燈《つきひ》をやり込めようとしている一派がよほど強いか、声高にではなく巧妙に吹聴して非難から逃れているのだろう。輝矢《かぐや》は深いため息をついてから決意した。

「わかった、電話してくる」

厨《くりや》を出ていこうとする輝矢《かぐや》を月燈《つきひ》が腕を摑《つか》んで止める。

「ど、どこにですか！」

「うちの一族のお偉方」

「だ、駄目です！　ですから、その対応をする方が此処《ここ》を去る日付が早くなります！」

「俺が君を懐《ふところ》に入れてるのは事実だし、君の部下も可愛《かわい》い。でもそれは君の言うようなことじゃない。いかに君達が俺を立ち直らせる為に心を砕いてくれたかちゃんと言う。今の批判は的外れだ」

「輝矢《かぐや》様、いけません……！」

「いや、言う！」

「待ってください！　これは国家治安機構《こっかちあんきこう》内での派閥闘争も関係していまして！」

またおかしな問題が降ってかかってきた。

「……はぁ？　派閥闘争？」

「輝矢《かぐや》様の近接保護官《きんせつほごかん》の候補はわたし以外にも居たお話はしましたよね……」

確かにそれは聞いた。だが今はもう関係ないはずだ。選ばれたのは月燈《つきひ》だったのだから。

「わたしを推してくれている上官……彼と敵対している別の上官が、他の候補を据えようとしています。わたしがいま叩《たた》かれているのはそういう背景もあるのです。暗狼事件《あんろうじけん》が解決してないせいで弱いところを突かれています。相手の意見を封殺するには、鶴の一声より……実力を示しませんと……」

輝矢《かぐや》は頭を抱えたくなった。

「……くだらない！　じゃあ月燈《つきひ》さん、巻き込まれてるだけじゃないか！　これ他の人だったらこの時点で部隊の隊長を差し替えとか言われてないってことでしょう！」

「輝矢《かぐや》様……」

月燈《つきひ》の小さな肩が更に縮こまってしまった。

「違う……違う、君に怒ってない……大きい声出してごめん……」

何とか苛々《いらいら》を抑えようと輝矢《かぐや》は努力する。意図して深呼吸を二回してから尋ねた。

「月燈《つきひ》さん……君は帝州《ていしゅう》に帰りたい？」

まず本人の意志確認が必要だろう。輝矢《かぐや》の予想通り、月燈《つきひ》はかぶりを振った。

「帰りたく……ありません。わたしをお傍《そば》に置いてくださいと言ったではないですか」

「うん……言ってたね」

「それに、この部隊は……わたしの部隊ですし」

「そうだよ」

「輝矢《かぐや》様とこれまで頑張ってきたのもわたしです……」

「そうだ」

月燈《つきひ》は泣きはしなかったが、唇は震えていた。

「せっかく作ったわたしの居場所、とられたく、ありません……」

輝矢《かぐや》は思わず手が伸びた。手は肩あたりを彷徨《さまよ》って、触れることはなく空を切る。

誤解されるようなことをしているのは、何も月燈《つきひ》だけではない。

——これ、俺が悪いのかもしれないな。

輝矢《かぐや》は月燈《つきひ》への気持ちを恋愛ではないと思っている。対等な関係ではないからだ。

一方的な奉仕を受けているだけ。

——仕事でやってくれてる人に、そういうこと思うのは駄目だ。

好きだけれど、これは友愛で、だから違うと。

──駄目だ。

違うと言い聞かせながら、傍《そば》に居てもらう方法をどうにかして考えなくてはならなかった。

「わかった……暗狼事件《あんろうじけん》、解決するように俺も頑張る」

「輝矢様《かぐや》……」

「何にせよ、俺は動くよ。その……君のことを抗議するのは一日我慢するけど、暗狼《あんろう》については確認したいことがあるんだ」

「……確認？　何でしょうか」

輝矢《かぐや》は周囲を見回した。他に誰も居ないことを確認する。

「俺がいま疑っていること。部隊のみんなにもこの情報を共有しなきゃいけなくなるんだけど……一応、秘匿すべきことだから、口外しないと誓って欲しい」

彼がそんなことを言い出すのは初めてだったので、月燈《つきひ》は少々驚きつつも頷《うなず》く。

「誓います。絶対に口外しません」

「ありがとう……じゃあ、話すけど……」

輝矢《かぐや》は意を決して囁《ささや》いた。

「あの狼《おおかみ》はもしかしたら、存在しない者かもしれない……」

それはまるで謎々のような言葉だった。

「は……？」

案の定、月燈《つきひ》は理解が出来ず疑問符を顔に浮かべていた。そんな彼女に輝矢《かぐや》は重ねて言う。

「俺達は幻惑を見ている可能性がある」

「輝矢《かぐや》様……？」

月燈《つきひ》は輝矢《かぐや》が状況に混乱しすぎて少しおかしくなってしまったのかと疑った。

だが輝矢《かぐや》は月燈《つきひ》よりも冷静で落ち着いた様子だ。嘘《うそ》を言っているようにも見えない。

「俺は嘘《うそ》を言っていないよ、月燈《つきひ》さん」

考えていたことをずばりと当てられる。

「しかもそれを仕掛けているのは……消えた俺の守《も》り人《びと》だと思う。そうとしか考えられない」

「……」

思わず目を見張ったまま黙り込む。

「……信じられない？」

輝矢《かぐや》の問いかけに、月燈《つきひ》は反射的に首を横に振った。いまここで彼を信じなくては積み上げた信頼も壊れるだろう。

「……まだ、呑み込めていませんが信じます。輝矢《かぐや》様がこのような場面で冗談を言うとは思えません。ただ、わたしにわかるように説明をしていただいてもいいでしょうか？」

月燈《つきひ》が歩み寄りの姿勢を見せてくれたことで輝矢《かぐや》はわかりやすく安堵《あんど》の顔を見せた。

「それはもちろん……ごめんね、変なこと言い出したと思っても仕方ないよ」

「いえ、それで……暗狼《あんろう》が幻惑とは……？　守《も》り人《びと》が関係していることなのですか？」

「そう、俺の元守《も》り人《びと》の巫覡《ふげき》慧剣《えけん》がやっていることだと思う」

月燈《つきひ》は戸惑いながらも情報を整理する。

まず思い当たる部分を口にした。

「その人物……輝矢《かぐや》様の奥様と道ならぬ恋をして……逃げ出したと言われている不届き者ですよね……？」

一瞬、二人の間に微妙な空気が流れた。

「……事実だけど、人に言われると心に刺さるな……」

輝矢《かぐや》は少しだけ傷ついた顔になる。しかし月燈《つきひ》は構わず言う。

「世が世なら市中引き回しの上首を落とされても仕方がない大罪人の巫覡《ふげき》慧剣《けん》のことですよね」

「そこまでじゃないでしょ。あと、あの二人が本当に恋愛関係かどうかは確定じゃないよ。一緒に居なくなったから俺がそう思っただけで……。いや、状況的にそうなんだろうけど……。うちの奥さんも、慧剣《えけん》も失踪したまま見つかってないらしいからさ……真相はまだわからない」

「とりあえずわたしの中では大罪人です。輝矢《かぐや》様を傷つけました」

「いや……俺も悪い所、色々あったんだよ。逃げ出すまでの状況に追い込んだのは俺なんだ」

「御身は普通の人間とは地位が違います！　そんな方の元に嫁いだり、仕えたりするのは覚悟あってのはずではありませんか！」

「……そうかもしれんけど、地位や立場で、愛や恋は決まらんでしょう……。それにね、実際問題射手の傍《そば》に居る人間は人生を制限されるんだよ。俺、お役目を果たす為に何処《どこ》にも行けないからさ……家族にもそれを強要することになるんだ」

月燈《つきひ》は珍しく苛々《いらいら》を輝矢《かぐや》にぶつけた。

「ですから……そんなことはわかりきっていることだとっ……」

その怒りは輝矢《かぐや》の為だと、彼もわかっているので静かに受け止める。

「知識として理解しているのと、体験として感じたことは違う。しかも奥さんの場合、離婚したいなんて言おうものなら自分の親族に叩《たた》かれることになっただろうし……。あの人は辛《つら》い立場だったんだ。だから家族からも、俺からも逃げる選択をしたんだと思う……」

「……」

感情を向ける相手が違うのだが、月燈《つきひ》は輝矢《かぐや》につい怒りの視線を送ってしまう。

輝矢《かぐや》を傷つけた相手を、彼自身が庇《かば》うのがどうにもやるせなかった。

「良い人ぶってこう言ってるわけじゃないよ。透織子《とおこ》さんは……嗚呼《ああ》、いや……奥さんは可哀想《かわいそう》な立場にあったんだよ。それは間違いないんだ」

「でも……！」

「お偉方にもう結婚する歳《とし》だからと勧められるがままに、お嫁にもらった……。俺も若くて、独りが寂しかったからお偉方の言う通りにしてしまった。あんまり悪くは言わないで。あの人も、慧剣《えけん》も……居なくなったけど俺には家族だったんだ」

——実際、悪いのは俺なんだろう。

歯がゆそうな表情を浮かべる月燈《つきひ》を見ながら、輝矢《かぐや》は現在の状況に追い込まれることになった出来事を思い返した。

事の始まりは数ヶ月前、妻と守《も》り人《びと》が忽然《こつぜん》と姿を消したことだった。

朝、目覚めて、いつものように香ってくるはずの紅茶の匂いがなくてまず疑問を抱いた。

『慧剣《えけん》？　透織子《とおこ》さん？』

二人の名前を呼んだが反応はなかった。早朝、散歩でも行ったのだろうかと思ったがいつまで経《た》っても帰ってこない。とりあえず腹を空かせて戻ってきた時の為にと朝食を三人分こさえたが、時間だけが過ぎていく。不安になって携帯端末に着信を入れたが、電源が入っていないと機械音に知らされた。部屋の中を調べ回ったら書き置きを見つけて、そこでやっとわかった。

——あ、俺、捨てられたんだ。

二人がもう自分の元に戻らない存在になってしまったことに。

本来なら、まず何かしらの事件性を疑うものだが、輝矢《かぐや》はそう思った。

それからしばらく呆然《ぼうぜん》としてから賊の可能性も考えたが、自分だけ無事なのに賊も何もあるかとやはり元の思考に戻る。嗚呼《ああ》、自分は捨てられたのだと。


輝矢《かぐや》の家族構成は妻と守《も》り人《びと》の少年だけだった。


思えば破綻は妻を迎え入れた時から始まっていたのかもしれない。

『神に嫁げ。一生を共にしろ。島からは出るな。神妻なのだから』

そんな言いつけをされて嫁いできたと、輝矢《かぐや》は結婚してから妻の透織子《とおこ》に聞かされた。

当然、親元へ帰りなさいと話したが、輝矢《かぐや》の元へ行くことが実家の肥やしになるのだと説明される。射手の妻を輩出した家には金銭的補助があるということも輝矢《かぐや》はその時初めて知った。

輝矢《かぐや》の妻となった透織子《とおこ》は、兄が重い病に罹《かか》っており、治療費で経済的に逼迫《ひっぱく》している家庭だった。彼女は家族の為に人身御供《ひとみごくう》として来たのだ。

輝矢《かぐや》にとって透織子《とおこ》との婚姻は何もかも噛《か》み合《あ》わない悲しい結婚だった。

巫《かんなぎ》の射手《しゃしゅ》は矢を射《う》つ為に霊山付近から離れられない。その為、輝矢《かぐや》は一生この土地に居ることが求められている。まだ花盛りの年齢だった妻には、射手の元へ行くというのは苦行に近かっただろう。だから離縁を切り出されること自体はいつも覚悟していたのだ。

妻が逃げるのは予想出来た。しかし、輝矢《かぐや》にとって一番衝撃的だったのは守《も》り人《びと》も同じ日に屋敷《やしき》から消えてしまったことだった。守《も》り人《びと》はまだ十六歳の少年だった。

巫《かんなぎ》の射手《しゃしゅ》と守《も》り人《びと》も、四季の代行者《だいこうしゃ》とその護衛官《ごえいかん》と同じく他とは次元の違う信頼関係を結ぶ。輝矢《かぐや》の自惚《うぬぼ》れでなければ、守《も》り人《びと》との仲は至極良好だった。

三十を越えた輝矢《かぐや》と、十代の少年である慧剣《えけん》。年の離れた兄弟や友人、師弟というよりは、擬似的な父子に近く、家族的付き合いをしていた。慕ってくれる幼い少年の存在は輝矢《かぐや》にとって大きなものだった。その守《も》り人《びと》も妻と同時に自分の元から去った。

——慧剣《えけん》、お前まで何故《なぜ》。

妻に出ていかれたことより、守《も》り人《びと》に捨てられたことのほうが傷ついてしまったのは、何も透織子《とおこ》との不和だけが問題ではない。

現人神《あらひとがみ》と最側近の人間はまるで何かの力が作用するかのように強く惹《ひ》かれ合い依存関係に陥る。四季の代行者《だいこうしゃ》と護衛官《ごえいかん》と同じようなものだ。二人の失踪を巫覡《ふげき》の一族と国家治安機構《こっかちあんきこう》に知らせてから、輝矢《かぐや》は何とか自分を奮い立たせて役目をこなしていたが、やがて巫覡《ふげき》の一族のお偉方は、最悪な提案をしてきた。曰《いわ》く、即座に代わりの妻と守《も》り人《びと》を寄越す、と。

——あの糞爺《くそじじい》共め。

輝矢《かぐや》は代わりを求めていなかった。

失踪した彼らが見つかったなら、意思確認をした上で、叶《かな》うなら戻ってきて欲しかった。

たった三人の家族、起きたことが何であれまだ情がある。

そのことを知っているくせに、まるで神経を逆なでするような提案をされた。

これが疲弊した輝矢《かぐや》の精神に追い打ちをかけた。人間に関わると碌《ろく》なことはないと。

輝矢《かぐや》は屋敷《やしき》を飛び出し山に籠もり、他者を拒絶するようになった。

現れる者すべて追い返す。帰らないなら空に矢を打たないと脅した。

そんな輝矢《かぐや》の前に現れたのが月燈《つきひ》率いる警護部隊だ。

一族の者を監視兼警備につけようとしても追い返される。ならば、せめて生存確認の為に人をつけようと国家治安機構《こっかちあんきこう》の近接保護官《きんせつほごかん》に白羽の矢が立った。巫覡《ふげき》の一族としては、強面《こわもて》の集団に強制されれば元の管理された暮らしに戻るのではという目論見《もくろみ》もあったと思われる。

だが、月燈《つきひ》の指示もあり、輝矢《かぐや》の生活は警護部隊の監視はつくものの、彼の意向を優先して行われた。輝矢《かぐや》と警護部隊の面々はゆっくりと信頼関係を築いた。輝矢《かぐや》がこうしてまた他者と生活が出来ているのも彼らのおかげだ。


中でも月燈《つきひ》は輝矢《かぐや》にとってカウンセラー的存在だった。


「輝矢《かぐや》様……気を悪くしましたか」

「あ、いや……」

今までのことを思い返したせいか、つい黙り込んでしまっていた。輝矢《かぐや》は慌てて口を開く。

「ごめん。そんなことないよ。君が俺の代わりに怒ってくれてるのは理解してるから」

「……はい」

「話を戻すけど、あの狼《おおかみ》の存在が慧剣《えけん》の仕業だと思う理由はちゃんとあるんだ」

「……巫覡慧剣《ふげきえけん》は何か特別な存在ということでしょうか？」

「特別な存在ではあるね。でもそれは慧剣《えけん》が、というより守《も》り人《びと》が、ということになる」

「……？」

「黄昏《たそがれ》の射手《しゃしゅ》の守《も》り人《びと》は幻惑を操る権能を授かるんだ」

月燈《つきひ》は目を見開いた。

「……射手様じゃなく、守《も》り人《びと》が、ですか？」

「そう。射手の神儀が外部に漏れないよう隠す為に備わっているものと言ったらいいのかな。でもね、その使い方は……例えば俺達が使ってる秘密の登山道に一般人が迷い込んでいたらそれ以上進めないように風景を歪《ゆが》ませて見せたり、それこそ大型の獣が現れたら捕食動物の姿を見せて別の場所に誘導させたりとか、そういう風に使うものなんだよ。狼《おおかみ》の幻を見せて人に襲わせる……なんてことは禁忌だし……守《も》り人《びと》の力は射手との繋《つな》がりや信頼が無ければ途絶えると言われているから、ほんとうにあいつの仕業かは怪しいんだけど……」

「……」

「俺が新しい守り人《もりびと》を迎えてないから可能かも……えっと、理解が難しいよね？　ごめん」

「あ、いえ……なるほど、と思っていました」

月燈《つきひ》は考えながら、といった様子で言う。

「四季の代行者《だいこうしゃ》様方と違って射手様達は神儀を行う場所、聖域は山と決まっています」

「そうだね」

「古くは山を登る度に山賊や熊などに遭わぬよう対策するのが課題とされていました。あと、聖域の場所を隠すこともですね。よからぬ輩《やから》に妨害されれば神儀はままならないからです」

話す内に自分でも納得してきたのか、喋《しゃべ》り方はどんどん流れるように滑らかになる。

「なので、守り人《もりびと》に第三者に対する目眩《めくら》ましが可能な『幻術』の権能があるというのはあながちおかしいものではないなと。後天的に与えられた能力と考えるべきでしょう」

「……」

今度口を閉じたのは輝矢《かぐや》だった。

「輝矢《かぐや》様？」

「……いや、驚いた。よく一瞬でそこまで理解したね」

「輝矢《かぐや》様、わたしのことをあまり頭の良くない娘だと思っていますね？　これでも座学は良いほうなのです。それに、大学では宗教学をかじっていました」

今度は輝矢《かぐや》がなるほど、と思った。そして改めて荒神月燈《あらがみつきひ》という存在の稀有《けう》さを感じた。

　これほど理解力があるのは、本人の性格と、やはり育ってきた環境が大きいのだろう。

「昔から、現人神《あらひとがみ》様達の権能は先天的なものではなく、人間が進化する課程で様々な力を得たように、最初は備わってなかった力を後天的に神々から賜った……と考える人は多かったのです。そういう論文もたくさんあります。例えば、四季の代行者《だいこうしゃ》様方は自衛が出来る……といいますか、賊に対する攻撃手段となり得る能力をお持ちのわけですが……輝矢《かぐや》様はないですよね？」

「ないね。人に矢を射《う》ったことないけど……そもそも俺達は環境として代行者《だいこうしゃ》様方より安全なところに居るし、君の言う進化の過程で射手が人に対して攻撃をする、ということが必要視されなかったのかも。代わりに守り人《もびと》が射手の存在を隠すような力を得たというわけだ」

「はい、なので驚きはしましたが、現人神《あらひとがみ》様の眷属《けんぞく》となる者にも恩恵が下るのはそこまで不思議ではないという結論に至りました」

　月燈《つきひ》は『これテストに出ました』という顔で興奮気味に頷《うなず》いた。

「あ、でも……」

　頷《うなず》きはしたが、それからいま自分に降り掛かっている問題に直面する。

「輝矢《かぐや》様……」

「はい、月燈《つきひ》さん」

「つまり、我々は輝矢《かぐや》様の元守《も》り人《びと》により狼《おおかみ》の幻術をけしかけられているということですか？」

「そう」

「人知を超えた権能と戦わなければならないと？」

「そう……」

「専門家の助けなどは……」

「この件で専門家はいない。いるとしたら俺になるけど、あいつと敵対するという想定は今まで一度もしたことなかったから……どうしたらいいかはこれから考えることになる」

さすがに月燈《つきひ》も顔色が悪くなった。

「か、勝てる相手なのでしょうか？　幻ということは銃も効かないのでは……」

「うん……というか、守《も》り人《びと》と敵対するなんて歴史上初めてかも……。射手と守《も》り人《びと》は強固な結びつきを得るから、心理的に裏切るとか、そういう真似《まね》は出来なくなるっぽいんだよね。それは俺も同じ。人間だから多少言い争いとかは起きるのは普通だとして、命を狙うとかそういうのは考えられない。でもよくよく考えたら、あの狼《おおかみ》って決定的な攻撃を仕掛けてきたことはないし……そしたらますます慧剣《えけん》っぽい気がしてきた……」

月燈《つきひ》はわかりやすく頭を抱えてしまった。輝矢《かぐや》は慌てて言う。

「いや、まだわからないよ！　俺の推理は外れているかも。本当の狼《おおかみ》かもしれない、という説は捨てたわけじゃない。ただ……猟友会の人が痕跡も見当たらないって言っていたのがすごく気になってるんだ……」

「そうですね……ご事情をすべて聞くと、わたしもそう思えます。輝矢《かぐや》様、もしおっしゃるように元守り人《もりびと》の巫覡慧剣《ふげきえけん》が狼藉《ろうぜき》を働いていた場合……」

月燈《つきひ》は一呼吸置いて尋ねた。

「輝矢《かぐや》様は大丈夫ですか？」

それは戦闘の対策でも、処罰の内容でもなかった。

輝矢《かぐや》の内面についてだ。

──こういうところだ。

輝矢《かぐや》は笑ってしまった。困ったような笑顔だ。どんな時も、月燈《つきひ》は輝矢《かぐや》の気持ちをまず心配してくれる。だからこそ輝矢《かぐや》もここまで頑張ってこられた。

「……ありがとう、俺は大丈夫」

もう一度、人を信じようとしている。

「今は俺より君だよ。君の立場を悪くしない方法で……残留出来るよう頑張ろう」

「輝矢《かぐや》様……」

今まで彼女が守ってくれていた分、今度は輝矢《かぐや》が月燈《つきひ》を守らなくてはならない。

「いつかさよならするとしても、今じゃない。そうでしょう」

輝矢《かぐや》は自分にも言い聞かせるように、そう囁《ささや》いた。

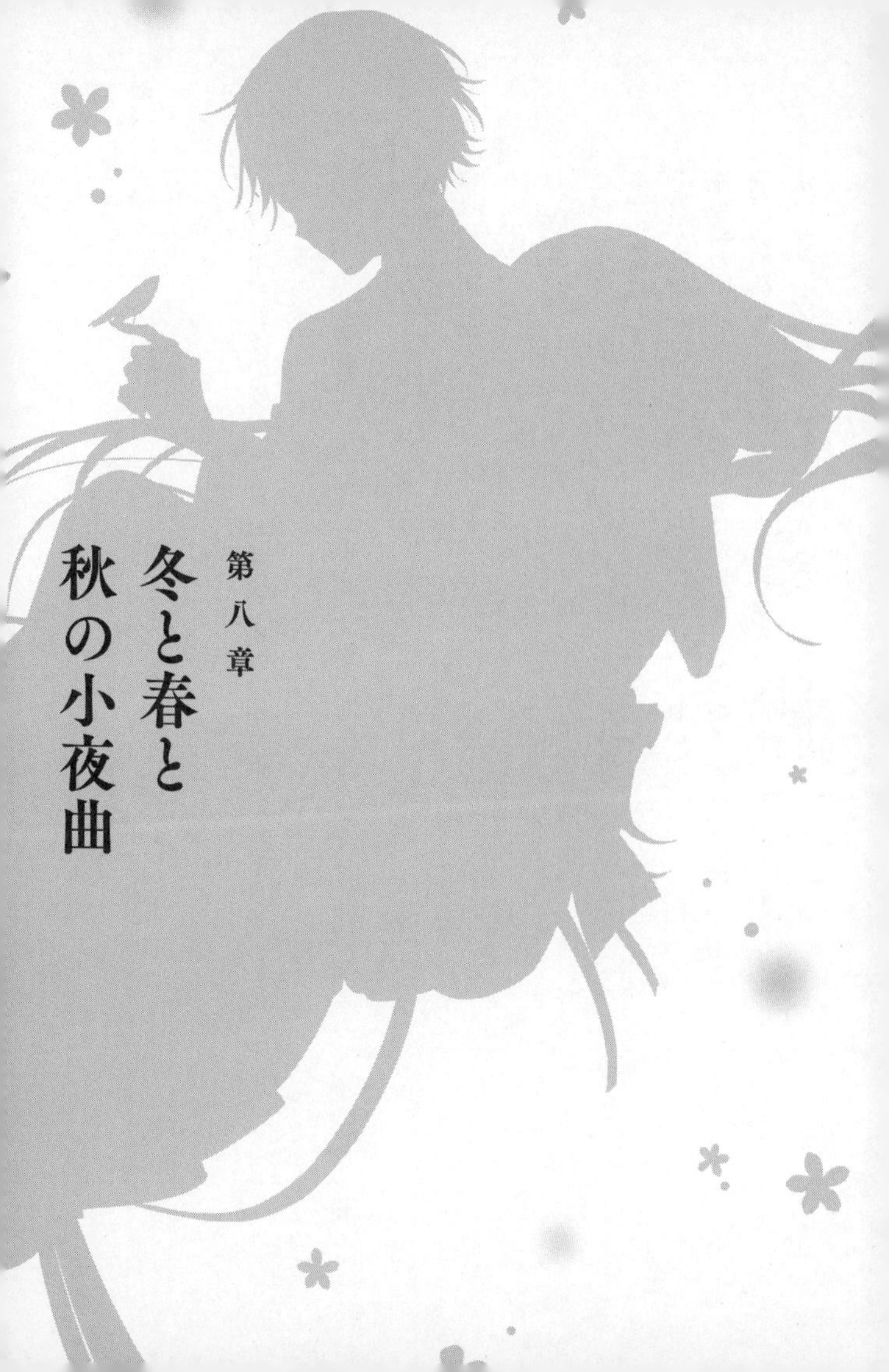

第八章 冬と春と秋の小夜曲

七月二十三日、帝州《ていしゅう》、帝都《ていと》。

驟雨《しゅうう》の中、幼子の姿をした秋の神様が車の中から外の景色を見つめていた。

雨のしずくが窓硝子《ガラス》の上で風に吹かれて踊っている。ふと肩に手を置かれ、彼女は顔を横に向けた。

「撫子《なでしこ》、そろそろ到着です」

自身の護衛官《ごえいかん》である美丈夫の青年に向けて撫子《なでしこ》はこくりと頷《うなず》く。

「りんどう、おみやげ……」

「はい、忘れず持っています」

「よろこぶかしら……みなさま……」

「きっと喜ばれます」

それが嘘《うそ》であっても、信じてしまうであろう甘い声音だ。

誰彼構わず見せているわけではない慈《いつく》しみの瞳も少しの妖艶《ようえん》さがある。

「俺だって欲しいくらいです。撫子《なでしこ》が選んだものですから」

秋の神様の従者はそれらを惜しみなく彼女に捧《ささ》げる。

「ふふ……うそ」

「嘘《うそ》じゃありません」

「にがてなおかしでも……？」

「俺はそんなに苦手なものはありませんよ」

「なんでもすき……？」

「何でもではないですね」

「なんでもじゃないけど……わたくしが、えらんだものなら……りんどうはすき？」

二人の関係を知らなければ、随分自信過剰に聞こえる言葉だったが、竜胆《りんどう》は主が正解を当ててくれたことが嬉《うれ》しかったのか機嫌良さそうに笑った。

「わかっているじゃないですか、俺のお姫様」

気障《きざ》な台詞《せりふ》だが彼が言うと様になる。

秋の代行者《だいこうしゃ》祝月撫子《いわいづきなでしこ》と、その代行者護衛官《だいこうしゃごえいかん》阿左美竜胆《あざみりんどう》は春と冬と合流する為早朝から移動していた。創紫《つくし》空港から帝州《ていしゅう》空港、そこから冬の護衛陣に護送され、目的地であるホテルにたどり着いた形だ。やがて走っていた車はゆっくりと停車する。二人はようやく長い移動を終えた。

「大丈夫ですか、撫子《なでしこ》」

正面入り口ではなくホテル裏側にある要人専用の入口から人目を避けるようにして入ったせいか、少しだけだが突然の雨に濡《ぬ》れてしまった。

とは言っても、濡《ぬ》れたのは彼女を守る青年、阿左美《あざみ》竜胆《りんどう》だけだ。傘を差すまでもない距離だったのと、足元を地面につけさせたくないと彼が言い張って撫子《なでしこ》を抱き上げて運んだ。

「わたくしはだいじょうぶ……りんどうのほうがぬれているわ」

撫子《なでしこ》は勿忘草色《わすれなぐさいろ》の瞳を心配そうに歪《ゆが》ませる。

「かぜをひかないで……」

紅葉のように小さな手が竜胆《りんどう》の濡《ぬ》れた頬に触れた。竜胆《りんどう》は何でもないように微笑《ほほえ》んでみせる。

「心配症ですね。俺はこれくらいで風邪を引いたりしませんよ」

撫子《なでしこ》は竜胆《りんどう》に降ろして、と言ってから手持ちの巾着から絹の手巾を取り出した。

自身の護衛官《ごえいかん》を案じる時の彼女はひどく大人びていて、神秘的で逆らえない。

「かがんで」

有無を言わせない言葉だ。こう言う時は、この娘が秋の女王であることを感じさせる。

早くほかの代行者《だいこうしゃ》や護衛官《ごえいかん》達と合流すべきなのだが竜胆《りんどう》はホテルの廊下で片膝をついた。

撫子《なでしこ》が手を伸ばして髪や肩を手巾で拭いてくれる。

彼女の胡桃色《くるみいろ》の巻毛が動くごとに揺れる。

一生懸命自分の為に手を尽くしてくれる主の姿を、竜胆《りんどう》は内心嬉《うれ》しく思いながら見つめた。

春の事件で受けた暴行の傷は彼女が若いこともあってか、幸いなことにすぐに皮膚が再生され、痕が残っていない。天使のような顔立ちは綺麗《きれい》なままだ。新雪のような肌を見て感慨深くなる。傷跡のケアを徹底して良かった、と。

—他の護衛官《ごえいかん》の気持ちがようやくわかってきた。

今までは無自覚に可愛《かわい》がっていたが、今は自覚済みだ。彼女のことが愛《いと》しくて仕方がない。着飾らせ、甘やかして、庇護《ひご》したい。

—これは俺の秋だから。

人形のように扱っているのとは違う。竜胆《りんどう》に大いなる自己犠牲が伴うからだ。自己満足だけでこれだけの献身は出来ない。

春の代行者護衛官姫鷹《だいこうしゃごえいかんひめだか》さくらに言われた言葉が思い出された。『お前の女だろ』と。

—これは俺の女だから。

—だから、何もかも手ずからやってあげたいだけだ。

竜胆《りんどう》が過保護だからか、撫子《なでしこ》もその性質が備わってしまったようだ。

ささっと拭いてくれるだけで終わるかと思ったが撫子《なでしこ》の手際《てぎわ》は丁寧だった。前髪をかき分けられ、額に手巾が触れる。竜胆《りんどう》は自然と目を瞑《つむ》った。鼻から頬へ手巾が移動すると、最後に柔らかい唇の感触が頬にあたった。

「……お姫様の口づけしました？」

目を瞑《つむ》ったまま尋ねると、くすくすと笑い声が聞こえた。竜胆《りんどう》は目を開ける。

「ちがうわ、雨のしずくをふいたの」

「本当ですか？　おかしいな」

「ぜったいちがうから、もう一回、めをとじて」

「わかりました……」

竜胆《りんどう》は言われた通りまた目を閉じたが、撫子《なでしこ》が顔を近づけて吐息がかかった瞬間、目を開けて彼女の顎を指先で掴《つか》んだ。驚いた表情を目でとらえた後、お返しとばかりに彼女の頬に口づけをする。一連の動きは流れるような速さだった。

撫子《なでしこ》は目を丸くしている。トドメとばかりに竜胆《りんどう》は耳元で囁《ささや》いた。

「嘘《うそ》つきですね、撫子《なでしこ》」

従者のあまりの色男ぶりに、撫子《なでしこ》は顔が薔薇色《ばらいろ》に染まる。

竜胆《りんどう》はしてやったり、とばかりに笑った。

「りんどういじわる」

「どこがですか？　最近すぐ俺に悪戯《いたずら》するんだから」

「……いたずらじゃないもの。だってりんどうはわたくしの騎士で王子様だから、お姫様がキスするのはへんなことじゃないわ」

「確かに。俺は貴女《あなた》から口づけを貰《もら》うにふさわしい男ですし」

「それに、それに……いまは……りんどうでわたくしの姿はかくれていたから……いまならってもったの……これからほかの季節のみなさまにお会いする前にって……いやだった……?」

「まさか。栄誉を頂いているのに嫌なわけがないでしょう? 今日してなかったですもんね」

「うん、きょうしてなかったから……」

二人がこのような会話を繰り広げている間に、冬の護衛は少し離れて彼らを待ってくれていた。呆《あき》れた目線と、少しの羨望《せんぼう》を滲《にじ》ませた目線、それぞれが竜胆《りんどう》に注がれている。

待たせているのだから呆《あき》れられるのは当然として、羨望《せんぼう》の的になっているのは竜胆《りんどう》が主から愛重されているからだろう。臣下にとって主からの寵愛《ちょうあい》は誉《ほまれ》だ。

じゃれ合いが終わると、竜胆《りんどう》は冬の護衛陣に爽やかな笑顔で『すみません』と謝った。

小生意気な印象を他者に与えやすい青年なのだが、主とふれあいをした直後で表情が和らいでいた。

「もしかして、将来をお約束された仲なんですか?」

呆《あき》れた視線を送っていた冬の護衛陣の一人が問いかける。竜胆《りんどう》はきょとんとした。

「いいえ? どうしてそんな風に思われたんですか……」

「いや……みんな気になってて……。うちの主従とあまりにも関係が違いますから」

彼の言う『うちの主従』とは狼星《ろうせい》と凍蝶《いてちょう》のことだ。今度は竜胆《りんどう》のほうが呆《あき》れた。

「寒椿《かんつばき》様と寒月《かんげつ》様の仲と比べたら……それはそうでしょう。お二人は主従でありながらご兄弟のようなご関係でしょうし」

「お姫様だとか、王子様だとか仰《おつしや》るし……あまりにも仲睦《むつ》まじくて……」

「ああ……これは何というか、俺達だけでやるごっこ遊びのようなもので……前から……」

——撫子《なでしこ》くらいの年の娘ならお姫様や王子様に憧れるものじゃないか。

　仲が悪くて咎《とが》められるならまだしも、じゃれあっているだけでどうしてそんなに戸惑った様子で言われるのかわからない。撫子《なでしこ》は竜胆《りんどう》に手を繋《つな》がれながら黙って会話を聞いている。

「阿左美《あざみ》様は大和《やまと》以外でも暮らされていたそうですね。じゃあ他意はなく、習慣ですか？」

　冬の護衛が自らの頬を指先でつついてみせる。口づけのことを指していた。

——なるほど。

　鈍感な竜胆《りんどう》はそこでようやく彼が言わんとしていることがわかった。冬の里は女性が少なく、男性社会で、現在の冬の代行者《だいこうしゃ》と護衛官《ごえいかん》も男同士だ。過度な触れ合いが異様に見えるのだろう。竜胆《りんどう》の行いを咎《とが》めているようにも見える。秋の里で、撫子《なでしこ》を一緒に育てている警備チームの者達は二人がどれほどべったりくっついていようが特に怪訝《けげん》な顔をしなかったので気づきが遅かった。危惧されていることはわからなくはない。そう思われても仕方がないが。

——貴方《あなた》達はこの子の寂しさを知らないから。

　顔を忘れるほどの回数しか会っていない、否、会いに来ない撫子《なでしこ》の親を竜胆《りんどう》は思い出す。

——貴方《あなた》達は現人神《あらひとがみ》と護衛官《ごえいかん》の間にある特別な感情を知らないから。

四季の代行者《だいこうしゃ》や護衛官《ごえいかん》達も、主従の間に生まれる特別な執着心や依存関係に理解があるので冬の護衛が危惧しているような意見を言ってきたこともなかった。

竜胆《りんどう》は撫子《なでしこ》をちらりと見た。硬い表情だ。撫子《なでしこ》の手を握る力を少しだけ強めてから言う。

「どうでしょう？　何カ国か渡りましたが、国によって違います。親愛を示す方法は基本的には抱きしめたり、頰と頰を合わせるだけのところが多いと思います。ですので海外暮らしの影響というよりは、俺と撫子《なでしこ》だからという理由になりますね。特別に貴方《あなた》にもしましょうか？」

「は？」

「そんなに気になるなら貴方《あなた》の頰にもしますよ。他意はないので……」

実際、するつもりはなかった。他の季節の主従関係に口を出すものだから意趣返ししたくなっただけだ。竜胆《りんどう》は冗談のつもりで笑いながら言っていたのだが、その瞬間撫子《なでしこ》が叫んだ。

「だめっ！」

「撫子《なでしこ》……？」

普段、大人しい娘が大きな声を出した。

「だめっ！」

彼女の瞳には、見る見るうちに涙が溜《た》まっていく。

「りんどうは、わたくしのでしょう……？」

声はすぐ泣き声混じりになった。

「あなたはりんどうがすきなの……？」

冬の護衛は自分が発端で秋の神様が泣き出しかけていることに大慌てになる。

「す、すみません！　秋の代行者様《だいこうしゃ》！」

「あやまらないで、すきかどうか聞いているの……」

仕事相手に好きも何もない。しかし、好きと言えばこの秋の代行者《だいこうしゃ》から悋気《りんき》を起こされるだろうし、嫌いと言えば冬の里自体に良くない気持ちを抱くだろう。

「秋の代行者様《だいこうしゃ》、護衛官様《ごえいかん》……あの、失言をしました。お許しください」

冬の護衛は二人の関係の主導権が撫子《なでしこ》にあることを認めた。

竜胆《りんどう》に救いを求めるような視線を寄越す。

竜胆《りんどう》は撫子《なでしこ》を抱き上げながら苦笑する。理解が得られたようで何よりだと思うが同時に寂しくもなった。いつかは今のような関係をやめなくてはいけないのだと思い知らされる。

――あと十年くらい経《た》ったら。でも今は。

今はひたすら、撫子《なでしこ》が望む『王子様』でいてあげたいと思っていた。彼女がもう必要ないと言うまで。その時にはきっと、撫子《なでしこ》も保護者より他に大切な存在が出来ているだろう。

「撫子《なでしこ》……俺は撫子《なでしこ》だけの物ですよ。この方が悪いわけではないのです。不健全な仲ではないことを示したいあまり良くないことを言いました。申し訳ありません」

撫子《なでしこ》は言われたことを咀嚼《そしゃく》しているのか、竜胆《りんどう》にぎゅっとしがみついたまま黙り込む。

しばらくして、撫子《なでしこ》は冬の護衛に涙が零《こぼ》れかかっているまなざしを向けた。

「ここまでおくってくださって、かんしゃしています……。あなたはとてもやさしいかただけど……りんどうのキスを欲しがってはだめ……りんどうはわたくしのものだから……」

「仰《おっしゃ》る通りです、秋の代行者様《だいこうしゃ》……そんなつもりは全くありませんでした」

「あなたはもうキスをねだらない……？」

最初からねだってはいないが、冬の護衛は何度も頷《うなず》いた。竜胆《りんどう》は何とか笑いを堪える。

「申し訳ありません……秋の代行者様《だいこうしゃ》、護衛官《ごえいかん》様も……自分のせいで要らぬ立ち話もしてしまいました。主達が居る部屋までご案内します」

「こちらこそお待たせしました。よろしくお願いします。行こう、撫子《なでしこ》」

もう床に降ろすより抱いて歩いたほうが早かろうと、そのまま竜胆《りんどう》は冬の護衛の後をついていくことにした。下を向くと、竜胆《りんどう》の腕の中で撫子《なでしこ》はまだ納得いかないような顔をしている。

竜胆《りんどう》は、彼らが後ろを振り向かないのを良いことに、撫子《なでしこ》の白い額に口づけを落とした。

撫子《なでしこ》は驚いて目をパチクリとする。

『しーっ』と竜胆《りんどう》が秘密にするように囁《ささや》くと、ようやく撫子《なでしこ》は微笑《ほほえ》みを浮かべた。

秋主従が冬の護衛陣に連れられホテルの部屋にたどり着くと、錚々《そうそう》たる面子《めんつ》が揃《そろ》っていた。

「撫子《なでしこ》ちゃん、おひさし、ぶり、です。阿左美《あざみ》、さま、こんにち、は」

春の代行者花葉雛菊《だいこうしゃかようひなぎく》。

「阿左美《あざみ》様、荷物こちらに。撫子《なでしこ》様、長旅おつかれでしょう。おかけください」

春の代行者護衛官姫鷹《だいこうしゃごえいかんひめだか》さくら。

「阿左美《あざみ》殿、ご苦労だった。貴殿もこちらにかけてくれ。撫子《なでしこ》……少しでかくなったか？」

冬の代行者寒椿狼星《だいこうしゃかんつばきろうせい》。

「撫子《なでしこ》様、お飲み物をお持ちします。ジュースで良いですか？　阿左美《あざみ》君は前にアイス珈琲《コーヒー》を飲んでいたな。それで良いだろうか」

冬の代行者護衛官寒月凍蝶《だいこうしゃごえいかんかんげついてちょう》。

計、四名の現人神《あらひとがみ》と護衛官《ごえいかん》があたたかく秋主従を迎えてくれた。

「この度は色々とご配慮頂きありがとうございます。撫子《なでしこ》共々よろしくお願い致します」

「みなさま、おひさしぶりです。あの、おじゃまします。お、おみやげあります……」

礼儀正しく頭を下げる撫子《なでしこ》を見て、年上の現人神《あらひとがみ》二名は『良いから良いから』と椅子に腰掛けさせる。竜胆《りんどう》もようやくほっと胸を撫《な》で下《お》ろした。顔には出していなかったが、道中不安な気持ちは常にあったのだ。部屋の中に居る面々は、春より前なら関わり合いも少ない他人に近かったのだが、今はもう里に居る者達と過ごすより居心地が良い。

――撫子《なでしこ》を加害することがないと信じられる。

それが今の竜胆《りんどう》にとっては何より大事だった。そして他に気がかりなこともある。

——瑠璃《るり》様、あやめ様も無事だと良いのだが。

此処《ここ》に居ない葉桜《はざくら》姉妹は秋にとって盟友だ。こちらに合流することで、春や冬と知恵を出し合い、夏の身に起きていることを解決出来ればという淡い期待もあった。

ひとしきり挨拶が済むと、撫子《なでしこ》にはどうして代行者《だいこうしゃ》達が此処《ここ》に集まっているか詳しく説明がなされた。

今代の四季の代行者《だいこうしゃ》達がそれぞれ理由をつけて悪し様に語られていること。

それが天罰説《てんばつせつ》と名がつき、噂《うわさ》が独り歩きしていること。

天罰説《てんばつせつ》を流布《るふ》したのは春の事件で身内から犯罪者を出した家々の者達が筆頭。

それに反発する者達が現在も対立を繰り広げている。

これが【老獪亀《ろうかいがめ》】と【一匹兎角《いっぴきとかく》】の戦いだということ。

四季の代行者《だいこうしゃ》は、天罰説《てんばつせつ》を盾に『挿《す》げ替《か》え＝暗殺』を行おうとする狼藉《ろうぜき》者から身を守る為に一旦此処《ここ》に集まった。

夏の葉桜《はざくら》姉妹だけが未《いま》だに連絡が取れていない。

それらの説明に、撫子《なでしこ》は先程と違って声を荒らげたり、泣き出したりはしなかった。

ただ、淡々と聞かされたことを受けとめ、わからないことがあれば尋ねた。

その間、竜胆《りんどう》は撫子《なでしこ》がこの状況を怖がらないよう手を繋《つな》ぐことしか出来なかった。

「つまり、ここにあつまったのは春夏秋冬のきょうどうせんせんなのですね」

撫子《なでしこ》は自分も里から避難したことに対して、そう結論付ける。

間違っていない。敵の姿は見えてこないがまずは味方で結束すべきなのだから。

「せいたいけいいじょう、てんばつせつ……こわいおはなし……みんなで助けあわないと、また春のようにこわいことがおきるかもしれない……」

撫子《なでしこ》は痛ましげに卓の上のノートの文面を撫《な》でた。

それぞれが腰掛ける長椅子の真ん中には長方形の卓があり、凍蝶《いてちょう》が撫子《なでしこ》の為に機転を利《き》かせてわかりやすく事のあらましを書いたノートが広がっていた。

じっくり説明した甲斐《かい》もあり、混乱は少ないようだ。後は代行者《だいこうしゃ》としての覚悟だけだろう。

撫子《なでしこ》の問いには卓を挟んで真向かいに座っていた狼星《ろうせい》が答えた。

「そうだ。本来なら此処《ここ》に夏も集まって欲しいところだったが……連絡が取れなくなっている。国家治安機構《こっかちあんきこう》の調べによると二人はもしかしたら竜宮《りゅうぐう》に居るかもしれないそうだ。衣世《いよ》空港から竜宮《りゅうぐう》行きの飛行機に乗ったことが確認された」

「りゅうぐう……ガウガウさんがでたところ……秋のけんげんでいくばしょですね」

「ガウガウ……？」

「あ、すみません寒椿《かんつばき》様。狼《おおかみ》のことです。なるべく怖がらせたくなくて……そういう呼称を」

竜胆《りんどう》の補足に、狼星《ろうせい》は『阿左美《あざみ》殿も大変だな』という表情を見せながら頷《うなず》く。

「ガウガウさんが出たところで合ってるよ。正確には竜宮《りゅうぐう》にある竜宮岳《りゅうぐうだけ》に向かったんだろうな」

緊張感がある話し合いなのだが、狼星《ろうせい》の優しさが妙に面白かったのか、狼星《ろうせい》以外がみんな柔和な笑顔になる。

「なんだよ！　俺は子どもの喋《しゃべ》り方を尊重してだな……」

「わかってる、狼星《ろうせい》。誰も何も言ってないだろう。ガウガウさんで良いじゃないか」

凍蝶《いてちょう》に諫《いさ》められて、狼星《ろうせい》はぐぐっとこみ上げてくる恥ずかしさと、向けられる生暖かい視線を我慢する。だが撤回した。

「撫子《なでしこ》、狼《おおかみ》だ狼《おおかみ》。此度《こたび》の事件では暗狼《あんろう》とも呼ばれる。俺はもうガウガウさんとは言わんぞ」

撫子《なでしこ》はにっこり微笑《ほほえ》んだ。

「はい、ろうせいさま」

冬の王が自分を気にかけてくれている。それが嬉《うれ》しいらしい。狼星《ろうせい》の隣に座っている雛菊《ひなぎく》は想《おも》い人の照れ屋な一面に目を細める。それから、雛菊《ひなぎく》は誰に尋ねるでもなくつぶやいた。

「……それに、しても、どして、ふたりは、竜宮《りゅうぐう》、に、行った、の、かな……？」

昨日の話し合いは残雪《ざんせつ》のことを抜きにして雛菊《ひなぎく》にも伝達されている。

いまこの場は撫子《なでしこ》や雛菊《ひなぎく》への配慮ある説明をする為に開かれてもいるが、同時に全員の認識を同じくする目的があった。今度はさくらが口を開く。

「行った場所が竜宮《りゅうぐう》で確定なら、恐らくお二人は暗狼事件《あんろうじけん》を治めに行ったのかと……」

雛菊《ひなぎく》はさくらのほうを大きな瞳で見る。

「……それって……瑠璃《るり》さま、あやめ、さま、動物、おともだち、に、できる、から……？」

「はい、夏の代行者《だいこうしゃ》の権能は『生命使役《せいめいしえき》』。恐らく、暗狼《あんろう》を眷属《けんぞく》にしようと竜宮《りゅうぐう》へ赴かれたのではないでしょうか……そもそも、今回の天罰説《てんばつせつ》が過熱したのは黄昏《たそがれ》の射手《しゃしゅ》様が竜宮岳《りゅうぐうだけ》で暗《あん》狼《ろう》に襲われたからということでした。しかし、その問題は置いてきぼりになり、四季の代行者《だいこうしゃ》叩《たた》きに転じています……」

　さくらの言葉に竜胆《りんどう》も頷《うなず》き言う。

「巫覡《ふげき》の一族と国家治安機構《こっかちあんきこう》、環境保護庁《かんきようほごちよう》が暗狼《あんろう》について話をしている時点で生態系破壊は可能性の一つとして出ていただけと聞いています。天罰説《てんばつせつ》が出たのは四季界隈《かいわい》が有識者会議に参加してからです。そこから巫覡《ふげき》の一族は置いてきぼりになっている印象がありますね。正式に抗議してきてないのに、四季側だけで盛り上がっているというか」

「そこですよ。あちらがずっと静かなのが私には気になります……どういう考えなのか……」

　雛菊《ひなぎく》が首を傾《かし》げたので、さくらが説明する。

「ええと……巫覡《ふげき》の一族とは巫《かんなぎ》の射手《しゃしゅ》……つまり朝と夜を齎《もたら》す暁《あかつき》の射手《しゃしゅ》と黄昏《たそがれ》の射手《しゃしゅ》を育成、運営する機関ですね。私達四季側で言うと、四季の里と四季庁《しきちょう》が一体化している組織です。四《し》季庁《きちょう》のように帝州《ていしゅう》にどーんとビルを建てて、四季の代行者《だいこうしゃ》の顕現の旅が始まる時は各自治体にお触れを出して、などはしません。表立った活動はせず、そのほとんどが謎に包まれています」

　雛菊《ひなぎく》は目を瞬《またた》いた。

「どう、して、内緒、に、する、の？」

「それが出来るから、のようです。四季より秘匿性を高めたまま維持出来る条件が揃《そろ》っています。彼らは我々のように移動しない。各自治体の協力も必要ない。報道機関が桜前線を追いかけるような注目もしません。朝と夜は毎日来るものだから……。自然と、賊やカルト集団との接触率も低くなります。なので、射手様方《しゃしゅ》は我々よりも比較的安全な位置にいます」

あとは、とさくらは言葉を区切ってから付け足す。

「……恐らく巫覡《ふげき》の一族自体が秘匿存在の情報を隠すことに長《た》けた技術があるのではないでしょうか？　我々とはまったく別の神の血族集団ですから、持っているノウハウも違うでしょう。同じ現人神《あらひとがみ》側である四季側から見てもヴェールに隠された謎の方々なんです」

雛菊《ひなぎく》は理解出来たようだ。

さくらは撫子《なでしこ》と目が合う。まったくわからないという顔をしていた。

さくらも雛菊《ひなぎく》の為に嚙《か》み砕《くだ》いて喋《しゃべ》ることがあるが、これは更にわかりやすくしないといけないようだ。さくらは竜胆《りんどう》に視線を送った。バトンタッチで竜胆《りんどう》が説明を代わる。

「撫子《なでしこ》、俺達は立秋あたりになると顕現の旅に出ますよね？」

「うん」

「撫子《なでしこ》が各地を渡り歩かないと秋が来ませんから、俺達は当然大和国《やまとこく》中を移動します。春と夏は竜宮《りゅうぐう》からエニシへ、秋と冬はエニシから竜宮《りゅうぐう》へと季節を届けるルートが決まっています。

そうすると、やっぱり俺達は賊から襲われやすいです。だって民草向けの放送ではどこそこの地域には秋が来た、とかやっていますし、行く方向が決まっているから見つかりやすいじゃないですか。年に一度のことだから民も注目しています」

「……そうね、わたくしがかくれてしゅんかんいどうできたらいいのに……」

「はい、けれど俺達は隠れて瞬間移動は出来ないから、賊に見つかろうが、報道されようが、季節を届ける旅を成し遂げるしかありません。撫子《なでしこ》達、四季の代行者《だいこうしゃ》は『場に限定されない現人神《あらひとがみ》』と言われています。撫子《なでしこ》は移動する神なんです」

場に限定されない現人神《あらひとがみ》、という言葉は撫子《なでしこ》にとって新しい言葉だった。

「利点としては、今日みたいにこうして他の四季の代行者《だいこうしゃ》様方に会いに行くことが出来ます」

撫子《なでしこ》は自分が秋の里から創紫《つくし》空港へ、そこから帝州《ていしゅう》空港、このホテルまで大移動してきたことを思い出す。確かに自分は移動が可能な神だと理解する。

「黄昏《たそがれ》のしゃしゅさまと暁のしゃしゅさまは、帝州《ていしゅう》にこられないの……？」

「あちらは『場に限定される現人神《あらひとがみ》』なんです。帝州《ていしゅう》に限らず、何処《どこ》かに出掛けてお泊まりは無理ですね。射手様方は聖域と呼ばれる場所で矢を射《う》たないと朝と夜が来ないそうです。だから、聖域がある場所から基本的に動きません。いえ、動けないんです」

撫子《なでしこ》は何とか話についてこられているようだ。

「わたくし達とちがって……おでかけできない」

「そうです」

「でも、そのかわり、わたくし達とちがって……めだたない？」

竜胆《りんどう》は笑顔になって撫子《なでしこ》のふわふわの巻毛をなでた。

「はい、ご明察です」

褒められて撫子《なでしこ》は嬉《うれ》しそうに口の端を上げる。

「めだたないから、賊のひとたちにもこわいことをされにくいのね……でも、しゃしゅさま達はどこにもいけない……大和《やまと》のくにのいろんなうつくしさをみられないのね……」

撫子《なでしこ》から見て巫《かんなぎ》の射手《しゃしゅ》は、成り代わりたいかと言われると微妙な存在のようだ。

代行者《だいこうしゃ》達は四季を巡らせる為に大地を巡る。

旅をすることは危険と隣り合わせだが、撫子《なでしこ》の言うようにその土地その土地の自然の美しさを愛《め》でることが出来る。

「なかのよいかたが、もしとおくで困っていても、あいにいけないのね……。すてきなばしょをしっても、そこにいくことはゆるされないのね……」

「その代わり、命の危機はほとんど少ないようですから……」

「そうね、それはとてもいいことだわ」

撫子《なでしこ》はぴたりと竜胆《りんどう》の身体《からだ》にくっついた。

春の事件以降、撫子《なでしこ》は恐怖で生まれた心の穴を埋めるように竜胆《りんどう》に触れることがよくある。

最も自分を大事にしてくれる人に触れることで、不安を紛らわせ、理不尽をやり過ごしているのだろう。色々な情報を詰め込まれ、混乱して癇癪《かんしゃく》を起こしても良さそうだがそうしない。既に賊に拉致監禁されたことのある身だ。

大人達に身を任せるしかないと達観している様子が見て取れた。

「こわいことをされるのは、こわいもの……」

竜胆《りんどう》はその不安をすくい取るように撫子《なでしこ》の肩を抱いた。

それから、何となくこの場のリーダー的存在になっている狼星《ろうせい》に目線を向ける。

「……寒椿《かんつばき》様、夏の方々のことはどうされますか」

「助けに行くべきだろうな。通信手段が途絶えているのが気になる」

竜胆《りんどう》は即断した返事に驚いた。

「瑠璃《るり》様とあやめ様を、お救いになる為に動いてくださるのですか？」

「え……？　救わないのか」

「す、救いましょう！」

竜胆《りんどう》が食い気味に言う。

「……すみません、瑠璃《るり》様とは不仲だと聞いていたので……お力添え頂けるか一抹の不安がありまして……杞憂《きゆう》でした。冬の代行者《だいこうしゃ》様に動いて頂けるのは大変心強いです」

「確かに仲良くはないが、死なれたら気分が悪いだろ」

「「狼星《ろうせい》！」」

さくらと凍蝶《いてちょう》が同時に怒った。

「……狼星《ろうせい》、さま……」

雛菊《ひなぎく》が咎《とが》めるような声を出す。狼星《ろうせい》はバツの悪い顔をした。

「いまのは言い方が悪かった……その、こちらとしても同胞の危機を見過ごすつもりはない。春夏秋冬の共同戦線は保っていきたい。あちらが必要ないと言っても、助け舟を出すべきだろう。安心しろ、阿左美《あざみ》殿が来る前に、これは決まっていた。問題はどう人員を出すかだな」

現在、このホテルに固まっているのは春主従、秋主従、冬主従、そして冬の護衛陣、四季《しき》庁《ちょう》の冬職員だ。代行者《だいこうしゃ》の安全確保を最優先に、夏の姉妹捜索に人員を割かねばならない。

「秋の警備チームを動かしましょうか」

これには竜胆《りんどう》がまず先に提案をした。

「現在、撫子《なでしこ》と俺は里に居ることになっています。警備チームに工作させ、こっそり出てきた形です。招集しようと思えば出来る。現段階では労働力として浮いた状態ですから冬の護衛陣と協力するのはどうでしょう？　いかがですか、寒月《かんげつ》様」

竜胆《りんどう》の提案に凍蝶《いてちょう》が思案顔をしてから頷《うなず》く。

「そうだな……うちの護衛陣から何人か出して、秋と冬の共同部隊を竜宮《りゅうぐう》に投入するのが良いかもしれない。捜索自体は国家治安機構《こっかちあんきこう》もするだろうが、春夏秋冬の共同戦線の名の下に国《こっ》家治安機構《かちあんきこう》の捜査に協力する、と宣言を出すのも悪くはない。良からぬことを考えている者がいれば多少の牽制《けんせい》にはなるだろう」

狼星《ろうせい》が竜胆《りんどう》と凍蝶《いてちょう》のやりとりを見て考えるような素振りを見せる。

「悪くはないが、あとひと押し足りない……」

「というと？」

竜胆《りんどう》の問いに、狼星《ろうせい》は撫子《なでしこ》のほうを気遣うように見る。

「……撫子《なでしこ》を怖がらせたくはないんだが……」

「ろうせいさま、わたくしだいじょうぶです」

撫子《なでしこ》の返事を聞いて狼星《ろうせい》は竜胆《りんどう》に了承を取るように目を合わせた。竜胆《りんどう》が頷《うなず》く。

「では、共通認識を持つ為にはっきりと言おう。恐らく、夏の代行者《だいこうしゃ》二名は竜宮《りゅうぐう》にて挿《す》げ替《か》えの危機に晒《さら》されている」

部屋の中がしんと静かになった。

「現在進行系でだ。それはみんなも薄々感じているな？」

口にはしなかったが、そうなのではという不安は全員抱いていた。

連絡が取れず、二人だけで竜宮《りゅうぐう》に行っている時点で危険なのだから。

狼星《ろうせい》もみんなを怖がらせたいわけではないのだが、他にズバリと言う者が居ないので言うしかない。

「夏はどうやら俺達以外とも音信不通のようだ。その上で竜宮《りゅうぐう》に行っていることを鑑《かんが》みると、何者かによって殺害しやすい条件の場所に誘い出された可能性が高い。というか殺せと言っているようなもんだろ。俺が挿《す》げ替《か》えを狙っている輩《やから》なら絶対にそこで殺すぞ。里の中ではやりにくい。外で殺すほうが良い。不幸な客死で処理出来るからな」

さすが季節の中で一番殺されやすい代行者《だいこうしゃ》だ。

平然とえげつないことを言っている。

「二人だけで竜宮《りゅうぐう》に行った経緯の真相はさておき、最悪の想定をすべきだ。挿《す》げ替《か》えを狙う者が実際居て、夏の代行者《だいこうしゃ》の命を狙うなら、敵はそれ相応の武力を用意するだろう。護衛陣を出すのは確かに挿《す》げ替《か》えをする者達の牽制《けんせい》にはなるが抑止力までになり得るかは疑問だ。いま手を出せばまずいことになるぞと思わせる圧が足りない。それなら俺が行くほうがよかろう」

「狼星《ろうせい》……」

「うるさい凍蝶《いてちょう》」

「まだ何も言ってない。お前が言っていることはわからなくもないが、こちらの守りはどうする？　お前が出るなら私も出るぞ。そうなると雛菊《ひなぎく》様は……」

「そこは俺も怖い……ひなの守りが薄くなるのは避けたい」

狼星《ろうせい》は少し躊躇《ためら》いを見せたが、続けて言い放った。

「だから……この際、全員で行くのはどうだろうか」

その場に居る全員がぽかんとした顔を見せた。

「狼星《ろうせい》……ちゃんと物を考えて言っているのか？」

凍蝶《いてちょう》が苦言を呈する。狼星《ろうせい》は怯《ひる》まず答えた。

「考えてるよ。凍蝶《いてちょう》だってわかってるだろ。どこに居たって危険だ。ここには既に二日居る。もう移動時期だろ。撹乱《かくらん》で竜宮《りゅうぐう》に行くのはそんなにおかしいことか？　全員で竜宮《りゅうぐう》へ行けば夏の代行者《だいこうしゃ》を狙う者達への最強の抑止力になるぞ。春夏秋冬の共同戦線を組んでいる一団が竜宮《りゅうぐう》に乗り込んだら下手なこと出来ないだろう？　阿左美《あざみ》殿、貴殿に尋ねたい」

「は、はい」

突然話しかけられて、竜胆《りんどう》は背筋を伸ばした。

「阿左美《あざみ》殿は武芸の達人だ。【華歳《かさい》】相手にも切った張ったの大乱闘をしたとか。考えてみてくれ。貴殿が挿《す》げ替《か》えを企《たくら》む輩《やから》だとして、この集団を敵に回すことが出来るか？」

言われて、竜胆《りんどう》は現在の武力を確認した。

先鋒《せんぽう》、対テロリスト迎撃集団として鍛え抜かれた冬の護衛陣。四季庁《しきちょう》の冬職員。

中堅、【華歳《かさい》】を各個撃破した四季の代行者護衛官《だいこうしゃごえいかん》達。

大将、【華歳《かさい》】の元アジトを半壊させた春の代行者《だいこうしゃ》。生命腐敗《せいめいふはい》の権能を物にしつつある秋の代行者《だいこうしゃ》。帝州《ていしゅう》の首都高速道路を凍結させた冬の代行者《だいこうしゃ》。

以上の布陣だ。

「……ちょっと……戦車とか欲しいですね」

特に狼星《ろうせい》を見ながらそう思った。

生命凍結《せいめいとうけつ》の強さは人智《じんち》を超えている。しかも狼星《ろうせい》は好戦的な性格だ。

彼の気性を考えると、相手に容赦はしないだろう。身内には優しいが他には冷たい。

「だろう？　バラけるより固まったほうが俺達に関しては手が出せないと思うんだ。目下の敵は賊ではなく里の中の反乱分子だ。恐らく暗殺術を使うような者達との戦いになる。表立って身分を明かす者が敵ではない。そうなると……むしろ、代行者《だいこうしゃ》自ら現地に向かうことにしたほうが良くないだろうか？　里の者達も強く出られんだろう。情報統制もせず、代行者《だいこうしゃ》達が心苦しくなるように天罰説《てんばつせつ》を流布《るふ》してるんだ。あちらとしては俺達が打ちひしがれているのを期待しているだろうが、予想を裏切って元気に竜宮《りゅうぐう》に行くほうが挿《す》げ替《か》えを狙う者達の動きも摑《つか》みやすいかもしれない。行く理由は敵のおかげでいくらでも作れるからな」

聞いていた凍蝶《いてちょう》は頭が痛くなる思いだった。

全員で行くとなると警備も大掛かりだ。護衛の立場としてはやめてくれと言いたい。

更に頭が痛いのが、この無茶振りの主が言うことがけして間違ってるとは言えないことだ。

確かに秋と冬の護衛陣を竜宮《りゅうぐう》に投入するより、各機関への牽制《けんせい》となるだろう。

四季の代行者《だいこうしゃ》達が結託したらどういうことになるかは春の事件で証明されている。

狼星《ろうせい》は真正面からこう言いたいのだ。

『我々の同胞に手を出したらどうなるかわかっているだろうな』と。

「……お前と私だけなら、採用するが……」

凍蝶《いてちょう》は女性陣を連れていくことに躊躇《ためら》いがあった。

せっかく避難させているのに、危険を承知で竜宮《りゅうぐう》に乗り込むのは勇気が要る。

春主従も秋主従も先の事件で賊に命を脅《おびや》かされたばかりだ。怖い思いをさせたくない。安全なところに居て欲しい。

行かせるにしてもそれぞれにちゃんとした意思確認が必要だった。

「撫子《なでしこ》様、お聞きになられてどうでしたか？」

凍蝶《いてちょう》はまず撫子《なでしこ》に尋ねた。サングラスの美男というのは多少の威圧感を与えるものだ。しかし、凍蝶《いてちょう》が物腰柔らかなせいか、撫子《なでしこ》の為に話し合いの最初からノートを取り出し書記も務めてくれたおかげか、急に尋ねられても撫子《なでしこ》は怯《おび》えはしなかった。

彼が優しい男だとわかっているのだろう。

「えっと、あの……わたくし……」

ただ、ところどころ理解が難しかったようでしどろもどろになる。

困ったように凍蝶《いてちょう》を見るので、凍蝶《いてちょう》は更に嚙《か》み砕《くだ》いて説明することにした。

「大丈夫ですよ。何度でもご説明します。いま、夏の代行者様方《だいこうしゃさまがた》は竜宮《りゅうぐう》に向かったとされています。空港の監視映像からお二人がご自分の意志で竜宮《りゅうぐう》へ行く様子が確認されました。恐らく、暗狼事件《あんろうじけん》を解決しに行ったのでしょう。ここまでは……？」

柔らかい声音で問われて、撫子《なでしこ》はぱっと顔を明るくし大きく頷《うなず》く。

「はい、りかいしています。るりさまとあやめさまは狼《おおかみ》さんとおしゃべりできるからですね」

「そうです。けれど私達はお二人が心配です。里の者から挿《す》げ替《か》えをされるかもしれない……。私が思うに、お二人は挿《す》げ替《か》えされそうになっていることを知らないのだと思います」

「わたくしとりんどうも、みなさんに教えていただくまでしりませんでした」

「はい。私達も、昨日関係者から情報提供されるまでそこまで深刻な状況だとは思っていませんでした。お二人はすぐにでも保護されるべきです」

「みんなでさがさなきゃ」

「ええ、夏の方々が竜宮《りゅうぐう》に行ったという情報は私達以外も知っていますので、当然、国家治安機構《こっかちあんきこう》や里の者も竜宮《りゅうぐう》へ行くでしょう」

「みんなみかた……？」

この台詞《せりふ》を十にも満たない子どもに言わせている時点で、今回表面化した様々な問題を象徴しているようなものだなと凍蝶《いてちょう》は悲しくなる。

「はい……そこがわからなくて怖いのです」

「いてちょうさまもこわいの……？　りんどうの……だいせんぱいなのに？」

「怖いですよ。私は皆様を守る側の者として、誰かが傷つくかもしれないという状況は嫌です。自分が傷つく分には構いませんが、みんなを怖い目に遭わせたくありません……」

その言葉に嘘《うそ》偽りがないのは撫子《なでしこ》にも伝わってきたのだろう。眉を下げて頷《うなず》く。

「残念なことに……春の事件では味方から悪い人がたくさん出ました。夏の方々を探す人達の中に、また悪い人が居るかもしれません。いえ、むしろ悪い人達は……瑠璃《るり》様やあやめ様を傷つけようと竜宮《りゅうぐう》に行ってしまっている可能性があります……」

「とてもこわいわ」

「……はい。竜宮《りゅうぐう》に行くと、怖い人に会うかもしれない。しかし、我々が春夏秋冬の共同戦線の名のもとに一致団結すれば、瑠璃《るり》様、あやめ様に危害を加えようと企《たくら》む人達は思いとどまる可能性もあります。我々も悪い人達には容赦しませんから。代行者《だいこうしゃ》達が怖いからやめようと逃げてくれるかもしれない。そうしたら、無事に夏のお二人を保護出来るかもしれません」

「……ごせつめいとてもよくわかりました、いてちょうさま。わたくし、感謝もうしあげます」

「寒月《かんげつ》様、撫子《なでしこ》の為にありがとうございます」

二人がお礼を言うと、凍蝶《いてちょう》は控えめに笑った。

竜胆《りんどう》は感謝の念が自然と湧き上がる。

——さすが、寒椿《かんつばき》様を成人まで育てた御方だ。

狼星《ろうせい》が幼年の時より仕えている経験からか、大人達に身を任せるしかないにしても代行者《だいこうしゃ》に疎外感を与えてはいけないと学んでいるのだろう。

おかげで撫子《なでしこ》もちゃんと自分で考えることが出来た。

「冬は……というか、狼星《ろうせい》は行く気なので私は竜宮《りゅうぐう》へ向かうことになります。今の話を聞いた上で秋はどうされますか？」

「秋は、いきます」

間髪を容れずに撫子《なでしこ》が返答した。

「撫子《なでしこ》」

名前を呼ぶ竜胆《りんどう》を、撫子《なでしこ》は見上げた。

「あやめさま、るりさまをおたすけします。いぜんにたすけていただいたご恩をかえします」

最年少の少女神は、はっきりと自分の意志を示す。

「りんどう、いまわたくし達はご恩をおかえしできるときね？」

ただの子どもの言葉では無い。

大人に言わされているのではない。

撫子《なでしこ》はちゃんと自分で考えて秋の代行者《だいこうしゃ》としての立場で言っていた。

竜胆《りんどう》は、この少女神に仕えていることが誇らしくなった。

「ええ、撫子《なでしこ》。今がその時です……危険があるかもしれませんが……」

「りんどうのことは、わたくしがまもるわ」

「それは俺の役目です。貴女《あなた》が決断してくれたのだから、俺も腹を括《くく》ります。必ず貴女《あなた》を守る」

「じゃあふたりでまもりあいっこしましょう」

撫子《なでしこ》と竜胆《りんどう》の意思確認が出来たところで、凍蝶《いてちょう》は春の二人に目を向けた。

さくらは顎に手を当てて考えている。そして雛菊《ひなぎく》は。

「春は、竜宮《りゅうぐう》、いくの、賛成、です」

もう腹を決めていた。

――嗚呼《ああ》。

さくらは心の中で嘆息する。

「……雛菊《ひなぎく》様」

こういう時の雛菊《ひなぎく》は、どんなに駄目だと言っても従者の進言を聞き入れない。

「さく、ら。いこ、う」

「……危険が伴うので決断しかねていたのですが。御身は既に命を狙われている状況です」

「わかる、よ……でも、でもね……いま、誰が、いちばん、きけん、か、な……?」

――その問いかけはずるい。

ずるいと思いつつ、さくらは敬虔《けいけん》な信者の気持ちで雛菊《ひなぎく》と向き合う。

「夏の、ふたり、だよ……」

本当は何もずるくないのだ。雛菊《ひなぎく》は悪巧みをしているわけではないのだから。

ただ、この善性の塊のような状態で説法されると、さくらが折れるしかないだけで。

「春の、とき、ふたりは、ね……雛菊《ひなぎく》と、さくらの、おねがい、きけん、なのに、すぐ、いいよって、いって、くれ、た……」

その瞳に見つめられ、正義を為せと言われたら、動くしかないだけで。

「撫子《なでしこ》、ちゃん、たすけ、ようって……おさそい、ことわら、ないで、くれた。撫子《なでしこ》ちゃん、きけん、だったから……それは、すぐ、うごかないと、だめです、ねって……あやめさん、言って、くれた。瑠璃《るり》さま、も、すぐ行くよって……だいじょうぶ、だよ、帝州《ていしゅう》、で、先に待ってて、ねって、言って、くれた……そう、でしょう……？」

「はい……」

「こんかい、は、雛菊《ひなぎく》、たち、が、夏の、ふたり……たすける、番、と、雛菊《ひなぎく》、思い、ます」

——結局、こうなるんだ。

さくらは先程まで頭が痛くなるほど考えていた何もかもが春の桜吹雪に飛ばされるようにかき消えていくのを感じた。

——私があれこれ考えても、この方に良き道を説かれると思考が停止する。

嫌なわけではない。むしろ誇らしくなる。ただ同時にとても怖いのだ。

——貴方《あなた》は優しすぎる。

その優しさが前の花葉雛菊《かようひなぎく》を殺した。直接の死の原因ではないが、彼女は人を守る為に人生を何年も棒に振ったのだ。もっと自分の為だけに生きてくれたなら色んなことが違ったかもしれない。さくらは雛菊《ひなぎく》と居ると安心出来ない。いつも、いつも、少しだけ不安になる。

——でも、そんな貴方《あなた》だからこそ私は。

膝をついてしまう。より深くこうべを垂れてしまう。

「雛菊《ひなぎく》様……」

やはり貴方《あなた》こそが私の神だと思い知らされる。

「……さくら、雛菊《ひなぎく》のため、に、いっぱい、かんがえて、くれてる、の……すごく、すごく、わかって、ます。でも……雛菊《ひなぎく》、ふたり、ぶじか、かくにん、したい、です………こんどは、春が、夏、を、たすける、番、だから。だめ……かな……？」

自分の安全の為に、従者が竜宮《りゅうぐう》行きを渋っているのを理解しているせいか、雛菊《ひなぎく》は強い出方はしなかった。言ってから申し訳無さそうにうつむく。

「……わかりました雛菊《ひなぎく》様」

そんな雛菊《ひなぎく》に、さくらは顔を上げてくださいと囁《ささや》く。

「御身がそれをお望みなら、下僕である私は従うまでです。けれど雛菊《ひなぎく》様、さくらの言う通りに行動してくださいますか？　いま挿《す》げ替《か》えの危機が迫っているのは雛菊《ひなぎく》様も同じだからです」

雛菊《ひなぎく》は顔を上げ、強い意志が灯《とも》る瞳をさくらと混じり合わせる。

「危険だと判断したら即時撤退しますよ。私も夏のお二人の無事を確認したいですが……まずは主の安全が一番です。薄情だと言われようが、構いません。それはわかっていただけますね？」

「うん、さくらの、いうこと、きく、よ」

雛菊《ひなぎく》はさくらの手を摑《つか》んで、ぎゅっと握った。さくらは硬い表情で頷《うなず》く。そして改めて狼星《ろうせい》に向き合った。

「……全員で行くことに反対するわけではないのだが、危険性の一つを指摘したい。情報を聞きつけた賊に一網打尽にされないだろうか？」

狼星《ろうせい》は腕を組みながら思案顔で言う。

「お前が言いたいことはわかる」

それから弁士の如《ごと》く語った。

「だが、一網打尽にされる武力ではないというのはさっき話しただろう。俺の予想だと改革派の賊はしばらく大人しくしていると思うぞ。春の事件は民草の報道機関でもかなりでかいニュースになった。世論は賊への反発を強めている。改革派が望んでいる四季の代行者《だいこうしゃ》の能力を国家の為に使えという暴論も、平時ならある程度支持する阿呆《あほう》な層も居るが、今は支持率が低下している状態だ。何せ、賊が俺達を襲ったせいで、帝都《ていと》のど真ん中の四季庁《しきちょう》庁舎では国家治安機構《あんきこう》と消防が駆けつけ、一時周辺地帯に避難命令が出るような事件が起きた。ついでに俺も賊に襲われたせいで首都高速道路を封鎖させてしまった。民は日常を脅《おびや》かされさぞ迷惑したこ

とだろう。四季の代行者《だいこうしゃ》を利用して国にあれこれ要求したい、国益となるような使い方をした

い……そうした理念を通すなら世論を味方につけるべきだというのに敵に回したんだ」

狼星《ろうせい》は鼻で笑いながら言う。

「馬鹿共め。何でも暴力に結びつける短絡的思考のせいだな」

人のことは言えないだろう、というツッコミの目線がさくらや凍蝶《いてちょう》から注がれたが、狼星《ろうせい》は構わず話を続けた。

「今回【華歳《かさい》】はあまりにも目につく場所でテロをやりすぎた。あれは【華歳《かさい》】の頭領の失策だ。そのしわ寄せが賊界隈《かいわい》全体にまで及んでいる。いまはどこの組織も様子を見てるはずだ。賊のテロに巻き込まれる可能性を考えて商業施設から公共施設まで国中が警備強化されてる。奴《やつ》らにとって、俺達はいま狩り時ではないんだよ。改革派に身を置きながら、ただ暴力をしたいだけの奴《やつ》らは別かもしれんが……。よほどの馬鹿じゃない限り、しばらく隠れるべきだとわかるだろ。俺達や民に捕まって、リンチにされたくなきゃな」

さくらは素直に称賛の眼差《まなざ》しを送った。

「狼星《ろうせい》……お前、ちゃんと考えられる男になっていたんだな……」

会わない間に親戚の子どもが成長したとでも言うような物言いだ。狼星《ろうせい》は口を尖《とが》らせる。

「当たり前だろう。俺は季節の中で一番殺されかけている男だぞ。いつ何時、殺されるかわからんのだからこうした情報収集は大切だ」

狼星《ろうせい》は仕切り直してまた口を開く。

「先程の話に戻るが、改革派が大人しいなら俺達がいま警戒すべきは根絶派《こんぜつは》になるだろう。だが、あちらもいまは二の足を踏んでいると俺は推測する」

「何故《なぜ》そう思う？」

さくらの問いに狼星《ろうせい》は肩をすくめる。

「俺達は改革派最大組織の【華歳《かさい》】の頭を潰した。更なる武力をかき集めないと対抗出来ない集団だと賊界隈《かいわい》に周知されたはずだ。それぞれの季節で逃げ回るより、かたまって行動することは自衛にもなるはずだ。まあ……ただ……観鈴《みすず》・ヘンダーソン級の武器商人がバックについてる組織が居て、そいつらに兵器ぶちこまれたら……とかまではカバーしきれないが……」

恐らく撫子《なでしこ》に配慮したのだろう。狼星《ろうせい》はミサイルとは明言しなかった。

「まあ、それはな……そこまで考えてたら何も出来ないのは確かだ……」

「賊は最大限警戒する。それに変わりはない。俺の言い分に異論はあるか？」

「……」

さくらはしばし黙り込んだ。

「異論はないが……懸念《けねん》はある」

気になっていたことを次の議題にあげてみた。

「全員で行くとなると、夏の方々の捜索、身柄確保と共に暗狼事件《あんろうじけん》とやらの真相を突き止めたい……みんなは正直な話、暗狼事件《あんろうじけん》をどう思っているのだろうか？　原因追究、対策、何でも良い。意見を聞きたい。もちろん、春に対して色々言いたいことがあるのはわかっている」

雛菊《ひなぎく》と手を繋《つな》いだまま、さくらは勇気を出して聞いてみる。

今回の事件は色々と複雑だ。

まず竜宮《りゅうぐう》で暗狼事件《あんろうじけん》が起きた。暗狼《あんろう》出現の原因を話し合う内に、春の長き不在による生態系破壊の可能性が出た。これが種火となり天罰説《てんばつせつ》が生まれた。

天罰説《てんばつせつ》が暗狼事件《あんろうじけん》を置いてきぼりにして四季界隈《かいわい》で大論争を巻き起こした。元々里の中で存在していた保守主義＝【老獪亀《ろうかいがめ》】と革新主義＝【一匹兎角《いっぴきとかく》】の対立が過熱。天罰説《てんばつせつ》が流布《るふ》されたことにより今代の四季の代行者《だいこうしゃ》に否定的な態度を取る者が表立って目に見えるようになった。

ついには先日、春の里にて春の代行者《だいこうしゃ》の挿《す》げ替《か》えの算段を企《たくら》む集会が摘発された。

花葉雛菊《かようひなぎく》の義兄、花葉残雪《かようざんせつ》の提案により四季の代行者《だいこうしゃ》達は里から一時避難することが推奨され、連絡を取り合うも夏だけが音信不通の状態だ。

夏の代行者《だいこうしゃ》二名は、既に夏顕現を終わらせており、最も殺しやすい季節になっていることから挿《す》げ替《か》えの危機にあると推測される。つまりは、現状、春の長き不在から論争、批判、対立が生まれており、暴力行為が誘発されている状況なのだ。

春は立つ瀬がない。他の季節に迷惑をかけてしまっている。他の四季の者達になじられるにせよ、いま腹を割っておきたい気持ちがあった。

幸いなことに、秋も冬もすぐさま春の責任を否定した。

雛菊《ひなぎく》とさくらがほっとした様子で顔を見合わせる姿を見て、狼星《ろうせい》は胸が痛くなる思いだった。

——俺が全てから守ってやればいいのに。

大切な女の子と、大切な友達。その二人を守る為には、さくらが言うように暗狼事件《あんろうじけん》を解決することは必須だろう。狼星《ろうせい》は彼なりの見解を述べることにした。

「一応、俺個人の考えだが……そもそも、暗狼事件《あんろうじけん》なんてものは春の不在に関係ないと思うぞ。十年の間、確かに大和《やまと》各地に生態系異常は出た。けど、それが何で狼《おおかみ》に結びつく？　本来大和《やまと》には生息していない動物なのに」

これはこの場に居る者に限らず、誰しも思っていたことだろう。

別大陸に於《お》いては未《いま》だ生息しているが、大和《やまと》では絶滅したとされている。

そんな狼《おおかみ》が竜宮《りゅうぐう》に出たのは本当に生態系異常のせいなのか？

「環境保護庁《かんきょうほごちょう》が同席してたのだから生態系の異常説が出るのは……まあ、わからなくもない。対策会議というのはあらゆる可能性を列挙して然《しか》るべきものだしな。襲われたのは黄昏《たそがれ》の射手《しゃしゅ》。場所は射手殿の聖域。神様絡《がら》みの事件だから四季の代行者《だいこうしゃ》が及ぼす影響について発想が紐《ひも》付けられたのも理解はしよう。ただ、あくまでこういう可能性もあるかもしれないぐらいの話だったんじゃないのか?」

狼星《ろうせい》は腕を組む。話している内に苛立《いらだ》ってきたのか少しムッとした顔だ。

「どっかから脱走してきた個体だって線を考えるのが妥当なことくらい馬鹿でもわかる。常識で考えてみろよ。三十年、四十年ならまだしも……十年やそこらで竜宮岳《りゅうぐうだけ》の生態系が激変して狼《おおかみ》が出現しましたなんておかしいだろ? おまけに、今回の狼《おおかみ》出現は大和《やまと》の最南端だぞ? 俺は春の不在の分まで大和《やまと》を冬で覆っていた。どっちかっていうと、竜宮《りゅうぐう》の生態系が壊れたことにより起こり得る事象は『寒さによる動物の絶滅』のはずだ」

狼星《ろうせい》は自然と凍蝶《いてちょう》の方を見た。彼もこれにはすぐ同意した。

「同感だ。こじつけがすぎる」

凍蝶《いてちょう》もこの論争にほとほと呆《あき》れているのだろう。喋《しゃべ》りながら苦い顔をしている。

「というか狼星《ろうせい》が言っていることくらいの推測は会議でも出ていたはずだ。暗狼《あんろうじ》事件《けん》を巡る論争にもはや正しさは存在していないと言っていいだろう。原因は現地調査するまで不明だが、少なくとも色々と陰で言われていることは代行者《だいこうしゃ》の状況を悪くしたいが為に【老獪亀《ろうかいがめ》】とそれに味方する者達が結託して風評被害をしているとしか思えん」

竜胆《りんどう》と撫子《なでしこ》もうんうんと頷《うなず》いた。さくらは少し考えるように唸《うな》る。

「阿呆《あほう》な意見を今から言う。春が叩《たた》かれている原因を潰す為に言うだけだから馬鹿とか言うなよ。寒さに強くて暑さに弱い狼《おおかみ》の種類もあると聞いたぞ。竜宮《りゅうぐう》の狼《おおかみ》はそういう狼《おおかみ》なのでは?」

狼星《ろうせい》が呆《あき》れ気味に返す。

「お前……いや、お前の気が済むならいくらでも否定してやるが……寒い環境になったからこそ生まれた個体だと言いたいのか？」

「そうだ。他にも様々な要因が奇跡的に重なって……」

「この十年の間に寒さに強い狼《おおかみ》の品種が竜宮岳《りゅうぐうだけ》で自然発生したのか？　竜宮《りゅうぐう》以外に今の所同一の報告例はないぞ。竜宮岳《りゅうぐうだけ》に元々居た動物が十年の間に環境に適した突然変異をする、というなら否定しないが狼《おおかみ》は大和《やまと》に生息してない。お前の言い分は何もかも代行者《だいこうしゃ》を叩《たた》く側にとって都合が良すぎる。もうやめろやめろ。これ言い続けると無限にこじつけ出来るぞ」

狼星《ろうせい》とさくらの会話に、雛菊《ひなぎく》が緊張顔で参加した。

「天罰、で、まほう、みたいに狼《おおかみ》さん、でてきた……そう、かんがえてる、ひと、おおい、と、雛菊《ひなぎく》、ききまし、た……狼星《ろうせい》、さま、の、いう、かんきょう、かんけい、ない、かも……」

狼星《ろうせい》は思ったよりも春主従がこの問題で傷ついていることを実感した。

――さくらのみならず、雛菊《ひなぎく》まで。

悪く言われすぎて、本当に『そうなのかもしれない』と洗脳されかかっているように見える。

狼星《ろうせい》は雛菊《ひなぎく》にしっかりと目を合わせて語りかけた。

「ひなの言っているのは生態系破壊の話から生まれた天罰説《てんばつせつ》だな。でもそれを言ったら何でも俺達のせいに出来るぞ。何でも俺達のせいにして、春夏秋冬の共同戦線を瓦解《がかい》させ、傀儡《かいらい》に仕立て上げたいから言っているだけだと思わないか、ひな」

「……みんなは、ね、悪く、ない、けど、雛菊《ひなぎく》、は、悪いから……」

「君の十年の不在に、四季の神々がお怒りになって、生態系の乱れも暗狼《あんろう》の出現もそれで黄昏《たそがれ》の射手《しゃしゅ》が襲われたのも、全部、全部、天罰が下されたからだと？　じゃあ何でももっと直接的なやり方じゃないんだ？　というか、黄昏《たそがれ》の射手《しゃしゅ》はなぜ巻き込まれている？」

「射手さまが、矢を射《う》つ、とこ、竜宮岳《りゅうぐうだけ》。代行者《だいこうしゃ》も、大規模顕現、する、場所です。射手さま、は、ほんとうに、ただ、巻き込まれ、た、だけ、で、やっぱり、春の、不在で、いろんな、悪いこと、起きてる、可能性……ない、です、か……雛菊《ひなぎく》達が、まだ、しらない、だけで、もっと、異常、起きてるの、かも……こんかい、たまたま、わかった、だけで……かみさま、は、雛菊《ひなぎく》に、怒ってて……それで、みんなに、ちゃんと、怒られる、ように、したなら……」

狼星《ろうせい》は雛菊《ひなぎく》の言葉を止めるように言った。

「あのな、この中で一番、現人神《あらひとがみ》歴が長い俺が言うが……神は俺達に興味なんてないぞ」

雛菊《ひなぎく》は、目をパチクリと瞬《まばた》いた。

「……きょうみ……ない……？」

「ああ、きつい言い方になるがそうだ。俺達現人神《あらひとがみ》はあの方達にとって道具でしかない。世界を管理する為の端末の一つだ。世に起きてる不幸を天罰と結びつけることはいくらでも出来るが、あくまで人間社会の中で起きている事象に過ぎない。神意ではない」

それは神様に何度も祈ってきた狼星《ろうせい》が言うからこそ、実感が滲《にじ》み出《で》ていた。

「俺達が死のうが生きようがあの方達は指先一つ動かさない」

狼星《ろうせい》は十年間願ってきたのだ。『雛菊《ひなぎく》を助けてください』と。

そして懇願もしてきた。『俺を殺してください』と。だが、結局どちらも叶《かな》わなかった。

「断言する。神々は俺達を罰しない代わりに救いもしない」

人知れず、冬の里を救った女の子の人格は死んだ。

奇跡など起きていない。狼星《ろうせい》は雛菊《ひなぎく》の生還だけを夢見て呪いのように生き続けた。

雛菊《ひなぎく》は誰にも救われず自分から逃げてきた。

現在という時間は戦うことをやめなかった少年少女が泣きながら摑《つか》んだ結果でしかない。

だから狼星《ろうせい》は言う。現人神《あらひとがみ》でありながら、神の見えざる手を否定する。

「事件の発端は、我ら四季の代行者《だいこうしゃ》へ神が示した天罰などではない。それは絶対だ」

今度は、誰一人として反論はしなかった。

みんな、黙り込んでいる。それぞれ、思うところがあるのだろう。

討論はするだけしたという空気になり、一旦この話は中止になった。

竜宮《りゅうぐう》へ移動することは決定したので全員、にわかに忙しくなる。

出発の支度をしている中で、一度ホテルの廊下に携帯端末を持って出ていたさくらは、戻るなり凍蝶《いてちょう》と竜胆《りんどう》に話しかけた。

「凍蝶《いてちょう》、阿左美《あざみ》様」

凍蝶《いてちょう》はちょうど竜胆《りんどう》と警備について会議をしていたところだった。

「今いいか？　残雪《ざんせつ》様に電話で今後の方針を伝えてきた」

竜胆《りんどう》もさくらの言葉に注目する。

「結論から言うと、賛成してもらえた」

さくらはちらりと雛菊《ひなぎく》を見る。

狼星《ろうせい》と撫子《なでしこ》と静かにお喋《しゃべ》りをしているようだ。三人が穏やかに話している様子は微笑《ほほえ》ましい。残雪《ざんせつ》のことは聞かせられないので自然と小声になる。

「最初は危険な行為ではと苦言されたが……夏を救いたいという雛菊《ひなぎく》様のご意思を尊重してくださった。とりあえず帝州《ていしゅう》空港に移動しろとのことだ。顕現の旅で使用している四季《しき》庁《ちょう》保有の飛行機があるだろう？　あれを動かしてくれるらしい」

四季の代行者《だいこうしゃ》は春と夏は竜宮《りゅうぐう》からエニシへ、秋と冬はエニシから竜宮《りゅうぐう》へと移動して季節顕現の旅を実現するが、その移動手段にはもちろん飛行機も入る。

近場の移動は主に車を、時に公共交通機関を使用するが、海を渡るとなるとやはり飛行機だ。その為、四つの季節共有の物として四季庁《しきちょう》保有のプライベートジェット機が存在していた。維持費はかかるが、数ヶ月ごとに利用することが決まっているのと、万が一四季の代行者《だいこうしゃ》が搭乗した飛行機が賊に占領された場合、他利用客まで被害が及ぶことを考えると、所有は妥当と言えるだろう。

現在は夏姉妹が顕現の旅を終えた後なので秋主従利用まで待機状態にある。

「今回は移動人数が多いからな。代行者《だいこうしゃ》、護衛官《ごえいかん》、冬の護衛陣と四季庁《しきちょう》職員《しょくいん》も居る。護衛陣と四季庁《しきちょう》職員《しょくいん》は民間会社の飛行機で乗ってもらい、我々とは空港で待ち合わせるのはどうだろうか？　代行者《だいこうしゃ》様方と護衛官《ごえいかん》はプライベートジェットに乗ったほうがよかろうということだった」

これには竜胆《りんどう》がまず賛同した。

「賛成です。何と言っても今回は春と秋と冬が一丸となっての行動ですからね。いま、寒月《かんげつ》様とも飛行機の予約をどうするか話し合っていたんですよ。急な移動ですから予約もかなり埋まっていて……これだけの人数一度で行くのは難しいなと」

凍蝶《いてちょう》は少し考える様子を見せたが、同じく賛同した。

「……そうだな。あれが動くならそのほうがいいだろう。それにしてもよく許可を取ったな。こんな土壇場《どたんば》で動かせるものなのか？　機体の準備だってあるだろうし、申請も時間がかかるものだが……花葉《かよう》のご令息は何かコネクションでも持っているのか？」

さくらはこれに対しては歯切れの悪い回答をする。

「わからん。色々と謎が多い人だから……。それで凍蝶《いてちょう》、四季の代行者《だいこうしゃ》は失踪された夏の代行《だいこう》者《しゃ》様を捜索する為、竜宮《りゅうぐう》に行くというお触れは冬から出してもらえるんだったか？」

「ああ、触れというか……今もホテル内で警備をしてくれている冬部門の四季庁《しきちょう》職員《しょくいん》に伝える。止められるだろうが、春夏秋冬の共同戦線の名の下に竜宮《りゅうぐう》へ行く私達を留《とど》めるほどの説得力と拘束力をいまの彼らは持っていない。先の事件で石原《いしはら》という裏切り者を出しているからな。おまけに四季庁《しきちょう》庁舎の爆破事件を阻止したのは我々代行者《だいこうしゃ》と護衛官《ごえいかん》が中心だ。四季庁《しきちょう》側から逮捕者が続出したこともあって権威は地に落ちたに等しい……」

凍蝶《いてちょう》は一度言葉を切って、悩ましげに言う。

「ただ……真面目に働いてくれてる者も居る。本当に、ほとんどはそういう人達なんだ……。彼らの職を失わせたいわけではないので、同行はしてもらう。報告義務がある彼らは直ちに四《し》季庁《きちょう》に連絡するだろう。それで十分だ。こちらが無茶を通し、翻弄している間にネズミが尻尾を出すのならそれもまた良しだ。阿左美《あざみ》君もそれで良いか？」

「はい。四季庁《しきちょう》も内部でかなり揉《も》めているようです。俺達に味方してくれる者は確かに居るんですが……悲しいことに見分けがつかない。うちも長月《ながつき》の件がありますから。なので距離をとって動向を見るのが良いでしょう。俺と撫子《なでしこ》は立秋ギリギリまでは竜宮《りゅうぐう》に居られます。立秋を過ぎると公務が優先になってしまいますので長期戦にならないことを祈ります」

「……うん、そうだな。里は無視するとして四季庁《しきちょう》への対応はそれでいいか。残雪《ざんせつ》様も春の時みたいに各里や四季庁《しきちょう》に話を通して義理を果たす必要はないと言っていた。我々が竜宮《りゅうぐう》へ行く理由に正当性はあるが、それを止める者達に正当性は無いに等しい。心配ならついてこいと言って、里や四季庁《しきちょう》に潜む【老獪亀《ろうかいがめ》】とその支持者達の出方を待つのが吉だろう」

凍蝶《いてちょう》は、意気込むさくらに微妙な表情で言う。

「……花葉《かよう》のご令息は、まるでお前の上司だな」

その言葉に、さくらは笑う。

「そうかもな。私の主は雛菊《ひなぎく》様ただお一人だが……残雪《ざんせつ》様は大きな後ろ盾だ。関係性としてはそれに近いのかもしれん。任せるところは任せて、必要なところは察して助けてくれる。私にとっては良い上司的存在だ……」

「そうか……」

凍蝶《いてちょう》は複雑な気持ちのようだ。さくらは続けて言う。

「それでな、残雪《ざんせつ》様は我々より先にここを発《た》つようだ。お礼を兼ねてお見送りをしてきたい。十分ほど部屋を離れて良いだろうか？　今なら雛菊《ひなぎく》様のこともみんなに任せられるし……」

竜胆《りんどう》はその言葉に反応する。

「俺もご挨拶しに行ってもいいですか？　秋まで面倒見て頂くことになりましたので、一度お礼をお伝えしたいです」

昨日の会議に秋は不参加だった。竜胆《りんどう》は残雪《ざんせつ》のことを人伝《ひとづて》でしか聞いていない。今後も援護をしてくれる相手と顔合わせしておきたいのは護衛官《ごえいかん》として当然だろう。凍蝶《いてちょう》は構わないと言って二人を見送った。

それから約三十分ほど時間が経過すると竜胆《りんどう》とさくらは戻ってきた。

予定より少しだけ遅い帰還だ。

話が弾んだのか、と凍蝶《いてちょう》は声をかけようとしたが言葉が引っ込む。

「凍蝶《いてちょう》ごめん……遅くなって……」

「寒月《かんげつ》様、と、特に問題なかったでしょうか？」

二人共、明らかに何かあった、という顔をしていた。

特にさくらは、熱病にでも罹《かか》ったのかと聞きたいくらい顔が赤い。

凍蝶《いてちょう》と目が合うとわざとらしいほどに視線を逸《そ》らした。

「さくら、どうした……？」

凍蝶《いてちょう》が手を伸ばすと、さくらはサササッと竜胆《りんどう》の後ろに隠れた。

「な、何でもない！」

凍蝶《いてちょう》はその拒絶反応に何気に傷ついた。竜胆《りんどう》は苦言するようにさくらに言う。

「……姫鷹《ひめだか》様。俺の後ろに隠れてそう言っても真実味が無いと思いますが……」

「本当にどうしたんだ……？」

凍蝶《いてちょう》の問いに返答はない。

仲良く黙り込む二人を見て、どうやらみんなの前では言えない事情のようだと察する。

凍蝶《いてちょう》はさくらと竜胆《りんどう》を部屋の外の廊下に連れ出した。

――何か不和が生じたのか？

残雪《ざんせつ》からの支援が断たれた、どちらかが不興を買った、など危惧したが、どうやらそういった問題ではないようだ。

「さくら、阿左美《あざみ》君、こちらで話そう」

廊下をしばらく歩いて、三人だけの空間へ移動するとさくらがしどろもどろに話し始めた。

「あ、あのな……凍蝶《いてちょう》、別に凍蝶《いてちょう》に話すことじゃないんだ……話してもお前を煩わせる」

「さくら……話すことじゃないと言い切れるならもっとポーカーフェイスを保て。どう見ても何かあっただろう。困っているなら相談しなさい」

「……」

「話してくれ、黙っていてはわからない。お前の力になりたい……」

凍蝶《いてちょう》の親身な言葉にさくらは心動かされているようだが唇を噛《か》んでからつぶやく。

「でも……お前に言ったたって……」

　さくらは凍蝶《いてちょう》をどうしても見られないのか、下を向いてしまう。

「……阿左美《あざみ》様、どうしよう……私、どうしたらいい……？」

「え、俺ですか！」

　竜胆《りんどう》は慌てふためいた。

「いや……その、俺からは何とも。俺などが聞いてはいけない話でしたし……」

「そんなこと言わないでくれ！　私よりは経験豊富だろう！」

「俺のこと何だと思ってるんですか……とりあえず寒月《かんげつ》様に言いましょう。残雪《ざんせつ》さんには今後も関わるんですし、知っておいてもらったほうが色々配慮してくださるでしょう」

「配慮って何を……？」

「二人きりになる時間とか……？」

「いいい、要らない！」

　さくらは遂《つい》に涙目になってしまった。これほど混乱している彼女は珍しい。

「二人きりになる時間……とは？」

　そこまで聞いて、凍蝶《いてちょう》は嫌な予感がした。と同時に頭の中で不穏な音が鳴る。

『ぼきり、ぼきり』と何かが折れる音だ。

「ほら……寒月《かんげつ》様が心配されてますよ」

　凍蝶《いてちょう》がどんな気持ちで聞いているか、竜胆《りんどう》は知らずに事態をつまびらかにしていく。

「姫鷹《ひめだか》様、寒月《かんげつ》様とは師弟関係なのでしょう？　相談するなら俺より寒月《かんげつ》様が適任でしょう。それにどのみち知られることかと」

『ぼきり、ぼきり』と音は鳴る。

「あの方、俺が居る前で宣言するように仰《おつしや》っていたのですから」

大きく響く。嫌に残響する。

「いずれ他の方の前でも堂々と口説くでしょう……」

それは凍蝶《いてちょう》にとって大切なものが折れてしまう音だ。

「鈍いと言われがちな俺でも牽制《けんせい》されてるなとわかりましたよ」

折れる音がする度に、桜の花弁が風に攫《さら》われていく幻影すら見えそうだった。

「さくら…………？」

凍蝶《いてちょう》の怪訝《けげん》な顔に、さくらは泣き出しそうな顔のまま、ようやく彼に向けて口を開く。

「あのな……残雪《ざんせつ》様、後ろ盾になってくれるって……」

無残にも折れていくのは凍蝶《いてちょう》が胸の中で大事に守っているものだ。

「後ろ盾って何のだ……お前のか……？」

それは彼の心にあるもので、桜の木の形をしていた。

目の前のこの娘と出逢《であ》ってから、いつの間にか在った。

「そんなのは私がなる。何か必要なら……」

「凍蝶《いてちょう》は冬の里だろう。春の里での後ろ盾だ……私は里の嫌われ者で、姫鷹《ひめだか》の姓を名乗ってはいるが、一門からは無視されている。今後また何か圧力があって雛菊《ひなぎく》様の護衛官《ごえいかん》から解任されるようなことが無いとも限らん……」

「それが口説く……に繋《つな》がるのか？」

幻視する桜の木には、手折る人の手が添えられている。

「……残雪《ざんせつ》様は、私を公式に庇護《ひご》する為にご自分の婚約者にならないかと仰《おっしゃ》ったんだ」

その時、凍蝶《いてちょう》は思った。

――『花盗人』だ。

文字通り、花の泥棒だが、花見の帰りに、桜の枝を折って盗む者も『花盗人』と呼ぶ。

誰かが守るようにして大切にしている存在を侵害する行為だ。

目の前に居る凍蝶《いてちょう》にとって最も大切な女の子は、いつの間にか奪われようとしていた。

彼女はもはや子どもではない。

――こんなに、早く。

失念していたわけではないが、もう『それ』が来るとは思っていなかった。

――どうして。

桜の花弁の美しさに魅せられる者はこれからも大勢現れるだろう。凍蝶《いてちょう》が準備出来ていなかっただけだ。

——再会したばかりなのに。

いま正に一人花盗人が出た。凍蝶《いてちょう》の気持ちなど関係ない。

——まだ、何も。

おまけに、折られる側がそれを受け入れようとしている。

さくらは少し震える声で言った。

「……花葉《かよう》の跡継ぎの婚約者というのは確かに強い立場だ……」

そして窺《うかが》うように凍蝶《いてちょう》を見た。

「でも、分不相応だよな……私なんかとあの方が……いずれは結婚なんて……」

凍蝶《いてちょう》はその言葉に自然と拳を握りしめていた。

「事実だけ見ると悪い話ではないのが困りものですね……。主の兄上と結婚出来れば、地位の確立は出来る。花葉《かよう》様とも義理のご家族になれる。あとは姫鷹《ひめだか》様のお気持ちですが……」

竜胆《りんどう》はよく考えて欲しいようで歯切れの悪い言葉だ。

「阿左美《あざみ》様、私はこの件に関してはあまり選択肢がないように思えるんだよ……」

「いや、そんなわけないでしょう。無理強いはされていないんですから、ちゃんと考えたほうが良いですよ。いくら主の為とはいえ、結婚を利益で決めていいんですか？」

「でも、四季の血族なんてそんなものじゃないか？　むしろよく私など嫁に貰《もら》おうとしているなと感心すら覚える。あの方ならよりどりみどりなはず……」

「自己評価が低すぎる……ご自分がその中から『この人だ』と選ばれたとは思わないんですか？　寒月《かんげつ》様、姫鷹《ひめだか》様に何か言ってあげてください。このままだと……言われるがままに結婚されてしまいますよ。まだ若いのに、早すぎる……。姫鷹《ひめだか》様の人生はこれからじゃないですか……」

竜胆《りんどう》に促され、凍蝶《いてちょう》は重たい唇をようやく開いた。

「……すぐ断らなかったのか？」

さくらはまるで叱られた子猫のような顔を見せる。

「……うん」

「返事は……」

「待ってくれる……急いでないって……でも、ちゃんと考えて欲しいって……」

「……気持ちに……応える気なのか？」

――もっと時間があると、なぜ悠長に構えたのだろう。

さくらは自分の気持ちは横に捨て置き、客観的な意見としてははっきりと言った。

「……雛菊《ひなぎく》様のことを考えると、このお話はお受けしたほうが良いのかもしれない……」

凍蝶《いてちょう》は、確かに『花盗人』がさくらの枝を折る音を聞いた。

何であたしが神様に選ばれたの？

小さい頃、色んな人にそう尋ねたことがある。

お母さんは言った。

『瑠璃《るり》の笑顔は夏の太陽みたいに輝いてるから』

お父さんは言った。

『元気で明るくて、夏にぴったりの女の子だから』

四季庁《しきちょう》の人は言った。

『夏の神のご意思です。貴方様《あなたさま》はそれだけ才覚があったのでしょう』

里の偉い人は言った。

『お可哀《かわい》そうに、辛《つら》いのですね……。貴方様《あなたさま》は尊い犠牲です』

眷属《けんぞく》にした鳥は言った。

『しぬまでつづくよ。しんだらおわるよ』

みんな、みんな、納得出来る答えはくれない。

あたしは最後にあやめに聞いてみた。

『お姉ちゃん、何であたしが神様に選ばれたの？』

あやめは悲しそうにうつむいた。そして『ごめんね』と囁《ささや》いた。

そこであたしはわかった。あたしが苦しいのはきっと一生変わらないんだって。

でも人生で一度くらい、あたしも運命に反撃をしたい。

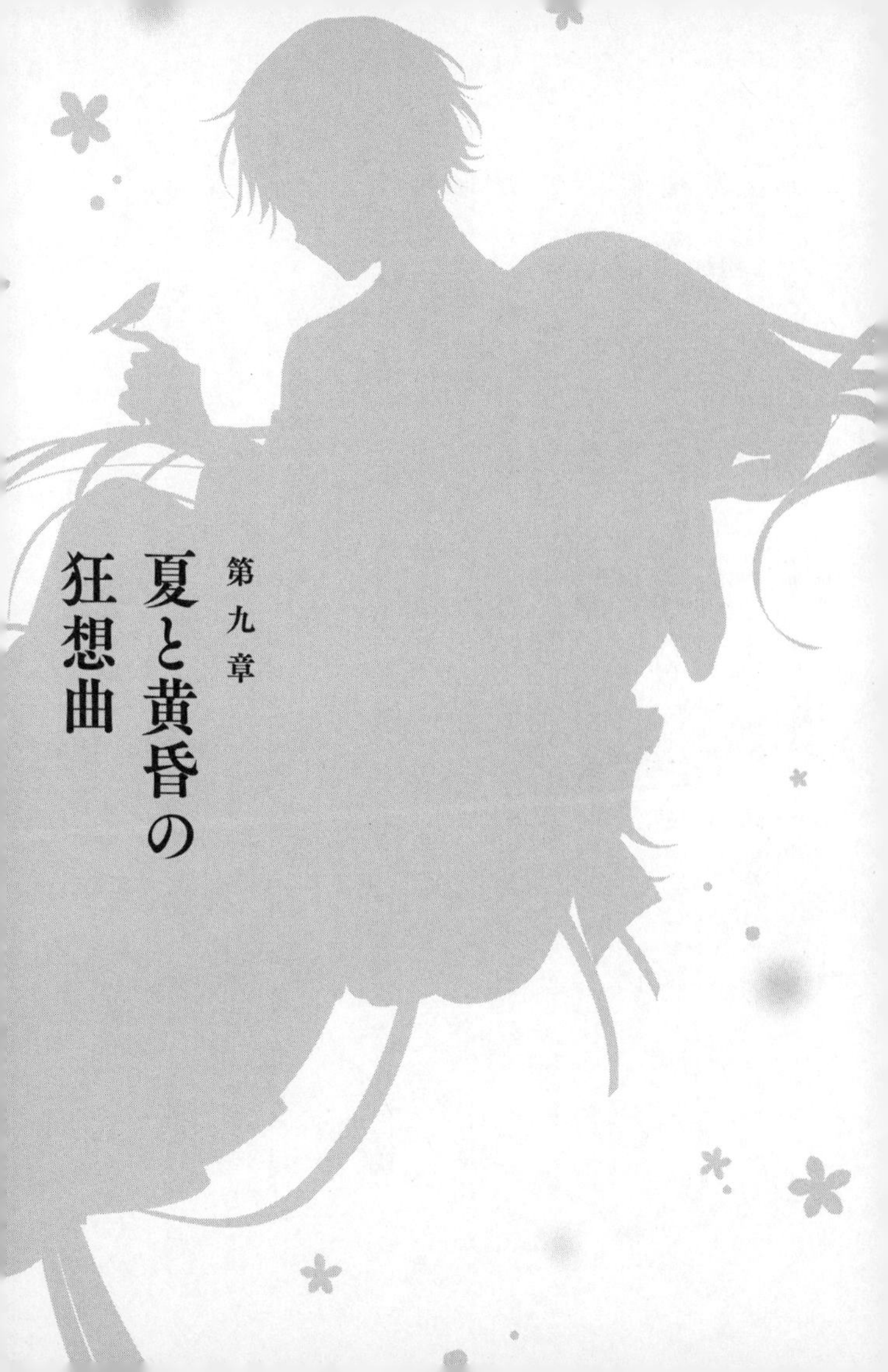

第九章 夏と黄昏の狂想曲

春、夏、秋陣営が帝州《ていしゅう》から竜宮《りゅうぐう》へ移動をしようと決意していた頃、既に葉桜《はざくら》姉妹は南の島に足を踏み入れていた。

一日、前日の彼女達の行動を振り返る。

葉桜《はざくら》瑠璃《るり》はいま代行者《だいこうしゃ》に起きているあらゆる風評被害を払拭《ふっしょく》する為に暗狼事件《あんろうじけん》を解決しようと決意した。それが阿左美《あざみ》竜胆《りんどう》を騙《かた》る何者かによる進言だったということには気づいていない。

瑠璃《るり》は竜胆《りんどう》と思《おぼ》しき者と通話を終えるとすぐさま最小限の荷物を持ってあやめの部屋に向かった。そして事の次第を説明し、共に竜宮《りゅうぐう》へ行こうとあやめを説得した。

妹の結婚も自分の結婚も駄目になり、心が折れていたあやめは返事をしなかった。

そもそも一人にして欲しいと言ってからさほど時間が経《た》っていない。

何故《なぜ》この妹は人の話を聞かないのか。

魂を失い、抜け殻のようになっていた彼女は病的に無気力になっていた。

だから無反応を貫いた。

『駄目って言わないから良いよね。大丈夫、全部あたしが準備するよ』

宣言した通り、瑠璃《るり》はあやめの荷物を勝手に纏《まと》めた。

床に転がったままだったあやめの髪を、瑠璃《るり》に使役された鳥達が櫛《くし》を数羽《わ》で持ってとかし、子犬達がクローゼットからワンピースを引っ張り出した。

『着替えようね』

瑠璃《るり》に着替えさせてもらいながら、まるで自分が力のない赤子になってしまったかのような心地になった。実際、そうだったのかもしれない。

徹底的に打ちのめされて、気力を失った人間は動けなくなってしまう。

まだ歩き方を知らない赤子は人の助けがないと生きられない。

普段のあやめなら、この時点で瑠璃《るり》を止めただろう。

今のあやめが出来るのは、動く瑠璃《るり》を見ることくらいだった。

『瑠璃《るり》……何してるの』

幼子のように尋ねたあやめに、瑠璃《るり》は一瞬泣きそうな顔になったが、すぐに笑顔で言った。

『お姉ちゃんは何にも心配しなくていいから！』

『何も……？』

『うん、全部あたしがやる。ごめんね、置いていくことは出来ないから……無理やり連れてくけど、でも大丈夫』

瑠璃《るり》は、心が折れたあやめとは反対に、心が強くなったように見えた。

『あたしが守るからね、あやめ』

そこからは夜逃げならぬ昼逃げだ。

家人に見咎《みとが》められない内に、瑠璃《るり》が無気力なあやめを引っ張って屋敷《やしき》を脱出した。

平時だったらすぐ追跡されていただろうが、婚約破棄で失意に陥り、姉妹二人共部屋に籠もる日々が続いていたのが功を奏した。みな腫れ物扱いで不在が発覚しにくい状況だったのだ。

『瑠璃《るり》、本当に何をしてるの……』

怖がるあやめに瑠璃《るり》は何とか言い含める。

『あたしに任せて！　今よりマシな生活になるから！　お願い、自転車に乗って！』

『二人乗りは駄目よ……』

『緊急事態だし、超法規的措置が適用されるよ！』

『されないわよ』

警備の目をかいくぐって自転車に姉と二人乗りをしながら里を出る。

瑠璃《るり》が乗れる乗り物は自転車しかないので大変だった。

『……あの、これ、里を出てない……？』

『タクシー走ってるとこまで自転車漕《こ》ぐね！　お姉ちゃんはただしがみついてくれてたらいいから！　あたしを信じて！』

数時間、必死に自転車を漕《こ》いで何とか一般車が走っている峠道に出た。汗だくになって自転車を漕《こ》ぐ妹の背中、夏の森林の中を滑走していく爽快感、煌《きら》めく陽光に照らされた外の景色はどんどん動いていく。

『瑠璃《るり》……これ、現実？』

　こんなことは経験したことがなかった。妹に自分を任せてしまうことなんて。

『いや、夢だと思っててくれていいよ』

『……すごいわね、瑠璃《るり》。瑠璃《るり》となら家出もできる……』

『何言ってるの？　やば……もう滝汗……足、パンパンなんだけど……でも後はタクシー呼んであるから……はあ、まじ、やば……』

　そこからは金に物を言わせてタクシーで衣世《いよ》空港まで移動した。

『……これやっぱり夢よね？』

『お姉ちゃん……ごめん……あたし、疲れた……飛行機の中で寝るね……いい子にしててね』

　そうして、竜宮《りゅうぐう》までたどり着いた次第だ。

　あやめはその一連の事柄をすべて夢のように思っていた。

　身体《からだ》は動かしていたが、放心状態だったあやめからすると引っ張られている内に色んな所に移動させられて、ついには竜宮《りゅうぐう》に着いていた形だ。

　さすがにあやめも、飛行機に乗って窓から青い空を眺めると覚醒し始めた。

　しかし時既に遅し。

　妹の強引な手引により南の島を訪れていたのだった。

そして七月二十三日午後現在。葉桜《はざくら》姉妹は竜宮《りゅうぐう》内のリゾートホテルの一室に泊まっていた。

今から竜宮岳《りゅうぐうだけ》に行き登山を開始すれば、黄昏《たそがれ》の射手《しゃしゅ》が襲われた刻限には山頂辺りに到着出来るだろう。暗狼《あんろう》との遭遇率も高いはず。その為、先程から瑠璃《るり》が出発の準備をしていた。あやめはそれを見守っている。世話を焼く方と焼かれる方の関係性が見事に逆転していた。

「……」

ふと、あやめは自分の携帯端末を手に取った。親から着信が山のように来ている。位置情報はオフにし、メールで無事だけは知らせているが、これで良いのだろうかと不安に思う。

メールの履歴を遡り続けると、ぴたりと端末をいじる指先が止まった。目に入ったのは連理《れんり》から送られていた最後のメールだった。

『よくない雲行きだけど、何とかするからこっちは気にしないで。無事に帰ってきてね』

婚約破棄が現実味を帯びてきたが、まだ確定ではなかった頃だった。

懐《なつ》かしくて、寂しくて涙がじわりと浮かび上がる。この言葉を囁《ささや》いている連理《れんり》の声がすぐ頭の中で再生出来た。もう自分の人生には居ない人の痕跡が胸を締め付ける。

——連理《れんり》さん。

いま何をしているのだろうか。もう自分のことは諦めて、すぐに違う婚約者を探してしまっているだろうか。

――嫌われてるかも。

振り回すだけ振り回して、最後は凶兆扱いの双子姉妹の元婚約者という烙印《らくいん》まで与えてしまった。悪感情を抱かれている可能性はかなり高い。

――嫌われたくない。あの人に嫌われたくない。

連理《れんり》のことを考えているだけで片目から涙がぽろりと零《こぼ》れた。

「大丈夫だよ、あやめ」

竜宮岳《りゅうぐうだけ》に登る準備が終わった瑠璃《るり》は、あやめの目の前に来て彼女の頭を撫《な》でた。

「連理《れんり》さんのことも、暗狼事件《あんろうじけん》が解決すれば風向きが変わるかもしれないから。というかそうなって欲しい……あたし達は凶兆じゃないって証明しよ？　特にあのムカつく里長《さとおさ》にさ」

「……」

「あたし達のことだけじゃないよ。解決出来たら、雛菊《ひなぎく》さまへの中傷も減るかも」

「……花葉《かよう》様」

そうだった。他にも大変な人が居るのだとあやめはハッとする。

そんなあやめに瑠璃《るり》は諭すように言う。

「竜宮《りゅうぐう》の御山で暴れてるらしい暗狼《あんろう》を調伏するの。なんでそんなことしたのか暗狼《あんろう》にも話を聞いてあげなきゃ。本当に失われた十年の春が齎《もたら》したことなのか調べるんだよ」

「解決出来たら……他の方への批判も減るかしら……」

今回の天罰説《てんばつせつ》の流布《るふ》には辛酸を嘗《な》めさせられた。きっとそれは雛菊《ひなぎく》を敬愛している護衛官《ごえいかん》のさくらも同じだろう。もし自分達の行動で彼女達の状況が良くなるなら、こんなに嬉《うれ》しいことはないとあやめは思えた。

「長い目で見たらきっとね！　少なくとも竜胆《りんどう》さまはそう考えていると思うよ。あたしに竜宮《りゅうぐう》へ行けって言ったのは竜胆《りんどう》さまだし」

瑠璃《るり》は竜胆《りんどう》に言われたということがかなり気力の素になっているようだ。

夏主従と秋主従は春の事件以降も懇意にしている。いとけない主を支える護衛官《ごえいかん》、阿左美竜胆《あざみりんどう》という男は瑠璃《るり》やあやめにとって友人でもあり、頼れる兄的存在だ。

「……」

だが、ぼんやりと思考力が戻ってきたあやめは疑問に思った。

「……そこが不思議だわ。あの方、危ないことは極力させない慎重派なのに今回は率先して行動を促しているでしょう？　護衛を引き連れてならまだしも……二人でって……」

「えー、でもそれはみんなの為だよ？　四季の代行者《だいこうしゃ》が悪く言われてるから……打開策で……」

「……でも、やっぱり無鉄砲だと思う……こんな形じゃなくて、正式に関係各所に打診して行うならまだしも。それを阿左美《あざみ》様がわかっていないはずはないと思うのだけれど……」

「……」

あやめの指摘に、瑠璃《るり》は考えるように唸《うな》った。

「確かに、電話した時、竜胆《りんどう》さまっぽくないなとは思った……何か、喋《しゃべ》り方とかは竜胆《りんどう》さまなんだけど……ちょっと強引っていうか……うまく言えないけど……。でもそれは当たり前じゃない？　秋だっていま立場悪いし……その原因はあたし達だし。風評被害を解決出来そうなのもあたし達なんだから、奮起して欲しくて発破かけたんだと思ってる。……ほら、竜胆《りんどう》さまのことだから撫子《なでしこ》ちゃんの為に名誉を回復したいって気持ちが強いんじゃないかな。らしくないかもしれないけど、人間って弱ってる時はそんなもんじゃない？」

弱って瑠璃《るり》に言われるがまま竜宮《りゅうぐう》に来たあやめは、そう言われるとぐうの音も出ない。

――でも、やっぱり引っかかるわ。

あやめが知る阿左美《あざみ》竜胆《りんどう》という男は、自身の主が幼い女の子であることも起因しているのか、たとえ神の力を宿す娘でも危険なことをさせたがらない人物だった。

春の事件でも、【華歳《かさい》】のアジトに潜入する人員から夏の姉妹は除外した。安全な所で待っていて欲しいとあやめ達に頼んだ。結局、乱闘にはなってしまったが葉桜《はざくら》姉妹が撫子《なでしこ》の身柄確保の為に自らしたことなので竜胆《りんどう》が望んだ展開ではない。

婦女子は守る。多分それが阿左美《あざみ》竜胆《りんどう》という男の矜持《きょうじ》なのだ。

あやめの知る彼ならば、行くことを進言するにしても、絶対についてきそうなものなのに。

――でも、そうね。阿左美《あざみ》様も助けが欲しいのかも。

彼も今回の件で相当参っているはず。瑠璃《るり》の言う通り自身の主を心配しているのなら、それほど不思議でもない。藁《わら》にもすがる思いで誰かに助けを求める気持ちは理解出来る。

あやめは何とか納得してから違う話を瑠璃《るり》に振った。

「……瑠璃《るり》、他の四季の方々から連絡来てる？」

「来てないよ。なんか気まずいからあたしもしてない……みんなもきっと同じ気持ちだと思う」

「……そうよね」

「誰かにしてみる？　竜胆《りんどう》さまは移動の間にも体調を気遣うメールくれてたよ」

「阿左美《あざみ》様からは私も来ていたわ。……ねえ、姫鷹《ひめだか》様と寒月《かんげつ》様にメールしてみてもいい？　何だか私達、冷静じゃないような気がするから……。あの二人ならきっと正しい判断をしてくれる気がする。一応、今の状況を伝えておかないと。私達の行動があちらに飛び火したら困るし……それも含めて立ち回りを考えてくれるかも……」

瑠璃《るり》はさくらと凍蝶《いてちょう》の顔を頭に思い浮かべる。確かに、さくらなら夏主従に寄り添いつつ危険性を指摘する意見を、凍蝶《いてちょう》なら客観的に見て足りない部分を教えてくれそうだと思った。

「ん、わかった。あの二人なら頭ごなしに怒りはしなさそうだしいいよ。返事来たら教えてね」

「ええ……でも姫鷹《ひめだか》様からは少し前に送ったメールにも返事がないから、来ないかも……」

「そうなの？　忙しいのかな」

わからない、とあやめは肩を竦《すく》めた。そして肩を落として言う。

「嫌われたかしら……」

「えっ……！　でも、でもさ、あっちこそ色々あると思うからお返事なくても仕方ない気がしない？　今は春が一番叩《たた》かれてるんだもん……」

「そうよね……色々気にして今は敢《あ》えて距離を置いてるだけかもね」

「うん、最悪……本人達に会いに行けばきっと解決すると思う。理由なく疎遠にする子達じゃないよ……というか、そう思いたいな……」

「……春の憂いを払うためにも竜宮岳《りゅうぐうだけ》へ行かないといけないわね……」

――道中、大丈夫かしら。

あやめは今更ながら警備面が心配になってきた。

「瑠璃《るり》。私、銃と刀、持ってない。瑠璃《るり》を守らなきゃいけないのに……」

「大丈夫。此処《ここ》には虫も獣も居るんだよ。あやめが望めばみんな守ってくれる。あやめはもう……夏の代行者《だいこうしゃ》なんだから……」

「……」

「それにね、何よりあたしが居るから」

あやめはしばらく黙ってから、決心したように頷《うなず》いた。

「うん、瑠璃《るり》と一緒なら大丈夫……」

あやめの言葉に瑠璃《るり》は表情を明るくした。そしてあやめに手を差し出して言う。

「早速行こう。その内絶対に里の人が追手を送ってくるはずだからさ。連れ戻される前にやれるだけのことやらなきゃ。でも、不安にならないでね。あたしがぜんぶ何とかするよ。絶対、あやめを守るからね」

力いっぱい宣言する瑠璃《るり》は頼もしい。

——この子はいつも私のことばかり。

あやめは瑠璃《るり》を眩《まぶ》しく見る。

——私は逃げようとしたのに。

瑠璃《るり》の輝きは、いつだってあやめに心をちくりと刺す罪悪感をくれるのだ。

——ごめんね。

あやめは瑠璃《るり》の手をぎゅっと握った。

この、妹の形をした「罪」を守らなくてはと改めて思った。

その後、葉桜《はざくら》姉妹はタクシーを捕まえて竜宮岳《りゅうぐうだけ》近くまで移動した。

タクシー運転手は現在竜宮岳《りゅうぐうだけ》は閉山中なので、周辺までしか行けませんよと注意したが、瑠璃《るり》が無邪気な観光客を装《よそお》い『山の前で写真撮影したいだけです。すぐ帰ります』と言って何とか車内の会話をやり過ごした。どうやら山には国家治安機構《こっかちあんきこう》が派遣されているらしい。

それが呆《あき》れつつも連れて行ってくれる理由のようだった。

若い娘二人、国家治安機構《こっかちあんきこう》の機構員に睨《にら》まれればすぐ引き返すと判断したのだろう。

竜宮岳《りゅうぐうだけ》の登山口まで行くとタクシー運転手の言う通り、国家治安機構《こっかちあんきこう》の警備が居ることが確認出来た。立ち入り禁止の看板が小さく置かれ、木と木に縄が括《くく》り付《つ》けられて簡易に道が塞がれている。大掛かりな警戒網を敷いているわけではないが、民間人の立ち入りは規制されていた。出入りが可能なのは猟友会の者達くらいだろう。

登山口の前では地元の報道機関の者と思《おぼ》しき人間が数人うろうろしていた。

国家治安機構《こっかちあんきこう》の警備に向かって若い男性の記者が長々と質問をしている。

「瑠璃《るり》、近づくのはまずいわ」

「うん、迂回《うかい》しよう」

瑠璃《るり》とあやめは彼らの様子を見て、ここから登るのは無理だと判断した。

二人は近くに居た鳥や虫達に聞いて他に登れる道を探すことにする。

鳥が教えてくれる通りに登っていくと、やがて正規の登山道に戻ってくることが出来た。

少しばかり遠回りしてしまったが、幸いなことに国家治安機構《こっかちあんきこう》の警備は山中まで及んでいない。それ以降はこそこそと隠れる必要もなくなり、堂々と歩くことが出来た。

途中、動物達を捕まえて情報収集をした結果、黄昏《たそがれ》の射手《しゃしゅ》が矢を射《う》つ場所については教えてもらうことが出来た。

どうやら九合目辺りまで登れば射手が仕事をする『聖域』と呼ばれる場所に行き当たるとのことだった。

「あやめー、こっち、こっち」

しばらく登ると、竜宮岳《りゅうぐうだけ》の中でひっそりと存在する竜宮神社《りゅうぐうじんじゃ》が見えた。

神社関係者の姿が見えないので、ここも一時封鎖中なのだろう。完全に無人になっていた。

「数ヶ月ぶりだね。顕現終わらせたら、ここで休憩させてもらうのが毎年の恒例行事だったから……神主さんや巫女《みこ》さんが居ないのがなんだか変な感じ」

瑠璃《るり》の言葉にあやめは頷《うなず》く。竜宮神社《りゅうぐうじんじゃ》は四季の代行者《だいこうしゃ》にとってはお馴染《なじ》みの場所だった。

ここからほど近いところで大規模季節顕現をするのが慣例となっている。

「瑠璃《るり》、『生命使役《せいめいしえき》』の儀式をやりましょうか……途中まで遭遇した生き物の数自体が少なかったし、もう強制的に喚《よ》んだほうがいいわ。情報が足りなすぎる」

「うん、そうだね。あたしもそのほうが良いって思ってた」

「山の生き物を味方につけて、暗狼《あんろう》との対決にも備えないと」

頷《うなず》き、瑠璃《るり》は荷物から扇子を取り出した。現人神《あらひとがみ》は神通力《じんつうりき》を使用する際に扇子を用いる。

必須道具ではないが、持っていると自然と心の在り方が現人神《あらひとがみ》寄りになるので歴代の四季の代行者《だいこうしゃ》も自分だけの扇子を持つ者が多い。瑠璃《るり》はあやめの分もちゃんと持参してきていた。

「……ねえ、あたしさぁ……ずっと言いたかったんだけど……これって何か……結構すごいことだよね……姉妹で舞うのってさ……」

　言ってから、瑠璃《るり》はハッと気づいた。

——今の、禁句だったかも。

　特にあやめには繊細な問題だろう。

　瑠璃《るり》もあやめも、双子神になってしまったことについてちゃんと話し合ってきていなかった。

　春の事件の後に控えていたのは夏顕現。こうなったら二人でやるしかないと、四季庁《しきちょう》や里の者達と話し合って大和《やまと》各地を巡る旅に出た。そうして今に至る。

　瑠璃《るり》の死が、あやめの人生を台無しにしたというのに。

——浅ましい。

　ただの姉妹なら『二人で舞うのは特別』だと簡単に言うことが出来た。

——もうそうじゃない。

　黙っていればいいのに口走ってしまったことを後悔する。

「あ、あのね、深い意味ないよ……あやめと二人で踊るのが本当に好きなだけ……」

　言い訳のように言葉を重ねた。

「歌うのも好き」

　悪く受け取られることを恐れて声が小さくなる。

「本当にね、ただ……好きなだけ。でも、これ言っちゃいけなかったよね……ごめんね」

——好きでごめんね。

瑠璃《るり》は泣きたくなった。世の中は愛し愛されることを推奨されているというのに、自分の愛は人を傷つける愛だと気づいてしまっている。

もっと穏やかに姉を愛せたら良かったのに、そうは出来ない。

愛《いと》しい人ならその影まで愛《いと》しい。全部欲しい。ずっと一緒が良い。それが瑠璃《るり》の愛だった。

普通の人間は神様からの愛に耐えられない。

耐えてくれているのは、あやめが家族だからだ。

「ごめんね」

最後は笑って誤魔化した。恥ずかしかった。

愚かさを少しでも何かで隠してしまいたかった。

「ごめんね、お姉ちゃん」

世の中の人達がしているように、うまく人を愛することが出来ない。

さじ加減がわからない。だから全力でやってしまう。

その結果、嫌われることが多い。瑠璃《るり》は自分のそういうところを恥じていた。

「……瑠璃《るり》」

二人の間を山風が吹き抜けていく。

瓜二《うりふた》つだがまったく違う性格の姉妹。現人神《あらひとがみ》という制度さえなければこんなにも悩まずにいられただろうに。神の代行者《だいこうしゃ》たる存在は、人には重すぎる役目だ。

──嗚呼《ああ》、やっぱり言わなきゃ良かった。

瑠璃《るり》はそう思ったが、あやめは穏やかな様子で囁《ささや》いた。

「好きよ……」

自分で確認するようにあやめは頷《うなず》いてまた言う。

「……私も瑠璃《るり》と踊るのが好き」

そこには瑠璃《るり》が心配するような嫌悪《けんお》や拒否はなかった。

「瑠璃《るり》と踊るの。こうあるべきだったってくらい、しっくりくるもの」

ただただ、静かな親愛だけがあった。あやめは、夏の風に吹かれて笑っている。

瑠璃《るり》は竜胆《りんどう》と電話で話していた時のように唇が震えた。

「うそだよ……」

思わずそう言ってしまう。

「どうして？　私、舞の授業は貴方《あなた》より熱心じゃない」

「そりゃそうだけど……」

──あたしと一緒でも好き？

聞きたいのはそこなのだ。

「本当……？」

そうあって欲しいが、自分の我儘《わがまま》に付き合わせているのではないか。

合わせてくれているのではないかと瑠璃《るり》はどうしても疑ってしまう。

「本当よ。だって私達、呼吸もぴったりじゃない。舞の先生にも褒められたでしょう？　練習する度にすごくうまくなってるって……」

あやめはやはりはにかんだ笑顔を見せてくれる。嘘《うそ》があるようには見えない。

「舞が好きなの……？」

「そうね、でも二人で踊るのが特に好き。瑠璃《るり》もそうなんでしょう？」

簡単に聞いてくれたことに瑠璃《るり》は驚いた。瑠璃《るり》からするともっと深刻な質問だったのだ。

「うん……あ、あたしはさ、歌は得意だけど、踊りは苦手で……でも、あやめと踊りだしてから失敗しなくなってきてるの……前は嫌だったけど、今は好き……」

そう答えたが、本当は違うことを尋ねたかった。

――あたしの犠牲になって生きてるのに、本当に好きでいてくれているの。

けして口から漏れることはない問いだ。言ったら、すべてが終わってしまう。

あやめはそんな瑠璃《るり》の心情を見越しているのか、それとも単純にただ事実を語っているだけなのか、ずっと穏やかな表情のままだ。

「ええ、私達こんなに上手に出来るんだもの。楽しいに決まってるじゃない」

目を細めて瑠璃《るり》に同意する。

「好きよ、瑠璃《るり》」

瑠璃《るり》は嗚呼《ああ》と声が零《こぼ》れそうになった。

「私、瑠璃《るり》と踊るのも、一緒に何かするのも好きよ」

まるで小さい頃に戻ったような心地。

その、飾り気のない愛がどれだけ瑠璃《るり》を救ってきたかあやめは知らない。

小さな頃から瑠璃《るり》は一人が苦手だった。何をするにもあやめも共に在ることを望んだ。

一人でやることがあっても、その先には必ずあやめが居て、彼女を喜ばせたり驚かせることを目的で行動することが多かった。そんな瑠璃《るり》だからこそ、何もかも『一緒』を求めるのは、相手を苦しめる行為なのだと理解するまで時間がかかった。

どれほど大好きな相手でも、どれほど親しい人間でも、他の誰かを自分の延長線上のように考えてはいけないのだと。

「……うん、お姉ちゃん」

それをようやく受け入れられるようになったのは、春の代行者《だいこうしゃ》との出会いの後だ。

大好きなのにどうして苦しめるのか、という問いかけは瑠璃《るり》の根幹を揺るがした。

相手の為に行動するということを、とても遠回りして学ぼうとしている。

「楽しんでやりましょ。四季の代行者《だいこうしゃ》は心で権能を使うのだから」

瑠璃《るり》の手からあやめは扇子を受け取った。

そして興味深そうに視線を送っていた鳥や虫達に声をかけた。

「そこのお客さん」

妖艶《ようえん》に微笑《ほほえ》んでみせる。

「夏の代行者《だいこうしゃ》の双子舞なんて中々見れるものじゃないわよ」

その言葉が功を奏したのか、二人が踊り始める前から木々はざわめき、葉音に隠れて山の住民達が集まり始める。興味津々《きょうみしんしん》な観客の姿に瑠璃《るり》は呆気《あっけ》にとられる。それを見てあやめはくすくすと笑った。

「お客さんって……あやめがそんなこと言うなんて思わなかった！」

「だって、そのようなものじゃない。芸の対価に使役させてもらうんだもの。今日は観客が多いほうが良いわ。捜索範囲が広がる」

「なんかいつものあやめと違う！」

「……瑠璃《るり》が、引っ張って歩いてくれるから……いつもより肩の力が抜けて楽でいられるの」

穏やかな笑顔のまま言われて瑠璃《るり》は何だか胸がいっぱいになった。

「任せて！　あたし引っ張るの得意だよ！」

「ありがとう。本当に……助かってるわ。ねえ瑠璃《るり》、黄昏《たそがれ》の神様の聖域に足を踏み入れるのだから、敬意を表して月が絡《から》んだ歌にしましょうか」

あやめは真昼の空に浮かぶ海月《かいげつ》を指差した。

「わかった！　あれね、りょーかい！　ちょっと難しいけど大丈夫？」

「大丈夫。私、あの歌好きなの」

あやめは踊りの振りを確認することなく、ただ扇の開閉動作をしている。

──あたし、間違えて選ばれたんじゃないかな。

瑠璃《るり》は妬みや僻《ひが》みなどではなく、純粋にそう思った。

基礎能力が高いあやめは短い期間で追い上げるように熟練の粋に達している。

──もしそうだとしたら、きっとあたしはあやめを守る為に護衛官《ごえいかん》になった。

どんな生活をしていただろうか、という想像は難しくない。瑠璃《るり》は衣世《いよ》から竜宮《りゅうぐう》まで泣いているあやめを引きずって来たことを思い返す。随分と骨が折れた。きっと自分よりは手がからない神になるだろうが、支えるという行為は簡単に口にすることが出来ないほど責任がのしかかるものだと理解出来た。瑠璃《るり》は自然とあやめに感謝の念が湧く。

──あたしをずっと守ってくれた。これだけは間違いなくあたしへの愛だ。

いつも不安だったが、今は少しだけ不安が凪《なぎ》のように静かになった。瑠璃《るり》はあやめを見る。

あやめも瑠璃《るり》を見て頷《うなず》いた。自信を持って踊れそうだ。

一、二の、三で、二人は同時に動き出した。

少女神二人が同時に土を踏み、跳ねて舞う。扇子につけられた鈴がりんと音を奏《かな》でた。

「夏夜に舟を出せ　空の天蓋　昇れや昇れ」

歌う声が響き渡る。鳥も虫も空気さえも、彼女達の舞見たさに声を潜めている。

「月涼しと子どもらが言う　やれ踊れ　そら手を叩《たた》け」

天駆ける巫女《みこ》の姿に誰もがその目を奪われるのだ。

「星涼しと月兎《げっと》が笑う　やれ歌え　そら騒げ」

夏の代行者《だいこうしゃ》の権能は『生命使役《せいめいしえき》』。能力はあらゆる生物を従えること。

「炎帝の櫂《かい》で夜を漕《こ》ぎ　旱星《ひでりぼし》を目指して進め」

必然的に、この歌と舞を見守る者達は思い知らされる。

「雲龍の尾を摑《つか》んで　天高く　それ舞い上がれ」

彼女達が理《ことわり》から外れた生き物で、その身に宿している力は他者を制圧するものだと。

「春の蒼天《そうてん》　夏の昊天《こうてん》　秋の旻天《びんてん》　冬の上天《じょうてん》」

流し目ひとつで、強制的に下される。

「目指して昇れ　舟の上にて踊ろうぞ　さあ旋律を　さあ喝采を」

隷属を厭《いと》わぬほどに狂わされる。

「夏の宴《うたげ》に待ったなし」

生命は彼女達に恋してしまうのだ。

蹴った大地に天女の如《ごと》く着地して、二人同時に扇を閉じた。

鈴の音が最後に鳴り響く。舞と歌を捧《ささ》げた後に残された景色は『生命使役《せいめいしえき》』の権能を持つ者達にふさわしいものだった。

温暖な気候の竜宮《りゅうぐう》にふさわしい色とりどりの鳥達が舞踊を讃《たた》えるように二人の周囲を旋回し、動物達は拍手喝采と言わんばかりにいなきを上げた。猪《いのしし》などの大きな獣達は少女神二人にかしずくように身を低くしている。

山の生き物達がずらりと並んで二人からの命令を待つ様は壮観だった。

この二人の前では捕食者と被食者の立場も関係ない。食物連鎖を無視した軍隊が誕生したとでも言えばいいだろうか。みな等しく夏の眷属《けんぞく》になっている。姉妹は目を合わせて笑った。

「すごいすごい！　あたし達最強かも……！」

たまらず抱きついてきた瑠璃《るり》を受け止めながらあやめはくすくすと笑う。

「ええ、確かにこれだけのことが出来るなら国一つ傾けられそうね」

「やばいこと言うじゃん」

「冗談よ。それにしても……今までも瑠璃《るり》が使役している姿は見ていたけれど、こんなにたくさんの生き物を眷属《けんぞく》にしたのは初めてのことね……この中に例の暗狼《あんろう》が居ないのが残念だわ。

この騒ぎに顔を出さないってことは照れ屋な子なのかしら……」

「うーん……単純に眷属《けんぞく》にしやすい子としにくい子っているからそのせいかも……」

「あ、そうなのね。じゃあ私達の存在は感知したけど知らんぷりしてる可能性もあると……」

「そういうこと。でもね、本当に暗狼《あんろう》が現れても大丈夫。あたし自信あるよ。暗狼《あんろう》くらい眷属《けんぞく》にしてみせますとも！」

「先輩の言葉は心強いわ。頼りにしてるわよ」

「任せなさい！」

あやめは瑠璃《るり》の気持ち良いほど自信のある返事に微笑《ほほえ》む。

きっと、この暗狼事件《あんろうじけん》の前ならまた無謀なことを言って、と窘《たしな》めただろうがいまは違う。

本当にどうにかしてくれるのではという思いがあった。

「いまから質問するから！　わかる子は答えてね！」

「あまり同時に喋《しゃべ》らないでください。聞き取れないので」

瑠璃《るり》とあやめは礼儀正しく並ぶ彼らに黄昏《たそがれ》の射手《しゃしゅ》について質問してみることにした。

彼らは口々に色々なことを教えてくれた。

山の生き物達曰《いわ》く、黄昏《たそがれ》の射手《しゃしゅ》は男性で、瑠璃《るり》とあやめよりは随分と年上らしい。

前は二名で夜を齎《もたら》していた。今はぞろぞろとたくさんの人を連れて山に登っているという。

射手専用の登山口というものが存在し、普段彼らはそこから聖域と呼ばれる場所まで移動して儀式をしているそうだ。それ以外にも山に関することで得た情報はあったが、特に気になった話題は射手のことではなく『わるいもの』と称される者だった。

あまりにも語り方が不気味なので、瑠璃《るり》とあやめも顔色が悪くなったほどだ。

『やまにのぼるもののなかでわるいものがいるよ』

『あれはわるいね。よくないものだ』

『あれはいずれしぬね』

『あれはいずれしぬだろうけど、しぬまえになにかしでかすよ』

『あれはまえからいたよ。こわいのはべつのだろ』

『ちょっとあわれだよね』

『あわれだ。だれともなかまになれないやつ』

『なかまはずれにされちまったんだろ』

『みたことないやつがやまにいる。なにかをまってるんだ』

『おみずちょうだい。ちょっとでいいから』

『わるいものはたくさんいる。いまもかみさまをみてるよ』

『かみさまはみられるものだ。たそがれもね』

『あわれだね、まあしぬからいいよ』

動物と喋《しゃべ》ることに慣れっこな瑠璃《るり》はまだマシだったが、あやめは少し具合が悪くなってしまった。何とかかき集めた情報をまとめる。

「『わるいもの』と呼ばれる者が山には居るのね……簡単に結びつけるのは浅はかかもしれないけれど……暗狼事件《あんろうじけん》と何か関係があるのかしら……」

あやめの言葉に瑠璃《るり》はうーんと唸《うな》る。

「どうだろう。人間同士の会話と違って、動物の会話って要領を得ないからあんまり信用しすぎるのもだめかも」

こと、四季の代行者《だいこうしゃ》としては瑠璃《るり》のほうが先輩だ。あやめは素直に聞きながらも尋ねる。

「嘘《うそ》をつくってこと？」

「いや、何て言ったらいいのかな……大和《やまと》言葉を外国語に雑に訳して、それを再度大和《やまと》言葉に雑に訳された程度の情報しかこちらには伝わってこないの」

「ああ……何となく言っていることはわかるかも。大体の意味は合ってるけど、精度は高くない……ってことね」

「うん、動物達が遠巻きに見てしまうような何かが居るのは確かだろうけどね」

「それも一人なのか二人なのかよくわからないわね……聖域の情報はわりと正確そうだけど」

「とりあえず、そこを目指してみる？　運が良ければ暗狼《あんろう》と会えるかも」

二人は山頂のほうへ視線を上げた。まだ空は青いままだ。あと数時間もすれば夜が訪れる。

もう黄昏《たそがれ》の射手《しゃしゅ》もこの山に居るかもしれない。

「ええ、獣達が教えてくれた道を辿《たど》って聖域へ行きましょう」

「うん！　行こう！」

瑠璃《るり》の言葉は普段より力強くあやめの耳に響いた。


同刻、同山中。


黄昏《たそがれ》の射手《しゃしゅ》巫覡《げきかくや》輝矢《》と荒神月燈《あらがみつきひ》率いる要人警護部隊は瑠璃《るり》とあやめとは別ルートの登山道を登っていた。

暗狼事件《あんろうじけん》前なら軽口を叩《たた》きながら歩いた道だが、いまは周囲を警戒しながらの登山なので緊張感が漂っている。普段歩く道から逸《そ》れて戻ってきた部下が、何事か月燈《つきひ》に耳打ちした。月燈《つきひ》は頷《うなず》き、輝矢《かぐや》にも部下から受けた報告を伝達する。

「輝矢《かぐや》様……もしかしたらこの登山道、何者かに発見されているかもしれません」

二人は並んで歩きながら話し続ける。

「何でわかるの？」

「不自然に石が置かれたり、木が傷つけられているのです。ああ……あれもそうでは？」

月燈《つきひ》は獣道の端にそれとなく置かれた小石の山を指差した。

凝視しなくてはわからないが、目印がつけられている。

「本当だ。よくわかったね……俺も毎日見てる景色なのに……」

「輝矢《かぐや》様が守《も》り人《びと》について話してくださったからです」

「……」

「いま、御身には守《も》り人《びと》はおりません。彼の存在が齎《もたら》す効果を考えると、不在中にこういうことが起こるだろうというのは容易に想像出来ます」

「誰が仕掛けたと思う？」

「……そうですね、まず最初に思いつくのは地元の猟友会の方です」

「偶々《たまたま》見つけた獣道を覚えておこうと？」

「はい。あとは一般人ですね。閉山の対応を取っておりますが完全に規制出来ているわけではありません。山菜採りや趣味、研究でどうしても入りたい人、山登りの理由は様々です。禁止していても入山してしまうような人間を止めるほどの拘束力、警備はないですし、我々のように全く別ルートから入ろうと思えば入れます。そういう無鉄砲な人達が、その時歩いた山道を記録したという可能性はあります。ここは正規の登山道とは違いますし、入り組んでいますからもう一度たどり着くには目印をつけないと無理でしょう」

「……あり得るなぁ。数年前だけど山菜採りしてるおばあちゃんと遭遇しそうになったことあるんだよ。どっから入り込んだのかわかんないけど……その時は慧剣《えけん》がいたから、隠蔽措置が出来た。聖域とも離れた場所だったし、神儀も見られてなかったからよかったけど」

「一般人の場合は最悪、国家権力を使えばどうとでも出来ます」

「問題は他だね。賊の警戒は当然しなきゃならない。四季の代行者様方《だいこうしゃ》とは比べ物にならんけど、夜や朝を否定する宗教のやつらはいるから……」

「はい、無謀にも射手様を傷つけようとする賊の類の場合は排除します。本来なら賊を一番警戒すべきですが、今回の場合怖いのは……」

輝矢《かぐや》はしかめっ面《つら》をした。

「俺の身内……巫覡《ふげき》の一族か」

月燈《つきひ》も苦い顔で頷《うなず》く。

「そうなのです……暗狼《あんろう》が輝矢《かぐや》様の言う通りだった場合、彼らがわたし達より先に気づいていたら……当然巫覡《ふげき》の一族も状況管理の為に動くかと。秘密裏にその者を処理しようとする可能性はあります。展開次第ですが、輝矢《かぐや》様は……暗狼《あんろう》が本当に巫覡慧剣《ふげきえけん》だった場合、然《しか》るべき機関に引き渡しをするにしてもちゃんと事情を聞いてからにしたいですよね？」

「……うん」

「輝矢《かぐや》様のご意思を尊重したいとわたしも思います。しかし、国家治安機構《こっかちあんきこう》は巫覡《ふげき》の一族に依頼されて黄昏《たそがれ》の射手《しゃしゅ》様を守っている手前、争いが起きてもあちらには一切攻撃出来ません……」

「やっぱり、先回りして真相を確かめないと駄目だな……まだ報告はよそう」

「そうですね。輝矢《かぐや》様が主導で捜索出来る状況をお膳立てしてからのほうが良いかと」

輝矢《かぐや》は自然と深いため息が漏れた。

「……平穏に、ただ矢を射るだけの日々に戻りたい……」

心の底から出た言葉だろう。月燈《つきひ》は胸が痛くなった。そうしてあげたいと月燈《つきひ》も思う。

だが、あらゆることが少しずつ少しずつ動き出している気配を感じる。

月燈《つきひ》が輝矢《かぐや》の為に取り戻した日常が壊されていくのを日々実感している。

「輝矢《かぐや》様……」

何か励ましの言葉をかけようとしたが、その前に輝矢《かぐや》のほうが自分の頰に拳を打ち付けた。

「か、輝矢《かぐや》様！」

静かな山中に響いた鈍い音に月燈《つきひ》も驚く。

「ごめん、少し弱気になった……」

「いえ、そんな……ほっぺた赤くなってますよ！」

「いいんだ、これくらい必要。俺は自分が抱える問題から逃げ続けた結果で色んな人に迷惑かけてる……それわかってるんだよ。いつまでも逃げるのは駄目だ。月燈《つきひ》さんの居場所も守りたい。いや、守るよ。頑張ろう……頑張るぞ！」

そう言うと輝矢《かぐや》は足を速めて前へ進んだ。

月燈《つきひ》は彼の猫背気味の広い背中を見て、何だか目の奥が熱くなった。

数ヶ月前は、この神様の傍《そば》に居られる為に努力していたのは月燈《つきひ》のほうだった。

――随分遠くまで一緒に来られた。

いまは、輝矢《かぐや》が月燈《つきひ》を傍《そば》に置く為に戦おうとしてくれている。

駆け抜けた季節分得た信頼を形として見せてもらっているようなものだ。

たとえ、騒動を収めた結果傍《そば》に居られなくなっても後悔しないように行動したい。

そう月燈《つきひ》は思った。

「輝矢《かぐや》様、待ってください。置いていかないで」

思わず、背中に投げかけた言葉に輝矢《かぐや》は振り返って手招きすることで応えてくれた。


聖域に辿《たど》り着《つ》くと、汗を拭うような気持ちの良い風が吹いていた。

暗狼《あんろう》が今日も襲ってくるとは限らない。だが、もし急襲がある場合、それは決まって輝矢《かぐや》が矢を射《う》って大和《やまと》に夜を齎《もたら》してからと決まっていた。

暗闇に乗じて巨体を隠し、こちらを翻弄し、そして去っていくのだ。

「そろそろだね」

全員の準備が万全だと確認出来ると輝矢《かぐや》は動き出した。

間もなく日の入り時刻を逆算した設定時刻になろうとしていた。

輝矢《かぐや》は深呼吸を繰り返す。淡雪のような光が彼の身体《からだ》を包みだす。

やがてその手には光の弓が、矢があたかも実在するように形作られ、射手に放たれるのを待つ状態になる。

何度見ても神秘的なこの光景は、やはり彼を神たらしめている。

輝矢《かぐや》の表情がふっと変わった。

「月燈《つきひ》さん、来た」

何がその身に宿されたのかはわからないが、時が来ると輝矢《かぐや》は知らせるようにそう言う。

本来、此処《ここ》で号令が無くとも射手は矢を射ることが出来る。だが、敢《あ》えて月燈《つきひ》に守《も》り人《びと》の役目を任せるのは輝矢《かぐや》が彼女を認めたからだ。

「身体《からだ》、任せたよ」

意識が失くなる身体《からだ》を預けても良い相手だと見定めた。

だから、月燈《つきひ》はこの時誇りと責任感を持って号令をかける。

「放てっ！」

瞬間、黄昏《たそがれ》の射手《しゃしゅ》の矢は青い空に向かって飛んだ。

次に矢を射る暁《あかつき》の射手《しやしゅ》の為にも、空の天蓋を切り裂かねばならない。
月燈《つきひ》は大量の神通力《じんつうりき》を使用して意識を失った輝矢《かぐや》を抱きとめた。
そのまま空を見る。神秘の観測者となっている彼女と部下達はいま同じ気持ちだ。
——行け。
——切り裂け。
——撃ち落とせ。
この大和《やまと》に生きる人々の為に供物《くもつ》とされた男の努力が報われて欲しい。
ゆっくりと空の色は変化していった。
夏の空らしい白雲が浮かんだ青空はその様を変化させ、夕影の粧いになっていく。
竜宮岳《りゆうぐうだけ》の聖域から見える景色はどこを切り取っても美しい。
茜色《あかねいろ》に染まった麓の街。道路を走る車。歩いている人々。
日常に生きる人々に施された夜の恩恵は当たり前すぎて感謝は伴わない。
「……首尾は上々？」
しばらくして、目覚めた輝矢《かぐや》がぼそりとつぶやいた。月燈《つきひ》は、ハッとした。
「はい、見事な日の入りです。輝矢《かぐや》様」
輝矢《かぐや》は起き上がって橙色《だいだいいろ》に染まる空を見る。
「本番はこれからだね……作戦通り、変わらず？」

「はい。全員、夜が来る前に暗視スコープを装着します。今日は当初の計画通り討伐ではなく捕縛及び追跡が目的です。暗狼《あんろう》が現れた時点で警護班と追跡班に分かれて即時行動を開始します。よろしいですね？」

「……うん」

「大丈夫です。必ず御身をお守り致します。いまはわたしが輝矢《かぐや》様の盾なのですから」

勇ましい言葉に、輝矢《かぐや》は笑った。

一行はそのまま聖域に留まり、いつものように夜闇が深くなるまで状況を観察し続けた。

月燈《つきひ》が無言で合図を出して、輝矢《かぐや》以外の全員が暗視スコープをつける。

日差しが強かった時に感じていたベタついた風は身を潜め、木々の中を駆け巡る山風が周囲をごおごおと音を立てて包みだす。ゆっくりと世界が黄昏《たそがれ》に染まろうとしていた。

――来たな。

輝矢《かぐや》は確信を持っているわけではないがそう思った。自分の身体《からだ》にまとわりつくような視線を感じる。暗狼《あんろう》と最初に遭遇した時には抱かなかった感覚だが、いまはある程度登場が予測出来るようになっていた。

「月燈《つきひ》さん、多分居るよ」

輝矢《かぐや》の言葉に、月燈《つきひ》はこくりと頷《うなず》く。

「わたしも何かが居る気配を感じます……」

野性的な勘が鋭い月燈《つきひ》は輝矢《かぐや》と同じものを感じ取っているようだ。

「観察されています。それに、嫌悪《けんお》も感じます」

「嫌悪《けんお》？」

「はい。敵意というか……殺気まではいきませんが……明確な嫌悪《けんお》を感じます」

「じゃあそれは俺にだよ」

——どこから見てる？

その視線の正体を今日こそ突き止めなくてはならない。輝矢《かぐや》は周囲を見回す。

傍《そば》に居る月燈《つきひ》の姿さえ夜闇に溶け込んできているが、輝矢《かぐや》は夜目が利《き》く性質だった。

黄昏《たそがれ》の射手《しゃしゅ》の特性とも言えるだろう。その為、暗視スコープの貸し出しも断っている。

——この目で見たほうがいい。

暗闇は輝矢《かぐや》にとって恐怖ではなく安堵《あんど》、帰るべき世界だった。

だから、誰よりも早くそれを見つけることが出来た。

「あそこっ！」

暗い視界の中に光る目が見えた。

「行動開始！　散れ！」

月燈《つきひ》が言うと、他の隊員達は即座に動き始めた。

部隊の人数は月燈《つきひ》を含めて八名だ。今回は追跡班四名、警護班四名と役割を分けた。

暗狼《あんろう》はこれまで輝矢《かぐや》達を追いかけ回しはしたが、致命的な怪我《けが》を負わせるような真似《まね》はしてきていない。いずれも翻弄するように暴れた後、木々に紛れて姿を消していた。

それを見越した上でヒットアンドアウェイがしやすく、誰か倒れてもフォロー出来る陣形でまずは動くことにした。部隊一の武闘派である月燈《つきひ》は警護班として輝矢《かぐや》の傍《そば》で彼を守っている。

「移動！　移動！　移動！」

月燈《つきひ》が司令塔となりながら森林に囲まれた聖域の中を走り回る。

移動し続け、なるべく追跡班が捕獲に成功出来るよう時間を稼ぐのが警護班の役目だ。

「慧剣《えけん》！」

輝矢《かぐや》は何者かの名前を呼んだ。

「……慧剣《えけん》っ！　お前か⁉」

慧剣《えけん》と呼ばれた暗狼《あんろう》は、明らかにその名に反応を示した。

追跡班に噛《か》み付《つ》くような真似《まね》をしていたのにぐるりと顔を向けてきたのだ。

その動きはまるで人間のようだった。暗狼《あんろう》がぴたりと動きを止めた瞬間が好機だ。

追跡班が特別製のネットランチャーを取り出し暗狼《あんろう》に照準を合わせる。

「撃てっ！」

月燈《つきひ》が号令をかけた。

瞬間、ネットランチャーから捕縛網が吐き出された。

それは暗狼《あんろう》を確かに包んだように見えたが、驚くべきことに目にも留まらぬ速さで拘束から飛び出し、追跡班の包囲網を破って逃げた。

例えるならばその動きは弾丸。

見間違いでなければ、一瞬巨体は忽然《こつぜん》と消えて、再度全く違う場所に現れた。

暗狼《あんろう》は右へ左へと弾丸の速さのまま飛び回る。心なしかその巨体は視線を外し、また見た瞬間に大きさを増しているように見えた。暗狼《あんろう》が着地するごとに地面まで大きく揺れ始めた。

ドシン、ドシンと震動と共に輝矢《かぐや》達も揺れる。

ドンドン、ドンドン。地揺れに目眩《めまい》を起こしそうだ。

山の中を駆け巡る夜風の音も急激に激しくなってきた。

ざわめく葉音が煩《うるさ》い。世界そのものを否定しているかのような暗狼《あんろう》の咆哮《ほうこう》が全員の耳をつんざく。視覚から聴覚から、暗狼《あんろう》は恐怖で輝矢《かぐや》達を支配する。足元の震動が輝矢《かぐや》達の心まで揺らがす。目に見えるもの、起こっている出来事、すべてが非現実だ。

——嗚呼《ああ》。

輝矢《かぐや》はそこで確信した。

——慧剣《えけん》、お前なんだな。

これはやはり本物の狼《おおかみ》ではないのだと。


「輝矢《かぐや》様、暗狼《あんろう》が大きくなってます……！　同じものを見ていますか⁉　地面も……！」

月燈《つきひ》や他の隊員も信じられないといった様子で輝矢《かぐや》に確認を求める。

輝矢《かぐや》は風や地響きに負けぬように怒鳴って言う。

「ああ！　全員同じ幻影を見てるはずだ！　現実じゃない！」

「こんなに鮮明で、こんなに現実的なのにですか⁉」

再度確認をとるのも無理はない。駄々をこねる子どものように地団駄を踏み、暴れ回る暗狼《あんろう》の存在感は異様だ。これが実際はすべて夢まぼろしと言われれば、それを提言している人間の正気を疑いたくなるだろう。

「吐息まで身体《からだ》で感じられるのにっ！」

大きく吠《ほ》えている暗狼《あんろう》を睨《にら》みながら輝矢《かぐや》は頷《うなず》く。

「慧剣《えけん》の使う『神聖秘匿《しんせいひとく》』は虚構を現実として構築し、世界を欺く隠蔽術だ！」

輝矢《かぐや》の頭の中には、この現象を起こしている人物の姿が浮かんでいた。

「巫《かんなぎ》の射手《しゃしゅ》の守《も》り人《びと》が暁と黄昏《たそがれ》の神から授かる権能とも言える！　本来なら、俺という秘匿存在を隠す為だけに使用されるものだった！」

──慧剣《えけん》。

親愛が込められたまなざしを疑ったことはなかった。

輝矢《かぐや》からすると息子のような少年。いつまでも彼と山を登ると思っていた。

だがもう輝矢《かぐや》の人生から彼は閉め出された。一生会うことがない人になったはずなのに。

「俺の存在も聖域も、民から隠せるのは守《も》り人《びと》の力あってのことで……」

裏切られた。傷つけられた。

「でも、それは俺達に確固とした主従関係があるからこそ出来ることなんだ！」

だが結局忘れられず待っている。

「もう俺達は繋《つな》がってない！　なのに……！」

──慧剣《えけん》、どうしてしまったんだ。

「そもそも幻影術のこんな使い方、あいつが現役の時でも見たことない！　本来は聖域への道を隠したり、俺の存在を認識疎外させるくらいなのに！　こんな風に架空の狼《おおかみ》を作り上げて大暴れさせるなんて理を曲げてる！　これが巫覡《ふげき》の一族に見つかったらあいつ……！」

──あいつ殺されるぞ。

「……くそ！」

──慧剣《えけん》、どうしてだ？　お前はもう俺の守《も》り人《びと》じゃない。お前が逃げた。

なのにどうして、また傷つけに来るのか。

「了解致しました！　現時点を持って作戦を変更します！　追跡班は周辺に怪しい人物が居ないか探せっ！」

月燈《つきひ》が指令を出すと、暗狼《あんろう》を捕獲する為に設定された四名＝追跡班は行動を切り替え、聖域周辺の木々の中に消えた。事前に話し合いをしていたおかげで何とか動けている。これが即時対応だったなら足並みが揃《そろ》わなかっただろう。

目の前の暗狼《あんろう》が幻影で、術者が他に居るなどというのはあまりにも絵空事だ。

幸運なことに、現在の警護対象が輝矢《かぐや》なのが隊員達の精神面に於《お》いて功を奏していた。

月燈《つきひ》の部隊は毎日現人神《あらひとがみ》が起こす奇跡を観測している。世の中に夜を齎《もたら》す神様が居るなら、それを守る為の戦士が神から与えられた力を持っていると告げられても大きな拒絶感が無い。

残された四名は輝矢《かぐや》の警護とこの状況の引き延ばしだ。

「輝矢《かぐや》様！　この幻影術を停止する方法は術者の捕獲以外に無いんですかっ！」

月燈《つきひ》の顔には焦《あせ》りが見え始めている。

「幻影術は術者が解かない限り目の前に在り続ける！　もしくは術者の意識を失わせるかだ！　恐らくは目視できる範囲に居る！　集中力を要するものだから無防備なはずだ！　追跡班にあいつを見つけてもらい、殴ってもらうしかない！」

「了解しました！　術者が幻影を解くまでこの状態を保持します！　輝矢《かぐや》様大丈夫ですか！」

「逃げるくらい俺でも出来る！」

「違います！」

何が、と輝矢《かぐや》は思ったが月燈《つきひ》の顔を見て問いかけを理解した。そうだ、いつも彼女は輝矢《かぐや》の心を案じてくれる。

「……大丈夫だよ！」

ここで弱音の一つでも吐けば、月燈《つきひ》は瞬《また》く間《ま》に輝矢《かぐや》をこの場から引き剝がしてしまうだろう。一緒に戦う権利は無くなる。

「俺は大丈夫っ！」

輝矢《かぐや》は威勢よく言った。戦う権利を奪われたくなかった。

いつまでも過去に自分を苦しめた人間に縛られてはいられない。

輝矢《かぐや》にはもう他に大切にしたい人達が居るのだ。

「慧剣《えけん》！」

現在の守護者である月燈《つきひ》、そして警護部隊の若者達。彼らを守らねばならない。

それがいまの輝矢《かぐや》の原動力になっていた。

「慧剣《えけん》‼」

あらん限りの声で呼びかける。

「何してるんだっ！　やめろ！　出てこいっ‼　お前、こんなこと許されないぞっ！」

こみ上げてくる激情は怒りなのか、悲しみなのか、自分でもわからない。ただ姿の見えない相手に言ってやりたかった。

恐らくは自分に注がれている恨みをあるがままに受け入れてやりたくなどないと。

「喋《しゃべ》ることを許してやる！　言いたいことがあるならその面見せろっ!!」

登場人物が少ない輝矢《かぐや》の人生の中で、かつて親愛を注いでいた少年が牙を剝《む》いた。

だからこそ怒りが増す。

「俺のことを殺したいのか⁉」

平穏を壊したのは、そちらのほうなのにと、嘆きたくなる。

「だったらやってみろ！　出来ないってことはお前が一番わかってんだろ!!」

過去そうしたように、打ちひしがれて逃げることは出来ない。

どんなことがあっても、輝矢《かぐや》は黄昏《たそがれ》の射手《しゃしゅ》として奮い立たねばならなかった。

「腹を刺すなり、頭を矢で撃ち抜くなり好きにしろっ！」

明日も朝が来る。夜は自分が齎《もたら》す。

「その代わり、他に手ぇ出したらタダじゃおかねえぞっ!!」

大和《やまと》の民の夜を守る為に真摯に生きているのだ。

「お前も元守《も》り人《びと》なら民を巻き込むなっ!!」

このようなことは許されない。悪意を持って現人神《あらひとがみ》の精神を乱し、あまつさえ竜宮《りゅうぐう》の民にも愛されている山を閉山に追い込んだ。

その上、今は輝矢《かぐや》にとって同じく他の民のように守るべき存在である警護部隊の者達に恐怖を与えている。

「持つ者が持たざる者を救えと教えただろうがっ！」

輝矢《かぐや》の怒声に対抗するかのように暗狼《あんろう》は鼓膜を破らんばかりの咆哮《ほうこう》を上げた。

あまりの音圧にその場に居る全員が後退《あとずさ》りする。

暗狼《あんろう》の咆哮《ほうこう》と共にかすかに声が聞こえた。

『かぐやさま』と。

その声はひどく悲しげで、同時に膨れ上がって破裂しそうなほどの怒りが滲《にじ》んでいた。

「慧剣《えけん》……」

輝矢《かぐや》は返事をするように名前を呼んだ。

「慧剣《えけん》、慧剣《えけん》！」

他の者はわからなかったが、輝矢《かぐや》には確かにその声が自分を守護してくれていた少年の声だとわかった。

「慧剣《えけん》！　出てこい！　話し合おう！」

思わず輝矢《かぐや》はそう言ったが、泣いているようにも聞こえる暗狼《あんろう》の声にかき消された。

もう犯人が守り人《もりびと》だと確信したいま、彼を直ちに捕まえるべきだが、この幻影をまず何とかしなければ事は収まりそうにない。

追跡班が自由に動き回る為にはやはり生贄《いけにえ》が必要だ。

「射撃用意！」

月燈《つきひ》が声をかけると部下達は素早く拳銃を構えた。

「撃てぇっ‼」

上空に全員で発砲する。威嚇射撃だ。此処《ここ》までは作戦想定内だった。

あわよくば音に驚いて幻影術を解いてくれないかと期待したが、今日の暗狼《あんろう》はいつもと暴れ方が違う。激情を持て余し、こちらにぶつけているとでも言えばいいのか。

輝矢《かぐや》から浴びせられた諫《いさ》めの言葉の分だけ反抗的な態度を見せている。月燈《つきひ》達が射撃した途端に襲いかかってきた。月燈《つきひ》達はその場で散る。隊員の一人に暗狼《あんろう》の前脚の爪がかすった。くぐもった声で悲鳴が上がったが、負傷した者もすぐその場から離れる。輝矢《かぐや》は月燈《つきひ》を強引に引っ張りながら負傷した隊員の様子を視界の端に捉える。流血しているのが見えた。

——あれは幻覚？　それとも本物？

巫覡慧剣《ふげきえけん》が幻影術と同時に何らかの遠距離攻撃をしかけたのか。暗狼《あんろう》から逃げながら月燈《つきひ》は輝矢《かぐや》に問う。

「万が一幻影から激しい攻撃を受けたらどうなりますか、輝矢様《かぐや》⁉」

「とりあえず死ぬほど痛いのは間違いないっ！　攻撃を受けても幻術が解ければ感じた痛みや傷は消えるが、怪我《けが》をしたという認識は身体《からだ》から消えるわけじゃない！　後遺症が出るかもしれない……神聖秘匿《しんせいひとく》の幻影は単なる幻じゃなく体感があるんだ！　嚙《か》まれでもしたら最悪それで心臓が止まる可能性すらある……！」

脅しではないとわかるように輝矢《かぐや》も本気で怒鳴った。

「だから全員本気で逃げろ！」

他の隊員も無闇に攻撃しようとせず、距離を取りながら威嚇射撃を続ける。

月燈《つきひ》は試しに暗狼《あんろう》に発砲してみたが、当たる様子はなかった。この日に至るまで、月燈《つきひ》率いる警護部隊は暗狼《あんろう》へ殺傷も辞さない攻撃をしてきている。そしていずれも逃げられた。幻を見せられているのだから、そもそも当たっても意味はなかっただろう。叩《たた》くべきは本体。やはり本丸である巫覡慧剣《ふげきえけん》を止めることが最善策だ。

「しかし追跡班の為に戦って時間を稼ぎませんと！　接近と後退を繰り返して攻撃するのはどうですか⁉　幻影を操っているなら回避行動などは本体の巫覡慧剣《ふげきえけん》の負担になるのでは！」

「そうだけど絶対に駄目だ！　安全が保障されないことをするな！　君がショック死するの見たくないっ！」

月燈《つきひ》は好戦的なまなざしで『ショック死などしない』という顔をしたが輝矢《かぐや》は再度怒鳴った。

「君達は俺を守る役目があるかもしれないが、俺も民である君達を守る責任があるっ！　神から授かった権能の力を侮《あなど》るな！」
「ですがっ！」
「今まで大丈夫だったのはあいつがまだ人の心があっただけだ！　今は正気とは思えない！
見ろ！　どんどんでかくなってる……！」
輝矢《かぐや》の言うように暗狼《あんろう》はもはや最初の大きさからかけ離れたものになっていた。
走りながらの目視なので正確ではないが、元の姿より一回りも二回りも肥大化しているよう
に見える。普通の狼《おおかみ》の全長は約一メートル近くとして、元々狼《おおかみ》にしては大きいと言われてい
た存在が更に巨大化しているのだから輝矢《かぐや》達が対峙《たいじ》している者の威圧感は推して知るべしだ。
聖域は広々とした平地の為、遮蔽物も隠れる場所もない。逃げるとしたら山の木々の中にな
るだろう。その場合、薙《な》ぎ倒《たお》される木々と牙を剝《む》いた暗狼《あんろう》の幻影などに追いかけられながら足
場の悪い斜面を全速力で下る羽目になる。暴走している暗狼《あんろう》に追いつかれれば、最悪嚙《か》み殺《ころ》さ
れるかもしれない。その夢まぼろしを見た後、人は精神が正常で居られるのか。
それが現実ではなくとも心臓が停止する可能性はある。だから輝矢《かぐや》は言う。逃げろと。
頼みの追跡班が戻ってくる様子はない。どこに隠れているのかはわからないが、そう簡単に
見つかる場所に居るわけではないのだろう。これは持久戦だが、圧倒的に輝矢《かぐや》達が不利だ。
逃げ回るのと、誤射しないのとで精一杯な隊員達は判断を求める視線を月燈《つきひ》に向ける。
事態の全貌が見えたわけではないが、戦うべき相手はわかった。

もし輝矢《かぐや》が言う通り、この幻影術の攻撃が身体的にも影響を与えるものなら警護対象の為にも一時撤退し策を練り直したほうが良い。今回は暗狼《あんろう》が輝矢《かぐや》の予想した相手か確認する為の接触だった。成果は得られている。現在までの状況は全体的に見れば悪くない。悪くないが。
月燈《つきひ》は舌打ちしたくなる。それこそ大勢の人間を投入して山狩りをすべきだ。

——何故《なぜ》、姿を現さない。

断片的なことしか知らない元守《も》り人《びと》の情報を月燈《つきひ》は頭の中で浮かべる。月燈《つきひ》からすると酷《ひど》い守《も》り人《びと》だが、輝矢《かぐや》は彼を救いたがっている。彼が心を砕く相手なら、対話の余地くらいあるのではと思っていたのだ。

——くそ狼《おおかみ》野郎！

どうやら相手にそんな気はないらしい。対話を拒否している。拒絶反応とも言えるだろう。今までとは段違いの乱闘ぶりだ。

頭の中で月燈《つきひ》は慧剣《えけん》を『くそ狼《おおかみ》野郎』とまた罵る。守《も》り人《びと》気取りと言われようが、月燈《つきひ》は輝矢《かぐや》を傷つける者が許せなかった。

「月燈《つきひ》さん！　もう相手がわかったんだから闇雲にぶつかってこっちに被害を出すことない！一度撤退してもう一度来よう！　あいつ見境なく攻撃し始めてる！」

言った途端に暗狼《あんろう》が突進してきた。月燈《つきひ》は無駄だとわかっても銃を撃ち込む。そして輝矢《かぐや》を誘導しながらぶつかる寸前で避ける。

「せっかく直接対決してるのに、いいんですか……！」

「これは逃げじゃない！　俺にとっては十分な成果だ！　問題は巫覡《ふげき》の一族にあると判明した！　君に向けられた批判の弁護は俺がいくらでも引き受けることが出来る！」

「守《も》り人《びと》を確保しないと輝矢《かぐや》様の身の安全は保障されません！」

輝矢《かぐや》はこれには怒鳴って返した。

「馬鹿か！　そんなの君等もだろ！　俺のオーダーは全員無事で戻ることだ！」

本気で怒って言い返している。

ここでこう言ってくれるのが巫覡輝矢《ふげきかぐや》という男だった。

「……拝命致しました！」

月燈《つきひ》は銃を持ち替えた。暗闇の中でうごめく暗狼《あんろう》を警戒しながら頭上に銃弾を射《う》つ。それは照明弾だった。また、撤退の合図でもある。追跡班は直ちに下山。警護班も即時離脱というサインだ。

「撤退する！」

月燈《つきひ》の号令に部下達もすぐ行動開始する。しかし、照明弾に反応したのは味方だけではなかった。下山ルートである一本道の前を暗狼《あんろう》が立ちはだかったのだ。唸《うな》り声を上げて、帰さないとでも言わんばかりにこちらを睨《にら》みつけている。輝矢《かぐや》と警護班は自然と言葉を失った。

どうする、と全員が心の中で思う。

歴代の射手と守り人《もりびと》が歩いて出来た道でなくとも下山することは可能だ。木々の中に紛れてしまえばいい。だがそれだと固まって行動するのには向いていない。全速力で走るのも困難だろう。輝矢《かぐや》はバラけて下山しようと提案したかったが、月燈《つきひ》はそれを阻止するように輝矢《かぐや》の腕をしっかりと摑《つか》んだ。輝矢《かぐや》が囮《おとり》になることを許さない様子だ。

「月燈《つきひ》さん」

「いけません、輝矢《かぐや》様」

「……わかった。君と行く。俺と二人で走ろう」

――恐らく、暗狼《あんろう》は俺の方についてくるはず。

「月燈《つきひ》さん、逃げる号令かけて。そしたら俺は君についていく」

続いて残り三名の警護班に言う。

「君達はそれぞれ別方向に。いいね」

三人は硬い表情だ。

「輝矢《かぐや》様、追跡班四名は周囲の捜索を中断して定められたポイントで待機しているはずです。聖域から出ればすぐ補助が入ります。誰がやられても必ず貴方《あなた》を下山させます」

「誰もやらせはしないよ」

これまでも危うい攻撃はあったが直接輝矢《かぐや》に被害が出るようなことはしてきていない。警護部隊のほうには邪魔するなと言わんばかりな態度をとる。ならば、と輝矢《かぐや》は一歩前に出た。

そして片腕を広げる。輝矢《かぐや》の部下達を守るように。

「慧剣《えけん》、民を傷つけるな」

冷や汗をかきながら言う。巫覡慧剣《ふげきえけん》が操るまぼろしの暗狼《あんろう》は、悲しそうにいななきを上げた。

「やるなら俺にしろ。慧剣《えけん》、民は駄目だ」

輝矢《かぐや》が睨《にら》んでいると、今度は守ろうとした部下達が輝矢《かぐや》の前に出た。月燈《つきひ》は既に銃を構えている。輝矢《かぐや》と月燈《つきひ》率いる警護部隊の結束力が見える。それが面白くないのか、暗狼《あんろう》は大きく唸《うな》ってこちらに一喝するように鳴いた。びりびりと空気が震えて生暖かい吐息が輝矢《かぐや》達に吹きかけられる。詰められていく間合いに緊張感が増す。

「慧剣《えけん》、やめてくれ……」

みんなを傷つけないで欲しい。輝矢《かぐや》が祈るように思ったその瞬間、今まで頼りなく地上を照らしていた月がふっと隠れた。黄昏《たそがれ》の世界がどっぷりと暗闇に浸《つ》かる。

雲が月の光を隠してしまったのかと思われたその時。

「旋回！　旋回！　旋回して民を守りなさい！」

何処《どこ》からか甲高い少女の声がした。

夏の夜、殺伐とした雰囲気に風穴を開けるような声だ。

輝矢《かぐや》達は空を見回す。声の主が何処《どこ》に居るのかわからないが、月を隠していた『それ』は彼女が発した命令に呼応するように動いた。

ヂヂヂヂ！　ヂヂヂヂ！　ヂヂヂヂ！

耳障《みみざわ》りな音が近づいてくる。

――雲、じゃない。

蠢《うごめ》く何かは夜に浮かぶ雲にしては流れが早すぎた。

ヂヂヂヂ！　ヂヂヂヂ！　ヂヂヂヂ！

不安を煽《あお》る不可思議な音は、もはや空から降る音楽のようだった。

ヂヂヂヂ！　ヂヂヂヂ！　ヂヂヂヂ！

暗狼《あんろう》も輝矢《かぐや》達も音に翻弄される。

「輝矢《かぐや》様！　あれ！」

月燈《つきひ》が手持ちのペン型ライトで空を照らすと、それは正体を現した。

輝矢《かぐや》は最初、空を覆うその影を龍だと思った。

この竜宮《りゅうぐう》という地は、その名の通り竜の宮。龍神の住まう場所だという伝承があることが由来している。それにあやかった新たな夢まぼろしの到来ではと危惧したが。

「と、鳥……!?」

しかしよくよく見ると、蠢《うごめ》く大きな塊は小さな命が結集した姿だった。

竜宮岳《りゅうぐうだけ》に住まう野鳥達。それも、種類が一つではない。同じ種族で結託した大群だ。

「ゆら、ゆら、花ゆらり、草光り、夏乱れ」

夕方に空を飛び交う鴉《からす》の群れなど、いま輝矢《かぐや》達が目にしている光景に比べたら数羽《わ》の集まりにしか見えないだろう。

「こい、こい、恋散りぬ、虎が雨、夏花火、蛍売」

集まり飛び交う姿は竜の如《ごと》く。

「さい、さい、割いて尚《なお》、蜻蛉《とんぼうま》生る、秋を待つ」

うねりながら旋回する野鳥の軍隊は輝矢《かぐや》達と暗狼《あんろう》の間を通って防壁を作った。

「座して待つ！　秋を待つ！」

鳥達の鳴き声の中で、輝矢《かぐや》は確かに少女二人が唱える神聖なる言葉を聞いた。

——嗚呼《ああ》。

輝矢《かぐや》は反射的にわかった。

——俺の仲間だ。

この不可思議な現象を起こしている者達が、自分と同じ次元の存在だと。

「そこの狼《おおかみ》！　大人しくしなさい！」

次に聞こえたのは最初とは違った娘の声だった。

少女の声は確かに暗狼《あんろう》に向けられていたが、暗狼《あんろう》は命令に跳《は》ね除《の》けるように吠《ほ》えた。

『嘘《うそ》でしょー！』と悲鳴じみた声が上がる。

「なんでなんで！　『生命使役《せいめいしえき》』で支配下におけないなんて嘘《うそ》ぉっ！」

「まったく手応えがないわ……！　瑠璃《るり》、何しているの？」

「もっと猪《いのしし》呼んだ！　こうなったら総力戦よ！」

「まあ攪乱《かくらん》くらいは出来るかしら。その間にあの方達を誘導させましょう！」

ざざっと茂みから音がして、聖域に飛び出してきたのはまずは巨大な猪《いのしし》だった。

それも一匹だけではない。二匹、三匹と聖域を囲む森林から姿を現す。その間も鳥の大群は暗狼《あんろう》の周りを泳ぐように飛び、身動き出来ないように包囲している。

「輝矢《かぐや》様……」

さすがの月燈《つきひ》も不安げな声を出している。だが反対に、輝矢《かぐや》はどんどん胸が高鳴っていた。

今から来る者達が自分にとって悪い者とはとても思えなかったのだ。

「大丈夫」

鳥獣大合戦ともいうべき状況に慄《おのの》く彼女に、輝矢《かぐや》は優しく言う。

「月燈《つきひ》さん、大丈夫だ。多分だけど……俺と同じ存在だと思う……」

猪《いのしし》の登場の後に、最後に姿を現したのは夜闇の中でも冴《さ》え渡《わた》る美貌を持つ少女達だった。

まだ十代にしか見えない若い娘二人。特筆すべきところは彼女達が瓜二《うりふた》つというところだ。

「こんばんはぁ！　大丈夫？　狼《おおかみ》は動けなくしたよ！」

「神聖な場所にお邪魔してすみません。あの、お困りのご様子でしたので助太刀を……あっそれより先にご挨拶よ、瑠璃《るり》」

「そうだねあやめ」

やけに元気な黒髪の美少女と、大人びた落ち着きさがあるこれまた黒髪の美少女。彼女達は呆気《あっけ》にとられている月燈《つきひ》達と、何が何だかわからないが笑ってしまう輝矢《かぐや》に向けて言う。

「あたし、夏の代行者《だいこうしゃ》葉桜《はざくら》瑠璃《るり》です」

「私も同じく夏の代行者《だいこうしゃ》をしております、葉桜《はざくら》あやめです」

一拍遅れて、輝矢《かぐや》が返事をした。

「お初にお目にかかる。黄昏《たそがれ》の射手《しゃしゅ》の巫覡《ふげき》輝矢《かぐや》だ」

輝矢《かぐや》の名乗りを聞いて、葉桜《はざくら》姉妹は顔を見合わせて微笑《ほほえ》んだ。

森の中で光る無数の目に守られながら夏の姉妹神は笑う。

我らが神に仇《あだ》なす者は、何人たりとも許さないと、眷属《けんぞく》達は無言で言っている。

「やはりそうでしたか……！　嗚呼《ああ》、良かった。貴方様《あなたさま》にお会いしたくてこちらに参りました」

「あたし達、あなたに聞きたいことがたくさんあるの」

本来交わることのなかった大いなる存在達は、いま運命的な出会いをしていた。

「黄昏《たそがれ》の射手《しゃしゅ》様。我々、夏の代行者《だいこうしゃ》は暗狼事件《あんろうじけん》を解決しにきました」

二人がそう宣言したと同時に、暗狼《あんろう》の姿は泡のように夜に消えた。

あとがき

拝啓、お久しぶりです。お元気でしたか。

貴方《あなた》にもう一度お会いしたくて、季節をまたいでやってきました。

舞台は夏。生命が歓喜し恋をする季節です。

応援してくださる皆様のおかげでこうして無事お届け出来ました。本当に感謝申し上げます。

この本が出るまでの間に栄誉ある賞もいただきました。ありがとうございます。

しかし、その誉れは私だけのものではありません。

作家を作家たらしめてくれるのはいつも読者の皆様で、世界へ羽ばたけと支援してくださるのは関係者の皆様、本屋さんの本を並べてくださるのは書店員様です。

細々と文筆業をしている身にとって、貴方《あなた》を含めてたくさんの方から頂けるご支援で、何とか木の棒とお鍋の蓋を持って戦えるようになる。私自身はそういう小さな存在です。

今日も『誰か』によって生かされている。そう、日々感謝を噛《か》み締《し》めています。

だから外界に向けて物語を紡《つむ》ぐ。貴方《あなた》が喜んでくれたらいいと言葉を縫う針を持って一心不乱に縫い続ける。祈りながら。この物語が貴方《あなた》の夜長をなぐさめるものであって欲しいと。

朝が来て欲しくない時も、夜が怖いと泣いてしまう時も。

春夏秋冬、朝と夜。貴方《あなた》にとって忌《い》むべき瞬間があっても。

それこそ人生が最低で、この一秒を過ごすことすら息が詰まってしまいそうな時でも。

本の世界だけは『好き』や『楽しい』に繋《つな》がって欲しい。

貴方《あなた》が一瞬でも、世界を好きになるような、そういうお手伝いが出来たら良いなと。

そんな風に思っています。おこがましい、おせっかいだ、という方はごめんなさい。

私は小さい頃から会ったこともない人達が作った無数の物語に救われてきたので、そう思ってしまうのです。辛《つら》い時に、ふっと心を軽くしてくれたのは違う世界の冒険でした。

考えが閉ざされすぎていて、あまりにも寂しいと思われるでしょうか。


でも、寂しい人にとって味方であるものが世界にあってほしいと私は願います。


夏の物語はまだ続きます。書店様、出版社様、装幀家様、担当様、各関係者様、友人や家族。

今回の旅も見守ってくださりありがとうございます。美しく世界を彩《いろど》ってくれるスオウ様。

いつもありがとうございます。スオウ先生の絵があるから、私、走れています。

そしていま本を通して傍《そば》に居てくれる貴方《あなた》もありがとう。

まだ離れないでいてくれますか。夏の空に矢が放たれるのを一緒に見ましょう。


下巻でお待ちしています。

◉暁　佳奈著作リスト

「春夏秋冬代行者　春の舞　上」（電撃文庫）
「春夏秋冬代行者　春の舞　下」（同）
「春夏秋冬代行者　夏の舞　上」（同）
「春夏秋冬代行者　夏の舞　下」（同）

本書に対するご意見、ご感想をお寄せください。

ファンレターあて先
〒102-8177　東京都千代田区富士見2-13-3
電撃文庫編集部
「暁 佳奈先生」係
「スオウ先生」係

本書は書き下ろしです。

電撃文庫

春夏秋冬代行者《しゅんかしゅうとうだいこうしゃ》
夏《なつ》の舞《まい》 上《じょう》

暁《あかつき》 佳奈《かな》

◇◇◇

2022年7月10日　初版発行

発行者　青柳昌行
発行　株式会社KADOKAWA
〒102-8177　東京都千代田区富士見2-13-3
0570-002-301（ナビダイヤル）
装丁者　荻窪裕司（META＋MANIERA）
印刷　株式会社暁印刷
製本　株式会社暁印刷

ISBN978-4-04-913944-0　C0193　Printed in Japan

電撃文庫　https://dengekibunko.jp/

電撃文庫創刊に際して

文庫は、我が国にとどまらず、世界の書籍の流れのなかで〝小さな巨人〟としての地位を築いてきた。古今東西の名著を、廉価で手に入りやすい形で提供してきたからこそ、人は文庫を自分の師として、また青春の想い出として、語りついできたのである。

その源を、文化的にはドイツのレクラム文庫に求めるにせよ、規模の上でイギリスのペンギンブックスに求めるにせよ、いま文庫は知識人の層の多様化に従って、ますますその意義を大きくしていると言ってよい。

文庫出版の意味するものは、激動の現代のみならず将来にわたって、大きくなることはあっても、小さくなることはないだろう。

「電撃文庫」は、そのように多様化した対象に応え、歴史に耐えうる作品を収録するのはもちろん、新しい世紀を迎えるにあたって、既成の枠をこえる新鮮で強烈なアイ・オープナーたりたい。

その特異さ故に、この存在は、かつて文庫がはじめて出版世界に登場したときと、同じ戸惑いを読書人に与えるかもしれない。

しかし、〈Changing Times,Changing Publishing〉時代は変わって、出版も変わる。時を重ねるなかで、精神の糧として、心の一隅を占めるものとして、次なる文化の担い手の若者たちに確かな評価を得られると信じて、ここに「電撃文庫」を出版する。

1993年6月10日
角川歴彦